Ulrike Gerold Wolfram Hänel

SONNENWENDE

Die hellste Nacht.
Deine dunkelste Stunde.

Thriller

FISCHER
TASCHENBUCH

MIX
Papier | Fördert gute Waldnutzung
FSC® C014496

Originalausgabe
Erschienen bei FISCHER Taschenbuch

Das Werk wurde durch die Literarische Agentur
Thomas Schlück GmbH, 30161 Hannover, vermittelt.
Redaktion: Carlos Westerkamp
Satz: Fotosatz Amann, Memmingen
Druck und Bindung: GGP Media GmbH, Pößneck
ISBN 978-3-596-71173-4

Kontaktadresse nach EU-Produktsicherheitsverordnung:
produktsicherheit@fischerverlage.de

Bist du dir sicher, dass wir wach sind?
Mir scheint, wir würden noch schlafen.
Und wir träumen bloß.

William Shakespeare, *Ein Sommernachtstraum*

Orte, Namen und Personen
sowie viele Details dieser Geschichte
sind frei erfunden.
Dennoch erzählen wir nichts als die Wahrheit.
Und gerade das, was erfunden zu sein scheint,
beruht auf Tatsachen.

Die Hauptpersonen

Hannah Meyer, Polizistin, hat keine Angst vor Feuer.
Antonia (Toni) Martin, Polizistin, spielt mit dem Feuer.
Sepp Huber, Polizist, sieht vor lauter Rauch das Feuer nicht.
Heiner Brink, alias Heiner Schulz alias Carlos Garcia, hat zu viele Eisen im Feuer.
Jennifer Hoyes, genannt Jenny, verbrennt sich die Finger.
Alois Neumetzler, Bauer, wird kurz vorm großen Feuer als vermisst gemeldet.
Mizzie Neumetzler, seine Schwester,
Maria Neumetzler, die Mutter,
Johann Neumetzler, der Onkel, sind alle im Feuer gestorben.
Xaver Neumetzler hat das Feuer entfacht.
Klaus-Peter Fischbauer, Wirt vom Braunen Hirschen, und seine Gefolgsleute würden gerne alles abbrennen, was ihnen nicht passt.

Mittsommer, 14.20 Uhr

Vorspiel

Unter der Tür hindurch dringt ein dünner Lichtstreifen in den Raum. Aber auch als sich ihre Augen an die Dunkelheit gewöhnt haben, kann sie nicht richtig sehen, alles wirkt unscharf und verzerrt. Das muss von der Spritze kommen, mit der sie betäubt worden ist.

Sie zwingt sich, jeden einzelnen Gegenstand im Raum so lange zu fixieren, bis sie ihn erkennt. Ein Tisch. Ein Stuhl, der umgestürzt ist. Eine leere Bierflasche auf dem Boden.

Daneben liegt noch etwas. Für eine Sekunde stockt ihr der Atem. Das sieht aus wie ein zusammengekrümmter Körper! Sie braucht einen Moment, bis sie begreift, dass es nur eine alte Decke ist, vielleicht auch ein Sack.

An der Wand neben der Tür steht ein Paar Gummistiefel. Als sie den Kopf dreht, sieht sie einen eisernen Ofen. Einen Korb mit Brennholz und ein Beil.

Der hintere Teil des Raumes liegt völlig im Dunkeln. Es scheint kein Fenster zu geben. Oder das Fenster ist mit Brettern vernagelt. Ohne eine einzige Ritze.

Erst jetzt wird ihr klar, dass sie mit Händen und Füßen ans Bett gefesselt ist. Mit groben Stricken, wie man sie auf einem Bauernhof benutzt, um Strohballen zu binden. Als hätte jemand absolut sichergehen wollen, dass sie aus dieser verdammten Hütte nicht fliehen kann.

Sie weiß nicht, wie lange sie schon hier ist. Als sie vor der Tür der Hütte überrascht worden ist, war es kurz vor elf. Sie erinnert sich, dass sie gerade erst noch auf ihre Uhr geblickt hatte. Sie hat keine Ahnung, wie viel Zeit inzwischen vergangen ist.

Eine Betäubung kann bis zu sechs Stunden anhalten, das weiß sie von einer befreundeten Anästhesistin. Aber sie glaubt nicht, dass sie so lange ohne Bewusstsein war.

Sie kann die Hitze der Sonne auf dem Dach spüren, und sie hört, wie die Holzbalken knacken. Es muss Mittag sein, früher Nachmittag, ganz sicher nicht später.

Ihr Mund ist trocken. Sie hat Durst. Ihr ist übel. Ihr Kopf schmerzt. Auch das kommt von der Spritze. Außerdem muss sie dringend pinkeln.

Von draußen dringt der Ruf eines Bergvogels in den Raum. Vielleicht ist es eine Dohle. Das heisere Krächzen klingt wie eine Warnung.

Sie hat keine Angst. Noch nicht. Nicht wirklich jedenfalls. Es war dumm, dass sie den anderen nicht gesagt hat, wo sie hinwollte. Aber sie ist sich sicher, dass sie in dieser Hütte am Waldrand ist. Und die Hütte ist nicht weit entfernt vom Hof. Von dem verdammten »Spukhof«. Über den sie so vieles weiß, was sie lieber nie erfahren hätte.

Sie werden sich denken können, wo sie hinwollte. Wenn sie jetzt nicht zurückkommt, werden sie nach ihr suchen. Und sie werden sie finden! Es kann nicht mehr lange dauern, bis sie kommen.

Sie muss immer noch pinkeln. Der Druck auf ihre Blase ist jetzt so stark, dass sie unwillkürlich die Beine zusammenpresst.

Die Dohle krächzt wieder und flattert davon. Sie kann

ganz deutlich das Schlagen der Flügel hören. Für einen Augenblick ist es still. Dann nähern sich Schritte auf den Steinplatten vor der Hütte.

1. BUCH

Es kann ja nicht immer möglich sein,
dass alles sich glücklich ende.
Und wenn die Sonne am höchsten steht,
kommt doch immer die Sonnenwende.

Ferdinande von Brackel (1835–1905)

Zwei Tage vorher

1. Kapitel

Hannah hatte keine Ahnung, was sie in Wildbrunn erwarten würde. Im Netz hatte sie über den Ort selbst nicht viel erfahren können, nahezu alle Einträge bezogen sich auf das »Burning Valley Festival« – »Das Treffen der letzten Hippies, Tramper und Landfahrer«, wie das alljährliche Fest zur Mittsommernacht angekündigt wurde. Mit entsprechender Musik aus den sechziger und siebziger Jahren, mit Nacktbaden im Fluss und freier Liebe unterm Sternenhimmel, vor allem aber mit genügend bewusstseinserweiternden Substanzen, um die Berge des Voralpenlandes unversehens auf Himalaya-Höhe anwachsen zu lassen. Und als Höhepunkt schließlich das große Feuerspektakel auf dem langgezogenen Bergkamm zum Gipfel des Katzenkopfs hinauf, des Hausbergs von Wildbrunn. Eine Vielzahl lodernder Feuer, aufgereiht wie an einer Perlenschnur, die zusammen mit den Feuern auf der Festivalwiese das ganze Tal in ein einziges Flammenmeer zu verwandeln schienen.

Das große Feuerspektakel, bei dem wieder jemand »brennen« würde, wie es in dem anonymen Schreiben hieß, das bei der Polizei eingegangen und zeitgleich auch auf den verschiedenen Festival-Accounts bei Facebook, Instagram und X aufgetaucht war:

ES WIRD WIEDER JEMAND BRENNEN.

Die Kombination aus der eindeutigen Morddrohung und dem spirituellen Hintergrund des Hippie-Treffens hatte Hannahs Abteilung ins Spiel gebracht, die Sondereinheit für Sekten, Psycho-Organisationen und okkulte Gruppierungen, auch kurz SPOG genannt.

Laut der Informationen, die Hannah bekommen hatte, waren der Ort und das Festival aufgrund der »Feuertoten« zu einiger Berühmtheit gelangt, es gab da in der Vergangenheit eine auffällige Häufung von Selbstmorden und Unglücksfällen, immer zur Zeit der Sommersonnenwende bei den traditionellen Feiern in der Mittsommernacht. Tatsächlich hatte es auch schon mal einen möglichen Mordfall gegeben, zwei Jahre zuvor war eine junge Frau während des Hippie-Treffens zu Tode gekommen, der Fall war mit dem Verdacht auf ein Tötungsdelikt untersucht, dann aber als ungeklärt zu den Akten gelegt worden. Der Kommissar aus der nahegelegenen Kreisstadt, der damals die Ermittlungen geleitet hatte, war kurz darauf verstorben, die jetzige Hauptkommissarin war seine Nachfolgerin.

In Wildbrunn selbst gab es nur eine kleine Polizeistation, die für die Zeit des Festivals immerhin auf drei Beamte aufgestockt wurde – von denen sich allerdings einer gerade krankgemeldet hatte, wie die neue Hauptkommissarin Hannah mitteilte. Hannah hatte die Kollegin, mit der sie zusammenarbeiten sollte, am Vormittag kennengelernt, gleich nachdem sie in der Stadt angekommen war und im Hotel eingecheckt hatte.

Antonia Martin war ein paar Jahre jünger als Hannah, Hannah schätzte sie auf Anfang bis Mitte dreißig. Groß gewachsen, sportlich, durchtrainiert, ein Twiggy-Typ mit hochstehenden Wangenknochen und leicht schrägen, fast grünen Augen. Zusammen mit den halblangen und fast schwarzen Haaren erinnerte sie Hannah an die irische Schauspielerin in einem Film, dessen Titel sie ebenso wie den Namen der Irin längst wieder vergessen hatte.

Auf jeden Fall gefiel Hannah die Frau, sie fand Antonia Martin auf Anhieb sympathisch. Die Sympathie schien auf Gegenseitigkeit zu beruhen, »nenn mich Toni«, sagte die Kollegin, als sie mit Hannah über den Parkplatz zu ihrem Auto gingen. Einem feuerwehrroten Alfa Cabrio, »war nicht so teuer, wie er aussieht«, erklärte Toni, als sie den Motor startete. »Ist auch schon fast zwanzig Jahre alt, aber ich stehe nun mal auf Autos, die auch noch aussehen wie Autos und ein bisschen was hermachen, vor allem an der Ampel, wenn die Typen in ihren Möchtegern-Panzern links und rechts von mir ordentlich nervös werden.«

Spätestens jetzt hatte Toni alle Dämme gebrochen und Hannah vollständig für sich eingenommen. Was sich auch nicht änderte, als sie Hannah über die Situation ins Bild setzte, die die besagte Morddrohung so durchaus realistisch erscheinen ließ: »Meinen ersten Toten hier hatte ich letztes Jahr, ebenfalls während des Festivals, quasi als Einstieg in den Job, da war ich gerade erst ein paar Monate in der Stadt. Aber ich glaube, wir sollten uns auf die Tote im Jahr davor konzentrieren, das Hippie-Mädchen! Der Fall ist nie aufgeklärt worden, ich bin mir aber sicher, dass es ein Mord war, anders als der Tote im letzten Jahr.«

Natürlich wusste Hannah auch von dem Toten im vorigen Sommer, da war es eindeutig ein Unfall gewesen, nach dem kurzen Vermerk in den Akten war der Mann zum

Opfer der Flammen geworden, als er heillos betrunken in eins der Feuer am Berg gestolpert war.

»Okay«, sagte Hannah, »erzähl mir mehr von dem Hippie-Mädchen vor zwei Jahren. Die Frau ist ebenfalls im Feuer umgekommen, stimmt das?«

»Als Puppe verkleidet ins Feuer geworfen und verbrannt«, bestätigte Toni, während sie unter gleichzeitigem Einsatz von Hupe und Gaspedal einen Lieferwagen überholte, um dann gerade noch vor dem Gegenverkehr wieder auf die rechte Fahrbahn zu wechseln. »Eine Hexenverbrennung, nichts anderes«, setzte sie mit zusammengekniffenen Lippen hinzu. »Eine Frau, die ihnen aus irgendeinem Grund nicht gefiel. Vielleicht weil sie sich nicht an die Regeln gehalten hatte, was auch immer für Regeln das sein mögen. Oder sie war ... auserwählt, als Opfergabe! Um die Welt zur retten, *Love and Peace*!«

Tonis Stimme triefte nur so vor Hohn, gleich darauf schüttelte sie den Kopf, als wollte sie sagen, dass selbst das Unmögliche durchaus vorstellbar war. »Nach dem wenigen, was die Spusi noch von ihr gefunden hat, war sie als Peterl-Puppe verkleidet, so wie sie das hier seit Ewigkeiten machen. Nur dass es da tatsächlich Puppen sind und keine Menschen. – Was weißt du über Hippies?«, fragte sie so unvermittelt, dass Hannah einen Moment brauchte, um die passende Antwort zu finden.

»Mein Vater war einer – und ist dann trotzdem Bulle geworden.«

Sie ließ den Satz ohne weitere Erklärung in der Luft hängen, als wollte sie sehen, was Toni damit anfangen würde.

Toni reagierte, ohne zu zögern, als wäre die Schlussfolgerung vollkommen logisch: »Du willst sagen: Nicht einschätzbar? Es können ganz normale Typen sein genauso wie ... echte Spinner?«

»Nicht einschätzbar«, bestätigte Hannah. »Passen nicht unbedingt in irgendeine Schublade. Mein Vater selbst hat es mal so formuliert: ›Nicht jeder, der lange Haare hat und wie ein Hippie aussieht, ist deshalb gleich ein netter oder friedliebender Mensch.‹ – Oder in meinen Worten: Der größte Hippie kann sich als der größte Spießer entpuppen, ist nun mal leider so. Trau nie dem ersten Eindruck.«

Unwillkürlich musste Hannah an die Reiterferien in Irland denken, als sie auf dem Markt in Bantry zum ersten Mal eine Gruppe von Convoy-Hippies gesehen hatte. Lkw-Hippies. New Age Travellers. Oder auch einfach »Crusties«, wie einer der Iren an den Marktständen sie nach der angeblichen Dreckkruste unter den bunten Klamotten nannte. Sie waren bei den Leuten im Ort nicht beliebt, so viel wurde schnell klar, es hieß, sie würden in kleineren Dörfern auch ohne Skrupel den Laden plündern und alles mitgehen lassen, was nicht niet- und nagelfest war. Jedenfalls sah man sie lieber wieder fahren als kommen.

Hannah wollte die Schauermärchen nicht glauben, sie dachte bei Hippies an Woodstock, an kiffende Typen, die zu lauter Musik in ekstatischen Verrenkungen tanzten. So wie ihr Vater auf den Fotos aus seiner Jugend. Bis sie dann dort in Bantry mit ansehen musste, wie einer der Rastazopf-Typen seine vier kleinen Kinder der Reihe nach mit Stiefeltritten bedachte und sie unflätigst beschimpfte, bevor dann auch noch der jaulende Hütehund eine Tracht Prügel abbekam ...

Tonis Stimme riss sie aus ihrer wenig schönen Erinnerung.

»Das mit deinem Vater habe ich nicht ganz verstanden. Er war echt ein Hippie?«

»Haare bis zum Arsch, Wohngemeinschaft und immer genug Dope, um glücklich zu sein, so ganz nach dem Motto: Hast du Haschisch in den Taschen, hast du immer was zu naschen!« Hannah lachte kurz auf. Wie um die Idiotie des Reims zu unterstreichen.

»Und dann?«, fragte Toni. »Ich meine, wieso ...«

»Wieso er zur Polizei gegangen ist? Er behauptet, weil er etwas dazu beitragen wollte, die Welt zu einem besseren Ort zu machen, ein ›guter Bulle‹ zu sein, tatsächlich ein Freund und Helfer. Ich glaube ihm! Und im tiefsten Inneren ist er immer noch der alte Hippie, der einen Streit lieber mit Worten als mit der Waffe löst und überzeugt davon ist, dass Kriminelle nur das Resultat einer kapitalistischen Gesellschaft sind.«

Toni zog die Augenbrauen zusammen. »Klingt schräg, überzeugt mich auch nicht. Und du, was sagst du dazu?«

»Ich mag weder Jimi Hendrix noch den Geruch von Patschuli«, wich Hannah einer konkreten Antwort aus. Sie mochte diese Toni, dennoch hatte sie plötzlich das Gefühl, viel zu viel Persönliches von sich zu erzählen. Sie kannten sich ja gerade erst seit einer knappen Stunde, und umgekehrt wusste sie von der Kollegin noch gar nichts. Im Übrigen war sie hier, um zu klären, was es mit dieser anonymen Morddrohung auf sich hatte. Nicht mehr und nicht weniger.

Das Ortsschild von Wildbrunn war mit schwarzer Farbe übersprüht, statt »Wildbrunn« stand da jetzt »Burning Valley«. Weder Hannah noch Toni kommentierte das Graffito.

Toni bog in eine der schmalen Kopfsteinpflastergassen ab und quetschte den Alfa mit lässiger Eleganz in eine Parklücke, die nach Hannahs Einschätzung kaum passen konnte. Vielleicht für einen Fiat 500, ja, aber nicht für einen deutlich größeren Sportwagen wie das Alfa Cabrio. Tatsächlich waren dann vorne und hinten nur noch Zentimeter zwischen dem Alfa und den Stoßstangen der anderen Wagen, einem alten Volvo mit niederländischem Kennzeichen und einem mattschwarzen Range Rover aus München.

»Respekt«, murmelte Hannah.

»Kein Ding«, erklärte Toni. »Ich hab mal ein paar Monate in Paris gelebt, da lernt man so was. Oder auch nicht«, setzte sie lachend hinzu, »aber dann bist du echt am Arsch.«

Was hast du in Paris gemacht?, wollte Hannah fragen, kam aber gar nicht dazu, weil Toni schon weiterredete: »Los, komm, mischen wir uns unters Volk, damit du einen Eindruck kriegst, was hier abgeht. Dabei kann ich dir gleich noch ein bisschen was über das Spektakel hier erzählen. Ich schätze, du weißt auch nicht viel über die Tradition der Johannisfeuer, die zur Sonnenwendfeier überall am Berg angezündet werden, oder?«

»Ich weiß, dass es die Feuer gibt und dass da Strohpuppen verbrannt werden, aber das war's auch schon«, gestand Hannah. »Es geht um die Vertreibung von bösen Geistern, richtig?«

»Um ihre Abwehr, ja, dass die Dämonen gar nicht erst kommen. Außerdem sollen die Feuer auch vor den Hagelstürmen bei Sommergewittern schützen. – Die Sache mit den Strohpuppen nennen sie hier ›Peterl-Verbrennen‹, hat etwas mit den Heiligen Peter und Paul zu tun, damit der Hof nicht abbrennt, was ja früher oft genug passiert ist. In Andalusien verbrennen sie auch eine Puppe, aber da ist es die Judas-Puppe, du weißt schon, Judas, der Jesus verraten hat! Die Puppe stellt immer jemanden dar, der sich unbeliebt gemacht hat, mit Geiz oder Korruption oder irgendwas anderem. Sie wird auf einen angespitzten Holzpfahl gesteckt und so lange übers Feuer gehalten, bis der Judas lichterloh brennt.«

Hannah nickte. Beides hatte sie bereits ebenfalls im Netz gefunden. Und natürlich war der 21. Juni der längste Tag des Jahres, von nun an würden die Tage wieder kürzer werden, daher ja auch der Name: Sonnenwende.

»Und das Feuer selbst ist ... ein Symbol für die Sonne?«

»Richtig. Außerdem feiern wir da die Geburt Johannes des Täufers, der im Christentum als der wichtigste Prophet vor Jesus Christus verehrt wird. Und noch jede Menge mehr.« Toni winkte ab, als wäre es müßig, alles aufzuzählen, was mit dem Fest zur Sommersonnenwende zu tun hatte. »Ich hab eine Liste mit ein paar Stichwörtern ausgedruckt, liegt auf dem Revier, kannst du dir nachher gleich ansehen. Ich glaube allerdings nicht, dass es uns wirklich weiterhelfen wird, wenn wir wissen, dass der Johannistag auch das Ende der Spargelsaison ist oder dass um diese Zeit bei Buche und Ahorn der zweite Blattaustrieb beginnt und es sinnvoll ist, jetzt die Hecken zurückzuschneiden.«

»Bleiben uns also diese Puppen, die ins Feuer geworfen werden, als Ansatzpunkt für eine Arbeitshypothese«, überlegte Hannah laut.

»Bleiben uns die Puppen«, bestätigte Toni. »Nur dass hier offenbar irgendjemand die fatale Idee hat, Menschen statt Puppen ins Feuer zu werfen. Und vor genau diesem Hintergrund würde ich auch die anonyme Morddrohung sehen! Viel Zeit haben wir nicht, wenn wir verhindern wollen, dass übermorgen wieder jemand in den Flammen umkommt.«

Hannah stieß die Luft aus, als könnte sie so die gespenstischen Bilder in ihrem Kopf vertreiben. Aber die Bilder blieben. Zum Schrei verzerrte Münder, Augen wie schwarze Löcher im fahlen Bleich der Gesichter, Haare, die lichterloh brannten, in der Hitze der Flammen zu grotesken Formen erstarrte Glieder.

Wenn Tonis Mutmaßung stimmte, dass dieser ungeklärte Fall mit dem Hippie-Mädchen ein Mord gewesen war, ein Ritual-Mord, was auch immer, dann unterschied sich der Fall tatsächlich von den anderen Feuertoten, zumal das Hippie-Mädchen als Einzige nicht aus dem Dorf gestammt hatte. Toni hatte recht, sie mussten unbedingt mehr über diese Sache erfahren, das hatte zunächst Priorität.

Sie waren mittlerweile am Marktplatz mit dem Brunnen angelangt. Die Geschichte mit den Feuertoten wollte so gar nicht zu diesem Ort passen, der wie aus dem Bilderbuch wirkte. Die Häuser mit ihren Lüftlmalereien kauerten wie hingeduckt unter den mit Steinen beschwerten Schindeldächern, die Geranienkästen vor den Fenstern waren grellrote Farbtupfer im hellen Licht der Sonne.

Fehlt eigentlich nur noch ein Bauer mit seinem Ochsenkarren, dachte Hannah, oder wenigstens ein Pferdefuhrwerk mit dem Paar aus dem Wetterhäuschen auf dem Kutschbock, er im karierten Hemd und Lederhosen, sie im geblümten Dirndl …

Im selben Moment bog tatsächlich ein Pferdefuhrwerk auf den Platz ein, das Klappern der Hufe hallte laut von den Hauswänden zurück, das heisere »Hüh!« des Kutschers klang wie ein Ruf aus längst vergessenen Zeiten. Das Pferd war ein Shire Horse, ein wahres Ungetüm von Tier, mehr Schlachtross als Kutschpferd, schwarz-weiß gefleckt und mit buschigem Behang an den Fesseln.

Drei Leute saßen auf dem Wagen, der rotbärtige Mann, der die Zügel hielt, trug Lederhosen, allein seine Rastazöpfe machten deutlich, dass er sicher nicht das Regenmännchen aus dem geschnitzten Wetterhäuschen war. Ebenso wenig wie die beiden blutjungen Frauen links und rechts von ihm, beide mit glatten langen Haaren, Madonnenscheiteln und bunten Batik-Shirts, die eine mit einem Säugling im Arm, dem sie die Brust gab.

Der Wagen hatte einen Zeltaufbau und war mit allen möglichen Gerätschaften beladen. Die Plane war über die ganze Fläche mit einem Bild aus der Zeit des Vietnamkriegs bemalt – ein Gewehr, das mit einem Knoten im Lauf unbrauchbar gemacht worden war.

Neben dem Fuhrwerk her lief ein Border Collie.

»Darf ich vorstellen?«, sagte Toni und deutete auf den Mann, der kurz die Hand zum Gruß hob. »Da hast du Lennart aus Geismar in Hessen. Er kommt jedes Jahr hierher, den ganzen Weg mit Pferd und Wagen über irgendwelche

Nebenstraßen. Ich hab gestern schon kurz mit ihm gesprochen, da waren auch noch die beiden größeren Jungen dabei, die er mit der Frau links hat, mit der anderen hat er jetzt das Baby, siehst du ja.«

Es war nicht ganz klar, was Toni von dem selbsternannten Pascha auf dem Kutschbock hielt, Hannah meinte, neben dem offensichtlichen Sarkasmus auch eine leichte Verachtung aus ihren Worten zu hören.

»Und du brauchst gar nicht erst zu fragen«, redete Toni weiter, »die Antwort ist nein, der Typ hat nichts zu sagen, jedenfalls nichts, was uns helfen würde. Nur Geschwätz, dass es alles mit den Sternen zu tun hätte und so …«

»Wie jetzt? Das verstehe ich nicht.«

»Die Toten. Der Mann aus dem Dorf im letzten Jahr und davor die Hippie-Frau. Und noch weiter zurück die anderen Unfälle und Selbstmorde, die es hier gegeben hat. Die Sterne standen ungünstig, deshalb ist das passiert, alles klar?«

Jetzt war ihre Ablehnung ganz deutlich, Hannah sah keinen Anlass, ihr zu widersprechen.

Dicht hinter dem Fuhrwerk bog ein bunt bemalter, ausrangierter Linienbus mit französischem Kennzeichen auf den Platz ein, MAGIC BUS war in Spiegelschrift quer über die Kühlerhaube gemalt, der Hippie hinter dem Lenkrad sah Lennart zum Verwechseln ähnlich. Auf dem Dach war ein Lautsprecher montiert, Hannah meinte, eben noch die letzten Töne eines alten Beatles-Songs zu erkennen, den sie schon ewig nicht mehr gehört hatte: *All You Need is Love*. Gleich darauf ging es weiter mit *Magical Mystery Tour*.

Ein alter Mann aus dem Dorf hob drohend die Faust, als der Bus im Schritttempo an ihm vorüberfuhr. Ein paar Kinder kamen aus der Gasse gestürmt und folgten dem knatternden Gefährt, das sie in eine bläuliche Abgaswolke hüllte.

»Wo wollen die hin?«, fragte Hannah. »Geht es da zum Festivalgelände?«

»Die Straße hoch und über die Brücke an der Kirche«, bestätigte Toni. »Dahinter ist die Wiese mit den Zelten und Campingbussen und der Bühne. Du wirst es gleich mit eigenen Augen sehen. Ein bisschen wie Woodstock, nur halt kleiner. Mach dich auf was gefasst!«

Aber dann waren sie gerade erst an der Ecke mit der Metzgerei und dem dazugehörigen Gasthaus, als Tonis Handy klingelte.

»Die Dienststelle hier im Dorf«, sagte sie mit einem Blick aufs Display, »da muss ich rangehen.«

Kaum hatte sie das Gespräch angenommen, zog sie auch schon irritiert die Augenbrauen zusammen, um kurz darauf zu fragen: »Was? Wer? Der Neumetzler Alois? Vom Spukhof? – Jaja, natürlich will ich mit ihr reden. Ich bin hier gerade mit der Kollegin von der Sondereinheit, wir kommen sofort rüber. Haltet seine Frau so lange auf! Fünf Minuten, dann sind wir da.«

Sie unterbrach die Verbindung.

»Die Frau vom Neumetzler-Hof hat gerade ihren Mann als vermisst gemeldet. Seit gestern ist er verschwunden und auch in der Nacht nicht nach Haus gekommen.«

»Könnte das … mit der anonymen Drohung zusammenhängen?«

»Es würde passen, oder?« Toni schüttelte unwillig den Kopf. »Ich kenne ihn, er ist der Neffe des Mannes, der letztes Jahr … verbrannt ist. Er hat zwei kleine Mädchen, soweit ich mich erinnere. Hoffen wir mal, dass er nur in der Stadt versackt ist und von ganz alleine wieder auftaucht.«

2. Kapitel

Den beiden Polizisten auf dem Revier in Wildbrunn war es nicht gelungen, die Frau von Alois Neumetzler zu bewegen, auf Toni und Hannah zu warten. Als Hannah mit ihrer Kollegin keine zehn Minuten nach dem Anruf auf dem Revier erschien, war Alois' Ehefrau bereits wieder gefahren: »Als hätte sie plötzlich Angst gehabt, dass die Anzeige ein Fehler war«, erklärte der ältere Polizeihauptmeister, der sich als Huber Sepp vorgestellt hatte. »Sie ist regelrecht geflohen, als sie gehört hat, dass eine Kommissarin aus der Stadt und noch eine andere mit ihr sprechen wollen. Mit quietschenden Reifen vom Parkplatz, wie bei einer Flucht«, wiederholte er. »Keine Ahnung, wo sie hin ist. Aber sie war ohnehin völlig durch den Wind.«

»Okay«, sagte Toni. »Versuchen wir es erst mal auf dem Hof. Vielleicht wollte sie so schnell wie möglich wieder nach Hause. Ich erinnere mich, dass sie kaum etwas gesagt hat, als ich letztes Jahr bei den Neumetzlers war, bei der Ermittlung wegen des Unfalls mit dem Onkel. Der Alois hat die meiste Zeit geredet, die Frau hat ganz still danebengehockt und nur genickt oder den Kopf geschüttelt, wenn ich sie was gefragt habe. Als hätte sie vor irgendetwas Angst gehabt. Vielleicht auch vor mir. Vor der Polizei! Das wäre eine Erklärung dafür, dass sie sich erst jetzt gemeldet hat.«

»Aber wieso ist sie dann persönlich hergekommen?«, fragte Hannah. »Sie hätte auch anrufen können.«

»Hat sie ja getan«, erklärte Huber. »Aber ich hab sie herbestellt, wegen dem Formular, was sie unterschreiben muss und so. Entweder Formular im Internet ausfüllen oder persönlich kommen. Kann ja nicht einfach jeder anrufen und irgendwas behaupten! Es muss schon alles seine Richtigkeit haben, sonst können wir gleich einpacken. Wenn sich keiner mehr an die Regeln hält, geht alles den Bach runter. Sieht man ja bei den Irren da draußen!«

Er zeigte vage in Richtung Festivalgelände. »Wenn Sie mich fragen, würde ich sie alle miteinander nach Hause schicken. Gar nicht erst lange fackeln, zwei, drei Bulldozer über den Platz und fertig. Fall erledigt. Haben wir ja in den Siebzigern auch hingekriegt, als sie bei jeder Gelegenheit ein Hüttendorf gebaut haben, sind dieselben Typen wie damals, ich war oft genug dabei, ich weiß, wovon ich rede. Spinner und Randalierer! Kein Wunder, wenn es dann es-ka-liert. Womöglich haben's jetzt auch den Neumetzler auf dem Gewissen!«

»Wie meinen Sie das?« Hannah blickte irritiert zu Toni, die aber nur die Augenbrauen zusammenzog und unwillig den Kopf schüttelte.

»Na«, dozierte Huber in einem Tonfall, als würde er mit jemandem reden, der ein bisschen schwer von Begriff war, »ich seh das so: Die haben jemanden gesucht, den sie übermorgen ins Feuer werfen können, ist ja praktisch Werbung für die, wenn wieder einer umkommt. Sensationsgeil sind sie alle, dafür schrecken sie doch vor nichts zurück. Also haben sie sich den Neumetzler geschnappt, vielleicht als er nachts betrunken mit dem Rad nach Hause wollte, so hat er es ja immer gemacht, wenn er einen in der Krone hatte. Haben ihn geschnappt und erst mal irgendwo versteckt, bis die Feuer angezündet werden. Vielleicht ist er auch schon tot, kann gut sein, dann müssen sie nicht erst noch auf ihn aufpassen, eine Leiche haut nicht ab, das macht es einfacher …«

»Ist gut jetzt«, mischte sich Toni ein. »Ihre Phantasiegeschichten bringen uns nicht weiter!« Sie stieß verächtlich die Luft aus, als hätte sie Mühe, nicht noch deutlicher zu werden, und wandte sich zum Gehen.

Huber erhob sich hinter seinem Schreibtisch und beugte sich vor, als wollte er sie am Arm packen, um sie festzuhalten. »Ich wollte nur hilfreich sein, wenn das nicht gewünscht ist, bitte, nicht mein Problem. Aber es bleibt dabei«, knurrte er, während er sich wieder setzte, »ich hab keine Ahnung, warum da nicht einfach kurzer Prozess mit den Spinnern gemacht wird! Wenn es nach mir ginge …«

»Geht es aber nicht«, unterbrach ihn Hannah. »Zum Glück! Und um auf Ihre Frage zu antworten, warum wir die Spinner, wie Sie es nennen, nicht kurzerhand in den nächsten Knast stecken – weil es bestimmte Regeln gibt, wie Sie ja selber gesagt haben.«

Hannah merkte, dass sie kurz davor war, den Mann anzuschreien. Er gehörte zu genau der Sorte Polizisten, derentwegen sie bereits mehr als einmal versucht gewesen war, sich einen anderen Beruf zu suchen.

Toni winkte ihr, dass sie gehen sollten. Ohne Gruß verließen sie das Revier.

»Den merke ich mir«, sagte Hannah, als sie quer über den Parkplatz liefen.

Toni nickte. »Vielleicht hat er sogar recht mit seinem Dummgeschwätz, zumindest die Idee mit der Werbung könnte passen, da sind garantiert eine Menge Fans von heidnischen Ritualen unter den Festival-Typen. Wir sollten das auf jeden Fall im Kopf behalten, ich denke, die Hippies sind durchaus eine Spur, der wir folgen sollten. Aber ich hätte dich warnen sollen, der Hauptmeister ist einfach unmöglich! Der andere Kollege ist dafür ganz okay, ich habe ihn auch letztes Jahr schon kennengelernt.«

»Dann lass uns mit dem arbeiten, bitte, ja? Und denk dir irgendwas aus, womit du diesen bornierten Blockwart beschäftigen kannst. Ich möchte jedenfalls möglichst nicht allzu oft mit ihm zu tun haben.«

»War mein Plan«, versicherte Toni. »Ich lass mir was einfallen. – Blockwart ist gut«, kicherte sie, während sie mit dem Funkschlüssel die Türen des Alfa öffnete. »Aber wir haben Wichtigeres zu tun, als uns mit solchen Deppen zu beschäftigen. Fahren wir!«

Der Neumetzler-Hof sah besser aus, als Hannah ihn sich nach Tonis Beschreibung vorgestellt hatte. Von einem »Spukhof« konnte jedenfalls keine Rede sein, im Gegenteil, das Haus war frisch gestrichen, die Geranien vor den Fenstern blühten, unter einem Kirschbaum standen ein Gartentisch und Stühle, als würde sich hier jeden Moment eine glückliche Familie zu Kuchen und selbstgemachter Limonade einfinden.

Auch das alte Mühlengebäude mit dem geborstenen

Holzrad und den verrammelten Fensterläden wirkte eher pittoresk als armselig oder verkommen, der tosende Wasserfall und die Ziegen auf der Bergwiese im Hintergrund ließen das Ganze aussehen wie die mit Photoshop bearbeitete Aufnahme einer Lost-Places-Serie. Bei den Ziegen musste Hannah unwillkürlich an einen anderen Fall denken, in dem ihr ein Ziegenbauer nahezu wörtlich gesagt hatte: »Ziegen verlaufen sich nicht, sie versteigen sich auch nicht im Fels. Schafe ja, Ziegen nie, sie finden immer ihren Weg.«

Was ein deutlicher Widerspruch zu der Geschichte war, die Toni ihr eben noch mal über den ersten Todesfall auf dem Neumetzler-Hof berichtet hatte – die Frau, die angeblich von den Felsen am Wasserfall gestürzt war, als sie eine verirrte Ziege retten wollte.

Vielleicht täuscht das Idyll, dachte Hannah. Vielleicht ist hier nichts so, wie es sein soll. Vielleicht war das damals mit der Frau gar kein Unfall gewesen. Später war dann ihre Tochter im Sonnwendfeuer umgekommen. Ein Selbstmord. Und zehn Jahre danach hatte noch ein weiteres Mädchen, eine Sechzehnjährige, die ebenfalls von diesem Hof kam, Selbstmord begangen.

Dass die toten Frauen alle von hier stammten, hatte Hannah jetzt zum ersten Mal gehört, das war in der kurzen Zusammenfassung, die sie als »Briefing« erhalten hatte, nicht erwähnt gewesen.

Drei tote Frauen, deren Todesumstände niemals genauer untersucht worden waren: ein angeblicher Unglücksfall und zwei Suizide, eine Frau und ein Mädchen, die den Feuertod gewählt hatten. Schließlich eine Pause von zwanzig Jahren, bis zu diesem Hippie-Mädchen. Niemand vom Neumetzler-Hof, aber wieder eine Frau, wieder das Sonnenwendfeuer. Und nur ein Jahr später dann erneut jemand vom Hof, diesmal allerdings ein Mann.

Das ergab kein klares Muster, die einzige Gemeinsamkeit war der jeweilige Zeitpunkt der Todesfälle, das Sonnenwendfeuer. Und natürlich rückten damit die Hippies, die Festivalleute, in den Fokus der Ermittlungen. »Es wird wieder jemand brennen« – der mögliche Zusammenhang zwischen der anonymen Drohung und der Vermisstenanzeige, die Alois' Frau am Vormittag gemacht hatte, war nur zu offensichtlich.

Toni hatte richtiggelegen mit ihrer Vermutung, dass die Ehefrau von Alois Neumetzler zurück auf ihren Hof gefahren war. Als Hannah kurz die Hand auf die Kühlerhaube des kleinen Suzuki-Jeeps legte, war der Motor noch warm.

Die Frau öffnete die Tür, noch bevor Hannah und Toni die alte Kuhglocke läuten konnten, die als Klingel am Türrahmen angebracht war.

»Frau Neumetzler, dürfen wir reinkommen?« Toni schob sich bereits an ihr vorbei, ohne eine Antwort abzuwarten. »Das ist meine Kollegin, Hauptkommissarin Hannah Meyer, die mich zurzeit bei den Ermittlungen in einem anderen Fall unterstützt.«

Kein Wort über Hannahs Sondereinheit, und auch kein Wort darüber, dass die Frau nicht im Revier auf sie gewartet hatte.

Hannah fand Tonis Vorgehen richtig, die Frau wirkte ohnehin schon verschreckt genug, als würde sie tatsächlich Angst vor der Polizei haben. Oder zumindest bereuen, sich wegen ihres Mannes an die Polizei gewandt zu haben.

Hinter ihr tauchten jetzt zwei Mädchen auf, Hannah schätzte die Kleinere auf acht oder neun Jahre, die Größere war sicher schon zwölf oder dreizehn.

»Ich bin Mila«, plapperte die Kleine los, »und meine Schwester heißt Lea. Sie sind hier, weil unser Papa verschwunden ist, oder?« Sie trat aufgeregt von einem Fuß auf den anderen. »Wissen Sie, wo er ist?«, fragte sie mit so viel hoffnungsvoller Erwartung in der Stimme, als könnte allein die Tatsache, dass zwei Polizistinnen gekommen waren, nur Gutes bedeuten.

»Quatsch, natürlich nicht«, wies ihre ältere Schwester sie zurecht. »Sei einfach mal still, du nervst.«

Der Blick, mit dem Lea Hannah und ihre Kollegin musterte, war kaum anders als feindselig zu nennen.

»Sie ist gerade in einem schwierigen Alter«, erklärte ihre Mutter.

»Sie ist nämlich in der Pu-ber-tät«, setzte Mia ein wenig altklug hinzu. »Ich werde später auch mal so.«

Die Mutter der beiden Mädchen bat die Polizistinnen nicht in die Wohnung, stattdessen standen sie immer noch im Hausflur, gleich neben der Tür zur Küche. Hannah sah, dass sich der Abwasch in der Spüle türmte, über den Essensresten auf den Tellern, die auf dem Tisch standen, summten dicke Fliegen. Es waren vier Teller, der vierte allerdings war unbenutzt. Auch Toni hatte das bemerkt und fragte ganz direkt: »Haben Sie noch jemanden erwartet?«

»Für Papa!«, meldete sich Mila prompt wieder zu Wort. »Wenn er heimkommt, hat er doch bestimmt Hunger.«

Lea verpasste ihr einen Stoß mit dem Ellbogen. Mila beschwerte sich postwendend bei der Mutter, die ihrer älteren Tochter mit dem Zeigefinger drohte.

»Wir haben gehofft, dass der Vater vielleicht doch ...« Die Mutter schüttelte den Kopf. »Ist er aber nicht, deshalb bin ich dann zur Polizei.«

»Erzählen Sie uns bitte alles, was Ihnen einfällt«, sagte Toni. »Auch wenn es Ihnen unwichtig erscheint, aber es kann uns vielleicht weiterhelfen. Sie haben angegeben, dass Ihr Mann gestern Abend das Haus verlassen hat. Wann war das ungefähr?«

Die Antworten der Neumetzler-Frau waren eher einsilbig, aber es zeichnete sich doch ein relativ klares Bild ab. Alois Neumetzler war nach dem Abendbrot aufgebrochen, um mit dem Fahrrad ins Dorf zu fahren. Das tat er manchmal.

»Wenn er mal ... eine Abwechslung braucht«, wie es seine Frau zunächst formulierte, bis sie ihre Antwort auf Hannahs Nachfragen präzisierte: »Er hat da im Wirtshaus dann immer was getrunken. Im Braunen Hirschen!«

Aber dann war er nicht wie sonst irgendwann in der Nacht wieder aufgetaucht, auch nicht zum Frühstück.

»Hat er Freunde im Dorf?«, wollte Toni wissen. »Mit wem trifft er sich da im Wirtshaus?«

»Egal, sie kennen ihn alle. Und der Wirt ja sowieso.«

Mit dem Wirt hatte Neumetzlers Frau auch bereits telefoniert. Noch bevor sie die Polizei angerufen hatte. Neumetzler war bis kurz nach eins im Braunen Hirschen gewesen, der Wirt hatte bereits angefangen, die letzten Gläser abzuspülen und die Stühle hochzustellen, als Neumetzler sich von seinem Thekennachbarn verabschiedet hatte und zur Tür gewankt war. Der Thekennachbar war kurz nach ihm aufgebrochen.

»Hat der Wirt gesagt, wer das war?«, fragte Toni.

»Einer von den Festivalleuten, von den Hippies. Der Alois kennt ihn gut, weil er ihm ja auch die Wiese verpachtet und immer Holz für die Feuer bei denen auf dem Gelände verkauft hat. Ordentliches Holz, das auch lange brennt, Buche und Eiche! Nicht irgendwelches Gestrüpp, das nur Funken macht und keine halbe Stunde braucht, bis alles vorbei ist. Heiner heißt er, der Mann, meine ich. Er ist von Anfang an dabei, ich glaube, er hat das Festival sogar gegründet.«

Ob dieser Heiner dann ihren Mann vor der Tür noch getroffen hatte, ob sie sich vielleicht gemeinsam auf den Weg nach Hause gemacht hatten, wusste der Wirt nicht – das Festivalgelände lag rechts neben der Kirche auf der anderen Seite des Flusses, zum Neumetzler-Hof ging es hinter der Brücke nach links, ein Stück gemeinsamen Wegs wäre also durchaus möglich gewesen.

»Das Fahrrad«, mischte sich Hannah ein. »Können Sie sein Rad beschreiben? Vielleicht finden die Kollegen vom Revier es irgendwo, im Dorf oder …«

Toni nickte. »… auf dem Festivalgelände.«

Oder im Fluss, dachte Hannah, ohne den Gedanken laut zu äußern.

»Ein … ein schwarzes Rad, so ein … was früher Mountainbike hieß, aber nicht nur fürs Gelände, sondern auch, um ganz normal auf der Straße zu fahren, ich hab das englische Wort dafür vergessen …«

»ATB«, sagte Toni. »All-Terrain-Bike. Ein Trekkingrad.«

Hannah warf ihr einen erstaunten Blick zu, sagte aber nichts.

»Genau, so heißt das«, bestätigte Neumetzlers Frau. »Mit Batterie. Von welcher Firma das Rad ist, weiß ich nicht. Aber furchtbar teuer, können wir uns eigentlich gar nicht leisten so was. Und ist auch nichts für jemanden wie den Alois! Er ist doch keiner von diesen Angebern aus der Stadt, die hier am Wochenende auftauchen und sich wichtigmachen!«

»Wisst ihr die Marke?«, wandte sich Toni an die beiden Mädchen.

Mila schüttelte den Kopf.

Lea hatte bislang mit keiner Reaktion gezeigt, ob sie die Fragen der Polizistinnen überhaupt verstand, sondern nur mit zusammengepressten Lippen vor sich hin gestarrt.

Jetzt stieß sie plötzlich ihre Mutter zur Seite und rannte an Hannah und Toni vorbei zur Haustür hinaus.

»Entschuldigung«, murmelte Neumetzlers Frau. »Sie ist …« Sie zuckte mit den Schultern, als wäre es sinnlos, nach irgendeiner Erklärung zu suchen.

»Das kommt alles von dieser Pu-ber-tät«, erklärte Mila.

Von einer Sekunde zur nächsten schien Neumetzlers Frau jegliches Interesse daran verloren zu haben, noch weitere Fragen zu beantworten, vielmehr zeigte sie deutlich, dass sie das Gespräch jetzt beenden wollte – als hätte sie schon viel zu viel erzählt. Oder als wäre es ohnehin vertane Zeit, weil auch die Polizei nichts tun konnte, um ihren Mann wiederzufinden.

Nichts tun konnte oder nichts tun würde.

»Mehr weiß ich nicht. Und ich hab das ja auch alles

schon dem Huber Sepp auf dem Revier erzählt, damit er es ›zu Protokoll‹ nehmen kann.«

Dieses »zu Protokoll« klang so verächtlich, dass es den Eindruck ihrer vorherigen Sätze noch verstärkte. Hannah und ihrer Kollegin war klar, dass sie im Moment nichts Wesentliches mehr erfahren würden.

»Wir melden uns, sowie wir etwas Neues wissen. Wenn Ihnen noch etwas einfallen sollte, rufen Sie mich bitte direkt an, egal um welche Tageszeit, auch mitten in der Nacht.« Toni hielt der Frau eine Visitenkarte hin, für einen Augenblick schien es, als wollte sie die Karte nicht nehmen, dann schob sie sie ohne einen weiteren Blick in die Tasche ihrer Schürze.

Kaum dass sie wieder im Alfa saßen, griff Toni nach dem Funkgerät und gab die spärlichen Angaben über das Trekkingbike an die Kollegen im Revier durch.

Dann blickte sie zu Hannah: »Fahren wir aufs Festivalgelände? Und suchen diesen Heiner? Es gibt eine Art Infobude da, wo auch das Orga-Team ist, vielleicht haben wir Glück.«

Hannah nickte nur. In Gedanken war sie noch bei dem merkwürdigen Verhalten von Neumetzlers Frau. Irgendetwas passte nicht. Hannah hatte das Gefühl, dass sie etwas übersehen hatten, was wichtig war. Einen Satz, eine unbedachte Reaktion. Aber sie bekam den Gedanken nicht zu fassen.

Toni setzte zurück und wollte eben auf die schmale Teerstraße am Fluss einbiegen, als ihnen Lea vors Auto lief und die Hand ausstreckte, dass sie halten sollten.

»Ich hoffe, ihr findet ihn nicht!«, schrie sie mit einem Gesichtsausdruck, der eine Mischung aus Wut und Verzweiflung war. »Ich will nicht, dass er zurückkommt. Er soll wegbleiben, für immer!«

Bevor Hannah oder Toni reagieren konnten, drehte sie sich wieder um und rannte davon.

Neumetzler-Hof, Wildbrunn 1970

Der Hof lag ganz am Ende des Tals, grau und ärmlich. Das unaufhörliche Rauschen des Wasserfalls war wie die stetige Erinnerung, dass sich nichts ändern würde, alles würde bleiben, wie es immer war. Die Sonne schien den Platz nahe der Felswand selbst im Hochsommer zu meiden, im Winter wehte der Wind feuchtkalte Nebelschwaden herüber, die sich wie eine unsichtbare Schicht auf die Haut legten und das Atmen schwer machten.

Wenn der Wildbach im Frühjahr bei der Schneeschmelze zum Fluss anschwoll, über die Ufer stieg und bis ins Haus strömte, stellten sie die Tische und Stühle auf Holzpaletten, um nicht im Nassen zu sitzen. Im Obergeschoss war es besser, aber auch hier war die Nässe überall zu spüren, das Bettzeug war klamm, bei starkem Regen suchte sich das Wasser einen Weg durch das undichte Dach und bildete kleine Pfützen auf dem Fußboden.

Noch eine Generation zuvor hatte der Hof als Wassermühle gedient, jetzt war das Mühlrad geborsten, das Mahlwerk verrostet, die hölzernen Rinnen waren verfault. Xaver hatte die Tür zur eigentlichen Mühle mit schweren Eichenbalken versperrt und die Fenster vernagelt, nur auf dem Dachboden gab es noch eine schmale Öffnung, einer Schießscharte nicht unähnlich, durch die emsig die Schwalben ein und aus flogen, zum Herbst hin kamen die Fledermäuse, im Winter wohnte ein Marder dort oben, manchmal konnten sie sehen, wie er in der Dämmerung eine tote Maus oder Ratte in sein Versteck schleppte.

Es war den Kindern streng verboten, mit der Leiter nach oben zu steigen. Als Xaver den kleinen Johann dabei erwischte, wie er sich gerade durch die enge Luke quetschen wollte, hat er ihn erst windelweich geprügelt und dann für die Nacht in die Kammer neben der Küche gesperrt.

Da konnte die Mutter bitten und betteln, der Xaver hatte kein Nachsehen – »Wer nicht hören will, muss fühlen«, war der Leitsatz, nach dem er seine Erziehung ausrichtete. Ebenso wie sein Leben und das seiner Familie. Das änderte allerdings nichts daran, dass der Johann auch weiterhin unbedingt wissen wollte, was wohl auf dem Dachboden der alten Mühle versteckt sein mochte, das der Vater so besorgt vor ihnen geheim hielt.

Aber der Xaver konnte auch anders. Wenn sie am Sonntag mit dem alten VW-Bus zur Kirche in Wildbrunn fuhren, war er herausgeputzt wie kaum ein Zweiter. Im schicken Anzug, mit schneeweißem Hemd, dezent gestreifter Krawatte und schwarzem Hut, die Schuhe auf Hochglanz geputzt. Und seine Frau im hochgeschlossenen Dirndl mit gestreifter Trachtenschürze, zwischen ihnen auf der Doppelsitzbank die Maria, auch sie im Dirndl. Später dann noch der kleine Johann, ebenfalls mit weißem Hemd und Krawatte, sittsam und bescheiden bei der Mutter auf dem Schoß.

Eine fesche Familie, die versuchte, ein wenig Eindruck zu schinden, auch wenn jeder im Dorf wusste, dass ihr Auftreten so gar nicht den Zuständen auf dem Hof entsprach.

Der verschrammte VW-Bus passte da schon eher, aber für ein anderes Auto reichte das Geld nicht, und sie brauchten einen Lieferwagen, wenn Xaver mittwochs und freitags auf den Markt in der Kreisstadt fuhr, um seinen Ziegenkäse zu verkaufen. Siebzig Ziegen hatten sie auf dem Neumetzler-Hof. Zweimal am Tag wurde gemolken, die Mutter verbrachte die meiste Zeit in der Käseküche, während Xaver am Stall werkelte oder notdürftig die dringendsten Reparaturen am Haus erledigte.

Der kleine Johann wurde schon früh mit eingespannt, zu seinen ersten Worten gehörte der Satz: »Johann muss noch Mist schaufeln.«

Ins Wirtshaus ging der Xaver nur selten, manchmal nahm er das Fahrrad und kam erst spät in der Nacht singend und in Schlangenlinien fahrend nach Hause. Wenn ihm dann etwas im Haus auffiel, das nicht so war, wie es sein sollte, holte er seine Frau und die Kinder aus dem Bett. Johann und Maria bekamen ihre Prügel mit dem Besenstiel, die Frau schlug er mit den bloßen Händen. Am nächsten Morgen entschuldigte er sich reuig und gelobte Besserung.

»Ich hau euch nie wieder«, versprach er, »aber ihr müsst tun, was ich sage, sonst vergesse ich mich. So ist meine Natur, ich kann nichts dafür.«

Im Sommer war es ein bisschen besser, da zogen sie zusammen mit den Tieren auf die Alm hinauf, hier gab es Sonne und blühende Blumenwiesen, die sie das feuchte Loch im Tal für ein paar Wochen fast vergessen ließen.

Der Vater hatte blendende Laune und scherzte mit der Mutter, zeigte dem Jungen, wie man allerlei wunderliche

Tierfiguren aus einem Stück Holz schnitzen konnte, und spielte Verstecken mit der Tochter. Maria war sein Liebling, er tat alles für sie, trug sie stundenlang auf den Schultern über die Wiesen, brachte sie am Abend ins Bett und blieb bei ihr, bis sie endlich schlief.

Natürlich war Johann eifersüchtig. Vor allem seit die kleine Schwester plötzlich alles durfte, während er selber bei den geringsten Widerworten sofort eine Ohrfeige kassierte.

Aber so war es nun mal. Und auch als er in die Schule kam, änderte sich nur wenig. Er war froh über die paar Stunden im Schulhaus, über den Weg nach Wildbrunn und zurück, über die Lehrerin, die ihn oftmals lobte, weil er so fleißig war. Die Mitschüler hänselten ihn als den »Ziegenpeter«, aber es war nicht so schlimm, solange er beim Murmelspielen gewann und bald auch lernte, bei einem Streit ohne Warnung zuzuschlagen – er hatte ja in seinem Vater das beste Vorbild und wusste, wo man den anderen treffen musste, damit es ordentlich weh tat.

So ging es jahraus, jahrein ohne große Veränderungen, ganz so, wie es das Rauschen des Wasserfalls immer schon prophezeit hatte. Bis die Mutter einen fürchterlichen Streit mit dem Vater hatte, der damit endete, dass Xaver mit dem Stemmeisen die Eichenbalken von der Tür zur Mühle riss und von da an nur noch zum Essen an den großen Tisch in der Küche kam. Er sprach kaum noch ein Wort und strafte die Mutter mit Missachtung. Was die ihm allerdings auf die gleiche Weise heimzahlte.

Ein einziges Mal nur wagte es Johann, die Mutter zu fragen, was eigentlich los sei. Die Antwort war ebenso vage wie schwer zu deuten. »Der Herrgott straft uns für unsere Sünden«, sagte die Mutter. Und dann noch: »Sei du bloß froh, dass du kein Mädchen bist. Die schlimmsten Prügel sind besser als das andere, glaub mir.«

Johann mit seinen elf Jahren hatte keine Ahnung, was »das andere« wohl sein mochte.

Am Tag danach war die Mutter verschwunden. Sie fanden sie erst am nächsten Morgen, ihre Leiche hatte sich in den Ästen einer entwurzelten Birke verfangen, die am Ufer des Wildbachs lag.

In der Zeitung stand, dass es ein Unfall gewesen war. Die Mutter hatte eine Ziege retten wollen, die sich in dem Felsen verirrt hatte. Und dabei musste sie weggerutscht und den Wasserfall hinabgestürzt sein.

So hatte Xaver, ihr Mann, es auch der Polizei erzählt.

3. Kapitel

»Denkst du dasselbe wie ich?«, fragte Toni, als sie auf das Festivalgelände zufuhren.

Es war klar, dass sich Tonis Frage nicht auf die Hippies bezog, Toni sprach von Lea, der älteren Neumetzler-Tochter, die sich wünschte, dass ihr Vater für immer verschollen blieb. Aber Hannah brauchte einen Moment, bis sie erwiderte: »Und die Mutter weiß es! – Was glaubst du, macht sie das zu einer Verdächtigen? Hat sie irgendwas mit dem Verschwinden ihres Mannes zu tun?«

»Ich fürchte ja. Zumindest können wir es nicht ausschließen.«

»Und die Tochter? Lea?«

»Hör auf, bitte! – Ich weiß, was du sagen willst, es wäre nicht das erste Mal, dass das Opfer ... Aber das Mädchen ist dreizehn, Hannah!«

Ein Typ in Batikhemd und Pluderhose winkte sie auf die frisch gemähte Wiese, die als Parkplatz diente. Es gab viele VW-Busse, meist ältere Modelle, und eine ganze Reihe Lkws, die im Kreis zu einer Wagenburg geparkt waren. Zu Wohnmobilen umgebaute Laster vom THW oder der Feuerwehr, auch ein ehemaliger Militärlaster. Ein Wagen war großflächig mit indischen Kühen vor der Kulisse des Himalaya bemalt, viele hatten Anti-Atomkraft-Aufkleber oder Regenbogenfahnen. Dicht am Ufer des Flusses mit seinen Kiesbänken standen drei oder vier alte Linienbusse, alle bunt gestrichen, lila, pink, sonnengelb. Hannah erkannte auch den französischen Bus mit dem Blumenmuster wieder, den sie am Marktplatz gesehen hatten.

Der Alfa passte in diese Ansammlung von eher skurrilen Fahrzeugen, die jedem TÜV-Prüfer die Schweißperlen auf die Stirn treiben mussten, ungefähr so wenig wie der sprichwörtliche bunte Hund, jedenfalls fielen sie auf! Und es dauerte keine zwei Minuten, bis eine Schar kleiner Kinder vom Flussufer her angerannt kam und sie neugierig umringte. Vor allem die Jungen waren höchst interessiert an den Felgen des Sportwagens, an dem vielen Chrom, dem Kühlergrill, dem Holzlenkrad. Einen vielleicht zehnjährigen Jungen konnte Toni gerade noch zurückziehen, als er bereits Anstalten machte, über die geschlossene Tür hinweg auf den Fahrersitz zu klettern.

»Ich will nur wissen, wie viel der fährt«, beschwerte sich der Junge.

»Okay.« Toni nickte. »Guck auf den Tacho.« Sie machte ihm die Tür auf, die anderen wichen ehrfürchtig zurück, als der Auserwählte jetzt tatsächlich auf den Ledersitz durfte.

»Boah, zweihundertachtzig!«, informiert er seine Freunde. »Ist ja irre!«

Es ist vollkommen egal, wo oder wie sie groß werden, dachte Hannah, sie sind wie alle Kinder. Oder zumindest alle Jungen. Aber auch wenn wir keine Ahnung haben, was genau da nun auf dem Neumetzler-Hof passiert ist oder immer noch passiert, wäre es für ein Mädchen wie Lea sicher besser gewesen, sie wäre hier in dieser Blumenkinder-

Szene groß geworden. Oder auch nicht, korrigierte sie sich sofort selbst, als sie unwillkürlich an ihren ersten Eindruck von den New Age Travellers damals in Irland denken musste. An den Vater, der seine Kinder mit Stiefeltritten traktiert hatte. Lange Haare und ein Leben im Laster sind noch lange kein Garant dafür, dass alles besser und schöner ist als im bürgerlichen Milieu, dachte sie.

Der Junge am Lenkrad begeisterte sich immer noch für die angebliche Geschwindigkeit des Alfa.

»Stimmt aber nicht«, erklärte Toni. »Alle Tachos lügen, da steht immer mehr drauf, als das Auto in Wirklichkeit fährt, kannst du dir gleich mal merken.«

»Echt?«

»Echt.«

»Voll fies, Mann! Voll die Verarsche!«

Auch die Freunde machten ihrer Empörung über diese Ungeheuerlichkeit lautstark Luft. Bis sich ein Mädchen vor Hannah aufbaute, sie von Kopf bis Fuß musterte und dann fragte: »Wer seid ihr?«

Nach ihrem Tonfall hätte sie ebenso gut sagen können: »Was wollt ihr hier? Ihr gehört nicht zu uns.« Was ja auch stimmte.

»Wir möchten mit jemandem reden, der Heiner heißt«, antwortete Hannah. »Ihr kennt ihn bestimmt. Wisst ihr, wo wir ihn finden?«

»Und warum wollt ihr mit Heiner reden?«, fragte das Mädchen anstelle einer Antwort zurück.

»Wir haben ein paar Fragen«, mischte sich Toni ein. »Wir sind von der Polizei. Wollt ihr meinen Ausweis sehen?«

Was auch immer sich Toni bei ihrer Erklärung gedacht hatte – der Effekt war verblüffend.

Für eine Sekunde starrten die Kinder sie an, als hätten sie zwei Außerirdische vor sich. Dann stoben sie in alle Richtungen auseinander, um jeden auf dem Gelände über die akute Bedrohungslage zu informieren: »Die Bullen sind da! Zwei Zivilbullen!«

»Na, das ist ja mal eine Begrüßung«, stellte Toni mit einem Lachen fest, obwohl ihr eindeutig nicht nach Lachen zumute war.

Die Frau in der Infobude hatte die Rufe der Kinder ebenso gehört wie alle anderen, die in der Nähe waren. Sie bemühte sich jedoch, nicht offen feindselig zu wirken, und fragte mit hochgezogenen Augenbrauen, womit sie helfen könnte.

Toni erklärte kurz, dass sie mit Heiner sprechen müssten.

»Und worum genau geht es?«

»Das würden wir ihm gerne selbst sagen.«

»Okay.« Die Frau strich sich die langen Haare zurück. Am Scheitel schimmerte ein grauer Ansatz, sie war ganz sicher älter als Toni oder Hannah. Und es war zweifellos nicht das erste Jahr, in dem sie zum Orga-Team des Festivals gehörte.

»Würden Sie mir dann doch bitte erst Ihre Ausweise zeigen? Ist nicht böse gemeint, aber wir haben so unsere Erfahrungen, vor allem mit Journalisten, die sich als alles Mögliche ausgeben. Und … tatsächlich sehen Sie nicht so aus wie …« Sie lächelte. »Das meine ich jetzt durchaus als Kompliment.«

»Erwischt«, gab Hannah zurück und drehte sich zu Toni:

»Ich hab's dir doch gesagt, nächstes Mal sollten wir uns unbedingt beim Kostümverleih zwei Uniformen besorgen!«

Sie schien den richtigen Ton getroffen zu haben. Die Frau mit den silbergrauen langen glatten Haaren taute jetzt merklich auf. Sie warf nur noch einen kurzen Blick auf die beiden Ausweise, dann erklärte sie: »Heiner ist nicht da, er ist mit dem Motorrad in die Stadt, um etwas zu besorgen. Er müsste in einer halben Stunde oder so zurück sein, aber ich rufe ihn an, dass er nicht noch irgendwo anders hinfährt, okay?«

Während sie telefonierte, sah sich Hannah in dem als Büro eingerichteten Bauwagen um, alles wirkte sehr aufgeräumt, sehr organisiert. Professionell!

»Heiner?«, hörte sie die Frau in ihrem Rücken sagen. »Hier sind zwei Polizistinnen, die mit dir reden möchten. Kripo. – Nein, nur mit dir. – Okay, ich sage ihnen, dass sie auf dich warten sollen, und du kommst so schnell wie möglich, ja?«

Sie nickte zu seiner Antwort, dann beendete sie das Gespräch. »Er kommt. Er sagt, er beeilt sich. Ich zeig Ihnen, wo Sie so lange warten können. Und bestellen Sie sich ruhig was zu essen, Sie werden es nicht bereuen, glauben Sie mir!«

Sie wies auf einen weiteren Bauwagen, vor dem eine Reihe Bierbänke und Tische aufgestellt waren. Auf einem großen Schild stand: NAZIS KRIEGEN HIER GAR NIX.

Darunter hatte jemand gekritzelt: *Höchstens eins aufs Maul!*

Hannah und Antonia bestellten einen veganen Burger mit Süßkartoffel-Pommes. Schon nach den ersten Bissen waren sie sich einig, noch nie einen so guten Burger gegessen zu haben.

»Erbsen«, erklärte der Mann hinter der Fritteuse auf ihre Nachfrage. »Besser als Lupine oder irgendwas anderes, viel besser.«

Dabei musterte er sie mit einem Blick, der keinen Zweifel daran ließ, dass sich die Neuigkeit auch längst bis zu ihm rumgesprochen hatte – zwei Bullen in Zivil waren auf dem Gelände, das konnte nichts Gutes bedeuten.

Das ältere Pärchen, das am Tisch gegenüber saß – er mit langem grauem Zopf, sie mit buntem Kopftuch –, warf ihnen immer wieder verstohlene Blicke zu. Und die drei tätowierten Grazien, die den Essensstand ansteuerten, ließen auf eine Bemerkung des Kochs hin noch mal demonstrativ den Joint zwischen sich kreisen, um dann aber doch lieber schnell zu verschwinden.

Der Koch verzog unwillig den Mund und sah strafend zu Hannah und Toni hinüber. Es war klar, wem er die Schuld dafür gab, dass seine Gäste das Weite gesucht hatten.

Toni beugte sich zu Hannah. »Um auf deine Idee mit dem Kostümverleih zurückzukommen – das machen wir beim nächsten Mal! Wenigstens ein paar zerrissene Jeans und so was wie ein indisches Hemd werden sie ja hoffentlich haben.«

»Kann ich auch von zu Hause mitbringen«, erwiderte Hannah lächelnd. »Ich hatte mal so eine Phase, die Klamotten sind noch irgendwo im Schrank.«

»Passt«, meinte Toni. »Hätte ich mir eigentlich denken können. – Ich hab eher so auf Hip-Hop gestanden.«

»Ich später dann auch«, bestätigte Hannah. »Jan Delay

und solche Leute. Aber gleichzeitig habe ich Rio Reiser gehört und Ton Steine Scherben. Wurde ja auch auf jeder Demo gesungen: *Allein machen sie dich ein*!«

»Was? Dein Ernst jetzt? Aber wieso bist du dann ... Das kapiere ich nicht.«

»Vielleicht wie bei meinem Vater, habe ich dir ja erzählt. Irgendein Gendefekt oder so. – Apropos mein Vater, warte mal bitte kurz, ich muss was für ihn fotografieren, das ihm gefallen wird.«

Hannah stand auf und zückte ihr Handy, um ein Bild von dem Spruch gegen die Nazis zu machen.

»Guter Spruch«, teilte sie dem Koch mit, der sie skeptisch beobachtete.

Hannah schickte das Foto an ihren Vater. Und gleich auch noch an ihren Mann. Mit dem Satz dazu: *Sag bitte meinem Lieblingssohn, dass ich ihn liebe. Und dich übrigens auch! Ich melde mich später noch mal, versprochen.*

Sie hatte die Nachricht gerade abgeschickt, als eine dunkelgrüne Triumph-Enduro auf den Platz kam und direkt auf die Essensbude zusteuerte. Die Zufahrt war für alle Motorfahrzeuge untersagt, es war klar, dass das nur Heiner sein konnte.

Als er die Maschine ausstellte und den Helm abnahm, wurde deutlich, dass er schon Ende sechzig sein musste, wenn nicht sogar älter. Darüber konnten weder die straff zurückgekämmten Haare mit dem langen Zopf noch die eher jugendliche Kleidung hinwegtäuschen, allein der Spruch auf seinem Hoodie schien da schon besser zu passen: TRAU NIE EINEM ALTEN MANN MIT EINEM MOTORRAD.

Der Koch stellte ihm unaufgefordert eine Flasche Limonade hin. Heiner nickte dankend, nach einem langen Schluck drehte er sich zu Hannah und Toni: »Haben wir irgendein Problem?«

»Noch nicht«, erwiderte Toni. »Wir sind wegen gestern Nacht hier. Sie waren im Braunen Hirschen, richtig?«

Offensichtlich hatte Toni entschieden, mit der Tür ins Haus zu fallen. Hannah war sich nicht ganz sicher, sie bevorzugte eigentlich eher den Weg, zunächst mal eine Art ... Verbindung herzustellen. Ein paar freundliche Sätze, eine persönliche Bemerkung konnten als Einstieg durchaus hilfreich sein, um zu vermeiden, dass der andere sofort dichtmachte.

Aber vielleicht hatte Toni in diesem Fall recht. Zwischen ihnen und den Leuten vom Festival lagen Welten, nicht nur was die Tatsache anging, dass sie nun mal von der Polizei waren. Auch wenn Hannah eine ganz persönliche Sympathie empfand, weil ihr der Spruch an der Bude gefiel, der Burger so gut geschmeckt und die Frau im Infowagen sie mit ihrer professionellen Art beeindruckt hatte. Aber das alles änderte nichts daran, dass Heiner jetzt ein wichtiger Zeuge im Zusammenhang mit dem Verschwinden von Alois Neumetzler war – und womöglich verdächtig!

»Ja, ich war im Wirtshaus«, bestätigte er gerade. »Bin ich öfter, vor allem im Vorfeld des Festivals. Ohne die Leute hier im Dorf geht gar nichts, wir brauchen ihre Unterstützung, sonst könnten wir gleich wieder gehen. Und die meisten kenne ich ja auch aus den vielen Jahren, die wir das hier schon machen. Da haben sich durchaus so was wie Freundschaften entwickelt. Nicht mit allen natürlich, manche sehen uns auch nicht so gerne, aber das Geld, das wir hierlassen, nehmen sie trotzdem.«

Er redet zu viel, dachte Hannah. Und er gibt uns ganz bewusst solche Informationen wie die, dass das Festival nicht bei jedem beliebt ist! Er will uns auf seine Seite ziehen, bevor er bereit ist, über das zu sprechen, worum es eigentlich geht. Und was er auch längst begriffen haben muss ...

»Sie sagen, Sie machen das hier schon viele Jahre. Seit wann gibt es das Festival eigentlich?«, fragte Hannah.

»Seit fünfzehn, da waren wir zum ersten Mal hier«, antwortete er bereitwillig. Und redete auch schon wieder gleich weiter: »Der Ort ist aus verschiedenen Gründen gut, eine gewisse Magie, die Berge und das alles. Und viel Tradition – ist schon cool, wenn die Feuer auf dem ganzen Bergkamm hochbrennen, wie vor hundert Jahren oder noch länger her. Sind ja auch jedes Jahr immer mehr Leute hergekommen, nur dass uns dann das Scheißcorona einen fetten Strich durch die Rechnung gemacht hat. Dumm gelaufen! Zwei Jahre Pause! War ein ziemlicher Kraftakt, das alles wieder neu zu starten.«

Toni hob die Hand, um seine Aufmerksamkeit auf sich zu lenken.

»Gehört auch der Neumetzler Alois zu ... Ihren Freunden hier im Dorf?«, kam sie wieder auf ihre ursprüngliche Frage zurück. »Sie waren noch mit ihm zusammen im Braunen Hirschen, kurz bevor der Wirt zugemacht hat. Worüber haben Sie geredet?«

Schlagartig schien sich Heiners Haltung zu verändern. Er schüttelte unwillig den Kopf.

»Es ist doch völlig egal, worüber wir geredet haben, kommen Sie einfach mal zum Punkt! Sie wollen mich sprechen, weil ich vielleicht der Letzte bin, der den Alois gesehen hat, bevor er verschwunden ist.«

»Das wissen Sie bereits?«, fragte Hannah, obwohl die Antwort ja klar war.

»Natürlich. Der Klaus hat mich angerufen. Der Wirt! Gleich nachdem Neumetzlers Frau von ihm wissen wollte, ob ihr Mann bei ihm war und wann er weg ist und so weiter. – Klaus ist in Ordnung, er gehört zu denen, die ich als Freund bezeichnen würde!«

»So wie den Alois auch?«

Irritiert sah Hannah, dass Heiner jetzt vehement den Kopf schüttelte.

»Nein. Um die Wahrheit zu sagen: Ich mag ihn nicht. Hab ihn noch nie gemocht.«

»Aber …«

»Aber erstens«, zählte Heiner an den Fingern auf, »erstens ist es seine Wiese, auf der das Festival stattfindet. Genauso wie der ganze Berg da drüben, wo die Feuer gemacht werden. Und drittens: Ohne diese Vorgeschichte vom Neumetzler-Hof gäbe es uns vielleicht gar nicht. Oder zumindest nicht so wie jetzt! Sie wissen, wovon ich rede – die toten Frauen. Oder überhaupt die Toten, letztes Jahr war es ja ein Mann, spielt aber keine große Rolle. Der Punkt ist: Es war immer zur Mittsommernacht, und immer im Zusammenhang mit den Feuern hier. Das ist … Ich weiß nicht, wie ich es sagen soll – die Magie des Ortes hier, Leben und Tod sind ganz nah beieinander in dieser Nacht! Und ganz nüchtern betrachtet ist es eine schlicht unbezahlbare Werbung für das Burning Valley. Die Feuertoten *sind* das Besondere, sozusagen unser Alleinstellungsmerkmal, so was bietet kein anderes Festival!«

»So kann man es natürlich auch sehen«, sagte Hannah, während sie versuchte, irgendeinen Rückschluss aus seinen Sätzen zu ziehen. War dieser Heiner tatsächlich so vollkommen empathielos? Sah er die Todesfälle wirklich nur unter einem kaufmännischen Gesichtspunkt? Als eine Attraktion, die sich gut vermarkten ließ und ihm ordentlich Geld in die Taschen spülte? Hatte er sich damit gerade verdächtig gemacht? War das ein Motiv?

Natürlich hatte er ihre Reaktion bemerkt. Er hob die Hände wie in einem schlechten Wildwestfilm. »Was wollen Sie? Ich bin Veranstalter. Geschäftsmann. Wenn ich so was wie das hier nicht ausnutzen würde, wäre ich doch schön blöd! Das ist wie ein Sechser im Lotto. Besser sogar – wie ein Abonnement auf einen Sechser! Ein kostenloses Abonnement noch dazu, ein Gratis-Abo, das mir quasi frei Haus in den Schoß gefallen ist.« Er lachte. »Ich schätze mal, das ist genau das, was John Lennon gemeint hat: *Life is what happens to you while you're busy making other plans.*«

Hannah erwiderte nichts. Stattdessen blickte sie zu der Bühne hinüber, auf der ein paar halb nackte Männer dabei waren, die Verstärkeranlage aufzubauen und die Scheinwerfer einzurichten.

»Äh ...«, kam es fragend von Heiner. »Sonst noch was, was Sie wissen wollten?«

»Hast du noch was?«, drehte sich Hannah zu Toni. Toni verstand sofort, was sie vorhatte. Sie nickte und deutete zur Bühne.

»Wer spielt heute Abend?«, fragte sie Heiner.

»Was?«

Es war deutlich zu sehen, dass er den plötzlichen Themenwechsel nicht verstand.

»The Flying Teapot«, sagte er dann. »Spielen fast nur Songs von einer alten Band aus Frankreich, Gong, werden Sie nicht kennen.«

»*The Pot Head Pixies*, klar!«, nannte Hannah einen Song, den ihr Vater bis heute hörte.

»Sie ... Sie kennen Gong?«, stammelte Heiner. Er wirkte, als hätte man ihm gerade den Boden unter den Füßen weggezogen.

»Offensichtlich«, erwiderte Hannah. »Aber Sie haben unsere Frage von vorhin noch nicht beantwortet ...«

»Genau«, übernahm Toni wieder. »Der Neumetzler Alois hat kurz vor Ihnen die Kneipe verlassen, Sie sind ihm keine Minute später gefolgt – und dann?«

Für einen Moment kam es Hannah vor, als würde sie schon seit Ewigkeiten mit Toni arbeiten. Und sie wünschte sich, dass es tatsächlich so wäre.

»Wie jetzt? Was?« Heiner blickte verständnislos zwischen ihnen hin und her.

»War nicht so schwierig, die Frage, oder?«

Hannah ließ ihn nicht aus den Augen. Sie sah, dass er kurz davor war, wütend zu werden. Hippie-Attitüde hin oder her, dachte sie, er ist immer noch ein Mann – und demzufolge fühlt er sich bedroht, wenn er den Eindruck hat, nicht mehr alle Fäden in der Hand zu halten. Noch dazu, wenn es zwei Frauen sind, die an seiner Rolle kratzen ...

Aber er fing sich schneller wieder, als sie erwartet hatte.

Fast schon gelassen erklärte er, nur noch gesehen zu haben, wie Alois Neumetzler mit seinem Rad die Gasse runtergewankt war. Laut Heiner hatte er das Rad geschoben, weil er zu betrunken gewesen war, um noch zu fahren.

Heiner war ihm in kurzem Abstand gefolgt, hatte aber keinen Versuch unternommen, ihn einzuholen oder mit ihm zu reden.

Auf der Brücke hatte Alois Neumetzler angehalten, um sich zu übergeben, über das Geländer hinweg in den Fluss. Auch jetzt hatte Heiner keinerlei Anstalten gemacht, sich um ihn zu kümmern.

»Der Mann ist schließlich alt genug, um alleine zu kotzen. Aber ich hab gewartet, bis er fertig war, damit er nicht aus Versehen in den Fluss kippt oder so was.«

Danach schien es Alois Neumetzler besser gegangen zu sein, er war auf sein Fahrrad gestiegen und in Schlangenlinien bis zur T-Kreuzung hinter der Brücke gekurvt. Und dann nach links, in Richtung zum Hof. Nach Hause.

Heiner war nach rechts gelaufen, zum Festivalgelände.

»Haben Sie jemanden getroffen?«, fragte Toni. »Hat Sie jemand gesehen, der Ihre Geschichte bestätigen kann? Auf der Dorfstraße, auf der Brücke?«

»Nein. Aber fragen Sie Sabine von der Orga, wann ich zurück war, sie hat auf mich gewartet. Mit einer dicken Tüte, die wir dann noch zusammen geraucht haben. So um halb eins rum, vielleicht Viertel vor, später ganz sicher nicht. Nicht genug Zeit, um Neumetzler irgendwohin zu locken oder ihm was anzutun oder was immer Sie sich da vorstellen – ich war es nicht.« Jetzt grinste er sie ganz offen an. Er hatte wieder die Oberhand – und er wollte, dass sie das auch kapierten. Er blickte auf seine Uhr. »Wenn noch irgendwas ist, laden Sie mich vor, ansonsten habe ich zu tun. Die Band wird jeden Moment kommen – et je suis le seul ici à parler français.«

Er warf Hannah und Toni noch einen spöttischen Blick zu und wollte sich eben umdrehen, als Toni sagte: »Warten Sie! Sie wissen schon, dass Sie sich gerade mehr als verdächtig gemacht haben, oder? Es gibt nur Ihre Aussage für die Geschichte, keine Zeugen, nichts. Und vorher haben Sie uns gerade noch erzählt, dass Ihr Festival vor allem deshalb so attraktiv ist, weil hier jedes Jahr zur Mittsommernacht jemand stirbt. Könnte es da nicht sein, dass Ihnen die Gelegenheit – Sie mit dem betrunkenen Neumetzler allein auf der Brücke – günstig erschien, um für alle Fälle ein bisschen nachzuhelfen, nur so zur Sicherheit, damit Sie auch dieses Jahr die Garantie haben, dass jemand im Feuer landet?«

»Was? Sie sind doch nicht mehr ganz ... Was soll das denn jetzt?« Heiner wedelte empört mit der Hand vor seiner Stirn hin und her.

Er hat recht, dachte Hannah, was Toni da gerade macht, geht tatsächlich zu weit, wir haben nichts in der Hand, ihre Anschuldigung ist kaum haltbar. Andererseits war es als Taktik nicht ungeschickt, sie konnten sehen, wie Heiner jetzt jegliche Contenance verlor und aus der Rolle des abgeklärten Alt-Hippies und mit allen Wassern gewaschenen Festivalleiters fiel.

Er hielt ihnen den ausgestreckten Mittelfinger hin: »Fuck you! Ihr seid doch bescheuert!«

»Beamtenbeleidigung«, erklärte Toni völlig gelassen.

»Zum zweiten Mal jetzt schon – Scheibenwischergeste, Stinkefinger, kommt noch mehr?«

»Scheiße!«, schrie Heiner außer sich vor Wut. »Scheiße, Scheiße, Scheiße!«

Aus den Augenwinkeln sah Hannah, wie die Aufbauhelfer von der Bühne zu ihnen blickten. Von den Zelten her näherten sich ein paar Festivalbesucher. Der Koch im Essenswagen griff nach irgendeinem Gegenstand hinter ihm und kam keine zwei Sekunden später die Trittstufen an der Seitentür herunter. In der Hand hielt er eine silbern glänzende Suppenkelle.

»Vorsicht, Toni!«, warnte Hannah.

Ihre Waffen lagen im Tresor auf dem Revier, sie hatten kein unnötiges Aufsehen erregen wollen, nicht die typischen Vorurteile vom »aggressiven Bullen« bedienen wollen, nicht bei Neumetzlers Frau und schon gar nicht bei den Hippies. Da waren sie sich schnell einig gewesen.

Jetzt sah die Situation allerdings plötzlich anders aus.

»Scheiße!«, schrie Heiner noch mal mit geballten Fäusten.

Als er einen Schritt auf sie zumachte, wichen die beiden Polizistinnen unwillkürlich zurück.

»Stopp!«, sagte Hannah. »Ich denke, wir können das anders lösen.« Sie fixierte Heiners Blick, bis er fast unmerklich nickte.

Hannah wies mit dem Kinn zu dem Koch und den Festivalleuten hinüber, die einen Halbkreis um sie gebildet hatten.

Heiner verstand, was sie wollte.

»Ist okay«, sagte er an die Gruppe derjenigen gewandt,

die ohne Frage nur zu bereit waren, auf das geringste Zeichen von ihm einzugreifen. »Ich komme klar. Ich brauche euch nicht. Keep cool, Leute, alles easy.«

Toni stieß hörbar die Luft aus. Auch Hannah entspannte sich ein wenig, aber sie traute Heiner nicht. Er war unberechenbar, das hatte sein bisheriges Verhalten deutlich gezeigt.

Sein Blick flackerte kurz, als er sich vorbeugte und heiser flüsterte: »Ich sag euch jetzt was, ich weiß ein bisschen mehr über die Neumetzlers und ihren verfluchten Hof. Hab ich vom Alois selbst, als er mich gestern im Braunen Hirschen stockbesoffen vollgelabert hat. Wie schlimm alles ist, und wie er immer nur der Dumme war, ein Opfer des Schicksals. Als er drei ist, bringt sich die Mutter um, ein paar Jahre später seine große Schwester, aber es gab noch eine Schwester, die von zu Hause abgehauen und nie wieder aufgetaucht ist. Und der Alois glaubt, dass sie zurück ist. Und dass sie nicht nur was mit dem Tod seines Onkels im letzten Jahr zu tun hat, sondern jetzt auch hinter ihm her ist!«

Mittsommer, 14.32 Uhr

Sie will gerade rufen, um auf sich aufmerksam zu machen, als ihr klar wird, dass die Schritte vielleicht nichts Gutes bedeuten. Keine Hilfe, sondern das Gegenteil.

Der da kommt, muss derjenige sein, der sie hinterrücks überfallen hat. Überfallen. Betäubt. Ans Bett gefesselt. Und dann bewusstlos in der Hütte zurückgelassen.

Ein Vorhängeschloss klappert. Dann rutscht der Riegel mit einem hässlichen Geräusch zurück. Die Tür schwingt auf.

Für einen Moment blendet sie das Sonnenlicht, sie kann nichts erkennen außer dem Umriss einer großen Gestalt. Vor allem der Kopf scheint riesig. Mit wirren Haaren und langen, gebogenen Hörnern. Die Augenhöhlen wirken wie schwarze Löcher, der zahnlose Mund ist zu einer hässlichen Grimasse verzerrt.

Als sich die Gestalt zu ihr beugt, weiß sie, dass sie die Maske schon mal gesehen hat. Gerade erst! Und sie weiß auch, wo und bei wem.

Jetzt hat sie Angst. Todesangst.

Neumetzler-Hof, Wildbrunn 1995

Alois war drei, als sich seine Mutter ins Feuer warf. Seine über alles geliebte Mama. Die Neumetzler Maria. In der Mittsommernacht.

Seine Schwester, die Mizzie, war da schon groß. Schon zehn Jahre! Und die Vevi war fünf. Mizzie ging natürlich schon zur Schule, und Vevi war im Kindergarten, deshalb war er vormittags auch immer alleine.

Der Opa hat ein Viereck aus Brettern für ihn gebaut, draußen, gleich bei der Hintertür, neben der Küche. Da konnte die Mama ihn sehen, auch vom Stall aus, wenn sie die Ziegen gemolken hat. Manchmal durfte er auch mit in den Stall, aber er hatte immer ein bisschen Angst vor den Ziegen, seit die eine ihn mal mit ihren Hörnern in den Hintern geboxt und umgeworfen hatte.

Wichtig war, dass er nicht alleine auf dem Hof rumlief. Wegen dem Wildbach, der nicht weit vom Hof entfernt in den Fluss mündete. Der Wildbach war gefährlich, die Strömung war so stark, dass sie alles mit sich riss. Der Onkel Johann hat es ihm gezeigt. Er hat das kleine Segelschiff, das die Mutter ihm zu Weihnachten geschenkt hatte, ganz nah am Ufer ins Wasser gesetzt. Es hat keine Minute gedauert, bis die Strömung das Boot erst ein- oder zweimal gedreht und dann mitgerissen hat. Es ging rasend schnell, sie haben kaum noch gesehen, wie es gekentert und untergegangen ist.

Genauso ist auch die Oma gestorben, hat Onkel Johann erzählt, in den Fluss gerissen worden und ertrunken. Deshalb durfte er nie am Wildbach spielen, auch nicht, wenn Mizzie oder Vevi dabei waren.

Aber seine Schwestern haben sowieso immer nur »Familie« gespielt. Hinter der Schuppenwand, wo sie vom Haus aus nicht zu sehen waren. Mizzie war der Vater, Vevi die Mutter, und er musste das Baby sein. Musste immer auf dem Rücken im Gras liegen, mit den Beinen strampeln und weinen. Dann hat ihn Vevi jedes Mal getröstet. Bis Mizzie gesagt hat, dass er endlich aufhören soll zu flennen, sonst würde sie ihm einen Grund zum Weinen geben. Aber es war egal, was er gemacht hat, sie hat ihn sowieso verhauen. Das gehörte zum Spiel! Es hat auch gar nicht richtig weh getan, die Mizzie hat eigentlich nur so getan, als ob sie wirklich zuschlagen würde.

Wenn der Opa den Stock geholt und den Onkel Johann verhauen hat, hat er nicht nur so getan. Aber Johann durfte nicht weinen, sonst hat er noch mehr Schläge bekommen.

Alois und seine Schwestern sind nie vom Opa verhauen worden. Da hat seine Mama immer aufgepasst, dass der Opa ihnen nichts tut. Aber sie hat selber manchmal gehauen. Ihn nie, nur die beiden Schwestern. Und auch nicht mit dem Stock, sondern mit der Hand. Und immer Ohrfeigen! Einmal hat sie Mizzie so schlimm geschlagen, dass seine große Schwester rückwärts gegen die Wand geknallt ist und ihre Wange hinterher noch lange ganz rot und aufgequollen war.

Warum sie so böse auf die Mizzie war, hat er nie begriffen. Aber die Mizzie hatte sicher was Schlimmes gemacht, was man nicht tut. Vevi wusste auch nicht, was es gewesen war. Und Mizzie hat es nicht gesagt. Aber das war der Abend, an dem er gehört hat, wie Mizzie zu Vevi ins Bett gekrochen ist und geflüstert hat: »Ich passe immer auf dich auf, das verspreche ich. Dir wird nichts passieren. Aber du musst mir auch versprechen, dass du mir alles erzählst, *alles*, hörst du? Egal, was es ist, erzähl es mir!«

Ihm hat Mizzie nicht versprochen, dass sie immer auf ihn aufpassen würde. Das fand er gemein! Deshalb hat er auch ein paar Tage nicht mehr mit Mizzie geredet.

Und er hat es seiner Mama erzählt. Die Mama hat ihn getröstet, so wie immer, wenn er traurig war. Sie hat ihm auch nach dem Abendbrot immer noch eine Gute-Nacht-Geschichte vorgelesen. Wenn er die Zähne geputzt hatte und seinen Schlafanzug anhatte, ist sie zu ihm gekommen, hat sich neben ihn gelegt und ihm etwas vorgelesen. Obwohl der Opa sich fast immer darüber aufgeregt und laut geschimpft hat. Richtig böse ist er jedes Mal geworden, dass seine Mama gefälligst aufhören sollte, ihn zu behandeln wie ein Baby. Er wäre alt genug, um alleine einzuschlafen.

Die Mama hat ihm aber trotzdem immer noch etwas vorgelesen. Manchmal ganz lange Geschichten! Am liebsten hat er die Geschichten von Michel aus Lönneberga gehört, obwohl er nicht alles verstanden hat. Aber er hat sich immer vorgestellt, dass er der Junge wäre, der dauernd irgendwelchen Blödsinn macht, worüber sich das ganze Dorf aufregt.

Die Mama und er haben sich sogar noch mehr Sachen ausgedacht, die Michel machen könnte. Völlig verrückte

Sachen, auf die der Junge in der Geschichte nie gekommen wäre.

Als sie einmal über einen ausgedachten Streich so sehr lachen mussten, dass sie kaum wieder aufhören konnten, ist der Opa ins Zimmer gekommen. Er hat gebrüllt und die Mama vom Bett und mit sich aus dem Zimmer gezerrt. Sie hat sich gewehrt, aber das hat nichts geholfen, der Opa war stärker.

Danach ist seine Mama nur noch zu ihm gekommen, wenn der Opa abends ins Dorf gefahren ist. Dann hat seine Mama ihm auch von seinem Papa erzählt, der ja schon lange tot war, genauso wie die Oma. Obwohl sein Papa nicht im Fluss ertrunken ist, sondern einen Unfall mit dem Motorrad hatte. Auf der Autobahn! Wenn die Mama davon geredet hat, musste sie jedes Mal weinen. Und er auch, weil er gerne einen Papa gehabt hätte.

Komisch war, dass Mizzie behauptet hat, das wäre alles gelogen. Die Mutter hätte sich das nur ausgedacht. Es hätte nie einen Papa gegeben! Genauso hat sie es zu ihm gesagt: »Wir haben keinen Papa, und wir hatten auch nie einen.«

Was natürlich Quatsch war, weil jeder einen Papa hat – sonst hätte es ja auch weder die Schwestern noch ihn selber gegeben, das hat er sogar mit seinen drei Jahren schon gewusst.

Aber Mizzie hat öfter so komisches Zeug erzählt.

Dann ist seine Mama ins Feuer gestürzt. Jetzt hatten sie weder einen Papa noch eine Mama.

Das war eine schlimme Zeit. Aber Onkel Johann hat sich um ihn gekümmert. Er war richtig nett zu ihm. Er hat ihn sogar mit zum Angeln genommen! Und ihm gezeigt, wie man einer Forelle die Kiemen durchtrennt und sie an einem Stock über dem Feuer brät.

Und wenn mal Schulfreunde von Onkel Johann da waren und auf der Wiese Fußball gespielt haben, durfte er immer den Ball zurückholen. Oder selber mal ein Tor schießen!

Onkel Johann hat ihn auch mit auf den Berg genommen. Und sie sind zusammen geklettert! Und haben Gämsen und Murmeltiere beobachtet, einmal auch einen Steinbock. Und einen Adler, der lange über ihnen gekreist ist.

Doof war nur, dass Onkel Johann dann immer öfter Streit mit Mizzie hatte. Schlimmen Streit! Manchmal war er sogar richtig gemein zu ihr, hat fiese Sachen über sie gesagt und so.

In dieser Zeit war es dann auch, dass Mizzie dauernd mit Vevi getuschelt hat, als hätten die beiden irgendein Geheimnis. Als er wissen wollte, worüber sie reden, hat Mizzie gesagt, dafür wäre er noch zu klein. Und Vevi hat ganz schlimm geweint und ihn umarmt und geküsst und irgendwas geflüstert, dass alles gut wird. Und dass er nicht traurig sein soll. Aber auch niemandem verraten, dass sie ein Geheimnis mit Mizzie hat.

Er hat es niemandem gesagt. Auch Onkel Johann nicht. Und auch nicht, als Vevi dann verschwunden war. Einfach abgehauen! Keiner wusste, wohin. Sie hatte heimlich einen Koffer gepackt und ist mitten in der Nacht weg. Ganz alleine.

Der Opa hat nur noch gebrüllt. Johann hat auch gebrüllt. Und Mizzie geschlagen.

Mizzie hat geweint und gar nicht mehr aufgehört.

Am nächsten Tag war Mittsommernacht. Sie haben ein riesiges Feuer oben auf dem Berg gemacht. Das ganze Dorf war da und hat gefeiert.

Die Mizzie war auch da. Und sie war ganz normal, so wie immer. Nur dass sie sich dann plötzlich mitten ins Feuer geworfen hat, so weit rein, dass keiner an sie rankommen konnte. Natürlich haben die Männer noch versucht, die brennenden Äste und Balken und Holzscheite auseinanderzuzerren, aber da war die Mizzie in den Flammen schon umgekommen. Niemand konnte sie mehr retten.

Das war eine Woche vor seinem zehnten Geburtstag. Da hat er dann den Geburtstagskranz mit den zehn Kerzen kaputt geschlagen und ist aus dem Haus gerannt. Und hat immer nur geschrien, dass er am liebsten auch tot wäre.

4. Kapitel

Hannah saß in ihrem Hotelzimmer in der Kreisstadt, in Wildbrunn selbst waren wegen des Festivals alle Übernachtungsmöglichkeiten ausgebucht gewesen.

Nach ihrem Zusammentreffen mit Heiner – Heiner Schulz, wie sie inzwischen wussten – hatte Toni sie zurück zum Hotel gebracht. Natürlich hatten sie auf der kurzen Fahrt von Wildbrunn über die Geschichte mit der Schwester von Alois Neumetzler gesprochen, die schon als Kind verschwunden sein sollte und von der auch Toni bislang nicht gewusst hatte.

Sie hatten dann entschieden, ihr weiteres Vorgehen am nächsten Morgen zu besprechen. Bei Toni im Kommissariat, um gar nicht erst in die Situation zu kommen, dass der unwillige und anmaßende PHM Huber in Wildbrunn sich womöglich einmischte, es würde vollkommen reichen, wenn sie ihm und dem jüngeren Kollegen später klar umrissene Aufgaben zuteilten. Die Befragung verschiedener Personen, die Suche nach eventuellen Zeugen, die Recherche nach weiteren Informationen, so was in der Art.

Das Hotelzimmer war nicht umwerfend, aber in Ordnung, der Blick aus dem Fenster ging über rote Ziegeldächer bis hinüber zur Burg, einer mittelalterlichen Festung, die auf einem Felsbuckel thronte und mit ihren Wehrtürmen und den hoch aufragenden, von Zinnen bewehrten Mauern ein beliebtes Postkartenmotiv war.

Hannah hatte von ihrem Fenster aus ein paar Fotos für Rio gemacht und sie ihm auch gleich geschickt, obwohl sie bezweifelte, dass er sonderlich beeindruckt sein würde. Die Zeit, in der er Ritter und Ritterburgen toll fand, war schon länger vorbei. Jetzt begeisterte ihn die Welt der Ninjas – mit der Hannah allerdings kaum etwas anfangen konnte, geschweige denn dass sie die wirren Geschichten der ewigen Kämpfe zwischen guten und bösen Kriegern überhaupt verstand.

Nachdem Hannah geduscht hatte, lag sie eine Weile bei offenem Fenster auf ihrem Bett und ließ den Luftzug über ihre nackte Haut streichen. Bis sie anfing zu frösteln und sich das T-Shirt überzog, das sie bei der Abreise von zu Hause heimlich aus dem Schrank ihres Mannes genommen hatte. Ein schwarzes T-Shirt mit dem Bild des Fischkutters der bekannten Halspastillen, nur dass der Schriftbalken zu »Sea-Watch's Friend« verändert war.

Hannah mochte das T-Shirt, das für so vieles stand, was auch ihrer Haltung entsprach. Auch erinnerte sie das Motiv immer an ihre Heimat, sie kam schließlich von der Nordseeküste.

Und gerade heute war wieder einer dieser Tage, an denen sie mit allem haderte. Sie musste sich zwingen, nicht in Selbstmitleid zu versinken, als sie an ihre gescheiterte Ehe dachte, an den fürchterlichen Rosenkrieg, mit dem es geendet hatte. Wenig später war dann die Sache mit ihrer Fehlentscheidung passiert, wegen der sie schließlich den Dienst quittiert hatte. Weil sie sich nicht mehr sicher gewesen war, ob sie überhaupt noch Polizistin sein durfte – immerhin hatte sie einem Tatverdächtigen, den sie für unschuldig hielt, zur Flucht verholfen! Nur dass der Mann eben alles andere als unschuldig gewesen war, wie sich schließlich herausstellte.

Ganz kurz ging ihr der Gedanke durch den Kopf, wie es wohl weitergegangen wäre, wenn es den Anruf von der europäischen Sondereinheit nie gegeben hätte. Den Anruf der SPOG, deren Chefin sie unbedingt im Team haben wollte! Und so war sie also doch wieder bei der Polizei gelandet, wenn auch unter ganz anderen Bedingungen, besseren, wie sie gerne zugeben wollte – wenn sie nicht für einen Fall eingesetzt war, lebte sie mit Rio wieder auf ihrer Insel, wenn sie unterwegs war, kümmerte sich Peter um den Jungen. Ihr zweiter Mann, ihre zweite große Liebe. Peter, der dann auch die fast ganzjährig ausgebuchte Pension mit einer Selbstverständlichkeit führte, als hätte er nie etwas anderes getan. Und Rio war glücklich mit dem neuen Papa! Vor allem aber war er wieder bei seinem Opa, dem »Inselbullen«, der ihm nahezu jeden Wunsch erfüllte und mit ihm bei jeder Gelegenheit zur Nachbarinsel segelte, zum Festland, zu den Seehundsbänken.

Eigentlich war also alles in Ordnung. Aber Hannah fühlte sich ausgelaugt und erschöpft von dem langen Tag mit der obligatorischen Verspätung bei ihrer Anreise mit der Bahn und dann den ersten Eindrücken von Wildbrunn, vom Neumetzler-Hof, von dem Festival. Es war weniger eine körperliche Müdigkeit, die ihr zu schaffen machte, als vielmehr eine Art Frust – sie war unzufrieden mit dem Start ihrer Ermittlungen, daran vermochte auch die Tatsache nichts zu ändern, dass Antonia Martin als Kollegin zweifellos ein unerwarteter Glücksfall war. Toni. Mit der sie absolut auf einer Wellenlänge zu sein schien, was eine mehr als gute Voraussetzung für ihre Zusammenarbeit war.

Dennoch war heute alles zu schnell gegangen, Toni und sie hatten ja noch kaum die wichtigsten Informationen austauschen können, als auch schon die Nachricht kam, dass Alois Neumetzler als vermisst gemeldet war. Dann das merkwürdige Verhalten seiner Frau, ihre offensichtliche Angst vor der Polizei, ihre einsilbigen Antworten – und schließlich die verzweifelten Sätze der älteren Tochter. Lea, dreizehn Jahre. Mit einem Geheimnis, das ihr die Luft zum Atmen nahm.

Spätestens ab dann hätten Toni und sie einen Plan gebraucht, eine Struktur, in welche Richtung sie weiter ermitteln wollten. Stattdessen hatten sie spontan reagiert und waren der nächstbesten Spur gefolgt. Hatten sich auf die Hippies fokussiert, auf diesen Heiner. Und waren in einer Sackgasse gelandet.

Nein, stimmt nicht, dachte Hannah, vielleicht war unser Weg gar nicht so verkehrt, wenn auch nicht damit zu rechnen gewesen war, dass die Aussage von Heiner Schulz uns direkt wieder zum Neumetzler-Hof zurückführt. Seine Sätze über Alois Neumetzler, der Hinweis auf die unbekannte Schwester.

Jetzt brauchten sie allerdings unbedingt eine Art Handlungsgerüst, das sie Punkt für Punkt abarbeiten mussten. Anders würde es nicht mehr gehen. Sie hatten zu viele lose Enden, die sich nicht verknüpfen ließen …

»Noch nicht«, sagte Hannah laut und griff sich den

Notizblock auf dem kleinen Schreibtisch. Sie benutzte immer noch lieber Stift und Zettel für ihre Gedanken als das Smartphone oder ein Tablet.

Als Erstes strich sie den Reklameaufdruck des Hotels durch, der Name Deutsches Haus hatte sie schon gestört, als sie das Zimmer reserviert hatte.

Dann listete sie die verschiedenen Punkte untereinander auf, über die sie am nächsten Tag mit Toni sprechen musste. Es würde sicher zunächst dabei bleiben, dass sie die Ermittlungen nur zu zweit führten, eine Verstärkung des Teams war angesichts der ohnehin knappen Personaldecke im Kommissariat nicht möglich, das hatte der Leiter unmissverständlich klargestellt. Hinzu kam, dass sie weder einen Mord noch ein Tötungsdelikt vorweisen konnten, das eine Verstärkung gerechtfertigt hätte. Der Fall mit dem Hippie-Mädchen, das vor zwei Jahren als Puppe verkleidet ins Feuer geworfen worden war, war zwar ungeklärt, galt aber als abgeschlossen – und für den Antrag bei der Staatsanwaltschaft auf eine Wiederaufnahme fehlte ihnen schlicht und einfach die Zeit. Eigentlich hatten sie ja noch nicht mal wirklich einen Fall, nur ein anonymes Schreiben mit einer Drohung, die mehr oder weniger konkret war.

Und jetzt einen als vermisst gemeldeten Mann!

Außerdem den Verdacht auf sexuellen Missbrauch.

Eine möglicherweise verdächtige Ehefrau.

Dito die Tochter als Opfer.

Schließlich einen tödlichen Unglücksfall sowie zwei Selbstmorde in der Vergangenheit. Und einen weiteren »Feuertoten« im letzten Jahr, auch hier wieder ein Unglücksfall.

Toni hatte die Ermittlungen geführt, Johann Neumetzler hatte an einer der Feuerstellen dabei geholfen, das Holz aufzuschichten, anschließend hatte er sich nach Aussage der Zeugen an Ort und Stelle betrunken. Später musste er unbeobachtet unter den Holzstapel gekrochen sein, um seinen Rausch auszuschlafen. Sie hatten ihn erst bemerkt, als das Feuer schon brannte und es zu spät war, um den Mann noch hervorzuziehen.

Nur bei einem der ganzen Todesfälle, bei der jungen Hippie-Frau, gab es einen Zusammenhang mit dem Festival. Aber die Spur war mehr als vage.

Und jetzt war möglicherweise noch ein vor vielen Jahren verschwundenes Mädchen aufgetaucht! Eine Schwester von Alois Neumetzler, die inzwischen Mitte dreißig sein musste. Blieb die Frage, ob sie wirklich zurückgekehrt war.

»Und wenn ja, warum?«, fragte Hannah halblaut ins Zimmer hinein. Aus welchem Grund war sie überhaupt verschwunden? Wohin? Was ist aus ihr geworden? Wieso hat bislang niemand über sie gesprochen? Aus welchem Grund sollte sie zurückgekehrt sein? Und wo ist sie dann jetzt? Versteckt sie sich irgendwo? Lebt sie unerkannt unter fremdem Namen? Als was? Mit welchem Beruf?

Könnte sie letztes Jahr ihren Onkel Johann umgebracht haben? Warum?, waren die letzten Fragen, die Hannah auf ihren Zettel schrieb.

Als sie den Stuhl zurückschob und aufstand, hatte sie das Gefühl, keinen Schritt weitergekommen zu sein.

Sie blickte auf die kleine Mido an ihrem Handgelenk. Das Konzert der Band auf dem Festivalplatz musste gerade begonnen haben. Und genau dahin würde sie jetzt fahren. Sich unter die Hippies mischen, sich diese Szene näher ansehen, ohne aufzufallen. Und selbst wenn es nichts brachte, würde es ihr vielleicht guttun, ein wenig Musik zu hören. Um den Kopf frei zu kriegen. Wenigstens für eine kurze Zeit auf andere Gedanken zu kommen.

Egal wie schräg das Zeug war, das Gong immer gespielt hatte, oder auch gerade deshalb.

Sie sang den Refrain aus *Pot Head Pixies* vor sich hin, während sie ihre Jeans anzog. Erst dann fiel ihr wieder ein, dass sie ja gar nicht mit dem Auto hier war. Sie wollte aber auch Toni nicht anrufen, der Alfa kam ohnehin nicht in Frage. Ebenso wenig wie ein Taxi – man fuhr nicht mit dem Taxi zu einem Hippie-Festival.

Sie hatte allerdings vorhin in der Hotel-Lobby ein Schild gesehen, das zu einem Abstellplatz für Fahrräder wies.

Klar, der Ort diente vielen Fahrradtouristen als Ausgangspunkt für eine Biketour im Voralpenland. Und vielleicht hatte sie Glück.

Hannah hatte sich nicht getäuscht.

»Natürlich«, erklärte die Frau am Empfang. »Für wie lange möchten Sie das Bike mieten?«

»Erst mal nur für heute Abend. Also bis morgen früh. Ich wollte nach Wildbrunn …«

»Zum Festival?«

»Zum Festival, ja.«

»Acht Kilometer, kaum Steigung. Der Radweg führt direkt neben der Landstraße lang.«

»Klingt perfekt.«

Hannah sah deutlich, dass die Frau noch zögerte, ihr

einen Helm sowie die Batterie und die Schlüssel auszuhändigen.

»Doch noch irgendein Problem?«

»Unsere Bikes sind zwar alle versichert, aber ...«

»Ja?«

»Ich glaube, für so was wie dieses Festival gilt das nicht. Wegen der Leute da und so, Sie verstehen schon, da weiß man ja nie ...«

»Passen Sie auf, wir machen das anders.« Hannah zückte ihren Polizeiausweis. »Ich bezahle, keine Sorge, aber Sie können notieren, dass es um einen polizeilichen Einsatz geht. Damit sollte das auch für die Versicherung okay sein, falls diese Leute da mir das schicke Bike wegnehmen oder es bunt anmalen oder was auch immer, man weiß ja nie ...«

Die Ironie war offensichtlich ein wenig zu deutlich geraten, die Frau am Empfang verzog unwillig den Mund, schob ihr aber immerhin Helm, Batterie und Schlüssel über den Tresen. »Bike Nummer null drei Schrägstrich vierzehn, merken Sie sich das bitte, damit Sie das Rad nicht verwechseln.«

»Ich glaube zwar nicht, dass so viele E-Bikes da stehen werden, aber ich passe auf«, versprach Hannah. »Bis später, vielleicht sehen wir uns ja noch.«

Wenn sie sich nicht sehr täuschte, hätte die Frau sie jetzt wohl am liebsten zum Teufel gewünscht. Was die Sache ja vielleicht sogar ganz gut traf, dachte Hannah. Heiner Schulz hatte durchaus etwas Teuflisches an sich ...

Es war das erste Mal, dass Hannah auf einem E-Bike saß. Ein Trekkingrad, ein All-Terrain-Bike, wie sie ja gerade am

Vormittag gelernt hatte. Das kurze Stück bis zum Beginn der Landstraße fuhr sie ohne elektrische Unterstützung, erst auf dem Radweg wagte sie es, den Akku einzuschalten. Der Effekt war verblüffend, fast ohne Anstrengung legte sie plötzlich ein Tempo vor, das ihr selbst nicht mehr ganz geheuer war. Jetzt verstand sie auch, wieso sie zu Hause so häufig vor allem von älteren Männern überholt wurde, obwohl ihr vom angestrengten Strampeln gegen den Wind schon die Beinmuskeln weh taten und sie völlig außer Atem war. Und ebenso klar war jetzt auch, wieso besagte Männer, wenn sie ihr entgegenkamen, niemals lächelten oder grüßend nickten – wahrscheinlich hatten sie Mühe, bei dem Tempo überhaupt die Richtung zu halten und nicht geradewegs gegen den nächsten Baum zu knallen.

Für eine Weile übte Hannah, einen ähnlich mürrischen Gesichtsausdruck zu zeigen, da ihr aber ohnehin niemand entgegenkam, konnte sie sich die Mühe auch sparen. Stattdessen stoppte sie auf der letzten Anhöhe vor Wildbrunn und machte ein Selfie von sich und dem Bike vor dem Hintergrund des Dorfes.

Als ein Pick-up mit dem Kennzeichen der Kreisstadt vorüberfuhr, kam sie sich lächerlich vor. Den Fahrer hatte sie nicht erkennen können, er hatte ein Baseballcap tief ins Gesicht gezogen – aber auf der Ladefläche seines Wagens lag ein Mountainbike.

Es war Hannah mehr als peinlich! Was musste ein Einheimischer wohl von ihr denken, noch dazu einer, der selber ein Mountainbiker war. Und dann sie, ganz klar eine Touristin, die sich stolz selber fotografierte, auf einem geteerten Radweg fernab von jedem Offroad-Gelände ...

»Furchtbar«, murmelte Hannah, schickte das dämliche Selfie aber dennoch an ihren Mann. Mit der Frage: »Weißt du, wer das ist?«

Die Antwort kam, als sie gerade das Ortseingangsschild von Wildbrunn passierte. Ein YouTube-Link. Ein Song von Sting. *Englishman in New York.*

Passt, schrieb Hannah zurück. *Genauso fühle ich mich. Like an alien! – Ich liebe euch, passt auf euch auf!*

Für eine Sekunde überlegte sie, ob sie Toni eine Nachricht schicken sollte, dass sie auf dem Weg zum Festival war, entschied sich dann aber dagegen. Sie wusste ja gar nicht, was genau sie dort eigentlich wollte – und alleine würde sie auch weniger auffallen. Zusammen mit Toni war das Risiko größer, dass sich irgendjemand an die beiden Frauen erinnerte, die am Nachmittag die Auseinandersetzung mit Heiner Schulz gehabt hatten. Und auch falls sie tatsächlich in dem Gedränge vor der Bühne auf diesen Heiner treffen sollte, wäre es leichter zu behaupten, dass sie nur wegen der Musik da war. Sie hatte ja zu seiner Verblüffung gesagt, dass sie die französische Band sehr wohl kannte – und sogar eine Textzeile von Gong zitiert! Das sollte überzeugend genug sein.

Schon am Marktplatz von Wildbrunn konnte sie die Musik vom Festival hören. Aber als sie dann über die Brücke fuhr und an der T-Kreuzung war, stoppte sie. Und ohne dass sie einen Grund dafür nennen konnte, bog sie gleich darauf nicht nach rechts zum Festivalgelände ab, sondern nach links. Zum Neumetzler-Hof. Es war eine spontane Entscheidung.

Der Hof war allerdings wie ausgestorben. Auch das Auto

stand nicht da. Als sie die Kuhglocke an der Tür läutete, machte niemand auf.

Hannah blickte durch das Küchenfenster. Wieder stand ein einzelner unbenutzter Teller auf dem Tisch. Oder immer noch. Die anderen drei Teller waren abgewaschen und auf dem Abtropfgitter neben der Spüle aufgereiht. Ein Buch lag aufgeschlagen auf dem Stuhl direkt vorm Fenster, eher ein Heft, eine Art Sammelband, Hannah konnte ein paar bunte Comicbilder erkennen, in einer großen Sprechblase mit gezackten Rändern stand SMASH.

Ein anderer Stuhl war umgestürzt, auf dem Fußboden lag eine Barbiepuppe.

Als plötzlich eine Katze direkt vor ihr auf die Fensterbank sprang, zuckte Hannah erschrocken zurück. Die Katze machte einen Buckel und schlug mit der Pfote gegen die Scheibe, Hannah meinte, ihr wütendes Fauchen bis nach draußen zu hören.

Hinter ihr gurrte eine Taube, der Wind trug in unregelmäßigen Abständen Melodiefetzen vom Festival herüber, dann wurde auch das Hämmern des Schlagzeugs nervtötend laut.

Hannah lief um das Haus herum bis zur Rückseite. Bei zwei Fenstern waren die Vorhänge zugezogen, das dritte Fenster gehörte zum Zimmer eines der Mädchen. Auf Bett und Fußboden verstreut lagen Klamotten, Bücher, ein Schreibblock, ein dicker Edding, eine zerdrückte Coladose. Nach dem Chaos und der aufgerissenen Packung mit Monatsbinden zu urteilen, war es Leas Zimmer.

An der Wand gab es nur ein einziges Foto, ohne Rahmen, Lea und ihre kleine Schwester, beide lachten fröhlich in die Kamera. Das Bild musste erst vor kurzem aufgenommen worden sein, Hannah erkannte beide Mädchen sofort.

Auch die Hintertür war verschlossen, ebenso wie die Tür zu einem schuppenähnlichen Anbau ohne Fenster. An der Mauer lehnte ein Moped, unter dem Tank war ein dunkler Fleck, es roch deutlich nach Benzin.

Hannah lief noch bis zur alten Wassermühle hinüber, die Kette war neu, am Vorhängeschloss klebte noch das Preisschild. Die Leiter, die am Vormittag an der Wand gelehnt hatte, war verschwunden, die Luke unter dem vorspringenden Dach damit unerreichbar. Nur ein paar Schwalben flogen ein und aus.

Der Wasserfall war eher ein klägliches Rinnsal, der lange, heiße Sommer forderte seinen Tribut. Es war schwer vorstellbar, dass der Gebirgsbach hier früher ein Mühlrad angetrieben hatte.

Hannah wollte eben zurück zu ihrem Bike, als hoch oben an der Felswand eine der Ziegen meckerte. Es klang fast wie ein Warnruf. Und im selben Moment hatte Hannah das Gefühl, beobachtet zu werden. Aber als sie sich ruckartig umdrehte, lag der Hof nach wie vor verlassen im weichen Licht der Abendsonne. Ganz kurz meinte sie, im Schatten neben der Scheune eine Bewegung auszumachen, aber da war nichts, sie hatte sich getäuscht. Trotzdem wurde sie das Gefühl nicht los, dass sie nicht mehr alleine war.

Vielleicht war nicht nur die Katze im Haus gewesen, vielleicht war da schon die ganze Zeit über noch jemand. Im Haus, im Stall, in der Scheune, irgendwo auf dem unübersichtlichen Gelände. In den Schatten der Mauern, der Bäume, der Felsen, am Wasserfall.

Auch als Hannah jetzt aufs Rad stieg und langsam losfuhr, war da wieder dieses Gefühl, dass es in ihrem Rücken noch jemanden gab. Jemanden, der nicht gesehen werden wollte.

Das langsam schwindende Sonnenlicht ließ alle Konturen schwächer werden, wie verwaschen. Undeutlich und diffus.

Hannah war an der Einfahrt, als sie das Geräusch hörte. Ein blechernes Klappern. Wie von einem Schutzblech. Oder einer Fahrradkette. Irgendwo auf dem steinigen Pfad rechts von ihr, zum Berg hinauf. Gleich darauf wurde wieder jedes Geräusch von der Musik auf dem Festivalgelände übertönt, aber Hannah war sich sicher, dass sie sich nicht geirrt hatte.

Sie merkte, dass ihr Atem schneller ging. Ihre Entscheidung fiel, ohne dass sie auch nur eine Sekunde über irgendwelche möglichen Konsequenzen nachdachte. Sie war nicht umsonst Polizistin – es gab offensichtlich jemanden, der sie erst beobachtet hatte und jetzt auf den Berg hinauf flüchtete, um nicht von ihr gesehen zu werden. Und sie wollte wissen, wer das war! Also würde sie ihm folgen!

Mit aller Kraft trat sie in die Pedale, als sie in den nächsten Gang schaltete, wurde das E-Bike so schnell, dass sie auf den losen Steinen des Wegs für einen Augenblick ins Schlingern kam.

»Ganz ruhig, bau jetzt keinen Scheiß«, ermahnte sie sich selbst, während sie bemüht war, die Strecke vor sich einzusehen. Es ging steil bergauf, aber noch war links und rechts dichter Tannenwald. Unterhalb einer schroffen Felswand lagen umgestürzte Baumstämme kreuz und quer wie hingeworfene Mikado-Stäbe, ein Wurzelballen reckte seine verdrehten Arme bis dicht an den Wegrand. Wenige Meter weiter wand sich der Pfad zwischen moosbewachsenen, mehr als mannshohen Felsbrocken hindurch, oberhalb erstreckte sich eine Almwiese mit einem Heuschober, dahinter konnte Hannah undeutlich eine halb verfallene Hütte ausmachen.

Im selben Moment, in dem sie realisierte, dass sich niemand auf dem freien Stück vor ihr befand, bremste sie hart und riss den Lenker herum, aber es war bereits zu spät – sie konnte dem armdicken Ast, der plötzlich von der Seite her in ihr Blickfeld kam, nicht mehr ausweichen.

Sie spürte noch, wie sie hart auf dem Boden aufschlug, dann verlor sie das Bewusstsein.

5. Kapitel

Als Hannah wieder zu sich kam, wusste sie für eine Sekunde nicht, wo sie war. Ihre Schulter schmerzte. Und ihr Kopf fühlte sich an, als ob er in einen Schraubstock gepresst würde.

Von irgendwoher kam laute Musik. Ein Schmetterling torkelte vorüber, ein Kohlweißling.

»Hannah? Bist du okay?«

Die Stimme kam ihr bekannt vor, aber sie konnte sie nicht zuordnen. Erst als sich Toni besorgt über sie beugte, erkannte sie die Polizistin. Gleichzeitig wusste sie auch wieder, was passiert war. Ungefähr jedenfalls, bis zu dem Zeitpunkt, an dem sie gestürzt war. Aber wieso ...

»Du?«, brachte sie mühsam heraus. »Was machst du hier? Wo ... wo kommst du her?«

Toni strich ihr eine Haarsträhne aus der Stirn. »Das wird eine böse Beule geben«, sagte sie leise anstelle einer Antwort. »Aber du hast Glück gehabt, dass du mit dem Kopf nicht gegen den Felsen geschlagen bist, sondern auf eine der Wurzeln, die quer über den Pfad laufen. Vielleicht bist du auch genau wegen dieser Wurzeln gestürzt! Wie bei einer Bordsteinkante, dein Vorderrad ist weggerutscht oder ...«

Als Hannah den Kopf schüttelte, zuckte sie vor Schmerzen zusammen. »Nein«, erklärte sie, während bunte Lichtkreise vor ihren Augen explodierten, »nein, Toni! Ich bin gegen einen Ast geknallt, der quer über den Weg ragte, genau auf der Höhe von meinem Kopf. Aber da war vorher kein Ast, das weiß ich genau, das hätte ich gesehen. Jemand muss mir den Ast von dem Felsbrocken aus ... Verstehst du? Genau in dem Moment, in dem es für mich zu spät war, um noch auszuweichen. Glaub mir, so war es! Guck oben auf dem Felsen nach, vielleicht sind noch Spuren zu sehen. Und der Ast muss ja auch irgendwo sein, warte, ich will selber ...«

Sie versuchte, sich aufzurichten.

»Nichts da!« Toni drückte sie sanft zurück. »Bleib ruhig liegen, bitte. Du musst erst mal wieder ganz zu dir kommen, alles andere kann warten. Erzähl mir noch mal, wieso du hier hochgefahren bist. Los, Hannah, von Anfang an.«

»Ich war auf dem Neumetzler-Hof. Ich wollte ... Egal. Es war niemand da. Oder eben doch, ich hatte die ganze Zeit irgendwie so ein Gefühl, als ob ich beobachtet würde. Und dann habe ich ein Geräusch gehört, ein Klappern, als ob jemand mit einem Fahrrad den Pfad hier rauffahren würde. Um abzuhauen! Um nicht von mir gesehen zu werden. Und ich wollte wissen, wer ... Klar, oder?«

»Klar«, bestätigte Toni. Um gleich darauf den Kopf zu schütteln und Hannah strafend anzublicken. »Ganz schön bescheuert, das weißt du, oder? Aber ich hätte es wahrscheinlich genauso gemacht. Vielleicht hat es etwas mit unserem Beruf zu tun.«

»Bestimmt.« Hannah stemmte sich hoch und lehnte sich mit dem Rücken an den Felsen. Es ging besser, als sie befürchtet hatte. Ihr war nur noch ein wenig schwindlig, und ihr Kopf und ihre Schulter schmerzten noch, aber es war ohne Probleme auszuhalten.

Einen Moment lang fixierte sie ihre Kollegin, ohne etwas zu sagen, dann wiederholte sie ihre Frage: »Und jetzt du. Wieso bist du hier?«

Toni zögerte keine Sekunde mit ihrer Antwort. »Ganz einfach, ich bin dir gefolgt! Warte, lass mich zu Ende reden – ich hatte die Idee, noch mal aufs Festivalgelände zu fahren, ich denke, aus dem gleichen Grund wie du …«

»Wieso? Woher …«

»Woher ich weiß, dass du da hinwolltest?« Toni zuckte mit den Schultern. »Ich bin zum Hotel, um dich da abzuholen. Da haben sie mir erzählt, dass du dir ein Fahrrad geliehen hast und nach Wildbrunn gefahren bist. Also bin ich hinterher!« Sie deutete auf ihr Rad. Ein Mountainbike, allerdings ein älteres Modell mit deutlichen Gebrauchsspuren. Und ohne Batterie! »Dienstrad«, erklärte sie. »Nicht gerade das allerneueste, aber genau richtig für ein Hippie-Festival. Besser jedenfalls als deins oder …«

»Oder dein Alfa. Von einem Streifenwagen ganz zu schweigen«, brachte Hannah Tonis Erklärung zu Ende. Es war dieselbe Überlegung, die auch sie angestellt hatte, klar, auch Toni hatte nicht auffallen wollen. Dazu passte die ausgefranste Jeans, die sie trug, ebenso wie die Chucks, das Kapuzenshirt, die Baseballcap mit dem aufgedruckten Peace-Zeichen.

Toni nickte.

»Und dann?«, fragte Hannah.

»Ich wollte dich anrufen, wenn ich beim Festival bin, damit wir uns treffen können. Hab ich auch, schon von der

Brücke aus, aber du bist nicht rangegangen. Ich hab noch gedacht, dass du das Klingeln wahrscheinlich nicht gehört hast, weil die Musik zu laut war. Also habe ich dir eine Nachricht geschickt. Und dann bin ich ausgerechnet Sepp Huber über den Weg gelaufen, du weißt schon, unserem oberschlauen Hauptmeister. Der hat da nämlich an der Brücke rumgestanden und eifrig Autonummern notiert. Von allen Wagen, die zum Konzert der Band kamen. Er war in Zivil, deshalb hast du ihn wahrscheinlich gar nicht bemerkt.«

Toni spuckte das Wort »Zivil« förmlich aus, ihre Verachtung war nicht zu überhören. »Kurze Lederhose und kariertes Hemd plus Hut mit Gamsbart, ein echter ›Undercover-Einsatz‹. Der Mann riskiert was! Ich habe ihn auch kaum erkannt. Aber jedenfalls hat er dich gesehen, und von ihm weiß ich auch, dass du Richtung Neumetzler-Hof gefahren bist, hat er mir nämlich gleich brühwarm berichtet. Also bin ich hinter dir her, und als niemand auf dem Hof war …« Toni zuckte wieder mit den Achseln. »Entgegengekommen warst du mir nicht, also blieb nur der Pfad den Berg hoch! Und nein, spar dir die Frage – ich habe niemanden sonst gesehen. Nur dich, mitten auf dem Weg und mit einer schönen Beule an der Stirn.«

Hannah blickte auf ihre Uhr, aber die Zeiger verschwammen vor ihren Augen.

»Wie lange war ich bewusstlos, was glaubst du?«, murmelte sie, während sie gleichzeitig nach ihrem Handy griff. Ein unbeantworteter Anruf von Tonis Nummer. Und eine Nachricht von ihr: *Ich bin am Festivalgelände. Wollen wir uns bei der Veggie-Bude treffen?*

Alles genau so, wie Toni erzählt hatte.

»Zehn Minuten vielleicht, Viertelstunde, viel länger wahrscheinlich nicht«, antwortete Toni auf Hannahs Frage. »Und damit dürften wir auch kaum eine Chance haben, den Typen, der dich vom Rad geholt hat, noch zu erwischen. Der ist längst über alle Berge, im wahrsten Sinn des Wortes.«

Sie streckte Hannah die Hand hin und half ihr aufzustehen. »Geht es?«

»Geht. Bisschen wacklig noch in den Knien, aber ...«

»Du hast mit Sicherheit eine leichte Gehirnerschütterung, das sollte sich ein Arzt ansehen.«

»Später«, erklärte Hannah.

Sie zog sich auf den Felsbrocken rechts von ihr, Toni folgte ihr wortlos. Das Einzige, das sie entdecken konnten, waren ein paar Brocken Moos, die sich vom Stein gelöst hatten, und einige zertretene Flechten, das war alles. Aber damit war zumindest klar, dass tatsächlich jemand auf den Felsen geklettert war.

Der Ast lag in einem Brombeergestrüpp unterhalb des Felsens. An der Stelle, an der er Hannahs Stirn getroffen hatte, war die rissige Rinde glatt und eingedrückt.

»Und das war's«, sagte Toni. »Nichts, was uns wirklich weiterhilft. Wäre vielleicht auch zu schön gewesen, wenn ihm seine Visitenkarte aus der Hose gerutscht wäre oder so was«, setzte sie mit verkniffenem Gesichtsausdruck noch hinzu, während sie Hannahs Rad auf irgendwelche Schäden überprüfte. »Sieht alles gut aus, nichts verbogen, nichts kaputtgegangen. Glaubst du, dass du fahren kannst?«

Hannah gab keine Antwort. Sie starrte nur vor sich hin

und biss sich auf die Unterlippe. »Mir fällt gerade etwas ein«, sagte sie dann kaum hörbar. »Als ich auf dem Radweg neben der Landstraße nach Wildbrunn war, da … da ist eine kleine Steigung kurz vorm Ort, ich habe angehalten und … ein Foto gemacht, und genau in dem Moment ist ein Auto vorbeigefahren.«

»Aha«, erwiderte Toni verständnislos. »Und?«

»Ein Pick-up. Älteres Modell. Orange.« Sie schüttelte den Kopf. »Nein, rot! Aber ausgeblichen. Und mit einer Beule auf der rechten Seite.« Hannahs Polizisten-Gehirn hatte unbewusst Details gespeichert, an die sich jemand anders kaum erinnern würde. »Die Art von Beule, wenn du beim Abbiegen nicht aufpasst und einen Betonpfeiler oder so was erwischst.«

»Ich weiß, was du meinst. Siehst du fast bei jedem Lieferwagen.« Tonis Interesse war jetzt eindeutig geweckt. »Was für eine Marke, hast du das erkannt?«

»Toyota vielleicht. Oder … Nein, an der Klappe hinten am Heck waren große Buchstaben, kaum noch zu lesen, aber … Toyota hat so eine Aufschrift, oder?«

»Suzuki auch. Glaube ich jedenfalls.«

Hannah holte tief Luft. »Es war Toyota, ich bin mir sicher. Und das Kennzeichen war aus der Kreisstadt. Der Wagen ist mir aufgefallen, weil auf der Ladefläche ein Mountainbike lag. Ich habe noch gedacht, ein Einheimischer, der nach Feierabend auf irgendeinen Trail am Berg will.«

»Hast du ihn gesehen?«

»Nicht wirklich. Er hatte eine Baseballcap ins Gesicht gezogen.«

»Aber du bist dir sicher, dass es ein Mann war?«

»Sicher bin ich nicht, aber ich denke schon, ja.«

»Gut«, erklärte Toni, »das ist doch schon mal was.« Als sie ihr Handy aus der Tasche zog und eine gespeicherte Nummer aufrief, fragte Hannah: »Wen willst du …« Im selben Augenblick wusste sie die Antwort. »Klar«, nickte sie, »wenn er bis über die Brücke gefahren ist, dann hat dieser Huber ihn garantiert gesehen.«

»Und wenn nicht, soll er jetzt gefälligst mal … Huber?«, fragte sie laut, als ihr Anruf angenommen wurde. »Passen Sie auf, ich möchte, dass Sie ein Auto für uns finden, einen älteren Toyota Pick-up, rot, verbeult, Kennzeichen aus der Kreisstadt, hatte ein Mountainbike auf der Ladefläche … Was? Ist Ihnen nicht aufgefallen? Nicht an Ihnen vorbeigekommen, verstehe. Dann suchen Sie den Wagen bitte! Im Dorf, ja! Irgendwo wird er stehen. Holen Sie sich Buckmiller zu Hilfe. Was? Das ist mir egal, wenn er freihat … Wie bitte? Sie haben auch frei?« Toni verdrehte die Augen. »Jetzt nicht mehr, ganz einfach. Ja, genau, das ist eine dienstliche Anordnung, also machen Sie schon! Holen Sie den Kollegen Buckmiller dazu und finden Sie diesen Wagen. Je länger Sie warten, umso dunkler wird es und damit auch umso schwieriger.«

Toni beendete das Gespräch, ohne noch auf eine Erwiderung des Hauptwachtmeisters zu warten.

Vom Festivalgelände her war jetzt ein arabisch anmutendes Stück zu hören, eine Flötenmelodie, die von einer Frauenstimme aufgegriffen wurde und wie ein Gruß aus einer weit entfernten Welt durch das grüne Voralpental zu schweben schien. Hannah war überzeugt, dass spätestens jetzt ein Teil der Festivalbesucher statt der Alpengipfel die in der Hitze flimmernden Sandberge der Sahara sah, natürlich mit der dazugehörigen Kamelkarawane auf dem Weg zur nächsten ummauerten Wüstenherberge, wo die dampfenden Wasserpfeifen schon warteten.

Sie folgte Toni auf dem steilen Weg bergab, Toni sah sich immer wieder besorgt um und fragte mehrmals, ob alles okay wäre. »Sonst schieben wir, geht auch.«

»Quatsch, ich komme klar! Fahr einfach!«

Im Gegensatz zu der Selbstverständlichkeit, mit der Toni ihr Bike über loses Gestein und Wurzeln lenkte, kam Hannah sich unsicher vor, überfordert, Mountainbiken war eindeutig nicht ihr Ding. In Paris kann Toni das unmöglich gelernt haben, dachte sie noch, ich muss sie später danach fragen, wo sie eigentlich groß geworden ist.

»Sie sind wieder da!«, rief Toni ihr über die Schulter zu.

Hannah brauchte eine Sekunde, bevor sie verstand – sie waren kurz vor der Einfahrt zum Neumetzler-Hof, der kleine Jeep war schräg vor dem schuppenähnlichen Anbau ohne Fenster geparkt, der Hannah vorhin schon aufgefallen war.

In der Küche brannte Licht, die Katze schlich geduckt über das kopfsteinbucklige Pflaster der Zufahrt, vom Haus war deutlich das Schimpfen der Mutter zu hören, gleich darauf das Weinen eines Kindes, wahrscheinlich von Mila. Die größere Schwester war nirgends zu sehen.

Toni warf einen fragenden Blick zu Hannah, Hannah hob ratlos die Schultern, aber ohne dass sie etwas zu sagen brauchten, waren sie sich eigentlich einig – es war der falsche Zeitpunkt, um Neumetzlers Frau noch mal einen Besuch abzustatten. Sie mussten sich erst absprechen, wie sie die Frau mit der Frage nach Alois' Schwester konfrontieren wollten. Dieser Schwester, die von zu Hause abgehauen war – und von der Alois glaubte, sie könnte zurückgekehrt sein.

»Fahren wir erst mal zum Dorf«, entschied Toni, »ich weiß, wo der Arzt wohnt, ich kenne ihn flüchtig, er soll sich wenigstens deinen Kopf ansehen.«

»Ist nicht nötig, wirklich!«

»Aber ich bestehe darauf. Also los, komm!«

Sie waren kurz vor der Brücke, die Musik war jetzt sehr laut, fast hätten sie Tonis Handy nicht gehört.

Toni stoppte. »Huber«, erklärte sie mit einem Blick auf das Display, bevor sie das Gespräch annahm. »Ja? – Im Hof vom Braunen Hirschen?« Tonis Stimme klang ungläubig, als sie die Information wiederholte. »Und Sie sind sich sicher?«, vergewisserte sie sich. »Ein roter Toyota Pick-up? Aber ohne ein Bike auf der Ladefläche, verstehe. – Okay, bleiben Sie da, wir sind in fünf Minuten bei Ihnen. Was? Ja, wenn ein Fahrer auftaucht, halten Sie ihn fest, verhaften Sie ihn wegen ... Körperverletzung, ich erkläre es später.« Sie schob das Handy zurück in ihre Tasche.

»Hinter der Dorfkneipe?«, fragte Hannah, während sie vergeblich versuchte, sich klar darüber zu werden, was das für Rückschlüsse zuließ.

»Wir sagen hier ›Wirtschaft‹ dazu, aber ja, hinter dem Braunen Hirschen. – Kommst du mit, oder soll ich dich lieber doch erst zum Arzt ...«

»Blöde Frage. Fahren wir!«

Huber trug nach wie vor seine Privatklamotten, die für Hannah allerdings eher wie eine ungeschickte Verkleidung wirkten, als er jetzt aus dem Halbschatten einer Mauer trat und ihnen verschwörerisch zuflüsterte: »Keine verdächtigen Personen. Wagen ist übrigens nicht abgeschlossen. Aber das ist auch kein Wunder!«

Er trat noch näher an Hannah und Toni heran, Hannah konnte das Bier in seinem Atem riechen, das er vor nicht allzu langer Zeit getrunken haben musste.

»Ich hab das Kennzeichen an den Kollegen durchgegeben, und der hat es checken lassen. Info ist eben reingekommen!« Triumphierend hielt er sein Handy hoch. »Die Karre ist als gestohlen gemeldet! Gerade vorhin erst. Und zwar vom Hof einer Maurerfirma in der Stadt, Fassadenrenovierung und so was. Das passt auch zu dem Dreck auf der Ladefläche, hab mir die ganze Hose mit irgendwelchem Mörtelzeug eingesaut. Von einem Fahrrad ist aber keine Rede in der Anzeige. Also entweder hat der vergessen, dass sein Rad hinten drauflag, oder der Autodieb ist selber mit dem Rad gekommen! Wäre allerdings merkwürdig, dass ein Autodieb mit dem Rad rumkurvt, meine ich. Aber wenn Sie mich fragen, dann könnte es natürlich auch einer von diesen Hippies sein! Dann war die Wollsocke in der Stadt und wollte zurück zum Festival, hatte aber keinen Bock mehr, noch mal acht Kilometer zu strampeln, typisch für diese Warmduscher. Also hat er das Auto geklaut und dann hier abgestellt und ist mit seinem Rad rüber zur Wiese. Ist wahrscheinlich auch geklaut, würde ich mal behaupten, das Rad, meine ich ...«

»Okay, danke«, unterbrach ihn Toni, bevor er sich zu

noch mehr bösartigen Mutmaßungen steigern konnte. »Gute Arbeit, Huber.« Sie überlegte kurz. »Ich würde gerne kurz mit dem Wirt sprechen, ob ihm etwas aufgefallen ist. Vielleicht hat er den Mann zufällig gesehen, als der mit dem Rad aus der Gasse raus zur Brücke gefahren ist. Könnten Sie so lange hierbleiben und den Hof weiter beobachten? Nur für den Fall, dass …«

»Geht nicht«, erklärte Huber. »Also dass Sie mit dem Klaus vom Braunen Hirschen reden. Da können Sie nicht rein. Ist geschlossen.«

»Aber ich sehe doch Licht«, wandte Hannah ein, wobei ihr erst jetzt auffiel, dass die Vorhänge an den Fenstern zugezogen waren.

»Für Sie geschlossen, meine ich. Gehen Sie zur Tür, da hängt das Schild. Da steht's drauf!«

Toni zog die Augenbrauen hoch und holte tief Luft, bevor sie Hannah winkte, ihr zu folgen. Huber hatte nicht gelogen – an der Tür hing ein handgemaltes Schild: WEGEN GESCHLOSSENER GESELLSCHAFT GESCHLOSSEN.

Burning Valley Festival, Wildbrunn 2022

Nach den beiden Jahren, in denen das Festival wegen der Pandemie abgesagt werden musste, war es jetzt endlich so weit – das große Hippie-Treffen zur Mittsommernacht fand wieder statt. Und es waren mehr Leute gekommen als je zuvor, fast 1500 Menschen aus über vierzig Ländern, hatte die Frau vom Orga-Team gestern noch erzählt.

Fast schien es, als hätten sie alle nur darauf gewartet, dass es wieder losging, dass das Festival ihrem Leben wieder einen Inhalt gab. Als hätten sie das Burning Valley regelrecht herbeigesehnt! Vielleicht war es ja auch so, vielleicht war es die Kraft ihrer Gedanken gewesen, die es möglich gemacht hatte. Weil es dieses unbeschreibliche Gefühl von kosmischer Harmonie, von Nähe und Liebe nur auf Zusammenkünften wie dieser gab.

Es war ein bisschen wie ein Fingerzeig von einer viel größeren Macht, nicht zu verzweifeln, nicht aufzugeben – alles würde sich finden und zum Guten wenden, wenn sie nur fest genug daran glaubten. Ein Fingerzeig von einer Macht, die alles Wissen über Vergangenheit und Zukunft in sich vereinte. Wie ganz früher, als die Menschen noch verstanden, dass sie nur im Einklang mit der Natur würden existieren können. Und dass die Tiere und Pflanzen mit ihnen seelenverwandt waren, Lebewesen wie sie selbst. Erde, Feuer, Wasser, Luft – alles war ein einziger Kreislauf, ein großes Ganzes, dessen Gleichgewicht nicht gestört werden durfte ...

Davon hatte auch die Band gesungen, die gleich am ersten Abend gespielt hatte. Space Rock, der mit seinen Klängen, seinem Rhythmus die Zeit anzuhalten vermochte, so dass nur noch der Moment zählte und alles andere unwichtig wurde.

Jenny hatte die ganze Nacht durchgetanzt, und mit ihr zig andere, mit wilden Bewegungen, völlig selbstvergessen. Ohne müde zu werden, als würden sie allein von der Musik getragen, gehalten, geleitet. Ohne nachdenken oder sich sorgen zu müssen. Ohne Angst. Voller Vertrauen.

Aufgewacht war sie auf einem Futon oben auf dem Dach eines alten Reisebusses, in einem Schlafsack, der nicht ihr gehörte, und nur mit dem Himmel über sich und dem Rauschen des Flusses, an dessen Ufer der bunt bemalte Bus stand. Jenny wusste nicht mehr, wie sie hierhergekommen war, auf die Wiese am Ufer, auf das Dach, aber es spielte keine Rolle. Und Hansi war nett, genauso wie Lieke, mit der sie sich im seichten Uferwasser wusch, während eine Horde nackter Kinder laut schreiend über die Kiesbank in der Mitte des Flusses tobte.

Hansi und Lieke lebten in Frankreich, im Zentralmassiv, in einem ehemals verlassenen Dorf. Bis dann 1975 ein paar Leute gekommen waren, die Hausruinen instand gesetzt und angefangen hatten, Schafe und Ziegen zu halten. Liekes Eltern kamen aus Holland und gehörten mit zu den Ersten, die da gelebt und auf jeden Luxus verzichtet hatten, ganz einfach, weil sie frei sein wollten. Frei von allen Zwängen, von der Macht des Konsums, vom Wahnsinn des Profitwachstums, vom Lärm und der Enge der großen Städte. Was Jenny ja alles genau so unterschreiben konnte, schließlich war sie nicht von ungefähr schon länger auch als Klimaaktivistin unterwegs.

Aber sie hatte vorher noch nie etwas von dieser Kooperative gehört, die sich »Longo Maï« nannte, die seit den siebziger Jahren immer größer geworden war und auch in der Schweiz, in Deutschland und Italien Höfe und Dörfer bewirtschaftete.

Lieke und Hansi waren beide im Zentralmassiv geboren – und hatten jetzt selber Kinder, einen elfjährigen Jungen und ein fünfjähriges Mädchen. Was sie von ihrem Zuhause erzählten, klang nach viel Mühe und Entbehrungen, nach harter Arbeit und neuen Problemen – aber auch nach Zufriedenheit und ... Glück! Als hätten die Leute sich da eine Art Paradies geschaffen, als wären sie wirklich frei!

Und Jenny war von der offenen Art ihrer neuen Freunde und ihren Geschichten begeistert, vor allem als Lieke sie dann einlud, eine Zeitlang zu ihnen zu kommen, mit ihnen zu leben und zu arbeiten, um zu sehen, ob das vielleicht auch etwas für sie sein könnte.

Lieke hatte die meiste Zeit während des Festivals ein Baby auf dem Arm, das Pebbles hieß und selig schmatzend an ihrer Brust hing, wenn sie alle zusammen kalten Tee aus selbstgepflückten Kamillenblüten tranken und Hansi von Longo Maï erzählte. »Longo Maï« war Okzitanisch und bedeutete »Es möge lange dauern«, genauso ewig wie die Sterne am Himmel, hoffte Hansi. Lieke war realistischer: »Hauptsache, Pebbles erlebt es alles noch!« Jenny wünschte es ihr von Herzen.

Hansi redete gerne über die Sterne, und er wusste auch viel darüber. Genauso wie ein anderer Typ, irgendwo aus Hessen, der mit einem Pferdefuhrwerk da war. In der Nacht vor der Sonnenwende erzählte Hansi, dass die Sonne in den weißen Nächten vor dem Sternbild der Zwillinge stand und dass die Mittsommernacht für jedes Sternzeichen eine andere Bedeutung hatte.

Jenny war Fisch, und für Fische bedeutete der Mittsommer, dass sie ihre Kreativität voll ausleben konnten und etwas Großes schaffen. Jenny war zufrieden damit, was immer auch dieses »Große« nun sein mochte.

Hansi erzählte auf Englisch, weil Jenny kaum Französisch verstand, allerdings war sein Englisch ganz anders als das Englisch, das Jenny in der Schule gelernt hatte, aber das meiste konnte sie dennoch ohne Mühe verstehen. Nur bei der Geschichte von Baldur, dem Lichtgott aus der nordischen Mythologie, war sie sich nicht sicher, ob Baldur nun wirklich von seinen eigenen Brüdern getötet worden war und sein Tod deshalb für das allmähliche Verblassen des Lichtes in der auf die Mittsommernacht folgenden Zeit stand. Aber eigentlich spielte es auch keine Rolle, ob sie vielleicht etwas nicht ganz richtig verstanden hatte, wichtig war nur der Frieden, die Ruhe, die sie spürte, wenn sie Hansis Stimme lauschte, während Pebbles an Liekes Brust gluckste und schmatzte und von dem alten Wohnmobil neben ihnen leise Gitarrenklänge herüberwehten. Bob Dylan, Leonard Cohen, Scott McKenzies *San Francisco*. Und natürlich *House of the Rising Sun …*

Aber dann war mit einem Schlag alles anders, als hätte

es diese kostbaren Momente von Ruhe und Frieden nie gegeben.

Ein vielleicht zwölfjähriger Junge kam laut schreiend über die Wiese gerannt, er gehörte zu dem anderen Bus, erst als er wieder zu Atem gekommen war, konnten sie ihn verstehen. Der Junge war vollkommen aufgebracht und so empört, wie man es nur in seinem Alter sein konnte, wenn man sich ungerecht behandelt fühlte – Luca und seine Freunde waren im Dorf gewesen, weil sie Süßigkeiten und Eis im Laden kaufen wollten. Aber der Ladenbesitzer hatte sie rausgeworfen!

»Er hat behauptet, wir würden nur klauen wollen! Haben wir aber nicht! Wir haben ihm auch unser Geld gezeigt, damit er kapiert, dass wir alles bezahlen wollten, aber er hat uns nur beschimpft. Mit echt schlimmen Wörtern, und er hat auch gesagt, wir wären alle verlauste … Tagediebe und Fliegenfänger! Ich hab keine Ahnung, was das sein soll, aber es war voll gemein. Und er hat Eric so geschubst, dass er hingefallen ist, und Mia hat er sogar getreten und …«

»Wo ist Mia jetzt?«, wollte Hansi wissen. »Und wo sind die anderen?«

»Vor dem Laden! Wir machen eine Sitzblockade, bis er uns reinlässt. Aber ich weiß nicht, ob das klappt, weil auch schon so Typen aus dem Dorf da sind und sich total aufregen, deshalb müsst ihr alle ganz schnell kommen und uns helfen, unbedingt!«

Inzwischen waren auch die Leute aus der Wagenburg am Fluss aufmerksam geworden, und die Rufe von den Zelten in der Nähe der Bühne zeigten deutlich, dass der zweite Bote, Eric, die empörende Nachricht ebenfalls verkündet hatte. Die Entscheidung war schnell getroffen, eine Gruppe von gut zwanzig Festivalteilnehmern war sofort bereit loszulaufen, natürlich auch die Eltern der betroffenen Kinder, allen voran Hansi und Lieke. Aber dann spuckte Pebbles plötzlich mit hochrotem Kopf eine Ladung Milch auf Liekes T-Shirt und fing an, bitterlich zu weinen.

»Das geht nicht, ich kann nicht mit«, erklärte Lieke, »der Kleine hat irgendwas, ich habe heute Nacht schon gedacht, dass er fiebert.«

»Ich gehe für dich!«, bot Jenny spontan an.

Lieke konnte gerade noch nicken, bevor Pebbles wieder anfing zu spucken.

Es dauerte keine Viertelstunde, bis die Gruppe vom Festival über die Brücke und am Marktplatz war. Drei oder vier Dörfler empfingen sie mit Pfiffen und lauten Beschimpfungen, hatten es aber nicht gewagt, den johlenden Kindern auf dem Fußweg zu nahe zu kommen. An der Schaufensterscheibe klebten noch die Reste der Kuhfladen von der Wiese neben dem Haus, mit denen die Kinder offensichtlich ihrem Unmut Luft gemacht hatten.

Der Ladenbesitzer hatte die Jalousie an der Eingangstür herabgelassen – deshalb konnte er jetzt auch nicht sehen, dass einer der Jungen gerade unter den begeisterten Zurufen der anderen in hohem Bogen auf die Klinke pinkelte.

»Hört auf mit dem Quatsch!«, rief Hansi so laut, dass ihn jeder hören konnte. »Wir reden mit dem Mann vom Laden, das wird sich alles klären, wir wollen keinen Streit. Und den Dreck da macht ihr auch schön wieder weg, klar?«

Er zeigte auf die Kuhfladenreste. Die Kinder maulten,

allen voran Mia mit ihren pink gefärbten Haaren und dem Peace-Zeichen auf dem T-Shirt. Auch die anderen Leute vom Festival schienen eher weniger überzeugt von Hansis Fähigkeiten als Unterhändler.

Jenny allerdings gefiel die Art, wie er versuchte, eine weitere Eskalation zu vermeiden. Das wird auch gar nicht anders gehen, wenn sie da in ihrer Kooperative untereinander und mit anderen klarkommen wollen, dachte sie noch, als in ihrem Rücken ein Motor aufheulte und gleich darauf ein mattschwarzes SUV mit quietschenden Reifen halb auf dem Bordstein zum Stehen kam – keinen Meter von den Kindern entfernt, die entsetzt aufsprangen und zurückwichen.

Ein Mann stieg aus, ohne den Motor abzustellen. Mit einem kurzen Blick musterte er die Gruppe der Leute vor dem Laden.

»Was ist los?«, wandte er sich an einen der Dörfler.

»Die machen hier 'ne Demo!«, wurde er umgehend informiert. »Guck dir das an, Klaus, sogar die Kinder sind schon auf Krawall aus!«

»Ein Missverständnis«, mischte sich Hansi ein. »Wir klären das, alles easy, kein Ding, Mann!«

»Ich hab keine Zeit für den Quatsch!«, blaffte der Mann. Jetzt erkannte ihn Jenny. Es war der Wirt vom Gasthaus an der Brücke, Jenny hatte ihn gesehen, als er am Tag zuvor auf der Straße mit dem Fahrer des Bierlasters darüber gestritten hatte, dass mit der Lieferung irgendetwas nicht in Ordnung gewesen war. Sie hatte ihn auf Anhieb unsympathisch gefunden, vor allem aber war es der Name der Gastwirtschaft gewesen, der ihr missfallen hatte, ihrer Meinung nach ließ der Name einen klaren Rückschluss auf die politische Gesinnung des Mannes zu. Und gerade jetzt war sein Verhalten wenig dazu angetan, um ihre Meinung zu ändern …

»Geht mir gefälligst aus dem Weg, ich hab's eilig!«

Er stieß rücksichtslos ein paar Kinder zur Seite, als Hansi und ein anderer Hippie ihm entgegentraten, hob er die Faust: »Ist was? Wollt ihr was aufs Maul? Könnt ihr haben, wär mir eine Freude!«

Dann wurden alle vom Rattern der hölzernen Jalousie abgelenkt, der Ladenbesitzer hatte den Wirt durchs Schaufenster gesehen und öffnete jetzt seine Tür. Im selben Moment, in dem der Wirt die beiden Stufen hinaufstapfen wollte, versperrte ihm Jenny den Weg.

»Zuallererst machen Sie mal bitte Ihren Motor aus, ja? Was soll das? Hier sind Kinder und auch noch andere Leute, glauben Sie, wir haben Lust, die ganze Zeit die stinkenden Abgase von Ihrem Auto da einatmen zu müssen?«

Sie hatte damit gerechnet, dass er sich aufregen würde. Diese Art von Typen wurde sofort aggressiv, wenn man etwas von ihnen wollte, das kannte sie schon. Und sie wusste auch, dass es keinen Sinn machte, mit solchen Leuten diskutieren zu wollen.

Aber die unflätige Art, mit der er sie beschimpfte, hatte sie nicht erwartet.

»Hey, so nicht, ja?«, versuchte Hansi noch, den Wirt zu stoppen, wich dann aber ebenso wie Jenny zurück, als der Mann direkt vor ihnen auf den Boden spuckte und im Laden verschwand. Gleich darauf rasselte die Jalousie wieder nach unten.

»Scheißtyp«, kommentierte Hansi. »Aber lohnt nicht, sich mit solchen Leuten anzulegen. Los, wir ziehen ab. Und lasst die Kuhscheiße liegen, sollen sie selber wegmachen. Hey, kommt mal wieder runter«, versuchte er die Kinder zu beruhigen, die nicht nachgeben wollten. »Du auch, Mia, ja? Wir gehen jetzt rüber in die Hauptstraße zu dem Café da, und ich geb jedem ein Eis aus, okay?«

Die ersten Kinder rannten bereits los, Hansi drehte sich grinsend zu Jenny: »Bist du okay? Vergiss den Typen! Kommst du noch mit?«

Jenny nickte. Hansi hatte ja recht, es war vollkommen albern, sich über diese Art von Leuten aufzuregen. Aber den Wirt jetzt einfach ungeschoren davonkommen zu lassen, ging ihr auch gewaltig gegen den Strich. Zumindest einen ordentlichen Denkzettel wollte sie ihm noch verpassen!

Sie ahnte nicht, welche Konsequenzen ihr Entschluss haben würde.

6. Kapitel

»Wegen geschlossener Gesellschaft geschlossen? Interessante Formulierung«, murmelte Hannah. »Muss ich mir merken.«

»Und?«, fragte Toni. »Hat das Schild auf dich den gleichen Effekt wie auf mich?«

»Klar«, bestätigte Hannah. »Jetzt sind wir neugierig geworden …«

»Nein.« Huber trat zu ihnen, er musste Hannahs letzte Worte noch gehört haben. »Vergessen Sie es, das gibt nur Ärger, glauben Sie mir.«

»Das wird ja immer interessanter«, kam es prompt von Toni. »Also los, sehen wir uns das mal an.«

Sie wollte eben nach der Klinke fassen, als Huber sich vor sie schob und ihr den Weg versperrte.

»He! Was wird das? Gehen Sie gefälligst zur Seite, Mann!« Tonis Stimme klang scharf, sie schien kurz davor, Huber mit Gewalt zur Seite zu drängen.

Hannah griff nach Tonis Arm. »Lass es! Das können wir anders lösen.« Sie wandte sich an den Hauptmeister: »Ich schätze, Sie sind uns eine Erklärung schuldig. Also, was ist dadrin los, wovon wir auf keinen Fall erfahren sollen?«

»Das wollen Sie gar nicht wissen. Es geht Sie auch nichts an!«

»Doch, das wollen wir wissen. Und wir würden gern selber entscheiden, ob es uns was angeht oder nicht.«

Huber presste die Zähne so fest aufeinander, dass seine Kieferknochen hervortraten. Sein Blick wechselte von Hannah zu Toni und wieder zurück.

»Auf Ihre Verantwortung«, knurrte er schließlich unwillig, »ich hab Sie gewarnt! Aber nicht durch diese Tür, ich weiß einen besseren Weg. Folgen Sie mir. Und ich komme mit rein, dass das klar ist!«

Er drehte sich ohne eine weitere Erklärung um und stapfte mit schweren Schritten auf eine unverputzte Betonwand im hinteren Teil des Hofes zu. Ein fensterloser Anbau, der mit seinem Flachdach und dieser Betonmauer so gar nicht zum geschnitzten Fachwerk, den Butzenscheiben und der Lüftlmalerei an der Vorderseite des Braunen Hirschen passen wollte.

Noch bevor Huber jetzt die Eisentür in der Mauer erreichte, konnten sie die Bestimmung des Anbaus deutlich riechen.

Die Tür war nicht verschlossen. »Rein geht, aber raus nicht«, erklärte Huber und deutete auf das Türschloss an der Innenseite, das keine Klinke hatte. »Damit sich keiner verdrücken kann, ohne zu bezahlen.« Hannah und Toni folgten Huber an der Pissrinne und den wenig einladend wirkenden Kabinen vorbei, unbewusst registrierte Hannah die Tatsache, dass es neben den beiden Waschbecken mit den fleckigen Spiegeln ein weiteres Becken gab, mit zwei Handgriffen an der Wand und einem Schlauch zum Spülen.

Sie hatte noch nie zuvor ein solches »Speibecken« gesehen, auf den Damentoiletten gab es so was normalerweise nicht, für eine Sekunde überlegte Hannah, ob das auch eine Art Diskriminierung darstellte.

Durch eine weitere Tür kamen sie wieder ins Freie, links von ihnen zeigte ein deftiges Symbol zur Damentoilette, rechts war eine halbhohe Ziegelwand zum Hof hin, die Mülltonnen davor waren randvoll.

Hannah holte trotz des starken Geruchs nach Essensabfällen hastig Luft, bevor sie einen kurzen Blick mit Toni tauschte – falls sie einen Fluchtweg brauchten, würden sich die Mülltonnen anbieten, um über die Mauer in den Hof zu kommen.

Huber hielt ihnen die Hintertür zur Kneipe auf. »Geradeaus an der Küche vorbei bis zu dem Vorhang am Ende vom Gang, da ist es dunkel, da können wir uns links und rechts hinstellen«, flüsterte er. »Aber wir dürfen auf keinen Fall weiter in den Gastraum!«

Sie konnten jetzt bereits eine Männerstimme hören, als würde jemand eine Rede halten, einen Vortrag, unterbrochen von Zwischenrufen und Gläserklirren. Durch den Vorhang, von dem Huber gesprochen hatte, klangen alle Geräusche gedämpft, wie aus weiter Ferne.

Huber winkte ihnen mit dem Kopf und zog vorsichtig die Tür hinter ihnen ins Schloss. Der Gang führte an der Rückseite der Küche entlang, durch die Glasscheibe konnte Hannah den Herd und die lange Reihe der Töpfe und Pfannen erkennen, auf einem Metalltisch standen mehrere große Plastikeimer, Gurken, Oliven, Peperoni, gleich daneben die Vorratskanister für Ketchup und Mayonnaise. Ein Koch war nirgends zu sehen.

Der Vorhang zum Gastraum war aus schwerem braunen Wollfilz, die Kanten waren mit Lederbesatz abgenäht.

Huber hielt sich noch einmal den Finger vor den Mund, dann drückte er sich dicht an die Wand. Hannah und Toni standen ihm gegenüber, sollte jemand zu den Klos im Hof wollen, würde er sie im Dunkel des Gangs wahrscheinlich gar nicht bemerken.

Toni bedeutete ihr, das Handy auszuschalten, Huber tat dasselbe.

Durch einen Spalt an der Seite konnte Hannah gut in den Saal blicken, sie zählte zwölf Personen, bis auf eine Frau alles Männer, nur zwei oder drei Alte, wie Huber in Lederhosen und kariertem Hemd, die meisten jünger, in Jeans und T-Shirt, viele ausrasierte Nacken, viele Vollbärte, viele tätowierte Oberarme. Vor jedem stand ein Bierkrug mit Zinndeckel, soweit Hannah erkennen konnte, waren die Krüge mit dem bayerischen Landeswappen im weißblauen Rautenmuster bedruckt.

Die Frau war höchstens Mitte zwanzig, hatte die Haare zu einer Art Turmfrisur zusammengesteckt und die Arme vor der Brust verschränkt. Sie hing eher auf ihrem Stuhl, als dass sie saß, ihr Gesichtsausdruck zeigte nichts als grenzenlose Langeweile, ab und zu ließ sie eine Kaugummiblase zwischen ihren Lippen zerplatzen, was ihr jedes Mal verärgerte Blicke einbrachte. Hannah nahm an, dass die junge Frau die Bedienung war, als sie kurz die Arme hob, um ihre Frisur neu zu richten, konnte Hannah die Aufschrift auf ihrem T-Shirt lesen: BEVOR DU FRAGST – DIE ANTWORT IST NEIN.

An der Stirnseite des Raums gab es eine kleine Bühne,

vor dem Schriftzug des Wildbrunner Heimatvereins stand ein Rednerpult, der Redner wechselte gerade. Als ein untersetzter Mann mit rötlichem Hipsterbart und in kurzer Trachtenlederhose ans Pult trat, erklärte Toni flüsternd: »Das ist der Klaus, der Wirt vom Braunen Hirschen!«

Hannah nickte. Der Geruch des Wollvorhangs kitzelte sie in der Nase, ihre Augen tränten von der Anstrengung, ein Niesen zu unterdrücken, nur undeutlich hörte sie, wie der Wirt seine Rede begann.

»Also, worüber reden wir hier überhaupt? Berlin interessiert uns nicht! Berlin ist weit weg, in Berlin herrscht nichts als Chaos. Da weiß der eine nicht, was der andere tut, also lassen wir uns von denen auch nicht sagen, was wir tun oder lassen sollten! Unser Kopf ist groß genug, wir können selber denken, wir brauchen keine Aufpasser oder Leute, die uns vorschreiben wollen, wie wir zu leben haben! Nicht mit uns, sage ich, leckt's uns doch kreuzweis am Arsch mit eurem Schmarrn!«

Er hieb mit der Faust aufs Pult, augenblicklich gab es bestätigende Zurufe von seinem Publikum.

»Was sind denn die Fakten?«, machte er weiter. »Fakt ist doch, dass es schon immer schlechtes Wetter gab! Wir haben keine Klimakrise, wir haben schlechtes Wetter, so was passiert. Es war auch früher schon zu heiß, hat zu viel geregnet, hat zu wenig geregnet, alles nichts Neues! Und deshalb werden wir nicht aufhören, mit unserem Diesel zum Einkaufen zu fahren. Und wir werden auch weiterhin unsere gute Wurst und unseren Sonntagsbraten essen. Mit dem Flugzeug in die Ferien fliegen. Uns was Schönes leisten, wann immer wir das wollen. Das haben wir uns verdient, mit harter Arbeit, das lassen wir uns nicht nehmen, von keinem, also, ihr Berliner Chaoten mit eurer Verbotspolitik – leckt's uns doch kreuzweis am Arsch!«

Wieder gab es begeisterte Zurufe, die noch lauter wurden, als der Wirt jetzt in den Saal brüllte: »Geht arbeiten, statt euch festzukleben und die Schule zu schwänzen, sagen wir! Und wir warnen euch! Macht uns nicht noch wütender, als wir schon sind. Sonst habt ihr euch die Konsequenzen selbst zuzuschreiben! Wir fordern Arrest und Haft für alle, die sich nicht an die Regeln halten!«

»Ausweisung!«, brüllte ein Mann aus dem Publikum. »Macht sie alle weg, das ganze Gesocks! Schluss mit der politischen Korrektheit, schickt die Linken ins KZ! Und die Schwulen und Lesben genauso! Weg mit ihnen, für immer!«

Wieder hieb der Wirt mit der Faust aufs Pult, bevor er die Worte des Zwischenrufers aufgriff: »Genau, Max, du sagst es! So sieht es aus. Und die bekifften Eltern dieser kleinen Klimachaoten sehen wir doch jetzt hier wieder auf ihrem Festival, das sind keine netten Hippies, die wollen keinen Frieden, die wollen nur machen, was ihnen gefällt, und uns zeigen, dass sie damit durchkommen. Das ist nichts als arbeitsscheues Gesindel, das ein für alle Mal weggesperrt gehört! Deshalb sage ich: Schluss mit dem Festival, besser heute als morgen, wir brauchen das Pack nicht, nicht bei uns und auch sonst nirgends, wir sollten den Saustall da ordentlich ausmisten, damit die endlich kapieren, dass wir die Nase voll davon haben, nach ihrer Pfeife zu tanzen!«

»Sie müssen weg! Diese Scheißhippies klauen nämlich auch schon unsere Haustiere, um sie aufzuessen!«, rief diesmal ein anderer dazwischen, der bereits deutlich Mühe hatte, die Konsonanten sauber voneinander zu trennen. »Jawohl, ich kann es beweisen, unser Bello ist genau an dem Tag verschwunden, an dem das Pack hier aufgetaucht ist! Ein Hippie-Staat sind wir geworden, und alle miteinander Freiwild für Migranten-Kriminalität! Gegessen haben sie ihn, so sieht es aus! Zünden wir ihnen die Zelte an, Leute! Wir fackeln den ganzen Platz ab, dann ... dann ...« Er hob den Zeigefinger. »Dann können sie uns endgültig mal kreuzweise am Arsch lecken!«

Großes Gelächter von allen Seiten.

Aber noch bevor der Wirt weiterreden konnte, wagte ein älterer Typ mit Seitenscheitel und randloser Brille einzuwenden: »Habt ihr schon mal daran gedacht, dass wir alle hier gutes Geld mit denen verdienen? Und nicht nur während des Festivals, auch sonst. Ihr wisst selbst, dass immer öfter Touristen herkommen, die den Ort sehen wollen, der durch das Festival bekannt ... berühmt geworden ist! Das haben wir doch nur diesen Hippies zu verdanken ...«

»Also erstens, lieber Doktor«, unterbrach ihn der Wirt, »wirklich Geld verdient doch nur der Alois, weil ihm nun mal die Scheißwiese gehört, für die sie ordentlich Pacht zahlen, wie er sich im Suff mal verplappert hat. Wir andern haben nicht viel von ihnen außer Dreck und Lärm, die paar Kröten, die im Laden landen, kannst du vergessen. Und zweitens ...« Diesmal hob der Wirt den Zeigefinger. »Zweitens, die Touristen, die hier auftauchen, kommen wegen der Leute, die im Feuer verbrannt sind, *das* kitzelt sie, da wollen sie selber sehen, wo das passiert ist!«

»Sag ich doch!«, rief der Mann aus dem Publikum wieder. »Fackeln wir sie ab, das ist die einzige Sprache, die sie verstehen, was anderes hilft bei denen nicht! Und das gilt auch für alle anderen, keine Zurückhaltung mehr bei der Entsorgung von Leuten, die wir nicht wollen!«

Bevor Toni oder Huber reagieren konnten, hatte Hannah den Vorhang aufgeschoben und machte einen Schritt in den Saal hinein.

»Nicht, Hannah, komm zurück!«, hörte sie Toni noch entsetzt rufen, als der Wirt sie auch schon bemerkt hatte.

»Was zum Teufel ... Wer sind Sie?«

Auch alle anderen drehten sich jetzt zu Hannah.

Hannah war selbst überrascht, wie ruhig ihre Stimme klang, als sie erwiderte: »Bevor Sie hier noch mehr braune Dreckscheiße von sich geben, habe ich nur eine Frage: Jennifer Hoyes, genannt Jenny, die Festivalbesucherin, die vor zwei Jahren im Feuer umgekommen ist – wart ihr das? Habt ihr sie beseitigt? Entschuldigung, ›entsorgt‹, meine ich, weil sie euch nicht gepasst hat? Hippie, auch noch Ausländerin, Klimaaktivistin ... Ja, braucht ihr gar nicht so entgeistert zu gucken, ich habe ein bisschen recherchiert, ist mein Beruf.« Jetzt hielt sie ihren Ausweis hoch. »Hannah Meyer, Hauptkommissarin. Ach so, ja, ich habe alles aufgenommen, was ihr hier so geredet habt, es wäre also besser, ihr antwortet mir.« Sie hielt kurz ihr Handy hoch. »Oder ich rufe einen Einsatzwagen und lasse euch alle aufs Revier in der Stadt bringen, wegen dringendem Tatverdacht in einem Tötungsdelikt. Eure Entscheidung!«

Der ganze Saal schien wie erstarrt, als könnten sie nicht glauben, was gerade passierte. Erst jetzt merkte Hannah, wie ihr Herz raste, nur mit Mühe konnte sie dem Impuls widerstehen, sich auf der Stelle umzudrehen und davonzurennen. Durch den Gang zu den Klos und bei den Mülltonnen über die Mauer.

»Bist du irre?«, hörte sie Toni hinter sich. »Was machst du? Weg hier, los, komm!«

Im gleichen Moment fühlte sie, wie Huber neben sie trat und nach ihrem Arm griff.

»Du bist ja noch bescheuerter, als ich dachte!« Huber schnaubte vor Empörung, ein paar Spucketropfen landeten auf Hannahs Wange, als er sie am Ellbogen herumriss und in den Gang stieß. »Los, haut ab, beide! Ich halte die Leute auf, so lange es geht. Aber ihr müsst weg vom Dorf, schnell!«

Toni war schon neben ihr, der Blick, den sie Hannah zuwarf, ließ keinen Zweifel daran, dass sie sie am liebsten geohrfeigt hätte.

Der Tumult, der jetzt im Saal ausbrach, war unbeschreiblich, laute Rufe, das Klirren zerbrochener Gläser, Stühle, die umgeworfen wurden.

Bei einem letzten Blick zurück sah Hannah, wie sich Huber mit ausgebreiteten Armen vor den Vorhang stellte, schon versuchten die ersten Männer, ihn zur Seite zu schieben, Huber wehrte sich mit gezielten Faustschlägen.

Hannah und Toni hetzten den Gang hinunter, geistesgegenwärtig griff Toni nach einem Schrubber, mit dem sie die Hintertür von außen verkeilte.

»Über die Mülltonnen!«, rief sie Hannah zu, Hannah war bereits auf einen Container gestiegen, der unter ihr bedenklich wackelte, und sie war noch kaum über die Mauer, als Toni dicht neben ihr landete.

Nebeneinanderher rannten sie quer über den Hof, deutlich hörten sie, wie die Hintertür vom Braunen Hirschen mit Gewalt aufgebrochen wurde, fast gleichzeitig hielt Toni abrupt an. »Scheiße, was ist das? Wieso ist …?« Toni starrte in die Ecke des Hofs. Jetzt sah es auch Hannah – der verbeulte Pick-up war verschwunden!

»Ist egal jetzt«, keuchte Hannah. »Los, weg hier …«

Sie musste Toni mit sich ziehen, die Kollegin schien für einige Sekunden wie gelähmt.

Ihre Räder standen unverändert an der Mauer. Als sie aufstiegen, hörten sie bereits, wie die Männer aus der Kneipe versuchten, die Außentür zu den Toiletten aufzubrechen. Und vom Vordereingang kamen laute Stimmen, auch von da würde jeden Moment jemand auftauchen, um sie am Wegfahren zu hindern.

»Wohin?«, stieß Hannah keuchend hervor, während sie sich suchend nach einem Fluchtweg umblickte.

»Die Gasse da! Und mach dein Licht aus!«

Die Gasse war so schmal, dass kaum zwei Personen nebeneinanderpassten. Nach wenigen Metern zweigte links eine andere Gasse ab, so dass Hannah und Toni erst mal nicht mehr zu sehen waren.

Toni stieß die Luft aus. »Sie werden jede Gasse absuchen! Und genauso die Hauptstraße zur Stadt …«

»Aber sie wissen nicht, dass wir mit dem Rad da sind!«

»Stimmt! Das verschafft uns einen Vorsprung. Und es gibt nur einen Platz, an dem sie uns jetzt garantiert nicht vermuten …«

»Das Festival! – Und wie kommen wir dahin, ohne dass wir noch mal an der Kneipe vorbeimüssen?«

»Hier rechts und dann … Es gibt noch eine Fußgängerbrücke zur Kirche rüber, die nehmen wir! Aber ich muss auf der Wache anrufen, Buckmiller muss sich um Huber kümmern, er soll Verstärkung aus der Stadt anfordern …«

Toni telefonierte, während sie schon vor Hannah her in Richtung Fluss fuhr. Hannah hörte, wie sie auch einen Rettungswagen zum Gasthaus beorderte: »Kollege ist möglicherweise verletzt.«

Als sie über die Brücke kamen, blickte Hannah unwillkürlich nach links. Ganz kurz meinte sie, zwischen den Bäumen hindurch das flackernde Licht eines Fernsehbildschirmes zu sehen, es war Samstag, vielleicht sah sich Neumetzlers Frau einen Spätfilm an, vielleicht sogar gemeinsam mit ihren Töchtern – schlafen konnte sicher keine von ihnen, und das ganz bestimmt nicht nur wegen des Lärms vom Festivalgelände.

Wir müssen so schnell wie möglich mit der Frau reden, dachte Hannah, wir sollten einfach mit der Tür ins Haus fallen und ihr keine Möglichkeit lassen, sich rauszureden. Sie muss doch etwas über die Sache mit der Schwester wissen, ihr Mann muss davon erzählt haben, dass seine Schwester wieder aufgetaucht sein könnte.

Der »Spukhof«, das Dorf, die Hippies – wie hing das alles zusammen? Und wem war sie in die Quere geraten, als sie am späten Nachmittag alleine auf den Hof gefahren war? Wer hatte sie niedergeschlagen? Wer war der Mann in dem Pick-up gewesen, der sie überholt hatte? Der rote Toyota, der später hinter der Kneipe gestanden hatte …

Hannah und Toni schoben ihre Räder hinter einen windschiefen Heuschober, dann steuerten sie auf den weiß gestrichenen Küchentisch zu, der den provisorischen Eingang zum Festivalgelände markierte. Zwei jüngere Männer mit der Aufschrift CREW auf ihren T-Shirts stoppten sie mit einer Handbewegung.

Hannah und Toni zeigten ihre Ausweise.

»Soll ich den Chef anrufen?«, fragte der größere der beiden Ordner.

»Nicht nötig«, erwiderte Toni. »Wir wollen uns nur ein wenig umsehen.«

»Heiner weiß Bescheid«, erklärte Hannah. »Sabine hat uns eingeladen«, setzte sie noch schnell den Namen der Pressefrau aus dem Orga-Team hinzu.

»Na dann. Ich hoffe nur, ihr steht auf Psychedelic Rock!«

Der Mann grinste breit. Sie waren allerdings noch kaum an ihm vorbei, als er sein Funkgerät aus der Gürteltasche zog, um den »Chef« oder wen auch immer über die beiden Besucherinnen zu informieren.

Ein schriller Pfeifton beendete den letzten Song der Band, abrupt brach die Musik ab, dann war es unverkennbar Heiners Stimme, die eine kurze Umbaupause ankündigte, »bevor das Programm mit The Witch's Promise aus Wales weitergeht! Holt euch so lange was zu essen, was zu trinken, was zu rauchen, aber Finger weg von irgendwelchem Scheiß, *life is hard – why make it any harder with hard drugs*? Seht euch lieber die Sterne an und vergesst nicht, euch zu lieben! Denkt immer daran, was John Lennon gesagt hat: *All you need is love*, Leute!«

»Tolle Rede«, kam es spöttisch von Toni. »Echt, wie kann

man heute noch an diesen ganzen Hippie-Quatsch glauben? *All you need is love*, haha, das ist doch so was von naiv, dass ich kotzen könnte!«

»Immer noch besser als der Scheiß, den wir gerade in der Kneipe gehört haben, oder?«, konterte Hannah schärfer als beabsichtigt. Toni hatte ja vielleicht recht, aber andererseits taten diese Hippies niemandem etwas zuleide, wenn man mal von den schrägen Tönen der Kiffermusik absah – und selbst die war allemal erträglicher als das basslastige Bummbumm, das einem an jeder Kreuzung aus dem nächsten tiefergelegten BMW entgegenschallte.

»Aber mal im Ernst ...« Hannah richtete sich auf und griff nach Tonis Ellbogen, um sie in den Schatten eines Lkw zu ziehen. Sie wollte, dass die Kollegin ihr jetzt eine Antwort gab, ohne auszuweichen oder sich hinter irgendwelchen Plattitüden zu verstecken: »Hast du das gewusst, Toni? Was da im Braunen Hirschen abgeht? Dass sie hier im Dorf so was wie ... Ich weiß nicht, wie ich das nennen soll, eine ... selbsternannte Bürgerwehr haben, eine heimliche Nazi-Kampftruppe ...«

»Komm mal wieder runter«, unterbrach Toni sie. »Nein, hab ich nicht gewusst. Ist jetzt aber auch nichts so Besonderes, das findest du doch in jedem zweiten Dorf, dämliche Sprücheklopfer, die sich nach drei Bieren wer weiß wie stark vorkommen! Okay, okay, du hast ja recht, es war mehr als nur dämliche Sprüche. Apropos, der Huber hat's gewusst, deshalb wollte er nicht, dass wir da reingehen, er kennt seine Leute!«

»Bleibt die Frage, ob er dazugehört oder ...« Hannah zuckte mit den Schultern. »Ich kapier's noch nicht ganz, er hat uns den Rücken freigehalten, damit wir abhauen konnten …«

»Er kennt seine Leute«, wiederholte Toni, »und vielleicht besser, als wir glauben. Ich denke, er weiß, wozu die Typen fähig sind, wenn sie provoziert werden. Und du hast sie provoziert, aber hallo!«

Es war nicht ganz klar, wie Toni ihren letzten Satz meinte, fast klang es wie ein Kompliment. Im selben Augenblick meldete sich Tonis Telefon.

»Wenn man vom Teufel spricht«, murmelte sie mit einem Blick aufs Display. »Ja, Huber, was gibt's? Sind Sie okay?«

Toni schaltete den Lautsprecher ein, Hubers Stimme klang gehetzt, im Hintergrund waren Stimmengewirr und laute Rufe zu hören.

»Ich bin okay. Die Lage hat sich entspannt, den Buckmiller hätte ich nicht gebraucht, solche Sachen erledige ich am besten immer noch selbst. Aber lasst euch hier erst mal nicht blicken, ein paar Leute sind immer noch auf der Suche nach euch, ich konnte sie nicht davon abhalten, sie waren scheißsauer. Ich weiß nicht, was passieren würde, wenn sie euch finden. Passt auf, ich kann euch mit meinem Wagen in die Stadt bringen, das ist vielleicht am unauffälligsten. Wo seid ihr? Dann komme ich dahin und hole euch.«

Hannah hob die Hand und schüttelte warnend den Kopf. Toni nickte zum Zeichen, dass sie verstanden hatte. Um gleich darauf in ihr Handy zu rufen: »Huber? Ich kann Sie nicht hören, die Verbindung ist …« Dann drückte sie den Anruf weg. »War das eine Falle?«, fragte Hannah. »Auf welcher Seite steht der Typ?«

»Ich weiß es nicht«, erwiderte Toni. »Aber es klang, als ob er uns einwickeln wollte, so im Sinne von: Wir sitzen im selben Boot, ihr könnt mir vertrauen …«

Von der Bühne her kam jetzt erneutes Mikrophongejaule, gefolgt von dem Schlagzeuggehämmer, den schrillen Gitarrentönen und wummernden Bässen des Soundchecks und schließlich dem obligatorischen *»One, two! One, two!«* des Sängers.

Tonis Handy meldete sich erneut, nach einem schnellen Blick auf das Display drückte sie den Anruf einfach weg.

»Und wenn er beim ersten Mal den Lärm vom Festival gehört hat?«, fragte Hannah.

»Dann weiß er, wo wir sind«, bestätigte Toni. »Aber hier trauen sie sich nicht so ohne weiteres her, also komm! Ich brauche auch dringend was zu trinken, Bier werden sie ja wohl haben …«

Ohne eine Antwort abzuwarten, schob sie sich an einer jungen Frau vorbei, die ein Kleinkind in Richtung Bühne hochhielt, und steuerte zielstrebig auf den Getränkewagen neben dem Podest mit dem Mischpult zu. Als Hannah zu ihr trat, bestellte sie gerade ein großes Bier und eine Rum-Cola. »Du auch?«, wandte sie sich an Hannah.

Hannah nickte, obwohl sie gar kein Bier mochte – und ihre letzte Rum-Cola hatte sie vor ungefähr zwanzig Jahren auf der Abifeier getrunken. Was ihr im Übrigen ähnlich schlecht bekommen war wie der Joint, den sie damals dazu geraucht hatte.

Aber vielleicht war ja heute der richtige Zeitpunkt, um einen neuen Versuch zu wagen. Und wo, wenn nicht hier?

Sie wollte gerade einen der selig paffenden Grasraucher

ansprechen, die im Schneidersitz vor der Bühne hockten, als eine laute Stimme in ihrem Rücken erklärte: »Getränke gehen auf mich. Und ich nehme dasselbe – bringst du uns bitte alles in meinen Wagen rüber?«

Eine der beiden Frauen im Verkaufswagen beeilte sich, die Pappbecher mit der Aufschrift KEIN MENSCH IST ILLEGAL auf ein Tablett zu stellen. Heiners nächste Sätze waren nur für Toni und Hannah bestimmt: »Nicht diskutieren, bitte! Kommt einfach mit, es ist wichtig, glaubt mir!«

Er dirigierte sie um die Bühne herum und zwischen einer Reihe von Zelten hindurch bis zu einem alten Zirkuswagen mit halbrundem Dach und einer kleinen Terrasse vor der Eingangstür.

»Wir können draußen sitzen, drinnen ist es zu warm.« Er deutete auf die Hollywoodschaukel unter der bunten Lichterkette und zog sich selbst einen Gartenstuhl an den Holztisch. »Der Wagen ist ein Nachbau, aber alles originalgetreu, mit dem Oberlicht-Aufbau und den beiden ausziehbaren Erkern an der Seite, damit vergrößert sich der Innenraum von 22 Quadratmetern auf 32. Ich brauche den Platz, ist so was wie mein persönlicher Rückzugsort, während das Festival läuft, wissen auch alle, dass ich nicht gestört werden will, wenn ich hier und nicht im Bürowagen bin, halten sich auch alle dran. Na ja, meistens jedenfalls«, setzte er mit einem breiten Grinsen hinzu, »ein paar Verrückte mal ausgenommen, und die Kinder sowieso, die turnen überall rum.«

Er redet wieder zu viel, dachte Hannah. Aus den Augenwinkeln sah sie, wie Toni unwillig den Kopf schüttelte, sie hockte auf der vorderen Kante des Sitzes, als wollte sie jeden Moment wieder aufspringen.

Die Frau mit dem Tablett kam die Stufen hoch und stellte die Getränke auf den Tisch. Kaum dass sie wieder gegangen war, tauchte Sabine aus der Dunkelheit auf, die silberhaarige Schönheit vom Orga-Team, die Hannah mit ihrer unerwarteten Professionalität beeindruckt hatte.

»Du hast sie also gefunden«, sagte Sabine zu Heiner, ohne Hannah und Toni zu beachten, und setzte sich ebenfalls. »Gut. Besser so!«

»Verdammt, was ist hier los?« Toni beugte sich weit über den Tisch. »Könnt ihr vielleicht mal Klartext reden?«

Heiner hielt sein Handy hoch. »Hab vor zehn Minuten einen Anruf gekriegt. Ich soll Bescheid sagen, wenn ich euch sehe.«

»Wem Bescheid sagen?« Es gab nur zwei Möglichkeiten, Hannah war sich nicht sicher, wie Heiners Antwort jetzt lauten würde.

»Dem Wirt? Oder Huber?«, kam es im gleichen Moment von Toni.

Heiner warf ihr einen spöttischen Blick zu. »Sie halten ja offensichtlich nicht allzu viel von Ihrem Kollegen, zumindest was seine Vertrauenswürdigkeit angeht. Aber ich kann Sie beruhigen. Der Wirt hat mich angerufen. Klaus. He was not amused, um es mal vorsichtig zu sagen. Ich hatte den Eindruck, dass es nicht unbedingt ... erfreulich für Sie werden würde, wenn er und seine Kumpane euch in die Finger kriegen.«

»Hier seid ihr sicher«, warf Sabine ein. »Wir spielen nicht die Handlanger für diese Typen.«

Heiner nickte bestätigend, dann fragte er: »Was war los? Womit habt ihr die aufrechten Dörfler so erbost?«

»Ich nehme an, Sie wissen, was für Versammlungen da in der Kneipe stattfinden?«, fragte Hannah anstelle einer Antwort zurück. »Es geht auch um das Festival, so wirklich willkommen sind Sie hier im Dorf zumindest nicht bei allen – und so wie es schien, haben eher die das Sagen, die ›diese Hippies‹ am liebsten zum Teufel schicken würden.«

Heiner zog die Augenbrauen hoch. »Was genau wollt ihr damit sagen? Klärt mich mal auf, bitte!«

Er duzte sie jetzt wieder, vielleicht weil sie tatsächlich alle drei im selben Boot saßen, dachte Hannah. Genauso wie Toni und sie hatte ja auch Heiner ganz offensichtlich ein Problem mit den Dorfleuten!

Toni griff nach ihrer Rum-Cola und stürzte den Inhalt in zwei großen Schlucken hinunter. Dann fasste sie in ein paar Sätzen zusammen, was passiert war. Hannah fiel auf, dass die Kollegin nicht ihr alleine die Schuld an dem Eklat gab, sondern immer von »wir« sprach: »Wir haben die Nase voll gehabt von dem Geschwätz, deshalb haben wir uns eingemischt. Und ich denke, es war an der Zeit, dass sich da mal jemand klar äußert. Die Sache ist auch noch nicht vom Tisch, wir reden hier immerhin von der eindeutigen Bedrohung von zwei Beamtinnen. Vom Inhalt der Reden …«, sie malte zwei Anführungszeichen in die Luft, »mal ganz zu schweigen.«

Bevor Heiner reagieren konnte, drehte sich Sabine zu ihm: »Ich habe es dir gesagt, die Leute sind nicht gut für uns, dein Freund Klaus am allerwenigsten, vielleicht siehst du das endlich mal ein!«

Als Heiner nicht antwortete, konfrontierte ihn Toni ohne jede weitere Erklärung mit derselben Frage, die Hannah auf der Versammlung in der Kneipe gestellt hatte: »Was kannst du uns über die junge Frau erzählen, die hier beim ersten Festival nach Corona im Feuer umgekommen ist?«

Heiner setzte den Becher Bier, den er gerade hochgenommen hatte, wieder ab, ohne einen Schluck getrunken zu haben.

Äußerlich hatte er sich vollkommen unter Kontrolle, aber Hannah sah deutlich, wie er mit sich rang, ob er auf Tonis Frage antworten sollte oder nicht.

»Sag es ihnen«, murmelte Sabine in seine Richtung. »Erzähl ihnen die Geschichte. Alles!«

Von der Bühne kamen die ersten Klänge des Eröffnungssongs der Band aus Wales. Ein Xylophon-Spiel, das Hannah stark an die Musik von Frank Zappa erinnerte, die ihr Vater immer noch hörte, wenn er in Erinnerungen an seine Jugend schwelgen wollte. Zappa mit Ruth Underwood.

»Was für eine Geschichte?«, fragte Hannah laut genug, um die Musik zu übertönen.

Es dauerte noch einen Moment, bis Heiner antwortete. Und dann redete er so schnell, dass Hannah Mühe hatte, seinen teils unvollständigen Sätzen zu folgen. An Tonis Gesichtsausdruck war abzulesen, dass es ihr ähnlich ging. Aber sie hörten Heiner zu, ohne ihn mit einer Nachfrage zu unterbrechen. Als würden sie unbedingt vermeiden wollen, dass er sich sonst sofort wieder hinter seinem Schutzwall aus Spott und Ironie verkriechen könnte …

Es war einen Tag vor Mittsommer passiert, eine ganze Horde von Kindern war vom Festivalgelände zum Dorf marschiert, um in dem kleinen Laden am Marktplatz Süßigkeiten zu kaufen.

Im Laden dann waren sie allerdings nicht gern gesehen, der Ladenbesitzer unterstellte ihnen prompt, dass sie nur gekommen wären, um zu klauen, und warf die Kinder raus.

Er hatte jedoch nicht damit gerechnet, dass die »verlausten Rotznasen« sich nicht einfach so vertreiben ließen. Stattdessen hockten sie sich auf den Fußweg und blockierten den Eingang – unschwer zu erraten, bei wem sie sich diese Form des Widerstands abgeguckt hatten.

Alles Wüten und Toben des Ladenbesitzers half nichts, und als er handgreiflich wurde, bewarfen die Kinder ihn und sein Schaufenster mit frischen Kuhfladen von der Wiese nebenan. Aber damit nicht genug – sie hatten schon gleich zu Beginn die beiden schnellsten Läufer aus der Gruppe losgeschickt, um Hilfe zu holen. Und die Hilfe kam prompt in Gestalt aufgebrachter älterer Geschwister sowie ein paar kaum weniger empörter Eltern, die lautstark forderten, dass die Kinder für ihr Geld auch einkaufen konnten, was immer sie wollten.

Mittlerweile waren noch andere Dörfler dazugekommen, die sich jetzt in immer haarsträubenderen Vorschlägen überboten, wie man die Unruhestifter am wirkungsvollsten vertreiben könnte. Die Situation eskalierte, als der Wirt vom Braunen Hirschen mit seinem SUV vorfuhr, weil er schnell irgendwas im Laden holen wollte. Er hatte es eilig, und wie üblich ließ er auch den Motor laufen. Nur dass er es dann kaum schaffte, sich bis zum Eingang durchzudrängen – und zu guter Letzt versperrte ihm auch noch eine junge Frau den Weg und forderte ihn auf, gefälligst erst mal den Motor abzustellen.

»›Mach Platz! Mein Auto. Mein Dorf. Meine Regeln!‹, soll der Klaus gerufen haben«, berichtete Heiner, »so haben sie es mir jedenfalls erzählt. Und dass er sie dann beiseitegestoßen hat, vielleicht ein bisschen brutaler als nötig. – Ihr könnt euch schon denken, wer die Frau war, oder?«

»Ja«, bestätigte Toni. »Aber ich sehe noch nicht, worauf das Ganze hinausläuft. Sie hat sich den Wirt doch nicht nur mit dem Satz zum Feind gemacht, dass er seinen Motor abstellen soll!«

»Natürlich nicht, das war nur der Anfang! Aber diese Jenny war dumm genug, dass sie es ihm unbedingt zeigen wollte. Er war gerade erst im Laden verschwunden, da ist sie zu seinem Auto und hat den Motor ausgestellt!« Heiner machte eine kleine Kunstpause, bevor er hinzusetzte: »Motor aus, Schlüssel genommen und auf die Kuhweide geworfen, so weit sie konnte, mitten ins Gras mit den ganzen Kuhfladen.«

»Gut«, rutschte es Hannah unwillkürlich raus. »Oder nein, gar nicht gut«, korrigierte sie sich, als ihr klar wurde, dass die Sache mit dem Schlüssel wahrscheinlich genau der Auslöser für alles war, was dann geschehen sein musste – und schließlich zum Tod von Jenny geführt hatte.

»Und dann?«, fragte Toni.

Dann war der Wirt wieder aus dem Laden gekommen, mit einem Päckchen Zigaretten, mehr hatte er gar nicht gewollt, und war unter den neugierigen Blicken und den Rufen der Festivalleute zu seinem Wagen gegangen. Um festzustellen, dass der Motor aus und der Schlüssel weg war.

»Einer aus dem Dorf hat dann auf Jenny gezeigt und gerufen: ›Die da war's! Die hat deinen Schlüssel auf die Kuhweide geworfen!‹ Na ja, der Klaus hat getobt, und wenn die anderen sich nicht vor die Jenny gestellt hätten, dann hätte er sich gleich dort auf sie gestürzt. Aber so ist er dann nur über den Zaun gestiegen und hat seine Schlüssel gesucht. Und die Kinder haben sich eine Gaudi daraus gemacht, ihm zu ›helfen‹!«

Heiner machte eine kurze Pause, dann setzte er seine Erzählung fort. »Ihr wisst schon: ›Kalt. Ganz kalt. Wärmer, noch wärmer! Nein, wieder kalt!‹ Und so weiter. Ein richtiges Kasperltheater soll's gewesen sein. Schließlich haben die aus dem Dorf ihm beim Suchen geholfen, bis sie den Schlüssel hatten. Und der Klaus hat so eine Geste zur Jenny gemacht, erst noch, dass er sie im Auge behält, und dann aber so mit der flachen Hand über seinen Hals, danach ist er mit quietschenden Reifen weg.«

»Und einen Tag später ist Jenny in den Flammen vom Sonnenwendfeuer umgekommen«, ergänzte Toni. »In eine lange Stoffbahn gewickelt, genau wie die Strohpuppen, die sonst verbrannt werden. Nur dass es eben diesmal keine Strohpuppe war.«

»Wieso ist das bei der Ermittlung gar nicht weiter untersucht worden?«, wollte Hannah von Toni wissen. »Ich hab mir den Bericht aufgerufen, da steht nicht ein einziges Wort von der Geschichte mit dem Wirt. Übrigens auch nicht, wann Jenny das letzte Mal gesehen wurde. Wann? Wo? Mit wem? Nichts! Nur dass der Fall dann als ungeklärt zu den Akten gelegt worden ist.«

Toni zuckte mit den Schultern. »Ich weiß, weiß ich alles! Die Ermittlung war eine ganz große Schlamperei, so viel ist sicher. Aber den Kollegen, der das zu verantworten hat, können wir nicht mehr fragen. Lungenkrebs, wenn ich mich richtig erinnere.«

»Der Typ hat sogar erst noch versucht, uns das Ganze anzuhängen«, mischte sich jetzt Sabine wieder in das Gespräch. »Aber wir haben die Puppe in der Nacht gar nicht verbrannt, das Feuer, bei dem es passiert ist, war ja oben am Berg, das haben alles die Dörfler gemacht. Wir waren hier auf dem Gelände, bei unseren eigenen Feuern, wie immer. Und dann wurde auf einmal nur noch davon geredet, dass es ein Unfall war mit der Jenny, so wie ja auch die toten Frauen früher schon, die Frauen von diesem Spukhof. Ein Unfall, hat es geheißen, oder eben ein Suizid, als hätte die Jenny sich selbst eingewickelt!«

Hannah biss sich mit den Zähnen auf die Unterlippe. Die ganze Geschichte war haarsträubend! Unglaublich. Aber die Schlamperei bei der Ermittlung war das eine, das andere war die Tat selbst! Und es war kaum vorstellbar, dass der Wirt das alleine gemacht haben sollte.

Sie blickte zu Heiner: »Haben Sie nach der Sache mit dem Schlüssel noch mal mit dem Wirt gesprochen? Also vor dem Sonnenwendfeuer, meine ich.«

Heiner schüttelte den Kopf.

»Sie waren auch nicht an dem Abend davor im Braunen Hirschen?«

»Nein. War ich nicht.« Seine Stimme klang fest, aber er wich Hannahs Blick dabei aus.

Als sie sah, wie Sabine im selben Moment die Stirn runzelte, war ihr klar, dass Heiner log.

Dann sagte die Band einen neuen Song an, der Sänger versprach etwas Schönes zum Tanzen. Was bei ihm ungefähr so klang: »Etwas Schones zu Dancen.«

Die Kakophonie, die gleich darauf losbrach, ließ allerdings weder irgendeinen Rhythmus erkennen noch auch nur ansatzweise eine Melodie.

Aber irgendwie kam es Hannah durchaus passend vor. Zumindest fühlte sie sich gerade ebenso verstört wie wahrscheinlich auch das Publikum vor der Bühne, nur dass die Gründe unterschiedlich waren.

Mittsommer, 15.20 Uhr

Sie zittert unkontrolliert. Ihr Atem geht keuchend, während ihr der Schweiß in Strömen über den Rücken rinnt. Aber sie zwingt sich, ruhig zu bleiben. Sich nichts anmerken zu lassen.

Sie ist sich nicht sicher, ob ihre Entscheidung richtig ist. Vielleicht wäre es besser, ihn damit zu konfrontieren, dass sie ihn erkannt hat. Dass sie weiß, wer er ist.

Sein Gang hat ihn verraten, die Art, wie er das linke Bein nachzieht. Die Geschichte mit dem Unfall, von dem Toni ihr erzählt hat. Der Tag, an dem er beim Holzhacken mit dem Beil abgerutscht ist und sich das linke Knie bis auf den Knochen gespalten hat.

Sie hat sein Hinken bemerkt, als er sie nach draußen gebracht hat, damit sie pinkeln kann. Er hat sie gezwungen, rückwärts zu gehen. Sie hat nicht viel mehr sehen können als die Hütte und die dunklen Tannen.

Sie hatte sich noch kaum hingehockt, als er sie mit seinem Handy fotografiert hat.

»Zur Erinnerung«, hat er gesagt. Seine Stimme klang rau, heiser, erregt. Und die ganze Zeit hatte er das Seil in der Hand, mit der Schlinge um ihren Hals. Damit sie nicht weglaufen konnte. Oder ihn angreifen. Ihr war klar, dass ein einziger Ruck reichte und der Zugknoten ihr die Luft abschnüren würde.

Sie war wie paralysiert. Als würde ihr Verstand sich weigern, die Realität zu akzeptieren.

Sie weiß nicht mehr, wie sie ihren Slip, ihre Hose wieder hochbekommen hat. Zurück in die Hütte gekommen ist. Zurück auf das Bett mit der fleckigen Matratze.

Wie er ihr die Hände wieder ans Kopfteil gefesselt hat. Die Beine auseinandergezogen und die Füße an den Bettpfosten links und rechts festgebunden.

Erst dann hat er auch die Schlinge von ihrem Hals gezogen. Und ihr aus einer Plastikflasche zu trinken gegeben. Das Wasser war warm und schmeckte modrig. Sie hat sich verschluckt und musste husten …

Plötzlich ist die Wut da. Die Empörung darüber, dass sie es nicht versteht. Und es ist ihr egal, ob sie jetzt einen Fehler macht.

»Wieso?«, schreit sie. »Ich bin es doch, die dich gefunden hat! Die dich befreit hat! Was soll das hier? Warum tust du das?«

Er dreht sich wortlos um und geht.

Neumetzler-Hof, Wildbrunn 2002

Mizzie hat ihr alles erzählt. Was Onkel Johann mit ihr macht und dass sie glaubt, der Opa hätte genau das Gleiche mit ihrer Mutter getan. Mit der Maria, die im Feuer verbrannt war.

Sie hat nicht alles verstanden, aber es war auch so schon schlimm genug. Und vielleicht hatten die Leute ja recht, wenn sie behaupteten, der Neumetzler-Hof wäre ein »Spukhof«, auf dem es nicht mit rechten Dingen zugeht. Weil auf dem Hof auch schon die Großmutter tödlich verunglückt war! Und dann die Mama und dann ...

Mizzie hat jedenfalls Angst gehabt. Um sie, die Vevi, ihre kleine Schwester. Die da gerade zwölf geworden war! »Genau da hat es bei mir auch angefangen«, hat Mizzie gesagt. »Ich will nicht, dass dir dasselbe passiert.«

Mizzie hat ihr auch ihren Bauch gezeigt, der immer dicker wurde: »Deshalb musst du hier weg, verstehst du? So weit weg, dass sie dich nicht finden.«

Aber sie wollte nicht weg. Auch wegen Alois, der ja erst zehn war, und weil doch die Mizzie so was wie ihre Mutter war, seit es die Mama nicht mehr gab.

Mizzie ist richtig böse geworden, als sie gesagt hat, dass sie nicht zu der Tante nach Frankfurt will.

»Du musst!«, hat Mizzie gesagt. »Und du brauchst keine Angst zu haben, ich kümmer mich um alles, ich bring dich auch in die Stadt zum Bahnhof, wenn es so weit ist. Aber du musst alles genau so machen, wie ich es dir sage, und du darfst niemandem davon erzählen, auch nicht dem Alois. Versprich es mir!«

Sie kannte diese Tante überhaupt nicht. Nur ihren Namen. Tante Martha, über die nicht geredet werden durfte im Haus, weil sie mal etwas sehr Böses getan hatte. Weshalb der Großvater sie weggeschickt hatte, für immer! Er hatte das tun müssen, als Strafe, es war nicht anders gegangen. Die Tante sollte lernen, was richtig und falsch war. Für den Großvater war sie jedenfalls ein für alle Mal gestorben. Genauso hat er es gesagt: »Als ob sie tot wäre, klar?«

Danach hat er ihnen verboten, jemals wieder ihren Namen zu nennen. Und ihnen gedroht, dass er jedem den Mund mit Seife auswaschen würde, der sich nicht daran hielt.

Sie hatte keine Ahnung gehabt, dass Mizzie wusste, wo die Tante war. Und dass sie sogar schon heimlich mit ihr telefoniert hatte!

Mizzie hat ihr geholfen, den Koffer zu packen, ohne dass jemand etwas merkt. Und dann hat Mizzie sie morgens nicht zur Schule gebracht, sondern ist mit ihr in die Stadt zum Bahnhof gefahren. Das Geld für die Fahrkarte hat sie vom Haushaltsgeld genommen, das Onkel Johann ihr jede Woche abgezählt hat.

Als der Zug losgefahren ist, hat sie noch lange am Fenster gestanden und zurückgeschaut. Auch als Mizzie schon längst verschwunden war. Mizzie. Ihr Dorf. Der Hof mit ihrer Lieblingsziege, der schönen Gusti mit den bernsteingelben Augen, und mit dem kleinen Alois.

Danach hat sie geweint, bis sie in Frankfurt war und die Tante sie mit zu sich nach Hause genommen hat.

In den ersten Wochen hat sie dann jeden Tag darauf gewartet, dass endlich auch ihre große Schwester nach Frankfurt kommt, so wie sie es ihr beim Abschied auf dem Bahnsteig fest versprochen hatte. Aber Mizzie ist nicht gekommen.

Erst viel später hat sie gehört, dass Mizzie schon lange tot war. Sie hat trotzdem weiter gewartet und gehofft, dass es vielleicht gar nicht stimmte.

7. Kapitel

Heiner blickte demonstrativ auf seine Uhr, eine teure Breitling mit Stahlgehäuse, die Hannah schon bei ihrem ersten Treffen aufgefallen war. Ihr Vater hatte mal mit einer solchen Uhr geliebäugelt, sie dann aber als zu teuer für ein Polizistengehalt befunden.

Als Heiner jetzt nach seinem Handy griff und sich durch die eingegangenen Meldungen scrollte, war die Geste eindeutig – die Audienz war beendet, die beiden Polizistinnen existierten für ihn bereits nicht mehr.

Sabine presste unwillig die Lippen aufeinander, dann bedeutete sie Hannah und Toni mit einer Kopfbewegung, ihr zu folgen.

Im Aufstehen sagte Toni bewusst laut zu Hannah: »Das schreit ja regelrecht danach, dass wir noch mal wiederkommen.«

»Sehe ich genauso«, erwiderte Hannah ebenso laut. »Mit der letzten Antwort bin ich nicht zufrieden, das reicht mir nicht.«

»Dito.«

Heiner machte nur eine Handbewegung, als wollte er eine lästige Fliege verscheuchen.

»Ich entschuldige mich für ihn«, beeilte sich Sabine zu sagen, als sie ihr über die Stufen von der Terrasse des Zirkuswagens auf die Wiese folgten. »Er kann manchmal echt doof sein, das macht er mit allen so, wenn ihm gerade irgendwas nicht passt, mit mir auch. Andererseits ...« Sie zögerte kurz. »Ich möchte seinen Job nicht haben, ist nicht einfach, so ein Festival zu stemmen. Vor allem mit den Typen hier!« Sabine nickte zu den Leuten hinüber, die wie in Trance vor der Bühne tanzten. »Ist schon eine ganz spezielle Art von Publikum, das wir hier haben. Von den Live-Acts will ich erst gar nicht anfangen. Oder von dem ständigen Hin und Her mit dem Dorf, der Pacht für die Wiese, den ganzen Genehmigungen für das alles hier! Die Sanitäranlagen sind noch das kleinste Problem, aber fragt nicht, wie viele Bestimmungen wir beachten müssen, wegen der Lautstärke, wegen des An- und Abreiseverkehrs, wegen Brandschutz und möglicher Verschmutzung des Flusswassers und und und ...«

Sie nimmt Heiner in Schutz, dachte Hannah, sie versucht, uns eine Erklärung für sein merkwürdiges Verhalten zu geben. Aber da ist noch irgendwas anderes, ihre Reaktion vorhin bei seiner letzten Antwort war ziemlich deutlich – Heiner hatte gelogen, und Sabine war nicht einverstanden damit gewesen. Sabine wusste etwas, das sie ihnen nicht erzählte. Vor allem etwas über Heiner! Wahrscheinlich hat sie auch was mit ihm, dachte Hannah, oder hatte zumindest mal.

Von der Bühne her wehten süßliche Haschischschwaden herüber, die Band spielte jetzt einen Song von Frank Zappas Album *We're Only in It for the Money*, Frank Zappa und The Mothers of Invention, eine uralte Platte aus den sechziger Jahren. Hannah hatte als Kind mal mit ihren neuen Filzstiften auf der Plattenhülle rumgekritzelt, den

Wutausbruch ihres Vaters würde sie nie vergessen. Hinterher hatte er sich entschuldigt und sogar zugegeben, dass ihr Gekritzel gar nicht mal schlecht zu dem wirrbunten Cover mit der Band in Frauenkleidern und den unzähligen Köpfen irgendwelcher Leute passte, nur dass sie Jimi Hendrix schwarz übermalt hatte, wollte er ihr nicht verzeihen.

Wie aufs Stichwort fragte Toni: »Was kosten eigentlich die Karten für euer Festival?«

»250 Euro für alle vier Tage, wenn du mit einem Zelt kommst, zehn Euro Müllpfand pro Person, für Lkw oder Camper noch mal vierzig Euro drauf, normale Autos kosten nichts, müssen aber auf dem Wiesenparkplatz abgestellt werden. Die Tickets fürs Festival verkaufen wir im Losverfahren, weil die Nachfrage so groß ist. Wenn wir wollten, könnten wir locker auch dreimal so viele Leute herholen, aber dafür reicht der Platz hier nicht.«

»Warum geht ihr nicht woandershin?«, fragte jetzt Hannah, obwohl sie die Antwort schon ahnte.

Sabine schüttelte den Kopf. »Unmöglich, dann wäre es nicht mehr dasselbe. Es hat ja etwas mit ... diesem Ort hier zu tun.« Sie machte eine weit ausholende Armbewegung, die die Berge hinter dem Festivalgelände mit einschloss.

»Mit den Feuertoten, meinst du, richtig?«, hakte Hannah nach. »Hat Heiner ja heute Nachmittag schon erklärt.«

Sabines Blick war vollkommen leer, als sie erwiderte: »Natürlich. Darum geht es. Was habt ihr denn gedacht?«

Im selben Augenblick meldete sich die Funke an ihrem Gürtel. Für einen Moment war nur Knacken und Rauschen zu hören, dann eine krächzende Männerstimme: »Kemal, vom Eingang.«

»Ja, was gibt's?«

»Sieht so aus, als könnten wir hier ein Problem bekommen. Da lungern ein paar Dorftypen an der Zufahrt zum Platz rum. Drei Typen, um genau zu sein, und an der Brücke stehen noch welche mit Mopeds und Motorrädern.«

»Okay. Haben sie versucht, aufs Gelände zu kommen?«

»Nee. Ich bin hin und hab sie gefragt, Antwort war, dass ich mich verpissen soll. Ich meine, wir sind hier zu zweit, ich hab keinen Bock auf Zoff. Es sieht allerdings auch nicht so aus, als wollten die hier aufs Gelände, eher als würden sie darauf warten, dass die beiden Kripofrauen wieder auftauchen. Ich wollte nur Bescheid sagen, vielleicht gibst du die Info mal weiter ...«

»Die sind nicht mehr hier«, erklärte Sabine, ohne auch nur eine Sekunde zu zögern. »Haben nur was von Heiner gewollt und sind gleich wieder weg. Eigentlich müssten sie an euch vorbeigekommen sein.«

»Hier latschen dauernd irgendwelche Leute rein oder raus, da kann ich unmöglich auf jeden achten. Aber ich hab ja schon immer gesagt, dass wir endlich mal anfangen sollten, das Gelände richtig abzusperren, wie das bei jedem anderen Festival der Fall ist ...«

»Wir sind aber nicht so wie jedes andere Festival, und das weißt du auch ganz genau! – Passt ihr auf, dass die Typen vom Dorf da bleiben, wo sie sind. Sowie sie Anstalten machen, aufs Gelände zu wollen, schicke ich dir die Stage-Crew rüber. Aber wir versuchen, jede Eskalation zu vermeiden, deshalb kümmert euch nicht um die Typen, jedenfalls nicht, solange sie außerhalb des Geländes bleiben. Ignoriert sie einfach. Ist das klar?«

»Kein Ding. Ich wollte es nur sagen, falls die beiden Knüppelknutscher-Frauen noch da sind.«

»Sind sie ja nicht mehr. Trotzdem danke, du machst einen guten Job, Kemal, ich weiß das zu schätzen!«

Sabine hatte kaum die Verbindung unterbrochen, als Toni empört fragte: »Knüppelknutscher-Frauen? Was um alles in der Welt soll das sein?«

»Hab ich auch noch nie gehört«, stimmte Hannah ihr zu. »Muss ich mir merken.«

Toni wedelte sich mit der Hand vor der Stirn hin und her, Sabine breitete die Hände aus und zuckte mit den Schultern: »Ist jetzt aber eher nicht so das Problem, oder?«

»Du hast schnell reagiert«, nahm Hannah den Faden auf. »Danke. Wenn sie wirklich da draußen auf *uns* warten, dann ...«

»Ich hab die Nase voll von diesem Scheißdorf!«, reagierte jetzt auch Toni. »Also gut, mir reicht's. Ich hol jetzt Verstärkung aus der Stadt. Zwei Mannschaftswagen Knüppelknutscher, dann wollen wir doch mal sehen, wer hier das Sagen hat!« Sie zog ihr Handy aus der Jackentasche und rief die Nummer der Einsatzzentrale in der Kreisstadt auf.

»Warte!« Sabine legte die Hand auf ihren Arm. »Wenn du das machst, ist hier die Hölle los, weil alle denken werden, es geht gegen uns. Hier sind zu viele Leute, die schlechte Erfahrungen mit Blaulicht und Sirenen haben! Ich schlage euch was anderes vor, passt auf: Ihr könnt jetzt nicht einfach weg, weil sie auf euch warten, das ist klar. Und selbst wenn sie irgendwann die Lust verlieren, weil ihr nicht auftaucht, werden sie vielleicht so was wie einen

Wachposten aufstellen, der sie sofort alarmiert, wenn er euch sieht. Also bleibt ihr einfach bis morgen früh hier, Fall erledigt. Wir kriegen euch dann schon irgendwie raus. Aber so lange könnt ihr im Pressewagen bleiben, ist bequem, mit allem, was ihr braucht – Bett, kleine Küche, Klo, alles da. Haben wir für ausgewählte Journalisten, es kommen aber erst genau zur Mittsommernacht zwei Leute vom Radio. Ist also frei, der Wagen. Okay?«

»Nix da«, regte sich Toni auf. »Wir kuschen doch nicht vor ein paar dämlichen Hakenkreuz-Dörflern! Noch ist das Recht auf unserer Seite – und damit auch die Staatsgewalt. Oder was sagst du?« Sie drehte sich zu Hannah.

»Ich weiß es nicht. Du hast recht, aber ... vielleicht macht es wirklich Sinn, wir lassen sie jetzt ins Leere laufen und planen genau, wie wir am besten reagieren. Außerdem sind wir nicht hier, um die Dörfler zur Rechenschaft zu ziehen, zumindest nicht, bis wir irgendwelche Beweise ...«

»Das musst du gerade sagen!«, unterbrach Toni sie. »Du hast uns doch den ganzen Scheiß erst eingebrockt mit deiner saublöden Aktion im Wirtshaus! Echt, so was Bescheuertes! Und jetzt haben wir genau die Situation, die wir nicht brauchen. Die Wortführer im Dorf sind gegen uns, das war's dann auch mit irgendwelchen Infos, die wir von ihnen hätten kriegen können. Jetzt machen sie dicht. Was noch die harmloseste Variante ist, genauso gut können sie auch auf die Idee kommen, uns mal einen ordentlichen Denkzettel zu verpassen! Sieht ja ganz so aus, als ob sie das gerade vorhätten ...«

Fünf Minuten später schloss Sabine ihnen den Zirkuswagen für die Presseleute auf. Der Wagen stand ein wenig abseits des Zeltgeländes, dicht am Flussufer.

Bevor Sabine sie allein ließ, sagte sie noch: »Nicht dass ihr das vorhin in den falschen Hals gekriegt habt – Heiner ist manchmal nervig, und er hat auch schon genug Sachen gemacht, die nicht ganz okay waren, das ist aber so, wenn du in dem Haifischbecken nicht untergehen willst. Auch in der Alternativszene ist nicht alles Friede, Freude, Eierkuchen. Aber mit dem Tod von Jenny hat Heiner nichts zu tun, da ist er draußen, genau wie wir alle ...«

»Was macht dein Heiner eigentlich sonst so?«, stellte Toni prompt die Frage, die auch Hannah schon durch den Kopf gegangen war. »Noch andere Festivals? Oder was sonst?«

»Musikbusiness, im weitesten Sinne«, wich Sabine einer konkreten Antwort aus. »Ein paar Bands als Manager, kleines Plattenlabel, nichts Besonderes weiter. Das Burning Valley ist schon sein Ding, daran hängt er auch am meisten. – Wenn ihr noch rüber zur Bühne wollt, solltet ihr euch beeilen, um elf ist Schluss, Lärmschutz, müssen wir uns dran halten.« Sie griff in ihre Hosentasche und streckte Hannah zwei dünne Plastikröhrchen hin. »Für nachher oder jetzt gleich, wie ihr wollt. Zum Runterkommen. War ja aufregend genug, der Tag!«

»Hä?«, machte Toni noch, aber Sabine lächelte nur und wünschte ihnen eine gute Nacht. Dann verschwand sie in der Dunkelheit des Zeltplatzes. Wenn Hannah sich nicht täuschte, lief sie direkt zu Heiners Zirkuswagen zurück.

»Die sind doch alle irre hier, oder?« Toni tippte sich an

die Stirn. »Sehe ich das richtig, hat sie dir eben echt zwei Joint-Tubes gegeben?«

Hannah musste unwillkürlich grinsen. »Immerhin kennst du die richtige Bezeichnung für die Dinger …«

»Haha! Als ob das irgendwas zu bedeuten hätte!« Keine fünf Sekunden später prustete Toni los. »Okay, erwischt! Natürlich weiß ich, wie die Dinger heißen. Aber du ja offensichtlich auch! Also, was machen wir? Sind wir noch im Dienst? Nein, oder? Mit anderen Worten: Wir dürfen! Was ist, willst du etwa nicht? Jetzt komm schon, das haben wir uns verdient!«

Sie zog Hannah einfach mit sich in den Wagen hinein. Immer noch kichernd zündete sie die Kerzen an, die auf dem runden Holztisch in der Mitte des Raumes standen, und schaltete das Deckenlicht aus.

Im flackernden Schein der Kerze wirkte der Zirkuswagen mit der dunklen Holzvertäfelung, den Sprossenfenstern und dem Sternenhimmel über den Oberlichtern wie aus der Zeit gefallen, eine friedliche Insel inmitten von Lärm und Chaos, selbst Jimi Hendrix auf dem grellbunten Psychedelic-Poster schien mit sich und der Welt zufrieden. Von der Bühne her kamen gedämpft die Klänge eines Popsongs, den Hannah aus dem Woodstock-Film kannte, *Goin' up the Country*, an den Namen der Band konnte sie sich nicht erinnern.

Toni öffnete eine der Plastikhülsen und beugte sich über eine Kerze, um sich den Joint anzuzünden.

Hannah sagte leise: »Bei uns zu Hause auf der Insel haben sie früher gesagt, dass jedes Mal ein Seemann stirbt, wenn sich jemand seine Zigarette an einer Kerze anzündet.«

»Zu spät«, erwiderte Toni und ließ sich rücklings auf das

breite Bett fallen. Um gleich darauf beruhigend hinzuzusetzen: »Ist ja aber auch gar keine Zigarette, ist ein Joint!« Genüsslich stieß sie den Rauch aus. »Und ein verdammt guter Joint noch dazu. Also los, komm, du auch! Zu zweit macht es mehr Spaß, und dann merkst du auch wenigstens nicht, wenn ich anfange, Blödsinn zu reden.«

Hannah hatte nicht wirklich Lust zu kiffen, sie hatte auch nicht viel Erfahrung mit Cannabis, geschweige denn mit anderen bewusstseinserweiternden Drogen. Aber jetzt erschien es ihr plötzlich verlockend, vielleicht war es die ganze Atmosphäre, Jimi Hendrix, der ihr zuzunicken schien, die beruhigende Vertrautheit mit Toni, die Anspannung der letzten Stunden.

Einen letzten Einwand versuchte sie noch: »Und was ist, wenn … Ich meine, sind wir hier wirklich sicher? Ich glaube nicht, dass uns Sabine irgendwie reinlegen will oder so was, sie ist okay, denke ich, aber …«

»Was? Hast du Angst, dass die Typen vom Dorf hier auftauchen? Werden sie nicht, glaub mir. Sie sind nicht doof, sie legen sich nicht mit mehr als tausend Leuten an. Und falls uns wirklich jemand was Böses will – hey, ich bin zu dritt!« Sie tippte auf die Waffe in ihrem Schulterhalfter: »Ich und Smith und Wesson!« Jetzt lachte sie laut los. »Komm, das ist lustig, habe ich aus einem alten Hollywoodfilm!«

Hannah machte einen Schritt auf das Bett zu und setzte sich auf die Kante. »Okay, gib her, Humphrey Bogart!«

Natürlich musste sie schon nach dem ersten Zug husten.

»Gleich noch mal!«, drängte Toni sie. »Es wird einfacher, du musst dich nur erst dran gewöhnen.«

Es stimmte, die nächsten Züge waren wirklich einfacher, und Hannah merkte, wie ihr leicht schwindlig wurde, wie die Geräusche um sie herum anfingen, sich zu verändern, wie die Farben explodierten, wenn sie die Augen schloss, und Jimi ihr zunickte, wenn sie sie wieder öffnete.

»Wir machen morgen weiter, okay?«, hörte sie Tonis Stimme wie aus weiter Ferne. »Denk nicht mehr an den ganzen Scheiß, mit dem wir hier zu tun haben. Lass dich einfach fallen …«

Aber es ging nicht. Hannah konnte die Gedanken in ihrem Kopf nicht ausschalten.

»Diese andere Schwester von Alois Neu… Neumetzler, die verschwunden ist, glaubst du, sie könnte irgendwas … Ich meine, erinnere dich an die Sätze von der großen Tochter, Lea, weißt du noch: ›Ich wünsche mir, dass ihr ihn nicht wiederfindet. Ich will nicht, dass er zurückkommt!‹ Ihr eigener Vater! Warte, Toni, lass mich zu Ende reden! Ich habe keine Ahnung, was mit den Hippies hier los ist, oder mit den miesen Typen aus der Dorfkneipe, ich glaube, dass sie etwas mit dem Tod von Jenny zu tun haben, oder zumindest wissen sie was, dieser Heiner genauso, egal was Sabine behauptet, aber …«

Für einen Moment hatte sie den Faden verloren. Erst als Toni nach ihrer Hand griff, um ihr den Joint aus den Fingern zu nehmen, wusste sie wieder, was sie hatte sagen wollen.

»Was immer auf dem Hof passiert ist, Toni, das geht schon länger so! Ich wette, dass das auch was mit den Unfällen und den Selbstmorden da zu tun hat! Wenn es überhaupt Unfälle waren! Oder Selbstmorde. Das muss nicht stimmen! Denk an die Schlamperei bei dem Tod von Jenny. Bei dem Mord! Und der ... Alois jetzt ist ganz sicher nicht zufällig verschwunden, verstehst du? Ich glaube, auch der Feuertod von dem anderen im letzten Jahr, als du gerade hier angefangen hattest ...«

»Johann«, flüsterte Toni und blies auf die Spitze des Joints in ihrer Hand, so dass die Glut für eine Sekunde hell aufleuchtete. »Johann«, wiederholte sie so leise, dass Hannah sie kaum verstand.

Etwas hatte sich geändert, alle Leichtigkeit war einer fast körperlich spürbaren Anspannung gewichen, auch Jimi wirkte ... irritiert. Oder mehr noch verärgert ...

Hannah musste sich mit aller Macht zusammenreißen, um die nächsten Sätze nicht noch verworrener zu machen, als sie ohnehin schon waren.

»Auch Johann war vom Neumetzler-Hof! Und er war der Bruder von Alois' Mutter, und damit der Onkel von Alois, der Onkel seiner großen Schwester, der Onkel der mittleren Schwester. Die Mutter ist im Feuer umgekommen, dasselbe ist dann mit der großen Schwester passiert, und die andere Schwester ist verschwunden – und jetzt vielleicht zurückgekehrt, verstehst du, Toni? Um sich ...«

»Um sich zu rächen«, brachte Toni den Satz zu Ende. »An ihrem Onkel. Für den Tod der Mutter, für den Tod der großen Schwester ... Dann würden wir nach einer Frau suchen! Einer Frau, die ungefähr so alt sein müsste wie wir.«

Tonis Augen waren weit aufgerissen, ihr Gesicht war so bleich, als würde sie jeden Moment das Bewusstsein verlieren. Ihre Stimme klang rau und heiser, wie von einer fremden Person, als sie jetzt fragte: »Aber wie passt dann der kleine Bruder Alois in dieses Bild, Hannah? Alois Neumetzler, dessen eigene Tochter ihn zum Teufel wünscht! Wie passt das? Das macht doch alles keinen Sinn!«

Als Toni verzweifelt am Stummel des Joints zog, sah es aus, als wollte sie damit alle Gedanken ausblenden, alles vergessen, was sie gerade gesagt hatten, alles ungeschehen machen, was jemals passiert war.

»Ich weiß es nicht«, erwiderte Hannah leise. »Aber wir müssen es rauskriegen.«

Ohne es zu wollen, drehte sie den Kopf und presste die Stirn gegen Tonis Schulter.

Nach einem kurzen Moment spürte sie, wie Toni ihr sanft über den Rücken strich. Die Berührung war wie ein Versprechen, dass alles gut werden würde.

Die nächsten Minuten saßen sie so, ohne sich zu rühren. Der Rest des Joints glomm im Aschenbecher vor sich hin, bis nur noch ein Häufchen verkohltes Papier übrig war.

»Weißt du, was man über die Mittsommernacht sagt?«, flüsterte Toni dicht an Hannahs Ohr. »Wer Hand in Hand mit der Geliebten über das Feuer springt, der wird sein Glück finden. Und ein Kind, das in der Mittsommernacht gezeugt wird, soll ganz besonders gesegnet sein. Das kennst du, oder?«

Hannah nickte. Toni strich ihr ganz leicht über die Haare, über die Wange, den Hals hinunter, dann wanderte ihre Hand weiter und schob sich unter Hannahs T-Shirt.

»Aber das Nächste weißt du noch nicht, wetten! Wer nämlich verliebt ist und im Dunkel der Sommersonnenwende die Glühwürmchen tanzen sieht, dessen Liebe steht unter einem guten Stern …«

Hinterher wusste Hannah nicht mehr, wer dann welche Worte geflüstert hatte. Wer von beiden zuerst die Lippen auf den Mund der anderen gepresst hatte. Welche Zunge den Anfang für diesen Kuss gemacht hatte, der sie alles um sich herum vergessen ließ.

2. BUCH

Sunnawend, Sunnawend
dass mi nit das Feuer brennt
dass i bald zum Heirat'n kumm
drum tanz i drum herum

Volkslied

Mittsommer, 16.30 Uhr

Er ist immer noch nicht zurück. Sie liegt jetzt sicher schon seit über einer Stunde wieder in der muffigen Hitze der Hütte. Ihr Rücken schmerzt, ihr Nacken, die Muskeln in ihren Beinen, in den Armen.

Es kommt ihr vor, als ob sie nicht mehr klar denken könnte. Sie merkt, dass sie kurz davor ist, eine Panikattacke zu bekommen.

Wieso?, fragt sie sich immer wieder. Wie kann das sein? Sie war sich doch sicher, dass sie seine Stimme aus der Hütte gehört hatte. Dass sie ihn gefunden hatte. Endlich!

Es passt alles. Die verlassen wirkende Hütte am Waldrand, mit den zugenagelten Fensterläden und dem Vorhängeschloss an der Tür. Weit abseits von Fahrstraßen oder Wanderwegen.

Sie erinnert sich, dass sie bei der Feuerstelle vor der Hütte noch gedacht hat: Hier war es also. Hier haben sie die junge Frau verbrannt. Jenny. Das Hippie-Mädchen. Und vorher in der Hütte …

Auch jetzt wird ihr noch schlecht bei dem Gedanken. Sie sieht die Bilder ganz deutlich vor sich. Auch was danach passiert ist. Wie die Männer ihre verkohlten Überreste am Ende der Nacht zu einem der anderen Feuer gebracht und in die noch heiße Asche geworfen haben.

Sie hat ihn gefunden. Alois Neumetzler. Den Mann, der als

vermisst gemeldet war. Auf den die anonyme Drohung nur zu gut zu passen schien. Den sie vergeblich gesucht haben.

Aber wenn er das in der Hütte gewesen ist, wer hat sie dann hinterrücks überfallen und ihr die Spritze in den Hals gerammt?

Denk logisch, ermahnt sie sich. Alois Neumetzler hat dich in seiner Gewalt. Er ist es. Er ist dein Peiniger. Du hast ihn erkannt. Er trägt die Maske, die du auf dem Hof gesehen hast. Auf SEINEM Hof! Und er hinkt. Es passt alles.

Nur dass er dann nicht der Mann in der Hütte gewesen sein kann. Aber wer war das dann? Und wo ist er jetzt?

1. Kapitel

Toni stand am Waschtisch und putzte sich die Zähne. Sie trug nur einen Slip, Hannah konnte deutlich die lange Narbe quer über ihren Rücken erkennen. Die Haut war grauweiß verfärbt, die Ränder unregelmäßig – eine Brandnarbe, war der erste Gedanke, der Hannah in den Kopf kam.

Als hätte Toni ihre Blicke gespürt, drehte sie sich hastig um. »Du bist wach?«

Hannah nickte.

Jetzt lächelte Toni, ein bisschen Zahnpasta klebte an ihrer Unterlippe. »Du schnarchst, dass du's nur weißt«, erklärte sie.

Dann beugte sie sich über die Waschschüssel und spülte sich den Mund aus. Als sie sich wieder aufrichtete, suchte sie Hannahs Blick im Spiegel.

»Ich bin übrigens froh, dass wir noch rechtzeitig aufgehört haben. Das wär nicht gut gewesen sonst.«

»Ich weiß«, sagte Hannah. »Und ich entschuldige mich dafür, dass wir überhaupt angefangen haben. Ich weiß auch nicht, was mit mir los war.«

Immer noch zum Spiegel gewandt erwiderte Toni: »Dasselbe wie mit mir höchstwahrscheinlich. Adrenalin und dann der Joint und ... Und du bist eine coole Frau, aber es geht trotzdem nicht. Unmöglich!«

»Völlig unmöglich. *Never fuck the office!* Klare Regel. Gilt auch für uns.«

»Sehe ich genauso.« Toni griff nach ihrem Hoodie, das über der Stuhllehne hing.

Hannah schwang sich aus dem Bett und suchte ebenfalls ihre Sachen zusammen. Als sie in ihre Jeans stieg, trat Toni hinter sie.

»Sind wir jetzt eigentlich schon wieder im Dienst oder … kann ich noch schnell einen Kuss haben?«

»Ich hab mir die Zähne noch nicht geputzt. Aber davon abgesehen – ja, Toni, wir sind wieder im Dienst. Und wir machen es jetzt genau so, wie wir es heute Nacht besprochen haben. Nachdem wir …«

»Nachdem wir nicht, schon klar. Okay. Ich lass die Finger von dir. Und du hörst auf, so verdammt gut auszusehen, kriegst du das hin?«

»Ich versuch's.« Hannah war froh, dass sie die Sache so behandeln konnten, als würden sie wirklich darüberstehen. Es war die einzige Möglichkeit, die sie hatten, wenn sie weiterhin zusammenarbeiten wollten.

Obwohl sie gleichzeitig ein gewisses Bedauern spürte – und sie war sich sicher, dass es Toni ebenso ging. Aber der Spruch, den ihre Großmutter so gerne zitiert hatte, taugte nicht wirklich als Leitsatz für Situationen wie diese: *Wer feig des einen Tages Glück versäumt, der holt's nicht ein, und wenn ihn Blitze trügen.*

Ein schöner Satz, ein guter Rat, der viel zu selten befolgt wurde – aber eben auch ein großes Risiko barg, wenn man ihn allzu leichtfertig in die Tat umsetzte …

Toni beobachtete sie aufmerksam, als würde sie versuchen, ihre Gedanken zu lesen. Ihre Augen waren grau, mit gelben Sprenkeln, das hatte Hannah vorher noch nicht bemerkt.

»Es geht nicht«, murmelte sie halblaut, während sie dachte, wie merkwürdig es war, dass sie in der vergangenen Nacht nicht ein einziges Mal an ihren Mann gedacht hatte. Weder an Peter noch an Rio, ihren Sohn. Überhaupt hatte sie gestern auch ganz vergessen anzurufen. Nein, das stimmte nicht. Sie war überfallen und niedergeschlagen worden, von aufgebrachten Dörflern verfolgt, sie hatte gekifft und wäre fast mit Toni im Bett gelandet, kurz: Sie war gar nicht dazu gekommen, sich zu Hause zu melden.

Und sie musste so schnell wie möglich mit Rio und Peter telefonieren, aber erst brauchte sie etwas im Magen!

»Frühstück?«, fragte Toni in ihre Gedanken hinein. »Oder gleich zurück in die Stadt?«

»Erst Frühstück.«

»Gut.« Toni zählte an den Fingern auf: »Dann in die Stadt, duschen, ein paar frische Klamotten anziehen. Und absprechen, wie wir weitermachen. Am besten fangen wir damit an, was wir heute Nacht überlegt haben, oder?«

»Wir haben zwei verschiedene Spuren«, bestätigte Hannah. »Und wir wissen noch nicht, wie sie zusammenhängen – oder ob sie überhaupt zusammenhängen. Aber fast alle Feuertoten kommen vom Neumetzler-Hof, genau wie der verschwundene Alois, deshalb sollten wir uns vor allem darauf konzentrieren«, fasste sie zusammen, worüber sie in der Nacht noch geredet hatten. »Wir haben gesagt, dass das Hippie-Mädchen Jenny vielleicht nur die Ausnahme ist, die die Regel bestätigt. Jenny ist allerdings ziemlich sicher ermordet worden, da sind wir uns einig, und wir haben eine Morddrohung auf dem Tisch. Versteh mich jetzt nicht falsch, aber deshalb habe ich gerade überlegt, ob wir nicht doch …«

»Pass auf«, unterbrach Toni sie. »Plan für heute: Wir teilen uns auf. Ich nehm mir die Familie vor. Ich habe die Dateien über die Todesfälle auf dem Hof schon gestern angefordert, kurz bevor du gekommen bist, sollten eigentlich längst bei mir auf dem Laptop sein. Aber zur Not muss ich selber noch mal ins Kommissariat und dem Kollegen, den ich damit beauftragt hatte, ein bisschen Dampf machen. Also, ich die Familie und du die Hippies und die Dorfleute! Vor allem den Wirt! Nimm dir Buckmiller als Verstärkung, wirst du vielleicht brauchen.«

Hannah überlegte kurz. »Bist du dir sicher, dass du alleine mit der Familie … Das wird nicht einfach. Wir können es auch umgekehrt machen …«

Toni schüttelte den Kopf. »Nein«, erklärte sie. »Diese ganzen Strukturen hier in so einem Bergdorf, da kenne ich mich besser aus als jemand aus Norddeutschland. Aber Huber, den musst du mit übernehmen!«, setzte sie unvermittelt hinzu, als hätte Hannah bereits zugestimmt. »Ich bin als seine Vorgesetzte zu dicht an ihm dran, bei dir wird er nicht so vorsichtig sein. Und er wird sich dir bei allem, was mit der Mittsommernacht und den Bräuchen hier zu tun hat, überlegen fühlen, vielleicht verplappert er sich und erzählt irgendwas, was uns weiterhilft.«

Bevor Hannah noch etwas erwidern konnte, klopfte es. Sabine brachte ein Tablett mit Frühstück. Offensichtlich hatte sie Tonis letzten Satz noch gehört, vielleicht hatte sie vor der Tür gestanden und gelauscht.

»Wer soll sich verplappern?«, fragte sie wie nebenbei, während sie Müsli, Hafermilch und zwei Becher Kaffee auf den Tisch stellte.

Toni griff nach einem Becher, ohne zu antworten, zog aber die Hand gleich wieder zurück. »Huh, ist der heiß!«

»Wir haben nicht von euch geredet«, antwortete Hannah auf Sabines Frage. »Aber wenn wir schon mal dabei sind: Wir müssen Heiners Aussage von gestern noch mal ganz offiziell zu Protokoll nehmen, und zwar auf dem Kommissariat in der Stadt. Du kennst seine Termine – passt es heute Mittag um ...« Sie blickte auf ihre Uhr. »Sagen wir halb eins, eins?«

»Wieso? Was soll das?« Sabine ging sofort in Abwehrhaltung. »Verdächtigt ihr ihn wegen irgendwas oder warum ...«

»Reine Formsache, müssen wir so machen, geht nicht anders. Richte es ihm bitte aus, ja? Ich erwarte ihn um halb eins. Wenn er bis um eins nicht da ist, lasse ich ihn holen.«

Aus den Augenwinkeln sah Hannah, wie Toni fragend die Stirn runzelte. Aber ein warnender Blick genügte, um der Kollegin zu signalisieren, dass sie sich nicht einmischen sollte.

Als Sabine ging, knallte sie die Tür hinter sich zu.

»Wenn sie das vorher gewusst hätte, würde sie uns wohl kaum noch Frühstück gebracht haben«, stellte Toni fest. »Oder sie hätte ins Müsli gespuckt. – Aber jetzt mal im Ernst, was soll das? Das war nicht abgesprochen ...«

»Bisschen für Unruhe sorgen«, erklärte Hannah. »Lass mich mal machen. Ich trau ihm nicht!«

»Ich auch nicht«, erwiderte Toni. »Aber du bist die mit dem Hippie-Vater, also mach mal.« Ihr spöttischer Unterton war nicht zu überhören.

Tonis Handy meldete sich. Nach einem kurzen Blick aufs Display schaltete sie den Lautsprecher dazu.

»Ich hoffe, die Damen haben gut geschlafen!« Huber lachte. Es klang irgendwie anzüglich. »Ich könnte Sie jetzt mit dem Auto in die Stadt bringen, wenn Sie schon so weit sind. Fahrräder können wir hinten draufpacken, ist bequemer so. Ich stehe direkt vor dem Eingang, aber lassen Sie sich Zeit, ist ganz amüsant, mir das Treiben hier anzusehen. Außerdem habe ich freien Blick zum Fluss rüber, wo gerade ein paar schöne Wassernixen in den Fluten planschen. Nicht zu verachten, der Anblick, das muss ich zugeben ...«

»Moment«, unterbrach Toni seinen Wortschwall. »Sie stehen wo?«

»Na, vor dem Eingang zum Festivalgelände. Wohin Sie gestern Abend schlauerweise geflüchtet sind. Und dann auch gleich dageblieben, weil's so schön war, was?«

»Wie kommen Sie darauf? Dass wir auf das Festivalgelände gefahren wären, meine ich.«

»Wir haben telefoniert, ich hab zwei gute Ohren am Kopf, ich hab die Musik gehört, also hab ich eins und eins zusammengezählt. Und dass Sie immer noch da sind, schließe ich aus den beiden Fahrrädern hier am Heuschober, hab sie mir gerade angesehen, ein Leihrad vom Hotel, ein Dienstrad von der Polizei. Ist nicht so schwierig, sich da einen Reim drauf zu machen. Also, kleiner Shuttle-Service gefällig? Ich hab auch noch eine Überraschung für Sie, werden Sie gleich sehen, wenn Sie rauskommen.«

Toni warf Hannah einen hilflosen Blick zu.

Hannah nahm sich einen Apfel und griff nach dem Recup-Kaffeebecher. »Gehen wir«, sagte sie leise. »Frühstück wird sowieso überbewertet.«

Toni schüttelte genervt den Kopf, griff sich aber ebenfalls ihren Becher.

»Wir kommen«, informierte sie Huber, während sie Hannah zur Tür hinaus folgte.

Huber hatte nicht übertrieben, die Überraschung, die er angekündigt hatte, ließ Hannah für einen Augenblick zweifeln, ob sie womöglich irgendwelche Flashbacks von ihrem kleinen Joint-Abenteuer in der letzten Nacht hatte. Und sie konnte deutlich hören, wie Toni neben ihr scharf die Luft einzog, bevor sie murmelte: »Wenn der uns hier verarschen will, dann ... dann ... Ich glaub's ja wohl irgendwie nicht! – Was ist das, Huber? Wie kommen Sie an den Wagen?«, rief sie dem Hauptwachtmeister zu, der an einem roten Pick-up lehnte. An *dem* roten Pick-up, demselben Toyota, der Hannah am Tag zuvor auf der Landstraße aufgefallen war. Und der am Abend auf dem Hof vom Braunen Hirschen gestanden hatte und dann verschwunden gewesen war.

»Einfach«, erklärte Huber mit breitem Grinsen. »Blöder Jungenstreich, hatten wir hier in letzter Zeit häufiger mal. Buckmiller hat die Karre vorhin entdeckt, als er seine Morgenrunde mit dem Hund gedreht hat. Stand am Ziehweg zum Spitzkogel hoch, auf der anderen Seite vom Dorf. Ziemlich weit oben, die kleinen Spinner haben wohl versucht, wie weit sie da hochkommen. Und als Schluss war, haben sie die Karre stehen lassen und sind abgehauen. Wahrscheinlich alles noch gestern Abend. Schlüssel steckte. Buckmiller hat den Wagen gleich mit runtergebracht. Und hier ist er! Mit der Baufirma hab ich schon telefoniert, ich fahr ihn zurück in die Stadt und geb ihn da ab. Kann ich Sie gleich mitnehmen, zwei Fliegen mit einer Klappe. Laden wir die Räder auf?«

»Es reicht«, erklärte Hannah. »So geht das nicht. Sie erzählen jetzt erst mal der Reihe nach, was passiert ist. Fangen Sie mit dem Moment an, in dem Sie in der Kneipe die Dorfleute aufgehalten haben, die uns verfolgen wollten.«

»Die Kollegin hat recht«, sagte Toni mit einer Stimme, die keinen Zweifel daran ließ, dass sie kurz davor war, Huber in Grund und Boden zu brüllen. »Schön der Reihe nach, und nichts weglassen. Also los, wir hören!«

»Jetzt hier?«

»Jetzt hier.« Sie zeigte zu den Frauen vom Festival, die gerade von ihrem Morgenbad im Fluss wiederkamen. »Die Stripshow ist vorüber.«

Vom Eingang her näherte sich ein Typ mit Crew-T-Shirt und fingerdicken Dreadlocks.

»Irgendein Problem hier?«

So, wie er Toni und Hannah musterte, war ihm klar, dass er die beiden Polizistinnen vor sich hatte, die ja angeblich schon gestern Abend das Gelände wieder verlassen hatten. Hannah tippte darauf, dass der Rastafan niemand anders als Kemal war.

»Alles in Ordnung«, sagte Hannah und zückte gleichzeitig ihren Ausweis.

Der Mann zuckte mit den Achseln. »Okay. Ruft mich, wenn ihr Hilfe braucht.«

Es war nicht ganz klar, wem genau er seine Hilfe anbot, eventuell meinte er auch Huber. Betont langsam schlurfte er zurück zu seinem Posten am Eingang, wobei er sich mehrmals umblickte, als wäre er sich nicht sicher, ob er wirklich gehen sollte.

Kaum dass er außer Hörweite war, trat Toni so dicht an Huber heran, dass der automatisch zurückwich und unsanft gegen den Außenspiegel des Toyota stieß. Huber verzog schmerzhaft das Gesicht, Toni zischte nur: »Also los, jetzt reden Sie endlich, Mann!«

Die ersten Sätze von Huber kamen noch widerstrebend, als wäre es eine Zumutung, dass ausgerechnet *er* hier Rede und Antwort stehen sollte. Dann änderte sich sein Tonfall, jetzt war er wieder der Polizeihauptmeister, der leider die unselige Aufgabe hatte, zwei Frauen erklären zu müssen, wie die Welt nun mal funktionierte.

Er kannte die Leute im Dorf, er wusste, wie man mit ihnen umzugehen hatte. Das galt insbesondere für die fragwürdige Versammlung im Braunen Hirschen. Huber machte keinen Hehl daraus, dass er die Ansichten des Wirts zwar nicht teilte, aber auch keinen Anlass sah, das offen zu äußern.

»Ich bin ja nicht blöd! Ich setz mich doch nicht für die Spinner mit ihrem Festival ein – die sind gerade mal eine Woche hier, die anderen das ganze Jahr! Und mit denen muss ich klarkommen, nicht mit den Hippies, die mag ich nicht, die gehen mir gehörig auf den Sack, aber unterm Strich sind die mir so was von egal, das glaubt ihr gar nicht.

Scheißegal auf gut Deutsch, um es mal ganz deutlich zu sagen!«

Und dass seine Taktik da genau richtig war, bewies ja die Tatsache, dass der Wirt und seine Kumpane durchaus auf ihn, den Huber, gehört hatten. Zumindest nach der ersten großen Aufregung. Er ganz persönlich hatte es erreicht, dass sie die Verfolgung abgebrochen hatten.

Dass dann da angeblich noch ein paar Dorfleute vor dem Festivalgelände aufgetaucht waren, hielt er für einen »Schmarrn«: »Vielleicht waren da welche. Aber wenn, dann wollten die nur ein bisschen was von der Musik hören, ohne bezahlen zu müssen. Aber keine Panik«, setzte er dann noch hinzu. »Sie können jetzt ohne Probleme mit allen reden, ich hab das geklärt. Dass das eine polizeiliche Ermittlung ist und so, da werden alle kooperieren, ist doch selbstverständlich. Hab ihnen auch gesagt, dass das mit der Tonaufnahme nur ein Bluff war. Sollte dann aber auch für Sie selbstverständlich sein, jetzt nicht noch weiter auf gewissen Aussagen rumzureiten, die Sie gestern gehört haben. Jeder kann mal ein bisschen Quatsch reden, war ja auch Alkohol im Spiel, da vergisst sich der eine oder andere schon mal, das geht schnell. Hat ja aber auch nichts weiter zu tun mit der ganzen Sache hier.«

»Haha!«, machte Toni.

Unglaublich, dachte Hannah, Huber ist tatsächlich auch noch stolz darauf, wie er die Dinge so hinbiegt, dass alle sauber aus der Sache rauskommen. Vor allem er selbst.

Toni drehte sich abrupt um und winkte dem Typen am Eingang zu: »He du, hast du eine Zigarette für mich?«

Der Typ grinste. »Mit oder ohne?«

Es war klar, was er meinte.

»Einfach nur eine Zigarette«, erwiderte Toni.

»Kannst du drehen? Ich hab nur Tabak.«

»Gib mir einfach. Und rauchen kann ich auch alleine.«

»Cool. Hier!«

Er kam die paar Meter zu ihnen und streckte Toni einen Beutel mit Drehtabak hin. »Ist nicht mehr viel drin, kannst du behalten.«

Er grinste noch mal breit und ging wieder.

»Sie scheinen sich ja blendend mit den Haschbrüdern zu verstehen«, kam prompt Hubers Kommentar.

Jetzt musste Hannah doch fast lachen. Sie fühlte sich gerade wie in einem schlechten Kabarett. »Haschbrüder« war so ein Wort, das sie zuletzt von ihrer Oma gehört hatte. Haschbrüder. Beatmusik. Stromgitarren. Und natürlich Jeanshosen!

Toni reagierte mit keinem Wort, aber als sie sich eine Zigarette drehte, zitterten ihre Hände so stark, dass sie kaum das Papier halten konnte. Auch Huber hatte es bemerkt.

Er wollte gerade zu einem neuen Kommentar ansetzen, als Hannah ihn aufforderte: »Weiter! Die Sache mit dem Toyota! Sie kennen die Jugendlichen, richtig?«

Es war eine Frage ins Blaue, sie wollte Huber aus der Reserve locken. Doch Huber blieb völlig unbeeindruckt.

»Natürlich. Der Sohn vom Wirt war auch dabei, ist nicht das erste Mal! Aber diesmal wird ihn sich sein Vater ordentlich vorknöpfen, darauf habe ich sein Wort.«

»Und?«

»Wie und?«

»Das war's dann oder was?«

»Mal Klartext, ja? Die Karre war ja schon geklaut. Und das sind nicht die Jugendlichen gewesen! Sie haben den Wagen nur auf dem Hof vom Hirschen stehen sehen, und der Schlüssel steckte, ich meine, mehr Einladung geht ja wohl kaum! Daraus wollen wir ihnen doch jetzt keinen Strick drehen, oder? Das sind Jugendliche, die wollten ein bisschen Spaß, mehr nicht. Der Besitzer des Toyota will da auch kein großes Ding draus machen, er hat ja schließlich auch bei sich auf dem Hof die Schlüssel stecken lassen. Ihm ist nur wichtig, dass er den Wagen wiederhat.«

Hannah warf einen Blick zu Toni. Toni zupfte sich einen Tabakkrümel von der Lippe, bevor sie die selbstgedrehte Zigarette zwischen den Fingern zerkrümelte und zurück in den Beutel schob. »Ich rauche nicht. Nicht mehr«, erklärte sie. Es klang, als wollte sie sich selbst überzeugen.

»Er kennt natürlich auch den Wirt, oder?« Hannahs Stimme triefte vor Ironie.

Wieder blieb Huber völlig gelassen. »Natürlich«, wiederholte er. »Er kommt gerne mal von der Stadt rüber zum Braunen Hirschen.«

»Ich hab den Wagen am Nachmittag auf der Landstraße gesehen«, sagte Hannah. »Er hat mich überholt. Mit einem Mountainbike hintendrauf. Ist doch merkwürdig, dass er dann ausgerechnet auf dem Hof von der Kneipe stand. Stimmen Sie mir da zu?«

Bevor Huber antworten konnte, mischte sich Toni ein. »Als wir zum Braunen Hirschen kamen, war kein Mountainbike mehr hintendrauf. Aber ungefähr eine Stunde vorher ist die Kollegin auf dem Waldweg hinterm Neumetzler-Hof niedergeschlagen worden. Und zwar mit ziemlicher

Sicherheit von jemandem, der mit einem Mountainbike unterwegs war.«

»Was?« Diesmal war Huber aufrichtig überrascht. Irritiert. »Ist das wahr?«, drehte er sich zu Hannah. »Sie sind niedergeschlagen worden?«

»Ein Hinterhalt. Zum Glück habe ich mir nichts weiter getan, nur die Beule hier.« Sie strich die Haare zur Seite, um Huber die Stelle an ihrer Stirn zu zeigen, an der der Ast sie erwischt hatte.

»Mist, verdammter! Warum haben Sie nichts gesagt? Aber Sie glauben doch jetzt nicht im Ernst ... dass der Klaus, der Wirt, meine ich ...«

»Natürlich nicht«, sagte Hannah. »Wieso sollte ich auf so eine Idee kommen? Der Wirt hatte ja schließlich auch nichts mit dem Tod von Jenny zu tun!«

Es war albern, was sie da konstruierte, das wusste sie selber. Völlig aus der Luft gegriffen, unhaltbar.

Hubers Antwort war so unerwartet, dass sie einen Moment brauchte, um zu reagieren.

»Nein, der Wirt war's nicht mit dem Hippie-Mädchen. Er ist ein Sprücheklopfer, der gern die Leute ein bisschen aufhetzt, um sich wichtigzumachen. Aber mehr auch nicht. Er hat ein Alibi für die Nacht, in der das Mädchen verbrannt ist – und das stimmt, ich hab's selbst überprüft. Ja, brauchen Sie gar nicht so zu schauen, ich hab ein bisschen auf eigene Faust re-cher-chiert, weil, also ein Motiv hätte er ja gehabt nach der Sache da mit der kleinen Greta Thunberg, wie sie ihm den Autoschlüssel weggeworfen hat, und das halbe Dorf hat zugeschaut, als er durch die Kuhscheiße gekrochen ist. Aber wie gesagt, er hat ein Alibi, war in der

Stadt im Krankenhaus, zwei Tage, Verdacht auf Blinddarmentzündung! Der Kollege von der Kripo, der den Fall untersucht hat, hat das auch noch mal überprüft, der Wirt kann's nicht gewesen sein. Und wohl auch sonst keiner vom Dorf. Der Kollege da von Ihnen hatte diesen Heiner vom Festival in Verdacht, aber der war dann schon wieder weg, als die Untersuchungen waren. In Spanien, glaub ich. Und der Kommissar ist dann ja auch gestorben, da haben sie den Fall zu den Akten gelegt, weil keiner Lust hatte, das alles noch mal aufzurollen. Keine Lust und keine Zeit. Aber fragen Sie ruhig mal«, wandte er sich direkt an Toni. »Sind ja jetzt alles Ihre Kollegen da, irgendeiner wird sich schon erinnern.«

Hannah hatte das Gefühl, dass der Boden unter ihr schwanken würde.

Sie war froh, als Toni ganz ruhig sagte: »Okay, danke für den Hinweis. Dann bringen Sie uns jetzt mal ruhig zurück zur Stadt. Vergessen wir das mit den Jugendlichen. Und den großen Unbekannten mit dem Mountainbike hat sich meine Kollegin wahrscheinlich auch nur eingebildet. Genauso wie den Hinterhalt, von dem sie geredet hat. Vielleicht hat sie den Lenker verrissen und ist deshalb gestürzt, das wäre doch eine Erklärung …«

»Im Ernst jetzt?«, fragte Huber irritiert.

»Im Ernst«, bestätigte Toni. »So macht ihr das doch hier, oder?«

»Na ja, also … Nein, das stimmt nicht! Also, ich meine …«

»Also fahren Sie uns erst mal zurück, alles andere klären wir später. Oder auch nicht«, setzte sie noch hinzu, bevor sie zu Hannah sagte: »Komm, holen wir die Räder, um sie aufzuladen.«

Hannah hatte keine Ahnung, was Toni beabsichtigte. Aber Huber zumindest wirkte, als würde er jetzt doch noch damit rechnen, möglicherweise ein Disziplinarverfahren angehängt zu bekommen. Die Sache war nicht so gelaufen, wie er sich das gedacht hatte. Er war eindeutig nervös.

Hannah gönnte es ihm.

Als sie ihre Räder aufschlossen, sagte sie leise zu Toni: »Wir sollten Huber aus der weiteren Ermittlung raushalten. Mir ist das Risiko zu groß, dass er irgendwelche Informationen weitergibt. Oder Fakten manipuliert, Beweise verschwinden lässt, was weiß ich …«

Toni zögerte eine Sekunde, bevor sie ebenso leise erwiderte: »Ganz ehrlich, Hannah? Ich bin kurz davor, den Fall abzugeben.«

Hannah zuckte zusammen, als hätte sie einen Stromschlag bekommen. Nein, bitte nicht, wollte sie sagen, doch da redete Toni schon weiter: »Mache ich aber nicht. Das würde ja aussehen, als kriegte ich es nicht hin. Aber ich gebe nicht auf, nie! Und jetzt erst recht nicht, wir machen weiter, du und ich, das sind wir uns schuldig. Und was Huber angeht – ich stimme dir zu, wir können ihm nicht trauen. Er ist draußen, aber das bleibt unter uns, das muss er nicht wissen. Lass ihn ruhig glauben, dass er noch dazugehört, dann können wir ihn wenigstens kontrollieren.«

Hannah nickte nur. Am liebsten hätte sie Toni umarmt, um ihr zu danken. Stattdessen griff sie nach ihrem Handy. Es dauerte einen Augenblick, bis sie die richtige Nummer gefunden hatte.

Das sind wir uns schuldig, hatte Toni gesagt. Du und ich. Vielleicht war es dieser Satz, der ihr neue Kraft gegeben hatte. Sie würden es schaffen, sie würden diesen Fall lösen. Gemeinsam!

»Wer, wenn nicht wir«, murmelte sie halblaut, während sie wählte.

Die vom Voice-Decoder verzerrte Stimme meldete sich bereits nach dem zweiten Klingelton.

»Ich bin's«, sagte Hannah. »Die Kommissarin von der Sache mit dem Mädchen, dem die Heilige Jungfrau erschienen war. Ist schon länger her, aber du hast uns damals sehr geholfen, deiner Freundin Marja und mir. Und jetzt brauche ich wieder deine Hilfe!«

2. Kapitel

Hannah hatte lange geduscht und sich dann einen Kaffee und ein Croissant aufs Zimmer bringen lassen. Jetzt stand sie am offenen Fenster und starrte über die Dächer, ohne wirklich etwas zu sehen.

Die Gedanken an Toni und die vergangene Nacht kreisten in ihrem Kopf. Vielleicht war sie feige, vielleicht sollte sie es wirklich einfach mal ausprobieren. Nur um zu wissen, wie es war. Was anders war. Und ob es ihr überhaupt gefiel.

Vielleicht, wenn dieser Fall vorüber war. Dieser Fall, der immer mehr zu einem Puzzlespiel geriet, bei dem irgendjemand ein paar Teile ausgetauscht hatte, so dass nichts mehr zusammenpasste.

Nein, das war Quatsch, rief sie sich selber zur Ordnung, Toni und sie würden diesen Fall lösen und dann jede ihrer Wege gehen. Alles andere würde viel zu kompliziert sein. Und sie ging davon aus, dass Toni das ähnlich empfand. Sie würden den Fall lösen, vielleicht noch ein Glas auf ihren Erfolg trinken und sich voneinander verabschieden. Ohne Reue. Einfach nur wie zwei Kolleginnen, die sich sympathisch fanden und gut zusammengearbeitet hatten.

Toni würde zu ihrem Kommissariat zurückkehren und vielleicht zu einem Ehemann, einem Freund, einem Geliebten. Hannah wusste so wenig über sie! Aber es spielte auch keine Rolle. Es war unwichtig. Sie selbst würde für zwei oder drei Wochen Urlaub nehmen und erst mal wieder nach Hause fahren. Auf ihre Insel. Zu Rio, ihrem Sohn. Und zu ihrem Mann.

Ihre Sehnsucht war plötzlich so groß, dass es fast schmerzte. Sie sah auf die Uhr. Ein paar Minuten hatte sie noch, bevor Buckmiller kam, um sie abzuholen und wieder mit nach Wildbrunn zu nehmen. Buckmiller und mit ziemlicher Sicherheit auch Huber, der ja ebenfalls zurück nach Wildbrunn musste. Huber mit seinen dämlichen Kommentaren und den verdammten Spielchen, die er so trieb.

Hannah hatte noch nicht entschieden, ob sie ihn damit wirklich davonkommen lassen wollte.

Aber erst mal gab es Wichtigeres. Am nächsten Tag schon war Mittsommer, die Zeit rannte ihnen davon, sie mussten weiterkommen, sie brauchten Ergebnisse. Sonst würde wieder jemand ... Nein, das durfte nicht passieren.

Automatisch hatte sie nach ihrem Handy gegriffen und die Nummer aus der Kontaktliste aufgerufen. *Home.*

Zu ihrer Überraschung meldete sich Rio.

»Bist du nicht in der Schule? Wieso bist du zu Hause? Bist du krank?«

»Oh Mann, Mama, krieg doch nicht gleich voll die Panik! Echt, hier ist alles okay, aber Schule fällt aus, weil alle Läuse haben, die ganze Klasse. Ich auch, aber nicht so viele. Peter hat mir die Haare mit Läuse-Shampoo gewaschen. Bist du morgen wieder hier?«, fragte er dann ansatzlos. »Wir haben heute schon alle geholfen, Holz zum Heller zu schleppen, das Feuer wird riesig, Mama, du *musst* kommen!«

Es war klar, wovon er sprach. Wie jedes Jahr würde es ein Sonnenwendfeuer auf den Hellerwiesen geben.

»Ich versuche es, Rio. Aber ich weiß noch nicht, ob es klappt. Wenn nicht, dann …«

»Ich hasse deinen Beruf, echt, Mama!«, unterbrach er sie. »Das nervt, dass du nie da bist, wenn mal was Wichtiges ist.«

Natürlich übertrieb er maßlos, trotzdem versetzte es Hannah einen Stich. Es war der alte Zwiespalt, Beruf und Familie unter einen Hut zu kriegen. Eine Gratwanderung, die nicht immer funktionierte, auch wenn sie sich noch so viel Mühe gab! Aber es lag nun mal nicht in Hannahs Macht, wann ihre Sondereinheit zu einem Fall hinzugezogen wurde …

»Ich versuche es, Rio«, wiederholte sie halbherzig, wohl wissend, dass sie gerade sowohl sich als auch Rio etwas vormachte. Wenn nicht ein Wunder geschah und sie die anonyme Morddrohung vorher klären konnten, würde sie mindestens bis zur Mittsommernacht in Wildbrunn sein. Mal ganz davon abgesehen, dass der Fall ohnehin noch lange nicht abgeschlossen sein würde, selbst wenn es ihnen gelang, Alois Neumetzler rechtzeitig zu finden und den angekündigten Mord zu verhindern.

»Okay«, kam es von Rio. »Wenn nicht, haben wir ein Problem, dann hab ich was gut bei dir.«

»Unbedingt, ja«, stimmte Hannah zu, während sie dachte, dass er für seine noch nicht mal zwölf Jahre erstaunlich pragmatisch sein konnte.

»Irgendwas echt Krasses!«, machte ihr Sohn schon weiter. »Und du darfst nicht kneifen!«

»Tu ich nicht, versprochen«, sagte Hannah in der Hoffnung, dass »irgendwas echt Krasses« sich schließlich als eine Nachtwanderung mit Fackeln rund um die Insel oder ein Picknick in den Dünen zu Rios anstehendem Geburtstag herausstellen würde.

»Okay«, wechselte er jetzt das Thema. »Peter hat gesagt, dass dein Fall irgendwas mit Mittsommernacht zu tun hat. Ich kann dir was darüber erzählen, wenn du willst, wir haben nämlich in der Schule drüber geredet, vor den Läusen, und mussten was dazu schreiben. Willst du es hören?«

»Klar! Willst du es mir vorlesen oder ...«

»Nee, brauche ich nicht. Weiß ich alles auswendig. Also, ist der längste Tag des Jahres, das heißt die kürzeste Nacht, aber das hast du wahrscheinlich schon gewusst. Und die Feuer werden gemacht, um für eine gute Ernte zu bitten und böse Geister zu vertreiben. Und man kann auch über das Feuer drüberspringen, dann hat man Glück und wird wieder gesund, wenn man krank ist.«

Rio lachte. »Das mit dem Glück ist ja klar, wenn man es nämlich nicht schafft mit dem Sprung, hat man natürlich Pech! Aber ich weiß noch ein paar Sachen, du kannst auch kleine Zettel im Feuer verbrennen, auf die du alles draufschreibst, was du dir wünschst. Ich glaube aber nicht, dass das was bringt. Oder du kannst so was wie Opfergaben ins Feuer schmeißen, also meistens nur Strohkränze oder Holzfiguren, aber manchmal auch lebende Tiere. Dabei musst du eigentlich die ganze Zeit um das Feuer rumtanzen, früher haben sie das nackt gemacht, heute nicht mehr so. Manche Leute glauben auch, dass man da irgendwie die

Toten treffen kann, vor allem die, die man mal gekannt hat und die gestorben sind, und wenn man in der Mittsommernacht ein Opfer für sie bringt, kann man sie sehen. Peter hat außerdem noch erzählt, dass sie in Dänemark eine Strohhexe verbrennen, um das Böse zu vertreiben, und da, wo du bist, verbrennen sie auch Puppen aus Stroh, sagt Peter. In Spanien verbrennen sie Figuren aus Holz und machen dazu ein Feuerwerk, fast wie Silvester, und um Mitternacht gehen sie im Meer baden ... Was?«

Hannah hörte, wie im Hintergrund jemand etwas rief. Peter!

»Ja, stimmt«, meldete sich Rio wieder, »hätte ich fast vergessen, du kennst doch England, oder? Und da gibt es so einen Kreis aus riesigen Steinen, Stonehenge heißt der Platz, da kommen jedes Jahr total viele Hippies hin und feiern da. Auch so mit Feuer und Tanzen und Musik und so. Warte, ich geb dir eben mal Peter, der will dir auch noch was sagen! Mach's gut, Mama, und komm einfach ganz schnell zurück, morgen musst du schon hier sein, vergiss das nicht!«

»Hi«, meldete sich Peter gleich darauf. »Bist du okay?«

»Bin ich, ja. Und ihr habt Läuse? Du auch?«

»Nein. Und bei Rio sind auch schon keine mehr.«

»Danke, dass du dich um alles kümmerst.«

»Wie immer, oder? Aber das ist okay, vergiss uns nur nicht, das wäre schön.«

»Mach ich nicht, Peter! Es ist nur gerade ... schwierig. Dieser Fall! Ich erzähle dir alles, wenn ich zurück bin, aber ... ich muss jetzt auch schon wieder los! Es ist ein Wettlauf mit der Zeit, und das macht es alles nur noch umso schlimmer. – Grüß meinen Vater, wenn du ihn siehst. Ich liebe euch, alle drei!«

Hannah merkte selbst, wie hilflos ihre letzten Sätze geklungen haben mussten. Nichts als Floskeln. Smalltalk. Als hätte sie nicht wirklich etwas zu sagen gehabt! Und natürlich hatte Peter das bemerkt. Aber sie konnte es nicht ändern. Obwohl sie über so vieles mit ihm reden und wissen wollte, was er davon hielt, war diese Welt zu Hause im Moment so weit weg, so unwirklich. Auch wenn sie sonst was dafür gegeben hätte, bei Rio und Peter zu sein – ihr Platz war gerade hier. Und sie brauchte alle Kraft, um sich jetzt auf diesen Fall zu konzentrieren!

Peter würde es verstehen, das wusste sie. Er kannte sie, er wusste, wie sie tickte. Und er akzeptierte ihre Macken, weil er sie liebte, dafür war sie ihm dankbar. Und Rio war ihr ganz großes Glück, ihr Leben. Aber auch Rio musste für den Moment zurückstehen, es ging nicht anders.

Rio! Hatte ihr kleiner Großer da gerade etwas erzählt, was eine Bedeutung für die Ermittlung hatte? Ein Blickpunkt, den sie bislang nicht beachtet hatten – diese Toten, die einem in der Mittsommernacht erschienen, wenn man ein Opfer für sie brachte. Die Menschen, die man geliebt hatte und so sehr vermisste, dass man sie mit aller Macht herbeisehnte.

Die Mutter auf dem Neumetzler-Hof, Lina, die Frau vom Xaver. Maria, ihre Tochter. Dann die große Schwester von Alois. Gab es jemanden, der sie unbedingt wiedersehen wollte? Waren die beiden Feuertoten ... Opfergaben?

Alles drehte sich immer wieder um den Neumetzler-Hof. Und vielleicht hatte sich auch schon die Großmutter umgebracht und war mit Absicht von dem Felsen am Wasserfall gesprungen. Aber warum? Ging es von Anfang an immer um … Missbrauch? Oder waren vielleicht alle drei Frauen ermordet worden? Vom Felsen gestoßen. Ins Feuer geworfen. So getötet, dass es aussah wie ein Unfall. Oder eben ein Suizid.

Bei Jenny, die man als Puppe getarnt ins Feuer geworfen hatte, war es ganz sicher Mord gewesen. Nur dass Jenny aus einem anderen Grund hatte sterben müssen, der nichts mit den Geschehnissen auf dem Hof zu tun hatte.

Dann Johann, der angeblich unter dem Holzstoß eingeschlafen war! Johann war vom Neumetzler-Hof. Aber er war ein Mann. Konnte das zu der Idee mit den Opfergaben passen? Hatte er sterben müssen, damit die Frauen, die vorher im Feuer umgekommen waren … gerächt wurden? Damit sie endlich ihren Frieden finden konnten? Und sollte Alois jetzt aus demselben Grund sterben? Rache?

Das Zimmertelefon klingelte. Der Empfang meldete sich mit den Worten: »Die Polizei ist für Sie da.«

Es war so weit. Buckmiller und Huber würden sie zur Dienststelle in Wildbrunn mitnehmen, in einer knappen Stunde würde Heiner erscheinen. Vielleicht. Wenn nicht, war Hannah tatsächlich gewillt, ihn holen zu lassen.

Noch auf dem Weg vom Fahrstuhl durch die Lobby fragte sie sich, ob die Vernehmung von Heiner wirklich etwas bringen würde. Vielleicht war das Ganze eine Fehlfährte, vielleicht hätten sie sich von Anfang an viel mehr auf die Toten vom Neumetzler-Hof konzentrieren sollen. Für Jennys Tod gab es irgendeinen anderen Hintergrund.

Aber die Lösung würde sie nicht weiterbringen, davon war Hannah plötzlich überzeugt.

Vielleicht hatten sie tatsächlich wertvolle Zeit damit verschwendet, mehr über Jennys Tod zu erfahren. Es war die ganze Situation gewesen, diese Sache mit den Dörflern in der Kneipe, mit dem Wirt, mit Heiners Geschichte über Jenny – nur deshalb hatten sie sich viel zu sehr auf Jenny konzentriert!

Sie würde jetzt ein letztes Mal versuchen, Heiners blasierte Gelassenheit zu erschüttern. Sie würde sich auch den Wirt noch mal vornehmen. Aber das konnte zur Not noch warten. Stattdessen musste sie umgehend mit Toni darüber reden, dass der Neumetzler-Hof absolute Priorität hatte, wenn sie Alois noch rechtzeitig finden wollten. Sie mussten diese Schwester aufspüren, die als Zwölfjährige verschwunden war.

Bislang waren alle Anfragen an die Melderegister ohne Ergebnis gewesen, weder in Frankfurt, wohin sie ja angeblich verschwunden sein sollte, noch sonst irgendwo gab es eine Vevi Neumetzler. Als hätte da jemand ganz gezielt alle Spuren verwischt. Aber das änderte nichts daran, dass Alois vielleicht durchaus recht hatte, wenn er glaubte, die Schwester wäre zurück! Im Gegenteil, es machte seine Behauptung umso wahrscheinlicher.

Hannah begrüßte die beiden Polizisten im Auto nur flüchtig, bevor sie sich wortlos auf die Rückbank setzte und ihr Handy aus der Tasche zog. Für einen Moment war sie irritiert, als Buckmiller Blaulicht und Sirene einschaltete. »Was soll das? Das ist kein Notfalleinsatz! Wir fahren nur …«

»Machen wir manchmal so«, wurde sie von Huber unterbrochen. »Ist so was wie Training für den Ernstfall. Schließlich müssen die Deppen in ihren Autos ja lernen, was sie tun sollen, wenn wir angerast kommen. Und lernen tut man am besten durch Wiederholung, ist so!«

Hannah war sich sicher, dass das Ganze wieder nur eines der Spielchen von Huber war – er hatte sich vorher mit Buckmiller abgesprochen, um sie zu provozieren. Weil er ihr zeigen wollte, wer hier das Sagen hatte. Er hatte eindeutig ein Problem mit Frauen, noch dazu, wenn sie ranghöher waren als er selbst …

»Stellen Sie bitte beides aus, ja?«, forderte sie Buckmiller auf. »Jetzt, sofort!«

Hubers Grinsen im Rückspiegel sagte genug – er genoss es sichtlich, sie verärgert zu haben.

Aber wenigstens hielt er den Mund.

Hannah rief Tonis Nummer auf und tippte ihr hastig eine Nachricht mit ihren letzten Überlegungen.

Wir ändern den Plan! Lass uns beide uns auf den Neumetzler-Hof konzentrieren. Apropos: Gibt es den alten Bauern noch, den Großvater, dessen Frau angeblich bei der Suche nach den Ziegen verunglückt und den Wasserfall runtergestürzt ist? Weißt du das? Auf dem Tisch bei der Frau von Alois Neumetzler lag eine Rechnung von einem Altenheim oder Pflegeheim für einen Xaver Neumetzler – das ist er, oder? Ich würde gerne mit ihm sprechen.

Sie hatte die Nachricht kaum abgeschickt, als ihr Handy einen eingehenden Anruf meldete. Im Display stand *Anonym.*

Hannah nahm das Gespräch an. Sie brauchte nur die ersten Worte zu hören, um zu wissen, mit wem sie es zu tun hatte. Tatsächlich kannte sie nur eine Person, die grundsätzlich jedes Gespräch über einen Voice-Decoder laufen ließ, um ihre Stimme unkenntlich zu machen – der Hacker in Berlin, den sie um Informationen über Heiner gebeten hatte. Der Mann war ein Kontakt von einer Journalistin, mit der Hannah befreundet war, und er hatte schon mal bewiesen, dass er mit seinen Fähigkeiten mühelos jede IT-Abteilung der Kriminalpolizei ersetzen konnte.

Hannah beugte sich vor und tippte Buckmiller auf die Schulter. »Fahren Sie bitte rechts ran und stoppen Sie. Ich muss telefonieren.«

Buckmiller lenkte den Wagen auf die Grasnarbe, und noch bevor er oder Huber etwas fragen konnten, war Hannah schon ausgestiegen. Sie machte ein paar Schritte weg vom Wagen, »Okay, jetzt! Was haben Sie für mich?«

»Interessanter Vogel, dieser Heiner Schulz, muss ich schon sagen. Heißt übrigens auch nicht Schulz, deshalb hat es ein bisschen gedauert, bis ich ihn hatte. Heiner Brink, kommt aus der Nähe von Bielefeld, geboren 1952, gelernter Rundfunk- und Fernsehtechniker, also einer von den Typen, die sich auch noch mit Röhrenverstärkern auskennen. Apropos Verstärker, Brink hat schon gleich nach der Lehre eine Firma aufgemacht, die auf die Beschallung von Rockkonzerten spezialisiert war. War ja die Zeit damals, als das gerade überall losging. Und jetzt kommt's! Brink war einer der Veranstalter des Fehmarn-Festivals 1970, klingelt da was bei dir?«

»Nein, keine Ahnung«, musste Hannah zugeben.

»Letzter Auftritt von Jimi Hendrix, erster Auftritt von Ton Steine Scherben. Hendrix ist klar, oder? Ton Steine Scherben?«

»Ja, natürlich, *Sklavenhändler* und so was. War die ursprüngliche Band von Rio Reiser ...«

»*Macht kaputt, was euch kaputt macht*, genau, von dem reden wir. Also, Brink gehört zu den Veranstaltern und holt natürlich die eigene Firma für die PA ins Boot. Aber das Ganze wird ein einziges Desaster, drei Tage Dauerregen, irgendwelche Scheißrocker als Ordnungskräfte, mehrere Bands kommen gar nicht erst oder reisen gleich wieder ab, da hilft es auch nichts, dass Beate Uhse auf der Bühne ihr Sortiment an Erotikartikeln vorstellt, wegen Beate und ihren Dildos waren die Rockmusik-Fans nicht da – mit anderen Worten: Es gab rund 25 000 Besucher, die für ihr Eintrittsgeld jede Menge ›Love and Peace‹ mit Hendrix und Kollegen erwartet hatten und jetzt entsprechend angepisst waren. Willst du auch das Ende noch hören?«

»Ja, bitte!« Hannah hatte keine Ahnung, worauf ihr Kontakt hinauswollte, aber die ganze Vorgeschichte schien wichtig zu sein ...

»Also, was passiert? Am letzten Tag setzen sich die Veranstalter ab, mit der gesamten Kohle der Eintrittskarten, den Gagen für die Bands und so weiter. Zack, weg. Und Brink natürlich mit, ist ja einer von ihnen. Aber es wird noch besser! Brink geht mit seinem Geld nach Ibiza und macht unter anderem Namen eine Disco auf.«

»Unter dem Namen Schulz.«

»Bingo. Und das Ding läuft. Zwei, drei Jahre später betreibt er schon eine ganze Reihe von Discos auf der Insel, inzwischen nennt er sich übrigens Carlos, Carlos Garcia, zu der Zeit ist er auch bekannt als der ›Disco-König von Ibiza‹. Nur irgendwann sieht es dann nicht mehr so gut aus, zu viel Konkurrenz, zu viel Koks und deshalb zu viel Ärger mit den Bullen, außerdem zu viele neue Leute, die irgendwie hipper sind als unser … Alt-Hippie.« Der Hacker lachte kurz auf, bevor er weiterredete.

»Also braucht er ein kleines Nebengeschäft, um sich an den eigenen Haaren aus dem Sumpf zu ziehen, und besinnt sich wieder auf Deutschland. Bisschen Band-Management, Tourmanager und so was – und das Burning Valley Festival! Bei weitem nicht so groß wie das Festival damals auf Fehmarn, aber trotzdem ganz erklecklich, was da so an Geld rüberkommt, wenn du an Künstlern und Personal kräftig sparst. Mit welcher Masche auch immer er das hinkriegt, aber es funktioniert! Nur dass das Ganze dann mit Corona gewaltig bergab zu gehen droht …«

Es kam Hannah vor, als hätte sie gerade ein Puzzleteil entdeckt, das irgendwann auf den Fußboden gefallen sein musste. Blieb die Frage, ob es wirklich passte.

»Ich nehme an, du weißt, worum es bei dem Festival geht?«, hörte sie die Stimme des Hackers an ihrem Ohr. »Ich meine, was da so im Netz über Burning Valley steht? Die Feuertoten? Ich hab mir mal angesehen, von wem die Posts so kommen, die dann jeweils die entsprechenden Kommentare nach sich ziehen. Immer Fotos von einem gigantischen Feuer, in dem eine lebensgroße Strohpuppe brennt, und dazu so was wie: *Was glaubt ihr, wird das Feuer sich auch dieses Jahr wieder ein Opfer suchen?* Das ist der Eintrag von diesem Jahr, der vom letzten ist als ähnliche

Frage formuliert, aber im ersten Jahr nach Corona heißt es: *Es ist noch lange nicht vorbei, es fängt alles gerade erst an, das Feuer ist hungrig, passt gut auf euch auf!*«

Hannahs Gedanken rasten. Dann war es von vornherein geplant, dachte sie. Es war nicht Jenny, weil sie den Wirt verärgert hatte, es hätte ebenso gut jemand anders sein können, Jenny war nur zufällig das Opfer gewesen ...

»Von wem sind die Posts?«

Der Hacker lachte wieder. Es klang gespenstisch mit dem Voice-Decoder. »Na, wer wohl? Du weißt es doch längst!«

»Heiner. Heiner Schulz.«

»Heiner Schulz«, wiederholte der Hacker. »Hier allerdings unter dem Namen ›Heinerle‹. Ganz klein bisschen zu niedlich, finde ich, jedenfalls für einen, der da mit den Unfällen im Dorf, wo das Festival stattfindet, ordentlich Werbung für sich macht. Übrigens nicht wundern, wenn ...«

Hannah hörte, wie hinter ihr eine Autotür klappte. »Warte bitte kurz!«

Als sie sich umdrehte, kam Huber auf sie zu. »Irgendein Problem? Kann ich helfen?«

Ebenso gut hätte er gleich fragen können: Mit wem telefonieren Sie da? Worum geht es?

»Stopp!«, herrschte Hannah ihn an und streckte ihm die gespreizte Hand entgegen. »Das geht Sie nichts an. Ich bin gleich wieder bei Ihnen, bleiben Sie bitte so lange im Auto. – 'tschuldigung«, wollte sie eben das Gespräch am Handy fortsetzen, als sie merkte, dass sie Verbindung unterbrochen war. Marjas Hacker hatte in dem Moment aufgelegt, als er merkte, dass Hannah nicht mehr alleine war.

Es war zwecklos, jetzt den Versuch zu machen, ihn zurückzurufen, er würde nicht reagieren.

Aber es spielte auch keine Rolle, die Infos über Heiner Schulz reichten Hannah vollkommen aus, um sich ein Bild machen zu können. Von wegen Alt-Hippie, dachte sie – es war genau so, wie ihr Vater mal gesagt hatte: Nicht jeder Langhaarige ist in Ordnung, nur weil er aussieht wie ein Hippie.

Heiner Schulz war jedenfalls ganz und gar nicht der, für den er sich ausgab. Seine »Love and Peace«-Attitüde war nur der Deckmantel für verschiedene und mit Sicherheit zwielichtige Geschäfte. Gerade die Betreiber von Bars und Clubs hatten häufig nur allzu gute Kontakte ins kriminelle Milieu, Hannah hatte mal den Türsteher eines Berliner Clubs gekannt, der ihr so einiges erzählt hatte. Und das würde auf Ibiza kaum anders sein als in der Partyhauptstadt Berlin.

Hinzu kam, dass Heiner Schulz offensichtlich, was seine Clubs auf der Baleareninsel anging, das Wasser bis zum Hals stand, er war stark verschuldet und brauchte dringend das Geld, das er unter anderem mit dem Burning Valley Festival verdiente. Nur kam ihm dann ausgerechnet auch noch Corona in die Quere!

Der Hacker hatte seine Vermutung nicht mehr zu Ende gebracht, weil Huber dazwischengeraten war, aber es war klar, was er hatte sagen wollen: dass Heiner Schulz womöglich »nachgeholfen« hatte, um die Werbung für sein Festival wieder anzukurbeln! Die »Werbung«, die das Festival mit Sicherheit wieder in die Schlagzeilen bringen und damit neue Besucher anlocken würde.

Irgendetwas allerdings passte da nicht ganz. Sicher, eine gewisse Nähe zum Spiritismus konnte bei der Klientel des Festivals als gegeben vorausgesetzt werden, gerade in der Mittsommernacht, zur Zeit der Sonnenwende mit all ihren Mythen und Ritualen. Aber würden bei Leuten, die auf »Love and Peace« standen, die Feuertoten tatsächlich als Werbung funktionieren?

Andererseits hatte auf der Versammlung im Braunen Hirschen der Arzt ja davon gesprochen, dass die angeblichen Unglücksfälle auch übers Jahr immer mehr Touristen anlockten, die den Schauplatz mit eigenen Augen sehen wollten. Damit kam auch das Dorf wieder ins Spiel, nicht nur Heiner hatte also ein Interesse daran, das Festival nach der Zwangspause durch Corona wieder zu beleben.

Hannah merkte, wie sich ihre Gedanken verhedderten. Als sie zurück in den Streifenwagen stieg, sagte sie nur: »Entschuldigung, aber das war wichtig eben. Ich habe jetzt ein paar neue Informationen, die uns mit Sicherheit weiterbringen. Wir besprechen das am Nachmittag, wenn auch Toni ... äh, die Kollegin Martin wieder dabei ist.«

Hubers Nachfrage: »Kleiner Hinweis vielleicht schon mal? Geht es um diesen Schulz vom Festival?«, ignorierte sie vollständig.

Das Puzzleteil passte – und passte auch wieder nicht. Welche Rolle Heiner bei dem Ganzen nun wirklich spielte, was er getan oder vielleicht auch nur »arrangiert« hatte, würde sie erfahren, wenn sie ihn jetzt gleich mit den Fakten konfrontierte. Er würde nicht damit rechnen, dass sie so viel über ihn wusste, also sollte es nicht so schwierig sein, ihm eine Falle zu stellen. Vielleicht hatte er bei der

Sache mit Jenny ganz einfach die Situation ausgenutzt, er selbst hatte ja kein offensichtliches Motiv, der Wirt dagegen schon. Jenny hatte sich den Wirt zum Feind gemacht, dafür gab es zig Zeugen!

Aber der Wirt hatte ein Alibi, der kam nicht mehr in Frage. Was allerdings noch lange nicht bedeutete, dass nicht jemand anders aus dem Dorf ... Jemand, der dem Wirt noch einen Gefallen schuldete, den er jetzt eingefordert hatte. Oder jemand, den er dafür bezahlt hatte, einen »Unfall« für Jenny zu arrangieren.

Als sie in der Dienststelle von Wildbrunn eintrafen, war es bereits kurz vor eins.

Hannah wies die beiden Kollegen an, ihr bis zum Teamgespräch am Nachmittag eine Liste der Teilnehmer an der Versammlung im Braunen Hirschen zu liefern. Die Leute waren ja wahrscheinlich diejenigen, denen der Wirt am ehesten vertraute.

»Und ich würde gerne die Alibis der Leute abfragen für die Mittsommernacht vor zwei Jahren, als Jenny umgekommen ist.« Sie blickte zu Huber. »Wie alt ist der Sohn vom Wirt jetzt?«

»Hä?«

»Der Sohn, der sich den Pick-up ›ausgeliehen‹ hat.«

»Na ja, also ... zwanzig, denke ich.«

»Also war er vor zwei Jahren achtzehn. Dann hätte ich auch gerne sein Alibi.«

Es war eher eine Retourkutsche von ihr, um Huber zu zeigen, dass sie alles andere als damit einverstanden war, wie er diese Joy-Riding-Geschichte mit dem Sohn unter den Teppich gekehrt hatte. Eine billige Retourkutsche, das war ihr klar, andererseits war es vielleicht gar nicht mal völlig aus der Luft gegriffen, dass der Sohn da seinem Vater geholfen hatte …

»Die meisten aus dem Dorf waren wahrscheinlich bei den Feuern oben am Berg«, mischte sich Buckmiller ein. »Wie immer zur Mittsommernacht. Sollen sie deshalb jetzt alle verdächtig sein oder was?«

»Können Sie rauskriegen, wer bei welchem Feuer war?«, fragte Hannah anstelle einer Antwort zurück.

»Wie jetzt?«

»Mich interessieren die Leute von dem Feuer, in dem Jenny umgekommen ist. Ist doch eigentlich naheliegend, oder? Und besorgen Sie mir auch bitte gleich alle Unterlagen über die Ermittlung damals, von dem Kollegen, der inzwischen verstorben ist.«

Sie sah, dass Huber noch etwas erwidern wollte, doch im selben Moment wurde die Tür zur Dienststelle geöffnet.

Sabine hatte ihr Hippie-Outfit gegen ganz normale Straßenklamotten getauscht, fast zu schick, zu gewollt »seriös«. Die langen Haare waren im Nacken zu einem Knoten geschlungen – und sie hatte sich sorgfältig geschminkt. Ein bisschen wirkte sie wie jemand, der sich auf eine Stellenanzeige hin meldete.

»Ich bin zu früh, ich weiß«, erklärte Sabine. Sie blickte nur Hannah an, als wären die beiden Männer gar nicht vorhanden.

»Ich … hatte Heiner vorgeladen«, erwiderte Hannah irritiert. »Nicht dich.«

»Ich weiß, aber Heiner … ist verhindert. Du musst mit mir vorliebnehmen.«

»*Wo* ist Heiner?«

»Weg. Ich weiß nicht wohin. Aber ich möchte eine Aussage machen.«

Neumetzler-Hof, Wildbrunn 2023

Er hatte den kleinen Alois gemocht, immer! Hat ja auch versucht, ihm so was wie ein Vaterersatz zu sein. Hat sich wirklich alle Mühe gegeben. Hat versucht, ihm das mit der Oma zu erklären, den Unfall, wie sie vom Felsen in den Wasserfall gestürzt und ertrunken ist. Hat ihm gezeigt, wie reißend die Strömung am Fluss ist. Damit der Kleine bloß gut aufpasst und nicht zu dicht ans Ufer geht.

Hat ihn auch mit zum Angeln genommen, auf die Kiesbank raus, wo nichts passieren konnte, weil das Wasser da ganz flach ist. Und hat den Kleinen sogar zum Fußballspielen mitgeschleppt. Obwohl seine Freunde aus dem Dorf ihn dafür verspottet haben. Schlimme Sachen haben sie gesagt. Ob er mit seiner eigenen Schwester rummachen würde und der Balg vielleicht von ihm wäre und so was. Weil die Maria ja drei Kinder hatte, es aber keinen Vater dazu gab.

Der Kleine hat ihm leidgetan. Der Alois! Der noch nicht mal seinen Namen richtig aussprechen konnte. »Lui« hat er immer gesagt. Einmal war er mit dem Kleinen ganz oben auf dem Gipfel. Zum Sonnenaufgang! Hat ihn das letzte Stück auf den Schultern tragen müssen, weil der Junge noch so müde war, dass er kaum einen Fuß vor den anderen gekriegt hat.

Aber es hat sich gelohnt. Die Sonne war wie ein gleißender Ball, der alles Unrecht vergessen ließ. Da hat er sich Gott ganz nahe gefühlt und gewusst, dass alles richtig war, was er tat. Er wollte ja nur wiedergutmachen, was bei ihnen zu Hause nicht in Ordnung war. Und er war ja schließlich selber ein Opfer!

Vielleicht wollte er sich auch am Vater rächen. Dem nichts recht war, was er tat. Der ihn immer nur verprügelt hat. Mit dem Knotenstock. Manchmal auch mit der flachen Seite vom Spaten. Selbst wenn er gar nichts angestellt hatte. »Für irgendwas wird's schon gut sein«, hat der Alte dann geknurrt und nur noch fester zugeschlagen.

Aber damit war Schluss, als er sechzehn war. Da hat er sich den alten Sack geschnappt, in der Scheune, wo sie das Heu für die Ziegen hatten. Hat gewartet, bis der Alte nicht aufgepasst hat, und ihn umgehauen. Dann hat er ihm die Mistgabel auf die Brust gesetzt und gedroht, dass er sie ihm zwischen die Rippen rammt, wenn der Alte ihn noch mal schlägt.

Der Alte hat sich nass gemacht vor Angst! Das war ihm eine echte Genugtuung, das weiß er noch wie heute. Aber etwas fehlte noch.

Deshalb hat er dann auch am selben Abend die Mizzie mit rüber in die alte Wassermühle genommen. Auf den Dachboden, da, wo sonst ja nur der Alte hochdurfte. Hat es extra so gemacht, dass der ihn auch ja sieht. Damit der endlich mal begriff, dass er nicht der Einzige auf dem Hof war, der sich nehmen konnte, was er wollte.

Er weiß ja auch nicht mehr, warum er es dann immer wieder getan hat. Das mit der Mizzie. Es war gar nicht böse gemeint, es war mehr wie so ein Spiel. Er war ja doch auch erst sechzehn! Und später konnte er nicht mehr aufhören, er hat es versucht, aber es ging nicht.

Vielleicht war er sogar verliebt in die Mizzie. Sie hatte eine Haut wie Porzellan. Und wenn sie ihr Haar offen trug und nur das lange Nachthemd anhatte, sah sie aus wie ein Engel.

Aber sie war kein Engel. Und es wurde immer schlimmer mit ihr, je älter sie wurde. Schließlich wollte sie sogar weg vom Hof! Aber das konnte er nicht zulassen. Er musste sie ja vor sich selbst schützen. Vor sich selbst und vor der Welt da draußen. Sie hatte keine Ahnung, wie böse die Menschen waren.

Dass sie in anderen Umständen war, hat er gar nicht gewusst. Sie hat es ihm erst gesagt, nachdem sie die jüngere Schwester heimlich vom Hof geschickt hat. Er ist sich sicher, dass sie es war, auch wenn sie es nie zugegeben hat. Aber vorher hat sie der Vevi noch alles erzählt, das dumme Luder!

Also musste er etwas tun. Nur deshalb hat er ihr dann damit gedroht, was er mit dem Balg anstellen würde, wenn sie es bekommen sollte. Es war gar nicht ernst gemeint, er hätte das alles doch nie getan! Er wollte nur, dass sie ihm versprach, die Sache so zu lösen, wie er es sich überlegt hatte.

Dass sie dann ins Feuer gegangen ist, hat er nicht gewollt. Wirklich nicht!

Er hat sich deswegen auch immer Vorwürfe gemacht. Er hat auch nie wieder irgendetwas mit einer Frau angefangen. Als die Mizzie sich umgebracht hat, hat sie auch sein Leben zerstört.

Und es soll ihm recht sein, wenn das jetzt alles endlich zu Ende geht. Dann ist das eben so. Er wird sich nicht wehren. Er wird alles mit sich geschehen lassen. Er hofft nur, dass es schnell geht. Aber das hat sie ihm sogar geschworen. Hat ihm den Schnaps gegeben und geschworen, dass alles gut wird. Und er glaubt ihr!

3. Kapitel

Hannah zog Sabine mit sich in das winzige Büro, das ihr und Toni zugeteilt worden war, und schloss die Tür hinter sich. Sie hätte wetten können, dass Huber sich schon im selben Moment vorbeugte, um zu lauschen. Huber oder auch Buckmiller, entgegen Tonis erster Einschätzung schien der jüngere Beamte sich doch nicht allzu sehr von dem alten Kollegen zu unterscheiden.

Sie deutete auf den Küchenstuhl vor ihrem Schreibtisch. »Setz dich. So, und jetzt noch mal ganz von vorne, Sabine. Wo ist Heiner? Du weißt es, also lüg mich nicht an, bitte!«

»Kann ich ein Glas Wasser haben?« Sabine nickte mit dem Kopf zu dem Glas und der angebrochenen Flasche Mineralwasser, die auf dem Schreibtisch stand.

Hannah schob ihr beides über die Tischplatte, ohne zu erwähnen, dass sie keine Ahnung hatte, wie lange Glas und Flasche da schon standen, geschweige denn, wer zuletzt daraus getrunken hatte.

»Danke.« Sabine trank mit gierigen Schlucken. Als sie das Glas absetzte und aufblickte, wirkte sie ... verzweifelt, dachte Hannah. Nein, nicht verzweifelt, eher wütend. Wie jemand, der zu lange geschwiegen hatte und jetzt endlich seinem Gegenüber die Meinung sagen wollte. Wobei das Gegenüber in diesem Fall gar nicht Hannah war, Hannah fungierte nur sozusagen als Stellvertreterin ...

»Ich hasse ihn! Er ist ein ganz großes … Ein Arschloch!«

Für einen kurzen Augenblick schien es, als würde Sabine in Tränen ausbrechen. Aber sie fing sich wieder, ihre Wut war offensichtlich größer als ihr Kummer. »Alle Welt glaubt, Heiner wäre der nette Alt-Hippie, der noch immer an ›Love and Peace‹ und das alles glaubt. Und er kriegt es auch immer wieder hin, die Leute davon zu überzeugen, dass es ja für die ›gute Sache‹ ist, was sie tun! Nicht ein Einziger von den Stage-Hands wird bezahlt, genauso bei den Ordnern, das läuft alles unter ›Freak Work‹!«

Hannah sah, wie sich auf Sabines Hals rote Flecken abzeichneten, die höher stiegen und sich über die Wangen ausbreiteten, je mehr sie sich in Rage redete.

»Genauso ist es mit den Klowagen, die kriegt er umsonst zur Verfügung gestellt, weil er ja ›der Heiner‹ ist mit seinem einmaligen Hippie-Festival! Und weil die ursprünglichen Musiker längst tot oder zumindest zu alt sind, um noch aufzutreten, sind es ja alles Coverbands, also ist auch die Gage, die sie kriegen, der absolute Witz, eigentlich sind es nur die Fahrtkosten, und das war's auch schon, aber dafür dürfen sie hinterher damit werben, dass sie beim Burning Valley dabei waren. Die Marktstände, die Essensbuden und das Café zahlen sogar noch drauf, nur um dabei zu sein. Die einzigen wirklichen Unkosten, die er hat, sind Strom und Wasser und die Pacht für das Gelände. Da weiß ich übrigens nicht, was für einen Deal er mit diesem Neumetzler hat, ich glaube aber ganz sicher, dass er den genauso eingewickelt hat wie alle anderen hier!«

»Bis auf dich?«

Sabine schüttelte den Kopf. »Leider war ich auch lange

genug zu blöd, um zu merken, wie er wirklich ist. Saublöd von mir, schon klar, ich weiß schließlich mehr über ihn als die meisten anderen!«

Hannah nickte nur. Sie brauchte nicht nachzufragen, Sabine würde von ganz alleine sagen, was sie loswerden wollte. Nur deshalb war sie hergekommen.

Und genau so war es dann auch. Wie Hannah es sich schon gedacht hatte: Sabine hatte eine Liebesbeziehung mit Heiner gehabt. Viele Jahre lang, schon in der Zeit auf Ibiza, wo sie als Sekretärin in seinem Disco-Imperium gearbeitet hatte.

Sabine wusste also auch von den krummen Touren, die Heiner über die Jahre gemacht hatte, einschließlich der verschiedenen Namen, mit denen er sich jedes Mal eine neue Identität verschaffte, wenn es eng wurde. Und Sabine war dabei gewesen, als er die Idee zum Burning Valley Festival ausgearbeitet hatte.

»Eigentlich war es sowieso meine Idee, ich hatte ihm von einem Festival in der Nähe von Hannover erzählt, auf dem ich gewesen war. Ein kleines Festival, viel kleiner als die Fusion oder so was wie das Hurricane, aber mit den Vibes und der ganzen … Magie eines Paralleluniversums. Ich weiß nicht, wie ich es anders sagen soll«, setzte sie als Erklärung für Hannah hinzu, »entweder, man merkt das sofort, oder … eben nicht. So wie bei uns, du bist da gewesen …«

»Ich weiß, was du meinst«, erwiderte Hannah auf Sabines unausgesprochene Frage. »Es hat etwas Friedliches.« Sie suchte nach den richtigen Worten. »Es ist anders als …«

»Okay, hör auf! Ist nicht deine Welt, schon klar, aber egal, glaub mir einfach, es *ist* anders, wenn du dich drauf einlässt. Und so haben wir auch das Burning Valley konzipiert, mit der ganzen Mystik der Sonnenwendfeuer, die sie hier überall haben. Daher ja auch der Name. Außerdem war von Anfang an klar, dass wir auch kein Band-Line-up mit Elektro oder Hip-Hop wollten, sondern einfach nur back to the Seventies, aber so was von! Weil es die Leute ja immer noch gibt, die darauf stehen, und sie sind echt dankbar, wenn sie noch einmal ›ihre‹ Musik von damals hören dürfen. Viele von den Jüngeren fahren übrigens genauso darauf ab, hast du ja gesehen.«

»Und du und Heiner?«, hakte Hannah jetzt doch nach, ohne genauer auszuführen, was sie wissen wollte.

Aber Sabine verstand sie auch so. »Es war okay. Mehr als okay. Wir haben gut zusammengearbeitet. Bis dann ... Irgendwann lief es eben nicht mehr so gut. Als würde irgendwas fehlen zwischen uns. The thrill was gone, verstehst du? Vielleicht auch, weil ich zu viel über ihn wusste – und das ist nie gut, wenn du alle Geheimnisse von jemandem kennst und genau weißt, wie er tickt. Jedenfalls nicht bei einem Narzissten wie Heiner.«

»Aber du bist bei ihm geblieben?«

Sabine zuckte mit den Schultern, ohne etwas zu sagen. Doch die Geste war Erwiderung genug – wahrscheinlich hatte sie Heiner wirklich geliebt, hatte die Hoffnung gehabt, dass es zwischen ihnen wieder besser werden würde, hatte auch nicht gewusst, was sie sonst hätte machen sollen, hatte nicht den Mut dazu gehabt, etwas in ihrem Leben noch mal grundlegend zu ändern. Hannah kannte all die Antworten, es war lange her, aber sie war denselben Weg gegangen, bevor sie endlich den Absprung geschafft hatte.

»Heiner hat gelogen, als ich ihn gefragt habe, ob er nach der Sache mit Jenny vorm Laden noch mal mit dem Wirt geredet hat oder im Braunen Hirschen war«, sagte sie mit ruhiger Stimme. Es war eine Feststellung, keine Frage. Als Sabine nicht reagierte, setzte sie hinzu: »Ich hab dein Gesicht gesehen, Sabine. Heiner hat gelogen!«

»Vielleicht, ich bin mir nicht sicher. Ich weiß nicht, ob er noch mal mit dem Wirt geredet hat. Aber ich weiß, was er euch *nicht* erzählt hat.«

»Und?«

»Als sie damals oben am Berg die Feuer angezündet haben, war er mit mir im Zirkuswagen. Ich hab mich noch gewundert, weil alle anderen bei uns am Feuer waren, wir haben ja auch immer mindestens eins auf dem Gelände, meistens mehrere. Und sonst war Heiner immer der Erste, der über die Flammen gesprungen ist. Aber diesmal wollte er ... Wir waren die ganze Zeit im Wagen und hatten Sex. Das erste Mal seit langem wieder. Heiner konnte nicht genug bekommen, er hatte auch irgendwas genommen, glaube ich. Es war, als wollte er ... alles vergessen, was mit uns schiefgelaufen war. Dachte ich. Aber vielleicht wollte er vor allem nicht daran denken, was oben am Berg passierte.«

»Du meinst, er wusste, dass Jenny ...«

Sabines nächster Satz ließ Hannah frösteln.

»Er hat sie am Nachmittag ja noch hochgebracht. Ich war sogar ein bisschen eifersüchtig, wie viel Süßholz er geraspelt hat, damit sie mit ihm da hochläuft. Angeblich, um zu sehen, wie sie die Strohpuppen binden! Als er zurückkam, war er alleine. Jenny wollte noch oben bleiben, hat er behauptet. Ich dachte, dass sie vielleicht Streit gehabt hatten, weil er … was von ihr wollte und sie nicht. Irgendwie so was. Aber dann habe ich auch nicht mehr daran gedacht.« Sabine schluckte. »Erst wieder, als … als sie Jennys Leiche im Feuer gefunden haben und die Bullen da waren und das alles.«

»Aber du hast nichts gesagt? Zu den Bullen?«

»Hab ich nicht, nein. Und Heiner hat geschworen, dass er keine Ahnung hatte, was da passiert war, er wäre schon auf halbem Weg wieder umgekehrt, weil sie ihn mit ihrem Gelaber genervt hätte. Die ganze Zeit nur wegen dem Wirt. Und dass wir alle etwas tun müssten gegen solche Typen, damit sie es endlich begreifen. Reifen zerstechen und so was. Oder mindestens eine Demo im Dorf. Ich hab's ihm geglaubt. Vielleicht weil ich ihm glauben wollte. Und dann haben wir nie wieder drüber geredet. Obwohl …«

»Ja?«

»Es stimmt nicht ganz, wir hatten noch mal richtig Streit, weil er … den Tod von Jenny quasi als Werbung benutzt hat. Fürs Festival, verstehst du? *Das* Festival mit diesen Unglücksfällen in der Mittsommernacht, als wäre es eine Art von … Bestimmung, dass hier immer jemand im Feuer stirbt. Jenny war ja nicht die Erste. Und dann letztes Jahr auch wieder. Klar, es passt nur zu gut zu seiner idiotischen Idee, mal ein bisschen die Fühler auszustrecken, ob wir nicht auch interessant für irgendwelche okkulten Gruppierungen sein könnten, so was wie die ›Neuheiden‹, du weißt schon, so Typen, die sich den vorchristlichen Naturreligionen verbunden fühlen. ›Das sind über 100 000 Anhänger allein in Deutschland‹, hat er gesagt, ›das ist bares Geld, wenn wir die kriegen.‹«

Hannah hatte schon häufiger mit entsprechenden Gruppierungen zu tun gehabt, sie wusste, dass die »Neuheiden« eher dem linken Teil des politischen Spektrums zuzurechnen waren, Feminismus und Schutz der Umwelt als klar formulierte Ziele, explizit antifaschistisch. Aber gerade in letzter Zeit waren da auch zunehmend Leute aufgetaucht, die eindeutig zur rechtsextremen Szene gehörten und versuchten, hier ein paar neue Fans für sich zu gewinnen. Ähnlich wie Heiner, nur dass dessen Interesse rein geschäftlich gewesen war …

Sie sah, wie Sabine die Lippen zusammenpresste, im selben Moment wurde ihr klar, dass Sabines Geschichte noch nicht zu Ende war. Da gab es noch etwas, bei dem Heiners Geliebte mit sich kämpfte, ob sie es wirklich erzählen sollte.

»Und heute? Was ist genau passiert?«, versuchte sie, Sabine dazu zu bringen weiterzureden. »Du hast Heiner gesagt, dass ich ihn vorlade, weil ich ihn ganz offiziell vernehmen will. Und dann?«

»Er hat mich angebrüllt! Warum ich euch überhaupt in den Pressewagen gelassen habe und so weiter. Als wäre es alles meine Schuld! Und ich war sauer, ich lasse mich nicht anbrüllen, von niemandem, und schon gar nicht von einem, mit dem ich zig Mal in der Kiste war. Ich habe ihm gesagt, dass er mir entweder *alles* erzählt, was da mit Jenny war, oder ich würde selbst zu euch gehen und eine Aussage machen.«

»Und?«

»Er hat behauptet, dass er Jenny … dass er mit dem Wirt oben an einer Berghütte verabredet war, ein ganzes Stück weg von dem Berghang, wo eigentlich die Feuer brennen. Mit dem Wirt und noch ein paar anderen aus dem Dorf. Die wollten noch mal in Ruhe mit Jenny reden und sich auch entschuldigen und so. Heiner sollte sie nur zu ihnen bringen.«

»Das ist jetzt nicht wahr, oder? Sabine! Wenn das wirklich stimmt, dann muss ihm doch klar gewesen sein, dass …« Hannah merkte, wie schrill ihre Stimme geworden war. Sie beugte sich vor und sagte leiser: »Außerdem verstehe ich nicht, warum er da den Handlanger für die Dorfleute gespielt haben sollte!«

»Weil sie ihm damit gedroht haben, dass es das sonst gewesen wäre mit dem Festival. Dann würde es nie wieder stattfinden, jedenfalls nicht in Wildbrunn.«

»Moment! Hast du gerade gesagt, der Wirt wäre auch dabei gewesen? Der Wirt hat ein Alibi für den Tag und die Nacht, er war im Krankenhaus!«

»Heiner hat gesagt, der Wirt war dabei. Und übrigens auch dieser Neumetzler, der jetzt gerade verschwunden ist und von dem wir ja immer die Wiese pachten. Aber ich weiß nicht, was ich glauben soll! Ich weiß nicht, ob ich Heiner überhaupt noch irgendwas glauben kann.«

Jetzt schluchzte sie laut auf. »Er hat mich gewürgt, hier!« Sie zog das Tuch zur Seite, das sie um den Hals geschlungen hatte, und zeigte Hannah die Würgemale. »Gewürgt und weiter rumgeschrien. Und dann hat er ein paar Sachen von sich zusammengepackt und das Geld genommen, das im Tresor war, und ist weg. Mit dem Motorrad.«

»Wie lange ist das her?«

»Eine Stunde vielleicht.«

Hannah griff schon nach dem Telefon, während sie noch fragte: »Hast du das Kennzeichen vom Motorrad?«

»Nein. Aber es ist eine spanische Nummer, und das Motorrad ist eine Triumph.«

»Eine Enduro-Maschine«, ergänzte Hannah. »Habe ich gesehen, als er gestern damit auf den Platz gekommen ist. Ein Motorrad, mit dem man auch ins Gelände kann.«

Sabine nickte. »Das hat er auch öfter gemacht. Und ich glaube, er ist … nicht nach Wildbrunn, sondern auf die alte Passstraße ins andere Tal rüber. Die Straße, die noch gesperrt ist wegen der Geröllawine, die da im Frühjahr runtergekommen ist.«

Hannah hatte gerade die Fahndung nach Heiner Schulz alias Brink alias Garcia rausgegeben, als sich ihr Handy erneut meldete. Toni!

»'tschuldigung«, raunte sie Sabine zu, während sie das Gespräch schon annahm, »kannst du kurz draußen warten? Aber renn nicht weg, ich will noch mit dir reden! Lass dir von dem jüngeren Kollegen einen Kaffee geben.«

Sie wartete noch, bis Sabine die Tür hinter sich geschlossen hatte, dann sagte sie: »Okay, Toni, was gibt's? Wo bist du?«

»Noch in der Stadt, im Kommissariat. Wegen der Dateien, du weißt schon, die Berichte über die Feuertoten. Weil nichts passiert ist, wollte ich sie mir jetzt selber runterladen.«

»Und?«

»Sind alle gelöscht.«

»Was?«

»Gelöscht. Du hast richtig gehört.«

»Aber ... wann? Von wem?«

»Letztes Jahr schon, kurz nachdem der Fall Johann Neumetzler abgeschlossen war. Während ich Urlaub hatte! Von wem, ist nicht nachvollziehbar, unser IT-Mann hat schon alles versucht, keine Chance.«

»Und sind die Akten selber noch im Archiv? Ihr habt doch bestimmt alles auch ausgedruckt, ist schließlich eine Behörde!«

»Hatten wir. Aber als alle Berichte digitalisiert waren, sind die Akten im Schredder gelandet. Unnützen Lagerraum sparen! Nur die allererste Akte ist noch da, mit der Frau von Xaver Neumetzler, der Sturz vom Felsen. Der Bericht ist nie digitalisiert worden, deshalb. Ich war schon im Archiv, ich hab die Akte hier.«

Mittsommer, 17.00 Uhr

»Wie willst du es machen? Na los, sag es mir. Wenigstens das! Wenn du mich schon umbringst, dann will ich vorher wissen, wie!«

Sie will ihn provozieren. Es muss eine Möglichkeit geben, ihn zum Reden zu bringen. Auf nichts, was sie bisher versucht hat, reagiert er. Weder auf ihre Wut noch auf ihr Weinen. Aber sie muss so etwas wie einen Kontakt herstellen. Nur dann hat sie vielleicht noch eine Chance. Wenn er sie nicht länger als wehrloses Ding sieht, als ein Objekt, mit dem er tun und lassen kann, was er will.

Sie muss ihn zwingen, dass er sie als Menschen wahrnimmt. Als jemanden, der seine Gefühle durcheinanderbringt. Als Frau, die seine innersten Wünsche erkennt, seine Geheimnisse errät.

»Nimm die dämliche Maske ab. Ich weiß ja, wer du bist. Also los, komm, ich will dein Gesicht sehen, deine Augen. Du wirst mich verbrennen, richtig? Wie willst du es genau tun? Mir noch eine Spritze geben, um mich wieder zu betäuben? Und mich dann in die Stoffbahnen einwickeln, so wie ihr es sonst mit den Strohpuppen macht? Ziehst du mich vorher aus?«

Sie sieht, wie sein Kopf hochruckt. Jetzt kommt es drauf an, denkt sie.

»Du ziehst mich aus, richtig? Du willst mich nackt sehen.

Du willst ein Foto zur Erinnerung machen. Du willst wissen, ob ich da unten rasiert bin …«

»Hör auf!«, brüllt er. »Halt dein Maul!«

Aber sie denkt gar nicht dran.

»Ist es das, worauf du stehst? Was dich anmacht? So glatt rasiert wie … deine Tochter? Bindest du sie auch auf das Bett, wenn du …«

Sie hat den Schlag nicht kommen sehen. Und er schlägt mit voller Kraft zu. Genau auf den Mund. Zum Glück nicht mit der Faust, nur mit dem Handrücken. Aber das reicht. Der Schmerz lässt grelle Lichtblitze vor ihren Augen explodieren, sie kann das Blut von ihrer aufgeplatzten Lippe schmecken, in ihren Ohren schrillt ein Pfeifen, das jeden klaren Gedanken verhindert.

Sie rechnet damit, dass er noch ein zweites Mal zuschlagen wird.

Aber er dreht sich nur um, richtet den Stuhl auf und setzt sich an den Tisch. Mit dem Rücken zu ihr. Als er anfängt zu reden, begreift sie schon nach den ersten Sätzen, dass er die Wahrheit sagt.

4. Kapitel

Der Arzt im Krankenhaus war eindeutig übermüdet. Als er über den Gang geschlappt kam, wirkte er, als könnte er sich kaum noch auf den Beinen halten. Der dunkle Bartschatten auf Kinn und Wangen verstärkte noch den Eindruck, dass er zu lange zu wenig Schlaf bekommen hatte.

»Hauptkommissarin Martin, Kriminalpolizei«, eröffnete Toni das Gespräch. »Und meine Kollegin Meyer, wir brauchen eine Information von Ihnen. Wir haben schon mit Ihrer Sekretärin gesprochen, aber am Telefon darf sie keine Auskunft geben, wie sie gesagt hat. Deshalb sind wir jetzt hier.«

Der Arzt warf nur einen flüchtigen Blick auf die Ausweise, die ihm Hannah und Toni präsentierten, dann nickte er und winkte sie mit dem Kopf ins Arztzimmer.

»Setzen Sie sich.« Er wies auf die beiden Stühle vor seinem Schreibtisch. »Worum geht es?«

»Wir möchten Sie bitten nachzusehen, von wann bis wann genau vor zwei Jahren zur Mittsommernacht ein gewisser Klaus-Peter Fischbauer aus Wildbrunn hier bei Ihnen auf Station war«, erklärte Toni. »Höchstwahrscheinlich wegen einer Blinddarm-OP. Können Sie das für uns raussuchen?«

Wieder nickte er nur, während er seinen PC hochfuhr.

»Klaus-Dieter wie?«

»Klaus-Peter!«, korrigierte Toni. »Fischbauer.«

»Fisch-bau-er, alles klar.« Der Arzt tippte mit zwei Fingern.

Toni warf Hannah einen ungeduldigen Blick zu.

Hannah zuckte mit den Achseln. Es war egal, ob es nun eine Minute mehr oder weniger dauerte, Hauptsache, sie würden ihre Information bekommen. Dann konnten sie den Wirt entweder endgültig von der Liste der Verdächtigen streichen oder ihn umgehend wegen Mordverdachts verhaften.

Nach ihrem erfolglosen Telefonat mit dem Krankenhaus hatten sie entschieden, das als Erstes zu überprüfen. Das hieß zwar, dass Toni praktisch sofort wieder zurückfahren musste, kaum dass sie in Wildbrunn eingetroffen war, aber Huber oder Buckmiller hatten sie mit dieser Aufgabe nicht losschicken wollen. Die Gründe dafür lagen auf der Hand, immerhin hatte Huber ihnen ja das Alibi des Wirts geliefert – nur dass das eben im Widerspruch zu der Aussage von Sabine stand.

Hannah hatte Toni noch in Sabines Beisein über die wesentlichen Punkte ihres Gesprächs informiert, Sabine hatte ein kurzes Protokoll unterschrieben und war dann wieder zurück aufs Festival. Sie war ja jetzt diejenige, die sich um den weiteren Ablauf kümmern musste. Das Festival abzubrechen, kam nicht in Frage – und Hannah hatte keinen Zweifel daran, dass Sabine genau wusste, was zu tun war, sie war schließlich oft genug dabei gewesen. Wahrscheinlich hatte sie auch früher schon einen Großteil der Arbeit erledigt. Und das, ohne sich deshalb auch nur halb so wichtigzumachen wie ein gewisser Heiner!

»Yep, hab ihn!« Die Stimme des Arztes riss Hannah aus ihren Gedanken. »Fischbauer, Klaus-Dieter …«

»Klaus-Peter!«, kam es genervt von Toni.

Der Arzt blickte hoch und grinste. »Ich weiß, sollte nur ein kleiner Witz sein.«

»Haha, lange nicht so gelacht! Also, was ist jetzt? Wann genau war er hier? Vor allem der Tag, an dem er bei Ihnen aufgenommen wurde, ist wichtig. Tag und Uhrzeit!«

»Jaja, kommt ja gleich.«

Der Krankenhausarzt erinnerte Hannah an ihren Zahnarzt, die gleichen graumelierten Schläfen zu den ansonsten noch dunklen Haaren, die gleichen Lachfältchen in den Augenwinkeln – und offensichtlich sogar die gleiche Art von Humor. Die ihr Zahnarzt allerdings mit Vorliebe dann einsetzte, wenn sie den Mund sperrangelweit offen hatte und unmöglich reagieren konnte.

»Das ist merkwürdig …« Der Arzt starrte kopfschüttelnd auf den Bildschirm.

»Was?«, hakte Toni sofort nach.

»Er war am 21. Juni um 15.20 hier. In der Aufnahme hat er über Bauchschmerzen und Übelkeit geklagt, die Symptome deuteten auf eine mögliche Appendizitis hin, Blinddarmentzündung.« Er sah wieder hoch. »Ist immer schwierig bei Blinddarm, die Symptome sind nicht unbedingt eindeutig. Aber wir haben ihn auf Station gebracht, erst mal zur Beobachtung.« Er zog die Augenbrauen zusammen und deutete mit dem Zeigefinger auf Hannas Stirn. »Was ist das für eine Beule? Tut das weh? Kopfschmerzen oder Konzentrationsschwierigkeiten? Besondere Lichtempfindlichkeit?«

»Nein, alles gut«, beeilte sich Hannah, ihn zu beruhigen. »Ich bin … aus Versehen gegen den Türrahmen gelaufen.«

»Jetzt lache ich gleich mal!«, war der Kommentar des Arztes. »Nein, im Ernst: Passen Sie mit so was auf, eine Gehirnerschütterung ist kein Witz, das sollten Sie nicht auf die leichte Schulter nehmen.«

»Ich bin in Ordnung, wirklich«, wiederholte Hannah, während sie gleichzeitig einen stechenden Kopfschmerz in ihrer Schläfe spürte, ganz kurz nur, dann war es wieder vorüber.

Toni holte tief Luft, dann stand sie auf und ging um den Schreibtisch herum, um dem Arzt über die Schulter zu blicken. »Weiter! Sie hatten ihn aufgenommen. Und dann?«

Er tippte auf den Bildschirm. »Sehen Sie hier, den Vermerk? *Patient um 17.10 auf eigene Verantwortung entlassen*«, las er vor. »Aber das ist noch nicht alles.«

Jetzt trat auch Hannah hinter ihn. Sie sah den entsprechenden Eintrag im gleichen Moment, in dem Toni laut sagte. »22.40 Uhr! Da ist er wieder aufgetaucht.«

»Und hat sich zum zweiten Mal einweisen lassen«, ergänzte der Arzt, während er weiter nach unten scrollte. »*Patient hat sich zweimal übergeben*, die Schwester hat notiert, dass er stark nach Alkohol roch. Die Nacht ist dann ohne Zwischenfälle verlaufen, keine Anzeichen weiter, dass etwas nicht stimmte, nur seine eigene Aussage, dass er wieder Schmerzen hätte. Blutdruck war reichlich hoch, aber das hat nicht unbedingt was zu sagen, Krankenhaus ist Stress, das haben wir häufig bei Patienten. Untersuchung durch den Kollegen hier ohne irgendwelche Ergebnisse, Appendizitis ausgeschlossen, Abschlussdiagnose möglicherweise Gastroenteritis, Magen-Darm-Grippe für Nichtmediziner. Wir haben ihn noch einen Tag zur Beobachtung hierbehalten, aber das war's dann. *Patient entlassen am 23. Juni morgens um 9.45 Uhr*, direkt nach der Visite. Hilft Ihnen das jetzt weiter?«

»Von kurz nach fünf bis abends um kurz vor elf«, murmelte Hannah abwesend. War das Ganze jetzt auch wieder einer dieser Deals von Huber mit den Dörflern? Im Sinne von: Keine Krähe hackt der anderen ein Auge aus? Oder war die fehlerhafte Überprüfung des Alibis einfach nur eine ganz große Schlamperei?

»Etwas über fünf Stunden Zeit, das reicht allemal, oder?«, sagte sie laut und drehte sich zu Toni.

»Das reicht«, erwiderte Toni. »Damit haben wir ihn.«

Der Arzt fuhr sich mit der Hand durch den ohnehin wirren Haarschopf. »Verstehe ich das richtig? Hat da jemand versucht, sich ein Alibi zu verschaffen?«

Toni lächelte. »Jetzt sagen Sie bloß noch, dass Sie schon als kleiner Junge immer gerne Polizist werden wollten. Oder mindestens Privatdetektiv! Nein, nein, schon gut – ich verrate Ihnen auch ein Geheimnis: Ich wollte früher unbedingt Hirnchirurgin werden! Aber irgendwie hat es nicht geklappt, schade eigentlich.«

Sie waren kaum wieder auf dem Gang, als Hannah sagte: »Dieser verdammte Huber! Kann es wirklich sein, dass er einfach nur völlig unfähig ist?«

»Glaube ich nicht. Aber könnte trotzdem sein, angenommen, er hat nur gefragt, wann der Wirt aufgenommen worden ist und wann wieder entlassen. Diese Entlassung auf eigene Verantwortung hat der Arzt eben ja auch nur gesehen, als er den Bericht überflogen hat. Das muss bei Huber nicht so gewesen sein. Aber es ist egal, Hannah!« Sie griff nach Hannahs Ellbogen. »Wir schnappen uns jetzt den Wirt! Das reicht zumindest, um ihn zur Vernehmung zu holen. Zur Not auch mit Handschellen. Dringender Tatverdacht in einem Mordfall! Sein Alibi kann er vergessen – die Zeit, in der er eben *nicht* hier war, passt zu der Geschichte, die Heiner angeblich Sabine erzählt haben soll. Also los!«

»Warte! Wir sollten ihn hier in der Stadt vernehmen, bei dir im Kommissariat. Ohne dass Huber und Buckmiller was davon mitkriegen. Ich denke, du solltest ihn auch gleich mit zwei Kollegen von hier holen. Und vorher auf keinen Fall Huber und Buckmiller informieren …«

»Du willst nicht dabei sein?«

»Ich habe mir gerade was anderes überlegt. Der Wirt ist eine Sache, aber das ist wieder die Geschichte mit dem Hippie-Mädchen und hat überhaupt nichts mit dem Scheiß auf dem Neumetzler-Hof zu tun. Hol den Wirt, wir nehmen ihn uns dann gemeinsam vor, aber bis du zurück bist, kann ich die Zeit nutzen und … Das Altersheim ist nur zwei Straßen weiter! Ich besuche diesen Xaver Neumetzler so lange. Und komme danach direkt zu dir ins Kommissariat rüber, okay?«

Tonis Haltung wechselte von einem Moment zum nächsten zu deutlicher Ablehnung. »Was soll das? Gibst du jetzt hier etwa die Anweisungen, wie was zu laufen hat? Dann möchte ich dich aber darauf hinweisen, dass ich da nicht mitmache. Ich bin nicht dein Laufbursche, falls du das denkst.«

»Hey, Toni! Komm mal wieder runter! So habe ich das doch überhaupt nicht gemeint. Ich dachte nur ... Wir haben keine Zeit zu verlieren, das ist es. Und wir müssen auch nicht alles zusammen machen. Lass es uns aufteilen, wie wir es ja sowieso schon vorhatten! Aber es ist viel einfacher, wenn du jetzt mit den Kollegen nach Wildbrunn fährst, mit denen du ja auch sonst arbeitest. Das ist alles, weshalb ich dir den Vorschlag gemacht habe. Komm, wir müssen uns deshalb nicht streiten, bitte!«

»Müssen wir nicht, stimmt. Ich ruf dich an, wenn wir den Wirt im Auto haben und zurückfahren.«

Toni drehte sich abrupt um und lief ohne ein weiteres Wort zum Fahrstuhl.

Was ist das denn jetzt?, dachte Hannah ratlos. So hatte sie Toni ja noch gar nicht erlebt, das passte auch gar nicht zu ihrer sonstigen Art. Es war eine vollkommen fremde Seite von ihr, die sie gerade kennengelernt hatte. Eine Seite, die nicht sonderlich angenehm war. Und für die Hannah keinerlei Erklärung hatte. Außer dass Toni der ganze Fall genauso naheging wie auch ihr. Noch auf der Fahrt von Wildbrunn in die Stadt hatten sie nach einer Lösung gesucht, wie sie verhindern konnten, dass Alois Neumetzler tatsächlich im Feuer landete, falls sie ihn nicht rechtzeitig finden würden. Immer vorausgesetzt, dass er überhaupt noch am Leben war. Aber es gab keine Lösung!

»Jedes Feuer am Berg überwachen«, hatte Toni vorgeschlagen. »Was anderes fällt mir nicht ein.«

Sie wussten beide, dass sie nie die Leute bekommen würden, die sie dafür brauchten. Den Rest der Fahrt hatten sie geschwiegen. Ihr Frust und die Nervosität waren fast körperlich spürbar gewesen. Und jetzt hatte Toni für einen Moment die Kontrolle verloren, das war alles. Zumindest hoffte Hannah, dass das die Erklärung für ihr Verhalten war.

Sie wollte eben den Weg durchs Treppenhaus nach unten nehmen, als sie zögerte. Wenn sie schon mal im Krankenhaus war, konnte sie den Arzt von eben auch gleich noch um einen weiteren Gefallen bitten. Er schien ja durchaus bereitwillig, sich nicht sonderlich um irgendwelche Datenschutzbestimmungen zu kümmern ...

»Na, zurück, damit ich mir doch noch Ihren Kopf ansehe?«, empfing er sie, als sie kurz geklopft und die Tür geöffnet hatte.

»Nein, ich habe eine ganze andere Bitte.«

Während sie ihm noch erklärte, was sie gerne wissen wollte, wurde ihr bereits klar, dass es wahrscheinlich völlig unsinnig war. Wenn es überhaupt eine Untersuchung hier im Krankenhaus gegeben hatte, dann war es über zwanzig Jahre her – und damit zu einer Zeit, als solche Berichte mit Sicherheit noch nicht digital erfasst und gespeichert wurden. Und dass es in irgendeinem Keller noch Akten aus dieser Zeit geben sollte, war sicher ebenso abwegig.

Umso mehr überraschte sie jetzt die Antwort des Arztes.

»Da haben Sie aber Glück. Wir hatten hier vor ein paar Jahren ein vom Land bezahltes Projekt, da hat eine Gruppe von Informatikstudenten alles digitalisiert, was sie in die Finger kriegen konnten. Wir hätten das Geld lieber in die medizinische Versorgung investiert, wo es dringend benötigt wurde, aber wir sind ja nur die Ärzte hier, die fragt man gar nicht erst nach irgendwelchen Prioritäten.«

Die Frustration war ihm deutlich anzuhören. Was er da berichtete, kannte Hannah auch aus anderen Bereichen, nicht nur aus ihrem eigenen Berufsfeld, sondern ebenso aus der Schule, auf der ihr Sohn war, und sogar von ihrer kleinen Nordseeinsel. Egal, ob es die Naturschutzbehörde, das Bauministerium oder das Amt für Küstenschutz war – die Entscheidungen von Behörden entbehrten oftmals jeglicher Sachkenntnis. Wirklich haarsträubend wurde es dann, wenn eine Behörde entschied, jemanden mit Migrationshintergrund ausweisen zu lassen, obwohl er die Schule in Deutschland abgeschlossen und einen Ausbildungsplatz hatte, während er noch nicht mal mehr die Sprache des Landes sprach, aus dem er als kleines Kind hatte flüchten müssen. Sie hatten gerade erst einen solchen Fall gehabt, mit der Tochter einer Syrerin, die auf der Insel arbeitete.

Gegen eindeutige Clan-Strukturen hingegen wurde nur wenig oder gar nichts unternommen. Geldwäsche, Waffenhandel, Menschenschmuggel, Frauen, die verschleppt und zur Prostitution gezwungen wurden: Die Liste ließ sich schier endlos fortsetzen, bis hin zu sogenannten Reichsbürgern und rechtsradikalen Gruppen oder Parteien – alles Bereiche, in denen die Behörden oft genug blind zu sein schienen. Oder auch einfach nur aus Faulheit nicht gewillt, etwas zu unternehmen.

Hannah wusste nur zu gut, wovon sie sprach …

»Wie?« Der Arzt hatte ihr offensichtlich eine Frage gestellt, die sie nicht mitbekommen hatte. »Entschuldigung, ich war in Gedanken gerade ganz woanders. Was haben Sie gesagt?«

»Und Sie sind sicher, dass ich mir Ihren Kopf nicht lieber doch mal ansehen sollte?«

»Bin ich, ja. Mir fehlt nichts. Was war also Ihre Frage?«

»Ob Sie gleich runterwollen, dann würde ich Sie ankündigen. Schon gut«, winkte er ab, als er sah, dass sie kein Wort verstand, »also noch mal von vorne. Wir haben da jetzt so einen Algorithmen-Fuzzi im Keller sitzen, der wahrscheinlich über kurz oder lang wegen akutem Sauerstoffmangel, Herz-Kreislauf-Problemen und Bandscheibenvorfall frühpensioniert wird, aber für Sie ist er jetzt genau der, den Sie suchen. Immer vorausgesetzt, Sie wollen sich die flimmernde und piepende IT-Hölle da unten wirklich antun. Sie nicken? Gut, ich sage Bescheid, dass Sie kommen.«

Tatsächlich erwies sich der »Algorithmen-Fuzzi« dann als nicht nur kompetent, sondern überaus liebenswürdig, obwohl seine ungesunde Gesichtsfarbe darauf schließen ließ, dass er wirklich kaum ans Sonnenlicht kam, sondern ganz und gar in dieser futuristisch anmutenden Welt im zweiten Kellergeschoss lebte.

Hannah fragte sich unwillkürlich, ob jemand wie dieser junge Mann mit der Stirnglatze und der dicken Hornbrille wohl eine Freundin hatte, eine Frau, Kinder. Oder was für Leute seine Freunde sein mochten, falls er überhaupt so was wie soziale Kontakte hatte. Wahrscheinlich lebt er noch bei seiner Mutter, war schließlich das Fazit von Hannahs Überlegungen. Und seine größte Freude besteht darin, sich mit Gleichgesinnten über die neuesten Algorithmen-Formeln auszutauschen. Selbstverständlich nur im Netz, auf gar keinen Fall im persönlichen Kontakt. Aber vielleicht tat sie ihm auch unrecht.

Schließlich gab es ja auch bei den IT-Leuten solche Typen wie den Hacker in Berlin, dessen Fähigkeiten sie überaus zu schätzen wusste. Trotzdem hoffte sie im Stillen, dass ihr Sohn sich später bloß nicht allzu sehr für diese Szene begeistern würde.

»Neumetzler, Mizzie, haben Sie gesagt, 2002?«, kam es jetzt von dem Bleichgesicht vor seinem Bildschirm.

»Ja, genau.«

»War hier zur Untersuchung. Am 6. Juni.«

Hannah hatte also richtiggelegen. Es war nur eine Vermutung gewesen, dass die Sechzehnjährige vielleicht aus dem gleichen Grund Selbstmord begangen hatte, aus dem sich gerade im Gebirge immer wieder junge Frauen von irgendeiner Felsklippe in den Abgrund gestürzt hatten. Oder an der Nordsee ins Wasser gingen.

Und zu ihrem Hausarzt im Dorf hatte Mizzie nicht gekonnt, es sollte ja niemand von ihrer Schande erfahren. Also war nur das Krankenhaus in der Stadt für die Untersuchung in Frage gekommen. Am 6. Juni, dachte Hannah, und zwei Wochen später hat sie sich ins Feuer gestürzt.

»Wollen Sie auch den Befund wissen?«, fragte der IT-Bearbeiter.

»Sie war schwanger, richtig?«

»Exakt!« Er schnalzte bei dem Wort mit der Zunge, irgendwie klang es ... unangebracht. »Vierter Monat.«

Also hat man wahrscheinlich auch schon was gesehen, dachte Hannah. Und die Mizzie ist immer mehr in Panik geraten.

»Sonst steht da nichts? Dass sie zu einer Beratungsstelle geschickt worden ist oder ...«

»Nein, nichts weiter. War's das dann?«

»Danke, ja. Sie haben mir sehr geholfen.«

»Immer gerne doch. – Äh, nur falls es Sie interessiert: Ich hab hier noch eine Neumetzler aus Wildbrunn im System.«

»Was sagen Sie? Wen?« Noch bevor er den Namen vom Monitor ablesen konnte, wusste Hannah, dass es Maria sein würde. Mizzies Mutter.

»Neumetzler, Maria«, bestätigte der junge Mann ihren Verdacht, »aber noch länger her, 1995! Waren die verwandt?«

»Mutter und Tochter, ja.«

Aber irgendwas passte nicht, dachte Hannah, warum sollte die Mutter ...

»Können Sie mir auch da bitte den Anlass für die Untersuchung sagen? Ging es ebenfalls um eine Schwangerschaft?«

»Nein. Oder doch, ja, aber in dem Sinne, dass sie eben nicht, also nicht noch mal, wenn ich das hier richtig verstehe ...«

»Darf ich?« Ohne eine Antwort abzuwarten, trat Hannah neben ihn und beugte sich zum Bildschirm, um die entsprechenden Zeilen in dem Bericht zu lesen:

Patientin äußert den Wunsch einer Tubenligatur / Sterilisation, um eine weitere Schwangerschaft zu verhindern. Sie ist bereits Mutter von drei Kindern, alle drei Kinder sind gesund. Patientin ist unverheiratet und lebt auf dem väterlichen Hof. Über ihre persönliche Situation will die Patientin zunächst keine Aussage machen. Auf wiederholte Nachfrage äußert sie sich dahin-

gehend, dass nicht alles so ist, wie es sein sollte. Körperlicher Gewalt sei sie jedoch nicht ausgesetzt.
Patientin wird über die übliche Vorgehensweise bei einer Tubenligatur informiert. Dass nach der Durchtrennung oder Verschließung der Eileiter ein solcher Eingriff nicht rückgängig zu machen ist. Patientin beharrt auf ihrem Wunsch.
Da jedoch nicht ausgeschlossen werden kann, dass ihr Ansinnen einer momentanen psychischen Verstimmung entstammt, jedoch zu späterer Zeit durchaus eine weitere Schwangerschaft gewünscht sein könnte, wird der Eingriff aufgrund ethischer Bedenken abgelehnt. Es wird auf empfängnisverhütende Mittel hingewiesen.

5. Kapitel

Über eine Lina Neumetzler gab es nichts in den digitalisierten Berichten, vielleicht war der Unfall am Wasserfall auch schon zu lange her. Fast vierzig Jahre! Keine der Dateien reichte so weit zurück, wie ihr der bleichgesichtige ITler versicherte.

»Wir haben die letzten dreißig Jahre erfasst, was davor war, weiß ich nicht. Aber hier ist jedenfalls nichts über diese Lina, auch sonst keine weiteren Berichte mit dem Namen Neumetzler. Maria und Mizzie, mehr habe ich nicht.«

Hannah bedankte sich. Hastig machte sie sich noch auf der Treppe nach oben, zurück ins Tageslicht, ein paar Notizen. Mizzie war schwanger gewesen und hatte abtreiben wollen. Ihre Mutter, Maria, hatte bereits drei Kinder zur Welt gebracht und wollte sich sterilisieren lassen, sieben Jahre zuvor. Beiden Frauen war ihr Wunsch verweigert worden. Beide Frauen hatten daraufhin Selbstmord begangen. Bei Mizzie war es vielleicht der Suizid der Mutter gewesen, der die Sechzehnjährige bewog, denselben »Ausweg« zu wählen.

Immerhin schien es zumindest wahrscheinlich, dass die Ermittlungsergebnisse in beiden Fällen den Tatsachen entsprachen: Selbstmord, Fremdeinwirkung ausgeschlossen. Hannah hätte allerdings nur zu gerne selber die Berichte der Kriminalpolizei eingesehen – aber die Akten waren ja vernichtet worden, entsprechende Dateien waren nicht vorhanden. So wie es aussah, waren sie nicht gelöscht, sondern die Akten waren tatsächlich nie digitalisiert worden. Stellte sich immer noch die Frage, ob das die Schlamperei der IT-Abteilung der Polizei gewesen oder ob hier ganz gezielt etwas manipuliert worden war.

Somit blieb Hannah nichts anderes als das, was das ganze Dorf einschließlich Hauptmeister Huber wusste: Selbstmord. Deshalb ja auch der Name »Spukhof«. Mit dem Unfalltod von Lina Neumetzler hatte es begonnen und war mit Maria und Mizzie noch lange nicht vorbei.

Hannah hatte den uralten Polizeibericht über Lina Neumetzlers Unfall vorhin noch kurz überflogen. Im Wesentlichen bestand er nur aus der Aussage des Ehemannes Xaver Neumetzler sowie dem Befund des Dorfarztes, der den Tod durch Genickbruch festgestellt hatte. Genickbruch infolge des Sturzes von der Felsklippe. Keine Verletzungen, die auf einen vorherigen Kampf oder einen Schlag, einen Stoß hinwiesen, wie der Arzt notiert hatte.

Dem Namen nach war es derselbe Arzt, der auch in der Dorfversammlung im Braunen Hirschen gewesen war und darauf hingewiesen hatte, dass das Dorf mit dem Festival ja durchaus auch Geld verdiente. Bei dem Unfalltod hatte er gerade erst seinen Vorgänger abgelöst, der die Praxis aus Altersgründen abgegeben hatte. Jetzt musste er gut über sechzig sein.

Hannah beschloss, ihn später am Tag noch aufzusuchen. Obwohl sie bezweifelte, dass der Mann mehr wusste, als in dem Bericht stand. Und selbst wenn, war es fraglich, ob er jetzt mit ihr reden würde. Sie hatte sich ja gerade erst ungebeten in die Belange des Dorfes eingemischt. In Dinge, die sie nichts angingen. Dasselbe galt im Übrigen für Toni. Es spielte aber keine Rolle, wer von ihnen beiden den Arzt besuchen würde.

Und sie brauchten einen Durchsuchungsbeschluss für den Neumetzler-Hof. Der Gedanke war Hannah schon gekommen, als sie den Unfallbericht gelesen und versucht hatte, sich an die Felsklippe oberhalb des Wasserfalls zu erinnern. Der Wasserfall, der früher die Mühle gespeist hatte. Das alte Mühlengebäude mit den vernagelten Fenstern und dem Vorhängeschloss an der schweren Eichentür, die große, düstere Scheune, die verschiedenen Ställe und Schuppen auf dem Hof, nicht zuletzt das Bauernhaus selbst, zu dem ganz sicher auch ein Keller gehörte – alles Möglichkeiten, jemanden zu verstecken. Im schlimmsten Fall auch eine Leiche!

Toni hatte ihr zugestimmt. »Wenn die Frau oder die größere Tochter selber etwas mit dem Verschwinden von Alois zu tun haben, wäre der Hof perfekt. Da würde die Polizei ihn sicher zuallerletzt suchen.«

Toni hatte auch mit der Staatsanwaltschaft telefoniert. Mit der Begründung »Gefahr im Verzug« war nicht nur ein Richter in der Lage, den Beschluss auszustellen, sondern ebenso der Staatsanwalt. Der hatte jedoch Bedenken, wie Toni nach dem Gespräch berichtete, wollte sich die Sache aber noch überlegen und zurückrufen.

Hannah blickte auf ihre Uhr. Toni müsste inzwischen in Wildbrunn eingetroffen sein. Und mit ein bisschen Glück würde sie den Wirt auch im Gasthaus antreffen und konnte ihn gleich zur Vernehmung abholen.

Sie rief Tonis Nummer auf. Aber Toni nahm das Gespräch nicht an. Sie ist immer noch sauer, dachte Hannah. Sie sieht ja meine Nummer auf dem Display, aber sie will nicht mit mir reden, deshalb reagiert sie nicht.

Hannah merkte, wie sehr sie sich jetzt plötzlich doch über Tonis Verhalten ärgerte. Es war einfach lächerlich, dass sie hier irgendein Kompetenzgerangel veranstalteten! Das passte nicht zu ihnen, weder zu ihr noch zu Toni! Aber sie war sich selber auch keiner Schuld bewusst, sie hatte keine Ahnung, womit sie Toni derartig verletzt haben sollte, dass die Kollegin plötzlich nicht mehr mit ihr arbeiten wollte.

Doch vielleicht war es genau das, Toni war mehr als nur eine Kollegin, spätestens seit der vergangenen Nacht hatte sich da etwas verändert. Und eigentlich war es fast vorhersehbar gewesen, dass ihnen das noch Schwierigkeiten bereiten würde. Auch wenn Hannah etwas anderes gehofft und sich gewünscht hatte, sie würden ohne Probleme aus ihrem kleinen Zwischenspiel zurück zu einer professionellen Arbeitsweise finden.

Sie hatte sich den Weg vom Krankenhaus zum Altersheim im Netz aufgerufen. Während sie jetzt durch den kleinen Park mit den von der Hitze verbrannten Rasenflächen und den entlang der Ufer ausgetrockneten Ententümpeln lief, rief sie bei der Polizeidienststelle in Wildbrunn an. Als sich Buckmiller meldete, fiel Hannah wieder ein, dass Huber gerade gestern noch erklärt hatte, er würde das Klingeln lieber ignorieren, »weil da ja selten was anderes bei rauskommt als schon wieder neue Arbeit«.

Hannah hatte den Satz als einen der üblichen Sprüche von Huber abgetan, aber anscheinend war es ihm tatsächlich ernst damit gewesen.

»Ich bin's. Nur ganz kurz: Hat eure Suche nach Alois mittlerweile irgendwas ergeben?«

»Nein, nichts. Weder Krankenhäuser im Umkreis noch Unfallärzte oder Bergwacht. Huber ist noch dabei, die bewirtschafteten Hütten abzuarbeiten, aber bislang hat er auch nichts.«

Buckmillers Stimme klang müde. Resigniert. Hannah wusste nur zu gut, wie es war, stundenlang am Telefon zu hängen und doch nichts zu erreichen. »Von den Streifenwagen, die seine Beschreibung haben, ist ebenfalls nichts reingekommen.«

»Okay, ich werde später mit der Kollegin sprechen, ob wir jetzt doch noch an die Öffentlichkeit gehen.«

Buckmiller gab keine Antwort. Aber Hannah konnte ihn förmlich sehen, wie er die Augen verdrehte und am liebsten mit der Faust gegen die Wand geschlagen hätte. Sie wusste, warum. Presse, Fernsehen und so weiter hieß immer, dass die Telefone nicht stillstanden! Nur dass leider 95 Prozent der Anrufe hinfällig waren. Meistens Falschmeldungen, bei denen sich schnell herausstellte, dass die gesehene Person in keiner Weise der gesuchten entsprach. Schlimmer noch aber waren die Leute, die aus reiner Wichtigtuerei anriefen und häufig das Blaue vom Himmel herunterlogen.

»Wenn wir ihn nicht vorher finden, *müssen* wir das machen«, begründete Hannah ihre Überlegung, »morgen ist schon der Einundzwanzigste, uns bleibt keine Zeit mehr.

Aber ich werde mich darum kümmern, dass wir Verstärkung für die Aktion bekommen, das muss möglich sein.«

»Ihr Wort in Gottes Ohr«, stöhnte Buckmiller. »Und bevor Sie jetzt auch noch wegen dieser Schwester fragen: Ich finde weder zu Vevi Neumetzler noch zu einer Genoveva irgendwas. Es scheint, als hätte sie sich in Luft aufgelöst. Da gibt es nichts, auch nicht auf Facebook, Insta, LinkedIn.«

Hannah hörte, wie Buckmiller die Luft ausstieß, bevor er unvermittelt fragte: »Sehen wir Sie nachher noch?«

»Natürlich. Und die Kollegin ebenfalls. Aber es kann später werden. Vielleicht brauchen wir auch Ihre Unterstützung vor Ort, das müssen wir noch abklären. Ich melde mich also in jedem Fall noch mal.« Sie wollte das Gespräch damit beenden, setzte dann aber doch noch hinzu: »Das heißt auch für Huber, dass er erst Feierabend machen kann, wenn wir das so entscheiden. Richten Sie ihm das bitte aus!«

Dämlich, dachte sie im selben Moment. Völlig unnötig, was ist los mit dir? Fängst du jetzt an, deinen eigenen Frust an anderen abzureagieren?

»Aber Huber hat es verdient«, murmelte sie gleich darauf vor sich hin, wie um sich selbst zu beruhigen.

Kurz vor dem Tor zum Altenheim rief sie noch mal Toni an. Wieder ohne Ergebnis.

Das Altenheim wirkte von außen deutlich pompöser, als es dann tatsächlich war. Ein Bau aus der Jahrhundertwende, mit Freitreppe und Säulenportal. Schon als Hannah das Foyer betrat, empfing sie allerdings der Geruch nach

Mittagessen in Thermobehältern, schlecht gelüfteten Räumen und einem Desinfektionsmittel, das die verschiedenen Ausdünstungen der Bewohner leider kaum übertünchen konnte.

Ohne die hohen Decken mit den aufwendigen Stuckverzierungen wäre die Luft unerträglich gewesen, augenblicklich sehnte sich Hannah nach einem Spaziergang über die Strandpromenade auf ihrer Insel, wenn der Sturm die Wellen haushoch auftürmte und jeder Atemzug nach Gischt und Salzwasser schmeckte.

Sie versuchte, möglichst flach zu atmen, während sie sich an einer Tafel die Aufteilung der Räume ansah, die Zimmer der Bewohner waren demnach in den beiden oberen Stockwerken. Den Zimmernummern waren keine Namen zugeordnet, Hannah hoffte, jemanden vom Pflegepersonal zu erwischen, der ihr genauere Auskunft geben konnte.

Wie üblich verzichtete sie lieber auf den Fahrstuhl und wollte gerade die Treppe nach oben nehmen, als sie die halb geöffnete Seitentür zum Garten sah. Eine nicht mehr ganz junge Frau in weißer Hose und lilafarbenem Polohemd lehnte an der Hausmauer und rauchte. Als Hannah neben sie trat, wollte sie schnell die Zigarette in dem Blecheimer an der Wand ausdrücken.

»Nicht nötig«, sagte Hannah, »alles okay, ich habe nur eine Frage.«

»Gut, danke sehr.« Die Frau nahm hastig einen Zug. »Brauche ich. Ist schwere Arbeit hier.«

Ihr Tonfall ließ Hannah auf eine Polin schließen, vor allem in der Gastronomie hatten sie viele Polen auf der

Insel. Hannah versuchte es mit einem der Ausdrücke, die sie aufgeschnappt hatte: »Smakuje dobrze?«, fragte sie und deutete auf die Zigarette.

Damit war das Eis endgültig gebrochen, die Pflegerin strahlte Hannah an. »Willst du auch?«

»Nein danke. Aber kannst du mir sagen, in welchem Zimmer ich Xaver Neumetzler finde? Ich habe einige Fragen an ihn.« Sie zückte ihren Ausweis. »Nicht erschrecken, ich bin von der Polizei. Ich hoffe, dass Herr Neumetzler vielleicht etwas weiß, das mir weiterhelfen kann. Von früher, lange her, aber vielleicht erinnert er sich.«

Jetzt trat die Pflegerin ihre Zigarette doch aus, als sie wieder zu Hannah sah, zeigte ihr Blick nichts als ... Resignation, dachte Hannah. Das ganze Leid der Menschen hier, mit denen sie jeden Tag zu tun hatte.

»Idee nicht gut. Mann ist Pflegestation, liegt fast immer Bett. Redet ... komische Sachen.« Sie wedelte mit der Hand vor der Stirn hin und her. »Nicht ganz richtig hier oben. Früher Leben vielleicht schön, jetzt scheiße.«

Klarer konnte man es wahrscheinlich nicht ausdrücken, diesen Satz würde Hannah sich merken, er passte gut für so viele Situationen, die sie kannte.

»Ich bringe Station, komm!«

Hannah folgte der Frau, die wie selbstverständlich die Treppe nahm. »Fahrstuhl bisschen ...« Sie hielt sich die Nase zu. »Hier besser.«

Die Pflegestation war im zweiten Obergeschoss, ohne Erbarmen brannte die Mittagssonne auf die Fensterscheiben, die Hitze war wie eine unsichtbare Mauer, die sich Hannah entgegenstellte. Jeder Schritt auf dem ausgetretenen Linoleum kam ihr vor wie der Weg in eine Zukunft, von der sie lieber nichts wissen wollte.

Die Fenster waren geschlossen, jeder Griff war abschließbar. Dafür standen die Türen zu den Zimmern offen, schon nach wenigen Metern hörte Hannah aus mehreren Räumen die Rufe nach Hilfe. Oder ein klägliches »Hallo?« in endloser Wiederholung. Am liebsten hätte sie sich die Ohren zugehalten.

»Hier ist es. Herr Neumetzler, ist Besuch für Sie!«

Die Pflegerin winkte Hannah mit dem Kopf in Neumetzlers Zimmer. »Wenn Sie mich brauchen, ich bin Ende vom Gang, Personalküche.«

Sie nickte noch mal, dann schloss sie die Tür hinter sich.

Neumetzler lag ganz ruhig in seinem Bett, auf den ersten Blick wirkte er mehr tot als lebendig. Nur die röchelnden Atemzüge zeigten, dass noch Leben in diesem Körper war. Das Gesicht war eher grau als weiß, die Kopfhaut war von Flecken übersät. Wo er sich wahrscheinlich gekratzt hatte, waren die Flecken blutig.

Seine Augen lagen so tief in den Höhlen, dass sie wie schwarze Löcher wirkten, aber sie waren geöffnet, wie Hannah erkannte, als sie sich zu ihm beugte. Sie wirkten seltsam wässrig und leer. Hannah war sich nicht sicher, ob er sie überhaupt sah.

»Herr Neumetzler, ich bin Hannah Meyer, ich …«

Weiter kam sie nicht. Neumetzler hob die knochige Hand. »Verpiss dich, du dämliche alte Kachel!« Ein Spuckeregen sprühte zwischen den vor Trockenheit rissigen Lippen hervor. Die Stimme klang rau, krächzend. Hannah hatte Mühe, ihn zu verstehen. »Raus aus meinem Haus!

Das ist mein Hof, da hast du nichts zu suchen, nie wieder! Du Watschnfresse, du, du bist nicht besser als eine Strichfotzn, ich werd dir zeigen, was wir mit so einer geschissanan Funzen wie dir anstellen, da ist der Fluss noch zu gut für dich, ans Kreuz gehörst du, ans Kreuz! Oder direkt ins Feuer, damit's dir die Fut wegbrennt!«

Zitternd sank die Hand wieder auf die Bettdecke. Ganz kurz flackerten noch die Augenlider, dann schien Neumetzler fest zu schlafen. Mit weit offenem Mund, aus dem röchelnd der Atem kam.

Hannah war ... entsetzt. Nein, wütend und empört. Das traf es besser. Sie musste sich eingestehen, dass dieses menschliche Wrack, das da vor ihr lag, ihr auch nicht leidtat.

Sie wusste jetzt, was die Pflegerin gemeint hatte, als sie Hannah im Treppenhaus noch mal warnte: »Ist immer selber Satz. Und ist ganz böse!«

Hannah hatte noch nie so viel Hass bei jemandem gespürt wie eben bei Neumetzler. Und sie hatte auch noch nie zuvor eine derartige Anhäufung von unflätigen Schimpfwörtern gehört. Die sich ja ausschließlich gegen Frauen richteten! Gegen *eine* Frau, dachte sie gleich darauf, seine Frau? Die Lina? Aber wieso, was hatte sie getan, dass er sie bis auf sein Totenbett verfluchte?

Der nächste Gedanke ließ Hannah trotz der stickigen Hitze im Raum die Schultern hochziehen. Lina hatte sich ihm widersetzt, das musste es sein. Nicht mehr mitgemacht, sich ihm verweigert, als sie begriffen hatte, was er ... mit seiner Tochter Maria getan hatte? War das der Grund, warum Maria dann nicht noch ein Kind haben wollte? Weil der Vater der drei Kinder, die sie bereits hatte, niemand anders war … als ihr eigener Vater?

»Deine Frau hatte keinen Unfall!«, schleuderte sie Xaver Neumetzler entgegen, so dicht an seinem Gesicht, dass er zurückzuckte. »Sie ist nicht auf dem Felsen ausgerutscht und gestürzt. Sie ist auch nicht selber gesprungen, weil sie dich nicht mehr ertragen konnte. Nein, aber sie hatte Widerworte, sie hat dich angeklagt, du Dreckschwein, du … Du hast sie in den Abgrund gestoßen, damit sie nicht reden kann. So ist es gewesen, stimmt das? Antworte mir!«

Hannah hatte ihn bei den Schultern gepackt und schüttelte ihn, dass sein Kopf auf dem Kissen haltlos hin und her flog. Sie hörte nicht, dass hinter ihr die Tür aufgerissen wurde. Erst als die Pflegerin sie mit einem harten Griff vom Bett wegzog, kam sie wieder zu sich.

Im selben Moment fing Neumetzler wieder an zu toben. »Du Strichfotzn, du Funzen, du …«

»Komm!« Die Pflegerin griff nach Hannahs Arm und schob sie aus dem Zimmer. »Etwas anderes du nicht hören. Immer nur dieselben Sätze. Schlimm! Jetzt weißt du, warum ich Zigarette rauchen muss?«

Hannah nickte und schloss für eine Sekunde die Augen. Sie wusste nicht, was da eben mit ihr los gewesen war. Irgendetwas mussten diese Sätze in ihr ausgelöst haben, dass sie sich derartig vergessen hatte. Aber sie war sich sicher, dass die Anschuldigung, die sie ihm in ihrer ohnmächtigen Wut entgegengebrüllt hatte, richtig gewesen war. Lina Neumetzler war ermordet worden – und zwar von niemand anderem als dieser hasszerfressenen Bestie da im Zimmer.

»'tschuldigung«, murmelte sie, als sie spürte, wie die Pflegerin ihr über den Arm strich. »Es geht schon wieder. Tut mir leid, aber …«

»Alles gut. Willst du jetzt Zigarette?«

»Ja, ich glaube.«

»Gut. Ich Danuta.« Die Frau hielt ihr die Hand hin.

»Ich bin Hannah.«

Im selben Moment klingelte ihr Handy. Huber!

»Sorry, da muss ich rangehen. – Ja, Huber? Was ist los?«

»Ich wollte nur sagen, dass wir hier jetzt Schluss machen. Wir müssen nämlich weg. Die Hauptkommissarin ist verschwunden. Also die andere, nicht Sie, aber ist ja klar. Wir suchen sie jetzt. Wir haben einen Zeugen, der gesehen hat, wo sie hin ist, mit ihrem Auto.«

Mittsommer, 17.12 Uhr

Es ist nicht gut, was jetzt passiert. Er legt seine Beichte ab. Wie am Sonntag in der Kirche, wenn er genau weiß, dass der Pfarrer seine Geheimnisse für sich behält. Niemandem etwas sagt. Ihn nicht zur Rechenschaft ziehen wird. Ihn nicht bestrafen. Nur ein Gebet als Buße verlangen. Und eine Ermahnung: dass er daran denken soll, seine Triebe besser zu kontrollieren.

Aber mit ihr ist es anders. Sie ist nicht der Pfarrer. Bei ihr gibt es kein Beichtgeheimnis. Also wird er sie umbringen müssen, nachdem er sich alles von der Seele geredet hat.

»Ich weiß doch, was sowieso alle denken. Auch meine eigene Frau! Weil es auf dem Hof immer schon so war. Mit dem Großvater hat es angefangen! Er hat seine Tochter missbraucht. Seinen Sohn geschlagen. Und seine eigene Tochter … gefickt.« Er schreit es heraus. »Immer wieder, viele Jahre lang. Drei Kinder hat er mit ihr bekommen. Ich war der Letzte. Dann hat er sich nicht mehr rangetraut an die Maria. Auch wegen dem Johann, dem Sohn. Und die Maria ist ja dann auch ins Feuer gegangen. Aber der Johann hat weitergemacht! Mit der Mizzie, meiner ältesten Schwester. Die dann ja auch ins Feuer ist. Und die Vevi ist weggegangen, das war das Beste, was sie tun konnte.«

»Und jetzt ist sie zurück?«

Sie fragt es ganz leise. Und denkt schon, er hat sie nicht gehört, aber dann antwortet er doch.

»Es stimmt nicht. Ich schwöre es! Beim Herrgott im Himmel und allem, was mir heilig ist. Ich habe sie nie angerührt. Nie! Sie irren sich. Meine Frau, auch die Vevi, und selbst meine große Tochter, sie glauben ja alle, dass es jede Nacht geschehen kann. Ich kann es an ihren Blicken sehen. Und wie die Lea mir ausweicht. Wie sie noch nicht mal mehr will, dass ich ihr über die Haare streiche. Aber ich würde das nie tun, das, was sie alle denken. Der Johann hat die Strafe verdient. Mein Onkel, ja! Und der Onkel von der Mizzie. Der war fast schlimmer noch als der Alte. Aber ich doch nicht! Ich bin kein ... solches Schwein wie die anderen Männer vom Hof. Es war nur ein einziges Mal, dass ich ...«

Jetzt kommt es doch noch, denkt sie. Aber sie braucht einen Moment, bevor sie begreift, wovon er spricht.

»Nur ein einziges Mal. Ich habe furchtbar gesündigt, ich war wie ein wildes Tier, das nicht zwischen Gut und Böse unterscheiden kann. Aber es war nicht meine Tochter, keine von beiden! Es war ... die andere. Ich habe gedacht, es geschieht ihr recht, sie ist eine Schlampe. Alle haben das gedacht, die mitgemacht haben. Aber es war falsch. Wir hätten das nicht tun dürfen. Ich hätte es nicht tun dürfen.«

Natürlich, denkt sie, er war dabei. Er war einer der Männer aus dem Wirtshaus. Genau wie die Bedienung gesagt hat.

Sie wartet einen Augenblick, ob er noch etwas hinzusetzen würde. Aber er schweigt. Er hockt nur mit krummem Rücken auf dem Stuhl und schweigt.

6. Kapitel

Der nächste Anruf kam keine fünf Minuten später. Diesmal von Toni selbst. »Ich bin's. Ich hatte das Handy ausgeschaltet, entschuldige. Ich ...«

»Wo bist du? Was ist los? Huber und Buckmiller sind auch schon auf der Suche nach dir!«

»Ich hab sie eben angerufen. Sie kommen jetzt und holen mich.«

»Aber ... von wo? Was ist passiert? Wo sind deine Leute? Du wolltest mit zwei Beamten aus deinem Revier ...«

»*Ich* wollte das nicht, das war deine Idee.«

»Jetzt fang nicht wieder damit an, bitte! Also komm, Toni, der Reihe nach. Das Wichtigste: Bist du okay?«

»Bin ich, ja, nur der Alfa ist hin. Kannst du vergessen.«

Tonis Stimme klang vollkommen normal. Nicht aufgeregt oder ... durcheinander. Eher fast unbeteiligt, als würde sie etwas berichten, das mit ihr selbst kaum zu tun hatte.

Sie hat einen Schock, dachte Hannah, sie reagiert wie eine Außenstehende, wie jemand, der sich selbst beobachtet.

»Hast du einen Unfall gehabt? Erzähl! Jetzt mach schon, Toni, was ist passiert?«

»Ich bin alleine los. Ich weiß nicht, warum. Doch, vielleicht wollte ich ... wegen dem Streit zwischen uns. Ich wollte dir beweisen, dass ich ... keine Ratschläge von dir brauche, wie ich meine Arbeit zu machen habe, irgendwie so was.«

»Sehr witzig. Sag mal …« Hannah holte tief Luft, um nicht loszubrüllen. »Okay. Nur um das klarzustellen: Du musst niemandem etwas beweisen, und mir schon mal gar nicht. Ich entschuldige mich, wenn du den Eindruck hattest, dass ich dich … bevormunden würde oder … Aber ich verstehe immer noch nicht …«

Hannah brach mitten im Satz ab. Sie fühlte sich überfordert mit der Situation. Sie hatte keine Ahnung, wie sie reagieren sollte. Und schon gar nicht am Telefon! Hätte sie Toni vor sich gehabt, hätte sie die Freundin in den Arm nehmen können, sie festhalten, sie irgendwie beruhigen.

Es dauerte einen Moment, bis Toni wieder etwas sagte.

»Der Wirt muss mich gesehen haben, als ich aus dem Auto gestiegen bin. Ich hab es leider erst zu spät kapiert, als er schon mit seinem SUV vom Hof runtergerast kam wie ein Irrer. Ich hab mich drangehängt, klar. Blaulicht aufs Dach und hinterher. Ja, du hast recht, ich hätte spätestens jetzt die Kollegen informieren sollen, aber es war irgendwie mein Ehrgeiz, das alleine zu Ende zu bringen. Ich hätte ihn auch fast gehabt, aber dann … Ich wollte ihn überholen, auf der Nebenstrecke zur Autobahn, da hat er mich von der Straße gedrängt. Voll in den Graben, gerade noch an einem Baum vorbei. Und das war's. Die ganze rechte Seite und Scheinwerfer, Kühlerhaube, alles hoffnungslos verbeult. Wahrscheinlich hat auch die Achse was weg.«

»Ein Glück, dass dir nichts weiter passiert ist«, kriegte Hannah mit Mühe raus, während sie die Bilder der Verfolgungsjagd vor Augen hatte. Das schwere Mercedes-SUV des Wirts und Tonis Alfa aus einer Zeit, deren dickste Autos heute wie Kleinwagen wirkten. Von einem flachen italienischen Sportwagen mit viel zu schmalen Reifen und ohne jede Knautschzone mal ganz zu schweigen.

Toni hatte jedenfalls mehr als Glück gehabt, es grenzte an ein Wunder, dass ihr selber nichts passiert war. Aber irgendetwas passte nicht. Dass der Wirt abgehauen war, machte ihn mehr als verdächtig. Warum sollte er schon geflüchtet sein, kaum dass er Toni gesehen hatte? Das klang doch eher, als hätte er bereits erwartet, dass die Polizei bei ihm auftauchte. Mit anderen Worten: Jemand hatte ihn informiert, dass genau das passieren würde. Nur wer?

»Wer außer mir hat sonst noch davon gewusst, dass du ihn zur Vernehmung holen willst? Oder zumindest, dass wir ihn verdächtigen, weil sein Alibi aufgeflogen ist?«

»Nur wir beide. Ich bin ja alleine hin.«

Hannah überlegte kurz. Somit blieb nur der Arzt im Krankenhaus übrig, der ja bei ihrem Besuch schon die Frage gestellt hatte, ob der Wirt womöglich versucht hätte, sich ein Alibi zu verschaffen.

»Der Arzt!«, stieß Hannah hervor. »Etwas anderes fällt mir nicht ein.«

»Du hast recht, das könnte tatsächlich sein. Aber warum sollte er das getan haben? Wir überprüfen das, aber erst mal müssen wir …«

»… den Wirt kriegen«, brachte Hannah den Satz zu Ende.

»Ich gebe eine Fahndung raus, Kennzeichen, Autotyp und so weiter habe ich ja. – Huber und Buckmiller kommen gerade, ich kümmer mich um alles, sowie ich wieder in Wildbrunn bin. Wenn du kommst, besprechen wir, wie wir weitermachen.«

Toni hatte das Gespräch schon beendet, bevor Hannah noch etwas erwidern konnte. Vielleicht sollte es auch eine Art Retourkutsche sein, Toni machte jetzt die Ansagen. Wobei sie noch nicht mal gefragt hatte, ob es bei Hannah irgendwelche Neuigkeiten gab. Und ganz offensichtlich hatte sie auch vergessen, dass Hannah in der Stadt war und kein Auto zur Verfügung hatte, um zurück nach Wildbrunn zu kommen.

Sie hat gerade einen Unfall gehabt, dachte Hannah, sie ist mit Sicherheit noch durcheinander, eigentlich sollte sie zum Arzt, sich untersuchen lassen, nicht sofort weiterarbeiten.

Aber sie würde nichts sagen, das musste Toni selbst entscheiden. Noch mal würde Hannah ihr ganz bestimmt nicht das Gefühl geben, über ihren Kopf hinweg zu handeln oder irgendwelche Anweisungen zu geben. Sie hoffte jetzt nur, dass der Zwischenfall sich nicht allzu sehr auf ihre Ermittlungsarbeit auswirkte – sie hatten immer noch zu wenig konkrete Anhaltspunkte, sie stocherten nach wie vor im Nebel.

Gut, der Wirt war jetzt tatsächlich verdächtig, ebenso Heiner, beides bezog sich auf den mutmaßlichen Mord an Jenny. Aber je mehr sie über die Neumetzler-Familie in Erfahrung brachten, umso mehr Ungereimtheiten ergaben sich. Sie hatten zu viele lose Enden, die nicht zusammenpassten. Dabei lief es unverändert auf zwei wesentliche Punkte hinaus: Sie mussten Alois Neumetzler finden, bevor es zu spät war. Und sie mussten wissen, wo diese

Schwester war. Vevi. Falls es tatsächlich um Rache ging und Alois jetzt sterben sollte, weil er ebenfalls etwas getan hatte, das nur mit seinem Tod gesühnt werden konnte. Die Worte der größeren Tochter legten diesen Verdacht zumindest nahe.

Erst jetzt wurde Hannah klar, dass nach allem, was sie im Moment an Hypothesen hatten, auch Xaver Neumetzler auf der Liste der Todesopfer stehen musste. Sie zögerte aber noch, diesen Widerling deshalb besonders schützen zu lassen. Sie würde das später mit Toni besprechen, auf jeden Fall mussten sie eindeutigere Beweise finden. Wenn es welche gab, war ganz sicher die Durchsuchung des »Spukhofs« der richtige Schritt. Und nur so würden sie auch die Frau von Alois Neumetzler entsprechend unter Druck setzen können, damit sie ihnen alles erzählte, was sie wusste. Die Frau und die größere Tochter Lea.

Sie hatten noch vierundzwanzig Stunden Zeit. Wenn überhaupt.

Hannah checkte kurz ihr Handy, ob eine neue Nachricht eingegangen war. Nach der Info von Buckmiller, dass er mit der Suche nach Vevi Neumetzler noch nicht weitergekommen war, hatte Hannah versucht, den Hacker in Berlin noch mal zu erreichen. Als er das Gespräch nicht annahm, hatte sie ihm kurz entschlossen eine Nachricht geschickt:

Genoveva Neumetzler, genannt Vevi. Geboren 1990 in Wildbrunn. 2002 zu einer Tante nach Frankfurt / Main gezogen.

Und drei Fragezeichen dahinter. Der Hacker würde wissen, was er damit anfangen sollte.

Bislang hatte er sich noch nicht zurückgemeldet. Aber eine andere Kurznachricht war gerade eben eingegangen. Rio hatte geschrieben, ihr Sohn.

Lieblingssohn an Mama! Hallo. Das Schiff von Deutschland geht morgen um 14 Uhr. Wenn du das nicht schaffst, holt Opa dich mit dem Boot. Okay?

Das Schiff von Deutschland! Jetzt redet er tatsächlich schon wie die alten Insulaner, dachte Hannah amüsiert, »Deutschland« als Synonym für Festland, mehr Insel-Arroganz war kaum möglich. Was immer in der Welt da draußen passierte, die Insel war davon nicht betroffen.

Aber allein schon die Tatsache, dass Hannah eben *nicht* das Schiff morgen um 14 Uhr nehmen konnte, war Beweis genug, dass die Welt sehr wohl Einfluss auf das Inselleben hatte. Auch wenn es Hannah andersrum lieber gewesen wäre.

Sie setzte zu einer Antwort an, entschied aber schon nach dem ersten missglückten Satz, bis zum Abend zu warten. Vielleicht würde es ihr dann leichter fallen, irgendwelche Worte zu finden, die ihre Absage wenigstens halbwegs plausibel erscheinen ließen.

Dann rief sie ein Taxi, um sich nach Wildbrunn bringen zu lassen.

Der Taxifahrer war so dick, dass er mit seinem Bauch kaum hinters Lenkrad passte. Und er hörte mit ohrenbetäubender Lautstärke eine Opernarie, mehrmals setzte er sogar an mitzusingen.

»Bitte!«, rief Hannah von hinten. »Können Sie das leiser stellen? Ich hab Kopfschmerzen!«

Um ihren Worten Nachdruck zu verleihen, presste sie sich die Hände gegen die Schläfen, als wollte sie verhindern, dass ihr Kopf wie eine Nussschale zerplatzte.

»Musik ist gut!«, brüllte der Fahrer zurück und hieb beim Crescendo des Finales vor Begeisterung mit der Faust aufs Armaturenbrett.

Im selben Moment, in dem der letzte Ton verklang, beugte sich Hannah zwischen den Sitzen nach vorne und stellte den CD-Spieler aus.

»He! Finger weg, das dürfen Sie nicht!«

Hannah hielt ihm ihren Ausweis vors Gesicht.

»Doch, ich darf das. Und Sie bringen mich jetzt ohne Musik nach Wildbrunn. Am besten auch, ohne dass Sie noch irgendwas sagen. Einfach nur Auto fahren, okay? Und bitte, beide Hände ans Lenkrad!«

Sie konnte hören, wie er leise vor sich hin fluchte, aber für den Rest der Fahrt war dann tatsächlich Ruhe. Dabei fuhr er zu schnell, entweder wollte er sie provozieren, oder es war so eine Berufskrankheit. Hannah tippte auf Letzteres.

Als sie aus den Augenwinkeln sah, wie er im Rückspiegel Blickkontakt suchte, gab sie vor, die Landschaft zu betrachten, die dunklen Tannen, die vorbeihuschten, ein paar Rehe, die auf einer Lichtung friedlich grasten.

Sie hätte viel dafür gegeben, jetzt auf dieser Lichtung zu sein, nicht unbedingt als Reh, das schien ihr angesichts der Autos auf der Landstraße und möglicher Jäger in den Wäldern zu gefährlich. Aber einfach nur im Gras liegen, dachte sie, dem Rauschen eines Bachlaufs zuhören, dem Gezwitscher der Vögel, dem Summen der Bienen ...

Stopp!, rief sie sich selbst zur Ordnung, kneifen gilt nicht, du hast einen Job, den du erledigen musst. Außerdem bist du hoffnungslos unterzuckert, du hast seit heute Morgen nichts Richtiges gegessen, nur einen Müsliriegel von Rio, den er dir zum Abschied in die Hand gedrückt hatte, kurz bevor du mit dem Rad zur Fähre gefahren bist. Du musst dir im Dorf unbedingt etwas zu essen besorgen, gleich als Erstes!

Das Taxi hielt vor dem Haus, das Hannah als Adresse angegeben hatte. Das Haus des Dorfarztes, direkt am Marktplatz.

Erst jetzt sah Hanna, dass der Fahrer bereits irgendwo auf der Strecke das Taxameter ausgeschaltet haben musste, 7,60 Euro konnte unmöglich stimmen.

»Sie müssen nichts zahlen«, erklärte der Mann, ohne sich zu ihr umzudrehen. »War mir eine Ehre, Sie zu fahren.«

»Oh, danke, das ist aber nett von Ihnen.«

Hannah war schon kurz versucht, sich auch noch zu entschuldigen, als er den CD-Spieler wieder einschaltete.

Also hob sie nur kurz die Hand und stieg eilig aus. Kaum hatte sie die Tür zugeworfen, als er Gas gab und mit quietschenden Reifen davonfuhr.

Der Arzt stand vor seinem Haus am Gartenzaun und rauchte. Hannah erkannte ihn sofort wieder, obwohl sie ihn in der Kneipe nur kurz im trüben Licht der Tischlampe gesehen hatte. Aber sie erinnerte sich an die randlose

Brille und den Seitenscheitel, der die Stirnglatze verdecken sollte.

Auch er hatte sie erkannt, rauchte aber ungerührt weiter. Erst als sie auf das Gartentor zutrat, fragte er: »Wollten Sie zu mir? Sprechstunde ist erst um vier wieder!«

»Ich wollte zu Ihnen, ja. Aber nicht in die Sprechstunde. Eigentlich habe ich nur eine kurze Frage an Sie, eine Auskunft, die ich brauche. Wollen wir gleich hier reden oder ...«

»Hier.« Er musterte sie argwöhnisch. »Aber erst mal will ich was wissen, von Ihnen. Gestern Abend, im Hirschen! Verdammt noch mal, sind Sie wirklich so naiv?«, brauste er unvermittelt auf. »Glauben Sie tatsächlich, dass Ihr Polizeiausweis Sie schützt, wenn Sie sich da in Dinge einmischen, die Sie einen feuchten Dreck angehen? Was glauben Sie denn, was passiert wäre, wenn der Huber nicht alle überzeugt hätte, dass niemand was von Ihnen zu befürchten hat? Sie wissen, was er gesagt hat?«

»Nein. Erzählen Sie es mir.«

Jetzt spielte ein Lächeln um seine Mundwinkel, es war offensichtlich die Vorfreude darauf, dass ihr Hubers Sätze ganz sicher nicht gefallen würden.

»Huber meinte, Sie wären – ich zitiere – ›nichts als eine hochgestochene Spinatwachtel, die schon lange keinen Kerl mehr hatte‹. Ende Zitat. Und die hier schneller wieder weg ist, als wir denken können. Außerdem hat er behauptet, Ihr Satz da, dass Sie alles aufgenommen hätten, wäre geblufft gewesen. Er hätte genau gesehen, wie Sie das Handy ausgestellt haben, als Sie durch die Hintertür rein sind, und weil er die ganze Zeit neben Ihnen stand, weiß er auch, dass Sie es erst wieder rausgeholt haben, als Sie dann Ihren kleinen Auftritt hatten. Sie haben das also dem Huber zu verdanken, dass Sie da nicht noch richtig Probleme mit den Leuten vom Dorf gekriegt haben.«

»Und was ist mit Ihnen? Hätte ich mit Ihnen sonst auch Probleme bekommen?«

Der Arzt schüttelte den Kopf. »Nein, warum auch? Kann ruhig jeder wissen, was ich denke. Kann mir auch keiner verbieten. Ich bin hier so was wie der gemäßigte Flügel im Dorf.« Er grinste wieder.

»›Gemäßigten Rassismus‹ gibt es nicht, das ist Ihnen schon klar, oder?«, reagierte Hannah schärfer, als sie eigentlich wollte. Aber das überhebliche Dummgeschwätz ihres Gegenübers ging ihr gerade gewaltig auf die Nerven. Außerdem meldete ihr Magen, dass er jetzt dringend etwas zu essen haben wollte. Und schräg über den Platz hinüber war eine Bäckerei, der verlockende Duft nach frischem Brot wehte bis zu ihnen …

»Sehen Sie«, setzte der Arzt wieder an. »Da haben wir doch schon das Problem. Sie glauben, alles zu wissen, dabei müssen Sie noch viel lernen über die Menschen und die Welt, bevor Sie sich anmaßen können, ein Urteil zu fällen.«

»Ganz ehrlich?«, fragte Hannah so ruhig wie möglich, obwohl sich alles in ihr dagegen sträubte, freundlich zu diesem Mann zu sein. Aber sie wollte etwas von ihm. Und sie würde nichts von ihm erfahren, wenn sie weiter auf contra zu ihm ging. »Ich möchte nicht mit Ihnen tauschen. Ich schätze, Sie wissen so gut wie alles über jeden hier. Das kann nicht immer ganz einfach sein.«

Sie sah, wie er die Augenbrauen zusammenzog. Als versuchte er angestrengt, sich klar darüber zu werden, was der plötzliche Wechsel ihres Tonfalls zu bedeuten hatte.

»Wissen Sie was?«, setzte sie hinzu. »Ich denke, wir sollten noch mal von vorne beginnen. Mit der Frage, wegen der ich zu Ihnen gekommen bin. Ganz am Anfang Ihrer Zeit hier, da gab es einen Unglücksfall auf dem Neumetzler-Hof. Die Sache interessiert mich, weil sie eventuell mit dem Verschwinden von Alois Neumetzler zu tun hat. Deshalb bin ich hier. Lina Neumetzler. Sie war eine Patientin von Ihnen, oder?«

»Selbstverständlich. Sie werden hier niemanden finden, der nicht bei mir war.«

»Gab es da vor dem Unglück am Wasserfall irgendetwas, das …«

»Nein, nichts«, unterbrach er sie sofort. »Alles normal, Schnupfen, Husten, Heiserkeit. Bisschen Frauenleiden. Und, natürlich, klar, diese Geschichte, als sie zu mir gebracht worden ist. Das war schon happig für mich, so jung, wie ich da noch war.«

»Was war das genau?«

»Gehen wir in den Garten. Muss ja nicht unbedingt jeder mitkriegen, dass wir länger miteinander reden.« Er nickte mit dem Kopf zu der älteren Dame mit ihrem Dackel, die jetzt bereits zum dritten Mal an ihnen vorbeikam und jedes Mal langsamer wurde. Fehlte eigentlich nur noch, dass sie Hannah und den Arzt bat, doch bitte lauter zu reden.

Der Garten wirkte ungepflegt, irgendwie wollten das Unkraut auf den Beeten, der Löwenzahn und die Gänseblümchen nicht zu der peniblen Erscheinung des Arztes passen. Hannah fragte sich unwillkürlich, ob er wohl verheiratet war. Eher verwitwet, dachte sie. Oder ein ewiger Junggeselle, vor dem keine Sprechstundenhilfe sicher sein konnte, egal wie alt sie war.

Die Waschbetonplatten auf der Terrasse waren zum größten Teil geborsten, auch der Sitzgruppe aus Teakholz hatten Wind und Wetter deutlich zugesetzt, bei jeder Bewegung, die Hannah machte, knarrte der Stuhl unter ihr bedenklich.

Der Arzt zündete sich eine neue Zigarette an.

»Spielt in meinem Alter keine Rolle mehr«, erklärte er schulterzuckend. »Ab fünfundsechzig hat sowieso jeder irgendwo einen Krebs sitzen, an dem er früher oder später stirbt, wenn ihn nicht vorher was anderes erwischt. Ich bin jetzt neunundsechzig, also was soll's? Ist wie mit der Arbeit, ich mache so lange weiter, wie es mir Spaß macht und ich das Stethoskop noch abhorchen kann. Außerdem gibt es ja sowieso keinen Nachfolger für mich.«

»Dann waren Sie damals ... gerade mal dreißig«, rechnete Hannah schnell nach.

»Einunddreißig, wenn Sie es ganz genau wissen wollen. War mein erstes Jahr hier als niedergelassener Arzt. Und im Frühjahr hatte ich gleich den Fall mit den zwei Dorfdeppen vom Skilift.«

Er lachte kurz auf, dann musste er husten. Es klang nicht gut, fand Hannah.

»Wollen Sie die Geschichte hören? Sollte Ihnen gefallen, so als Polizistin und überhaupt.«

»Aber ich möchte eigentlich ...« Hannah blickte demonstrativ auf ihre Uhr. »Es geht mir um Lina Neumetzler. Erzählen Sie mir, was …«

»Erst die Deppen vom Lift«, unterbrach er sie. »Damit Sie verstehen, wie die Menschen so ticken. Schopenhauer hatte vollkommen recht, wenn er sagt, dass der blinde, vernunftlose Wille die Triebfeder allen Handelns ist. Passen Sie auf, meine Geschichte beweist es: Zwei Männer von der Bergbahn hören was über Unfallversicherungen und was für Summen da so drin sind, wenn du einen Arm oder ein Bein verlierst. Also machen sie einen Plan! Werfen eine Münze, wer von ihnen das Bein verlieren soll, und schließen eine Unfallversicherung für ihn ab. Eine Woche später holen sie die Motorsäge aus dem Schuppen und spazieren in den Wald, wo sie angeblich Bäume fällen wollen und dabei der …«, er malte zwei Anführungszeichen in die Luft, »der ›Unfall‹ passieren soll. Der mit der Kettensäge trennt dem Kumpel das Bein ab. Kumpel fällt in Ohnmacht, er blutet wie verrückt, der Kettensägen-Mann kriegt es nicht hin, die Arterie abzubinden, und läuft in Panik zurück ins Dorf, um mich zu holen. Als ich mit ihm im Wald ankomme, ist sein Freund schon verblutet. – Alles klar?«

Er blickte Hannah forschend ins Gesicht, als wollte er sehen, wie sie die blutige Geschichte verkraftet hatte. Hannah war sich nicht sicher, ob es überhaupt tatsächlich passiert war. Vielleicht hat er es auch nur erfunden, dachte sie. Weil er Zeit gewinnen will. Oder mich auf etwas vorbereiten, was noch viel weiter geht …

»Okay, schöne Geschichte«, sagte sie ungerührt. »Und jetzt aber Lina Neumetzler, ja? Sie ist also zu Ihnen gebracht worden, ja? Weshalb?«

»Weil sie sich kaum noch auf den Beinen halten konnte und die Blutung zwischen ihren Beinen nicht aufhörte. War verdammt knapp, aber in diesem Fall konnte ich wenigstens noch helfen. Halbe Stunde später, und das wär's gewesen.«

»Was …«

»Was passiert war?« Er lachte wieder. »Die Stricknadel steckte noch. Ist die klassische Methode für eine illegale Abtreibung. Scharfes Objekt wie Stricknadel oder fester Draht wird eingeführt mit der Absicht, die Fruchtblase zu öffnen. Da die Gebärmutter aber anatomisch immer nach vorne oder hinten geneigt ist, ist die Gefahr groß, bei dem Eingriff die Gebärmutterwand zu perforieren. Und genau das war der Grund für die Blutungen. Not-OP hier in der Praxis. Danach konnte sie dann jedenfalls keine Kinder mehr bekommen. Der Xaver, ihr Mann, war am Boden zerstört, er wollte ja noch mehr Kinder. Und dann tut sie ihm so was an!«

Für einen Augenblick verschlug es Hannah die Sprache. Mit allem hatte sie gerechnet, aber ganz sicher nicht mit der Wendung, dass jetzt der Mann das Opfer war, das jedes Mitgefühl verdient hatte.

»Aber sie …«, stammelte Hannah, »sie wird doch einen Grund gehabt haben, dass sie das Kind nicht haben wollte.«

»Der Herr im Himmel weiß, warum! Ich weiß es nicht. Aber das meinte ich mit Schopenhauer und dem vernunftlosen Willen …«

Hannah hörte gar nicht mehr zu. Sie hat sich selbst verstümmelt, dachte sie nur immer wieder, sie wollte keine Kinder mehr bekommen, genau wie dann später ihre Tochter, die Maria, die im Krankenhaus gewesen war, um sich sterilisieren zu lassen ... »Entschuldigung, was haben Sie eben gesagt?«

»Wie? Was meinen Sie?«

»Wer hat sie zu Ihnen gebracht?«

»Na, die Kriener Gertrud. Die Hexe! Und die Hexe war es auch, die ihr dabei geholfen hat. Das machst du nämlich nicht mal so alleine mit der Stricknadel, da ist immer eine zweite Person beteiligt. Eine Engelmacherin. So wie die Hexe.«

7. Kapitel

Hannah hatte sich in der Bäckerei eine Feierabend-Semmel geholt. Als sie den ersten Bissen nahm, spürte sie, wie es ihr den Magen hob. Es war nicht das Brötchen, es waren auch nicht der Käse, die Gurkenscheiben oder die Remoulade, es war die Geschichte, die der Arzt ihr gerade erzählt hatte.

Hannah schluckte mehrmals, dann trank sie in langen Zügen die Apfelsaftschorle, die sie ebenfalls gekauft hatte. Das Zeug war viel zu süß und schmeckte wie Kaugummi, aber diesmal wehrte sich ihr Magen nicht.

Sie blickte sich um, ob jemand sie beobachtete, dann legte sie das kaum angebissene Brötchen auf die Umrandung des Dorfbrunnens und versuchte, sich zu orientieren.

»Krumme Gasse«, hatte der Arzt gesagt, als sie ihn nach der Adresse der Frau fragte, die er als »Hexe« bezeichnete. Gertrud Kriener, Krumme Gasse 3, zweite Abzweigung vom Marktplatz nach rechts.

Das war direkt vor ihr! Und das verwitterte Holzhaus wirkte tatsächlich wie das Hexenhaus aus einem Märchenbuch. Schwarz gestrichen, Tür und Fensterläden in Rot abgesetzt, mit den Steinen auf dem Schindeldach wie hingeduckt unter der Last des Lebens. Oder auch wie ein heimlicher Zufluchtsort, der Schutz und Geborgenheit versprach, ging es Hannah durch den Kopf, ohne dass sie den Gedanken wirklich zu fassen bekam.

Hannah drückte die altertümliche Klingel, die durchs ganze Haus schrillte. Aber niemand kam, um zu öffnen. Hannah trat einen Schritt zurück. Unwillkürlich suchte sie nach der obligatorischen Katze in einem der Fenster. Das Einzige, was sie entdecken konnte, war ein amselgroßer schwarzer Vogel in einem hölzernen Bauer. Ein Beo, wenn sie sich nicht täuschte, der sie durch die halb geöffnete Scheibe laut begrüßte. Was der kleine Stimmenimitator da von sich gab, war zweifellos das Geschrei eines Esels! Keine zwei Sekunden später antwortete tatsächlich ein Esel – als Hannah sich umblickte, stand er am Zaun zum Nachbargrundstück und bleckte die gelben Zähne. Bevor er erneut schrie und der Beo ihm brav antwortete.

Jetzt erschien eine Frau in einer geblümten Kittelschürze.

»Wenn Sie die Gustl suchen, die ist nicht da«, rief sie Hannah zu. »Da haben Sie sich den falschen Tag ausgesucht, heute und morgen ist sie auf der Wiese oder im Wald, Kräuter pflücken.«

Hannah hatte Mühe, den breiten Dialekt zu verstehen, aber offensichtlich ging es um Kräuter, die zur Zeit der Sonnenwende eine ganz besondere Wirkung haben sollten.

»Holunder und Brennnessel! Die Gustl nimmt auch noch Johanniskraut. Und Schafgarbe«, zählte die Frau weiter auf, indem sie die Finger zu Hilfe nahm, »Beifuß, Frauenmantel, Eisenkraut, Ringelblume, Arnika, manchmal noch Wermut, wenn sie welchen findet. Neun Kräuter müssen's sein, sonst funktioniert ihre Medizin nicht, sagt sie.«

Hannah trat näher an den Zaun. »Und wofür ist sie dann gut, die Medizin von der Gustl?«

»Was fragen Sie mich? Sie wissen's doch!« Die Frau ließ ihren Blick von Hannahs Gesicht über ihre Brust und ihren Bauch bis zu den Beinen wandern, schien aber unzufrieden mit dem Ergebnis. »Sind Sie nicht deswegen da?«

»Doch, schon, aber ... Kommen viele Frauen deswegen her?«, versuchte Hannah, sich vorsichtig voranzutasten.

»Ja, oft. Auch Männer! Sogar von Holland war schon mal einer hier!«

Das passte nun allerdings so gar nicht zur Geschichte des Dorfarztes über Lina Neumetzler und die angebliche Hexe. Die Engelmacherin.

»Sie meinen Männer, die ihre Frauen begleiten, oder?«

»Nein, nein, auch ein Mannsbild kann ja das Problem haben! Und da hilft ihm die Gustl dann ganz genauso.«

Jetzt war die Frau allerdings doch skeptisch geworden, was Hannah anging.

»Sie sind wegen was ganz anderem hier!«, stellte sie fest. »Ich hätt's mir denken können, so wie Sie ausschau'n. Wie so eine, die Unruhe stiftet. Der Esel hat's gleich gemerkt, er hat anders geschrien als sonst. Und Sie gehen am besten zu den Hippies vom Festival. Da finden Sie sicher eine, die's Ihnen wegmacht. Die Gustl macht so was sowieso nicht, dass Sie's nur wissen.«

»Aber ... Moment! Wie kommen Sie darauf, dass ...«

»Ich sag gar nichts mehr. Ich hab ohnehin schon zu viel geredet.«

Die Frau spuckte aus. Dann streckte sie Hannah ihre gekreuzten Zeigefinger entgegen und murmelte etwas, während sie rückwärts zum Haus ging.

Es klang wie ein Fluch.

Diesmal machte der Beo den Anfang, und der Esel antwortete. Hannah konnte die Schreie noch hören, als sie bereits wieder auf dem Marktplatz war. Jetzt verstand sie auch den Satz, den sie mal irgendwo aufgeschnappt hatte – dass die Leute in Irland Entfernungen früher in Eselsschreien gemessen haben, etwas war einen Eselsschrei weit weg. Oder noch nicht mal einen Eselsschrei entfernt.

Früher, dachte Hannah, als es da sicher auch noch Frauen gab, die jemanden verfluchten, der ihnen nicht gefiel.

In Wildbrunn war das anscheinend noch heute so. Und Hannah machte sich nichts vor, sie rannte hier gegen Wände. Sie würde nichts erfahren. Sie war eine Fremde, eine »Unruhestifterin«, wie die Frau ja eben gesagt hatte.

Was immer diese Gustl da nun in ihrem Hexenhaus trieb, Schwangerschaftsabbrüche schienen es nicht zu sein. Aber aus welchem Grund hatte der Dorfarzt sie dann indirekt genau dessen beschuldigt? War sie ihm auf irgendeine Weise in die Quere gekommen? War es die alte Fehde zwischen dem Schulmediziner und der Heilerin? War das der Grund, weshalb er sie verleumdet hatte? Oder hatte Gustls Nachbarin eben einfach gelogen? Auch das war möglich, weil sie Gustl vielleicht schützen wollte.

»Irgendjemand lügt«, sagte Hannah laut. Um gleich darauf im Stillen hinzuzusetzen: Wahrscheinlich lügen sie alle. Niemand sagt hier die Wahrheit. Und jeder weiß etwas, das er schön für sich behält. Weil das immer schon so war! Auf jedem verdammten Hof hier, in jedem Haus, in jeder Familie.

Weder sie noch Toni noch sonst irgendjemand würde daran etwas ändern können. Sie vergeudeten nur ihre Zeit. Zeit, die sie nicht hatten. Die ihnen wie der sprichwörtliche Sand unter den Fingern unaufhaltsam verrann. Und ihr Versuch, den angekündigten Mord zu verhindern, war von vornherein zum Scheitern verurteilt gewesen. Sie hatten nie eine Chance gehabt.

Aber sie mussten weitermachen. Sie mussten es wenigstens versuchen. Es war nicht nur ihr Beruf, der Eid, den sie geleistet hatten, zu helfen, zu schützen, Schaden abzuwenden. Es war viel mehr! Es ging um sie selbst, darum, sich im Spiegel noch ins Gesicht blicken zu können, ohne vor Scham zu erröten …

Als Hannah sich ihren Weg durch das Gewirr der Gassen bis zur Polizeiwache gesucht hatte, wurde sie von Buckmiller begrüßt, der ihr den hochgereckten Daumen zeigte. Genauso wie Huber, der gerade mit Toni aus dem Dienstzimmer trat.

»Wir haben ihn!«, teilte Toni ihr mit. »Den Wirt! Kurz vor München haben die Kollegen ihn von der Autobahn geholt. Sie sind schon auf dem Weg hierher. Wir vernehmen ihn bei uns, dann sehen wir weiter.«

»Ich besorge uns jetzt was zu essen«, erklärte Huber und verschwand.

»Wir haben Pizza bestellt, telefonisch, auf dem Weg hierher«, wandte sich Toni zu Hannah. »Gewissermaßen gegen den Schock. Für dich ist auch eine dabei, keine Panik. Aber der Pizzabote ist krank oder sein Moped ist kaputt oder was weiß ich, deshalb fährt Huber hin.«

Toni wirkte wieder vollkommen normal, über den Unfall wollte sie allerdings nicht weiter reden.

»Ich hab Mist gebaut, ganz einfach. Deshalb bin ich im Graben gelandet, ist allein meine Schuld! Ich hoffe nur, dass sie meinen Alfa in der Werkstatt wieder hinkriegen, ein Auto wie meinen roten Lutscher finde ich so schnell nicht wieder.«

»Was hast du gerade gesagt?« Hannah war sich nicht sicher, ob sie sich verhört hatte. »Deinen roten …«

»Meinen roten Lutscher, ja. So habe ich ihn genannt. Ich finde, das passt.«

»Aha«, sagte Hannah wenig überzeugt. Als sie Tonis ernstes Gesicht sah, fing sie an zu lachen. Bis auch Toni lachen musste.

»Und jetzt?«, fragte Toni dann. »Wo stehen wir? Gibt es bei dir was Neues? Du warst im Krankenhaus, und du warst im Altersheim. Hat es was gebracht?«

»Ja und nein«, setzte Hannah an. Sie war erleichtert, dass Toni ganz offensichtlich ihren kleinen Streit vergessen hatte. Oder zumindest nicht mehr daran rühren wollte.

In ein paar Sätzen informierte sie ihre Kollegin über die Ergebnisse ihrer Recherche. Dass Maria Neumetzler kurz vor ihrem Tod im Krankenhaus um eine Sterilisation gebeten hatte, weil sie keine weiteren Kinder mehr bekommen wollte. Dass ihre älteste Tochter Mizzie ebenfalls im Krankenhaus gewesen war, weil sie eine Abtreibung wollte. Dass der entsprechende Eingriff sowohl bei der Frau als auch aller Wahrscheinlichkeit nach bei dem Mädchen abgelehnt worden war. Dass der Zeitpunkt von Mizzies Tod ebenfalls wenig später war.

Toni war bei Hannahs Bericht kreidebleich geworden, Hannah sah, dass sie beide Fäuste geballt hatte.

»Und bei dem Alten im Heim?«, wollte sie jetzt wissen.

»Keine Chance, irgendwas von ihm zu erfahren«, erwiderte Hannah. »Aber er war ... bösartig. Aggressiv. Er hat mich mit Ausdrücken beschimpft, die ich noch nie im Leben gehört habe. Sehr vulgär, jedenfalls wenn stimmt, was ich glaube, was die Wörter bedeuten.«

»Ich kann's mir vorstellen.« Ganz kurz verzog Toni die Lippen zu einem spöttischen Lächeln. »Schimpfen können wir hier allemal besser als ihr im Norden. Ich bin mir aber nicht sicher, ob das wirklich für uns spricht.«

Ihre Ironie war wie ein Selbstschutz, der Hannah half, die unflätigen Sätze des halb debilen Xaver Neumetzler aus dem Kopf zu bekommen.

»Eine Sache hat er sinngemäß mehrmals wiederholt: dass ich von seinem Hof verschwinden soll, dass ich da nichts zu suchen hätte und so weiter. Es war klar, dass er seine eigene Frau meinte. Lina, die ...«

»Vom Felsen gestürzt ist, als sie auf der Suche nach ein paar Ziegen war.«

»Was ich nicht mehr glaube«, hakte Hannah ein. »Ich glaube nicht mehr, dass es ein Unfall war. So aggressiv, wie dieser Xaver sich da aufgeführt hat ...«

»Schon klar, was du meinst. Dürfte aber schwierig werden, ihm das jetzt noch zu beweisen. Es sei denn, wir würden noch irgendwo einen Zeugen finden – aber wer sollte das sein? Oder wir brauchen Indizien, die absolut hieb- und stichfest sind. Apropos Zeugen …«

Toni griff nach ihrem Handy und rief eine Nummer im Kurzwahlverzeichnis auf. »Der Staatsanwalt«, raunte sie Hannah zu. »Wegen dem Durchsuchungsbeschluss. – Ja, ich bin's«, sagte sie dann laut, als die Verbindung zustande gekommen war. »Die nervige Hauptkommissarin. Wie bitte? Es gibt Schlimmere als mich? Na, vielen Dank auch, das freut mich. Und bedeutet das jetzt auch, dass Sie … Was? Morgen Vormittag? Warum nicht heute noch? Bitte, ja, uns läuft die Zeit davon! Es geht nicht anders, weil wir keinen konkreten Verdacht haben, aha. Aber das stimmt nicht ganz … Nein, es ist deutlich mehr als ein bloßer Anfangsverdacht! Wir haben mittlerweile weitere Informationen, die … Was?«

Toni verdrehte die Augen und zeigte dem Staatsanwalt am Telefon den ausgestreckten Mittelfinger. »Morgen Vormittag oder gar nicht. Ich verstehe. Vielen Dank.«

Sie beendete das Gespräch mit einem Gesichtsausdruck, der perfekt zu ihrer Geste mit dem Mittelfinger passte. »Arschloch! Ein Sesselpuper! Sie sind alle gleich, die Typen, sie hören gar nicht zu, es interessiert sie nicht, was jemand sagt. Sie kennen nur ihre Paragraphen, und wenn da was nicht ins Schema passt, dann ist das genau so, als wäre es auch nicht vorhanden. Und jetzt überleg mal, ich bin immerhin von der Kripo, eine Hauptkommissarin. Schon klar, was passiert, wenn da jetzt eine ganz normale Person auftaucht, eine Frau noch dazu, die etwas melden will, jemanden anzeigen. Aber wahrscheinlich kommt die ja gar nicht bis zum Staatsanwalt, sondern wird schon vorher …«

Toni sah aus dem Fenster. »Wenn man vom Teufel spricht! Huber ist zurück.« Sie blickte zu Hannah. »Vorschlag, Hannah. Wir essen jetzt was, und dann fahren wir …«

»Zum Neumetzler-Hof. Vielleicht ist die Frau jetzt doch bereit, mit uns zu reden. Machen wir ihr deutlich, was auf dem Spiel steht, wenn wir damit richtigliegen, dass ihr Alois der nächste Feuertote sein soll.«

Es kam Hannah völlig selbstverständlich vor, dass sie beide den gleichen Gedanken gehabt hatten. Als würden sie tatsächlich schon Ewigkeiten zusammenarbeiten. Es war ein gutes Gefühl.

Gleichzeitig dachte sie, dass Tonis Sätze eben über den Staatsanwalt auf irgendwas hindeuteten, was in Tonis Umfeld passiert war. Oder sogar ihr selbst.

Eine Erfahrung, die ihre ganze Haltung gegenüber Behörden bestimmte, gerade als Frau! Hannah wusste nur zu gut, was das bedeutete. Und es verstärkte die Nähe zwischen ihr und Toni.

»Pizza ist da!«, brüllte Huber draußen auf dem Gang. »Wir gehen zu Buckmiller und mir ins Büro, da ist am meisten Platz!«

»Warte!« Hannah hielt Toni am Arm zurück. »Eine Sache noch, bevor wir dann zum Hof fahren. Ich hab auch mit dem Dorfarzt gesprochen. Die Lina Neumetzler war bei ihm. Sie hatte … sich eine Stricknadel in die Gebärmutter gestoßen, wie es häufig bei einer illegalen Abtreibung gemacht wird. Er hat sie notoperiert. Aber damit war sie sozusagen … Sie hatte sich selbst verstümmelt. Sie konnte keine Kinder mehr kriegen.«

Die Pizza war wagenradgroß, mit Brezelteig gebacken und dick mit Bergkäse, frittierten Zwiebeln, Frikadellenscheiben und Essiggurken belegt. Für einen kurzen Moment hatte Hannah das Gefühl, endgültig auf einem fremden Stern gelandet zu sein.

»So zeigen wir den Spaghettis, wie man Pizza richtig macht«, prahlte Huber, während Buckmiller sich bereits ein fetttriefendes Stück angelte und vor Begeisterung selig aufstöhnte, als er den ersten Bissen im Mund hatte.

Als Toni Hannas entsetztes Gesicht sah, griff sie nach einem kleineren Karton und schob ihn Hannah hin. »Für dich! Die Veggie-Option!«

Hannah stieß erleichtert die Luft aus. Als sie den Deckel anhob, lachten ihr Cocktailtomaten, Basilikumblätter sowie kleine Inseln von grünem Pesto und Crème fraîche entgegen. Der Rand allerdings war ebenfalls aus Brezelteig.

»Probier es«, forderte Toni sie auf. »Ich find's super!«

Bereits nach den ersten Bissen stimmte Hannah ihr zu. »Das werd ich unbedingt auf der Insel einführen, der Teig ist klasse!«

»Aber es muss was Richtiges drauf, nicht so Fliegenfänger-Gemüse«, kam es prompt mit vollem Mund von Huber. »Noch besser als mit Fleischpflanzerl schmeckt's mit Weißwurstscheiben, schön dick, und süßen Senf drübergeschmiert. Auch schön dick, versteht sich!«

Hannah wurde alleine von der Vorstellung schon ganz anders, Toni zwinkerte ihr nur zu, bevor sie zu Huber sagte: »Die beste Pizza, die ich mal bekommen habe, war in Australien. Mit gebratenen Heuschrecken, Mehlwürmern, gerösteten Maden und obendrüber getrocknete Ameisen.«

»Getrocknete Ameisen und … und Maden?« Huber starrte sie mit offenem Mund an. »Ich glaube, mir wird gleich …«

»Mir auch«, kam es prompt von Buckmiller, »würd ich nicht essen, so was.«

Eine Viertelstunde später saßen Toni und Hannah im Streifenwagen auf dem Weg zum Neumetzler-Hof. Ein anderes Auto hatten sie nicht zur Verfügung, Tonis Alfa war direkt in die Werkstatt geschleppt worden.

Toni fuhr. Sie beschwerte sich schon auf den ersten Metern darüber, wie langweilig der Passat war. Und vor allem, wie viel Plastik überall verbaut war.

»Aber ist ja klar, sie mussten ja sparen, damit die Typen in der Chefetage weiter ihre Millionen einsacken können! Weißt du, was der Vorstandsvorsitzende von denen verdient?«

»Hör auf, ich will es gar nicht hören. Ist doch aber bei BMW oder Mercedes nicht anders.«

»Aber bei VW jammern sie am lautesten, das regt mich am meisten auf. Echt, sie stopfen sich die Taschen voll, und dann verlangen sie auch noch, dass der Staat ihnen helfen soll! Wenn ich den Scheiß höre, würde ich am liebsten auswandern. Und zwar sofort!«

»Apropos auswandern: Du warst schon mal in Australien?«, fragte Hannah.

»Nein, nie!« Toni lachte. »Aber bei einer Tante von mir gab es ein Album mit Sammelbildern über Australien. Da waren auch Bilder von Ureinwohnern, die Insekten gegessen haben. Und als Bildunterschrift stand da: *Die Aborigines essen auch Mehlwürmer und Maden.* Hat mich damals sehr begeistert.«

»Ich glaube, ich hatte ein ähnliches Album, noch von meinem Vater. Über Südamerika! Da ging es auch ums Essen. Ich weiß noch, dass sie auf einem Bild gerade Meerschweinchen gegrillt haben!«

»Spannend«, meinte Toni, »alles Sachen, die wir jedenfalls nicht in der Schule gelernt haben.«

»Ich hab auch viel aus *Donald Duck*«, gestand Hannah. »Da brauchst du gar nicht zu lachen, das stimmt. Und aus *Asterix* natürlich.«

Als sie am Braunen Hirschen vorbeifuhren, hatte Hannah für einen kurzen Augenblick den Eindruck, dass sich die Gardine in einem der Fenster zum Gastraum bewegte. Unwillkürlich fragte sie sich, ob die Bedienung das Gasthaus am Abend wohl auch ohne den Wirt öffnen würde. Und ob diese kaugummikauende und so unendlich gelangweilt wirkende junge Frau womöglich etwas wissen könnte, das für die Ermittlung wichtig war. Vielleicht hatte sie irgendetwas aufgeschnappt, und wenn es nur ein zufällig dahingesagter Satz eines Gastes war. Oder ein Disput, ein lautstarker Streit!

Kommt drauf an, was der Wirt nachher sagt oder nicht sagt, dachte Hannah. Danach können wir immer noch mit der Bedienung reden. Dann haben wir hoffentlich auch konkrete Fragen, die wir stellen können.

Auf der Brücke über den Fluss waren ein paar Festivalbesucher dabei, vom Geländer ins Wasser zu springen. Die meisten von ihnen waren junge Männer mit Rastahaaren und Vollbärten. Hannah meinte, auch den Typen wiederzuerkennen, von dem Toni erzählt hatte, dass er jedes Jahr mit dem Pferdewagen aus Hessen zum Festival kam.

Als die Festivalleute jetzt den Streifenwagen sahen, stoppten sie ihr Badevergnügen und rückten enger zusammen, als wollten sie Schutz in der Gruppe suchen.

Wie eine Herde Moschusochsen, dachte Hannah, die bei Gefahr einen Kreis bildet und die Köpfe mit den Hörnern nach außen streckt, um sich und die Schwächeren in der Mitte zu schützen.

»Es ist der Streifenwagen«, stellte Toni fest. »Damit sind wir für sie der Feind. Hoffentlich passiert uns nicht dasselbe, wenn wir zu der Frau vom Neumetzler-Hof kommen. Oder sollen wir hier irgendwo parken und den Rest zu Fuß gehen, was meinst du?«

»Nein«, erwiderte Hannah. »Lass uns direkt vorfahren. Vielleicht kapiert sie dann eher, dass es ernst ist.«

Kaum dass sie auf dem Hof waren, wurde allerdings schnell klar, dass sie sich getäuscht hatten. Wie bereits bei ihrem letzten Besuch ließ die Neumetzler-Bäuerin sie auch diesmal gar nicht erst weiter ins Haus als bis in den Flur. Und ihre ganze Haltung zeigte von Anfang an, dass sie nicht gewillt war, mit den beiden Polizistinnen zu sprechen.

»Sie haben den Alois noch nicht gefunden, richtig? Was wollen Sie dann von mir?«

Hannah und Toni warfen sich einen Blick zu. Die Reaktion der Frau war ungewöhnlich. Eigentlich wäre die erste Frage gewesen, ob Alois etwas passiert war. Ob sie gekommen waren, um ihr mitzuteilen, dass er ... verunglückt war. Womöglich nicht mehr lebte.

»Sehen Sie, Frau Neumetzler«, setzte Hannah an, »wir wollen ganz offen zu Ihnen sein. Wir haben keine Ahnung, wo sich Ihr Mann befinden könnte, wir tappen vollständig im Dunkeln. Deshalb wäre es so wichtig, dass Sie uns noch mal ... ein bisschen mehr erzählen! Gab es da vielleicht in letzter Zeit irgendetwas, das in Zusammenhang mit seinem Verschwinden wichtig sein könnte? Ist etwas vorgefallen? Ein Streit, oder ... hat er sich irgendwie anders benommen als sonst?«

»Haben Sie finanzielle Probleme?«, fragte Toni dazwischen, bevor die Bäuerin antworten konnte.

Dafür regte sie sich jetzt umso mehr auf. »Was wollen Sie von mir? Mein Mann ist verschwunden! Machen Sie gefälligst Ihre Arbeit und finden Sie ihn!«

»Deshalb sind wir hier«, brachte Hannah beschwichtigend an.

»Aber ich hab Ihnen nichts zu sagen! Ich hab zwei Töchter, um die ich mich kümmern muss, und einen Bauernhof mit dreißig Ziegen, und keinen Mann, der mir hilft. Was glauben Sie, wie schwer das alles ist!«

»Das glauben wir Ihnen«, erwiderte Hannah. »Aber umso wichtiger ist es, dass Sie uns alles erzählen, was Sie wissen. Wir würden uns auch gerne ... ganz kurz im Haus umsehen, wäre das in Ordnung für Sie?«

»Nein. Dazu brauchen Sie so einen Durchsuchungsbefehl oder wie das heißt.«

»Durchsuchungsbeschluss, ja. Haben wir tatsächlich nicht, wir sind auf Ihre Hilfe angewiesen, auf Ihre Mitarbeit. Also noch mal: Lassen Sie uns bitte einen Blick ...«

»Nein.«

»Okay.« Hannah holte tief Luft. »Es gibt das Gerücht, dass die eine Schwester Ihres Mannes, die Vevi, hier wieder aufgetaucht sein soll. Die Schwester, die als Zwölfjährige weggelaufen ist. Wissen Sie etwas darüber?«

Für einen Moment schien die Bäuerin verunsichert. »Wie meinen Sie das? Wer sagt das, dass sie wieder hier ist?«

»Ihr Mann hat das in der Kneipe erzählt. Er war sich sicher, dass er sie gesehen hat.«

»Der Alois ist ein ... Wenn er zu viel getrunken hat, redet er jede Menge Blödsinn.« Sie lachte kurz auf. »Nee, die Schwester ist bestimmt nicht hier! Dann wäre sie ja wohl als Erstes zu uns gekommen. Ist sie aber nicht.«

»Haben Sie noch irgendwo ein Foto von ihr?«

»Gibt kein Foto. Hat der Alois alle verbrannt, die Fotos. Er wollte ... einen Neuanfang, hat er gesagt. Nichts, was an früher erinnert.«

»Hat das einen bestimmten Grund, dass ...«

»Was wollen Sie denn noch? Ich hab schon alles gesagt. Und jetzt ist Schluss. Ich hab zu tun, ich muss die Ziegen melken.«

»Eine letzte Frage habe ich noch: Sind Ihre beiden Töchter zu Hause?«

»Die Kleine ist in ihrem Zimmer. Und die Große ist bei einer Schulfreundin. Und Sie gehen jetzt am besten wieder, ja? Mehr habe ich nicht zu sagen.«

Toni hatte seit ihrer Frage nach möglichen finanziellen Problemen nur mit verschränkten Armen an der Wand gelehnt und geschwiegen. Jetzt schob sie sich an Hannah vorbei und sagte leise: »Wir können auch anders. Dann kommen wir morgen zurück. Mit dem Wisch vom Staatsanwalt und noch ein paar Beamten, die hier alles auf den Kopf stellen. Wollen Sie das wirklich?«

Die Bäuerin zuckte mit den Schultern. »Mir doch egal. Finden werden Sie hier gar nichts. Und falls Sie glauben, dass der Alois im Keller steckt oder im Stall oder in der alten Mühle, dann irren Sie sich gewaltig. Aber bitte, Sie können ja morgen wiederkommen und suchen. Und vergessen Sie nicht den Beschluss!«

Sie saßen noch kaum wieder im Streifenwagen, als Toni sagte: »Ich hätte nicht übel Lust, irgendwo an der Zufahrt zum Hof zu warten, bis die große Tochter auftaucht. Was meinst du?«

»Nein, Toni, das können wir nicht machen. Das dürfen wir auch gar nicht. Das Mädchen ist nicht volljährig, es muss immer jemand dabei sein, ein Elternteil oder …«

»Ich wollte sie nicht befragen. Ich wollte sie einfach reden lassen, sie plappert von ganz alleine, wetten?«

Hannah schüttelte den Kopf. »Wir haben den Wirt, den wir jetzt vernehmen müssen. Alles, was mit dem Hof zu tun hat, muss bis morgen warten. – Hast du eine Erklärung für das Verhalten von Neumetzlers Frau? Hast du, oder?«

»Warum sie nicht mit uns sprechen will? Liegt doch auf der Hand, oder?«

»Sie weiß genau, was da auf ihrem Hof läuft. Mit dem Mann und … ihrer Tochter. Aber sie hat Angst zu reden, weil dann ja alles rauskommen würde, dass sie die ganze Zeit geschwiegen hat, statt ihn anzuzeigen.« Hannah wartete einen kurzen Moment, bevor sie hinzusetzte: »Ich hab mich gefragt, wieso niemals jemand ... die Männer hier angezeigt hat. Keine von den Frauen, meine ich. Aus Scham? Oder weil sie zu viel Angst hatten, dass man ihnen nicht glauben würde?«

»Beides, denke ich.« Toni zuckte mit der Schulter. »Ist immer dasselbe. – Plus die berechtigte Sorge, dass jeder, selbst wenn man ihnen glaubt, versuchen würde, das Ganze unter den Teppich zu kehren. Was nicht sein darf, wird totgeschwiegen. Ist besser für alle, vor allem einfacher, muss niemand was tun, du weißt schon, wie die drei Affen, nichts sehen, nichts hören, nichts sagen.«

»Warten wir ab, ob wir morgen was finden.«

Es war ein Fehler, der Frau zu erzählen, dass wir morgen mit einem Durchsuchungsbeschluss wiederkommen, dachte Hannah. Jetzt hat sie genug Zeit, um mögliche Beweise verschwinden zu lassen. Und sich mit ihren Töchtern abzusprechen, was sie sagen sollen und was nicht! Aber vielleicht ...

»Vielleicht tun wir der Frau auch unrecht«, sagte sie laut. »Vielleicht liegen wir völlig daneben mit unserem Verdacht. Irgendwie tut sie mir leid, verstehst du? Es muss ... scheiße sein, mit der ganzen Vorgeschichte da auf dem Hof und ...«

»Ich halte sie für tatverdächtig.« Toni prügelte den Passat in einer gewaltigen Staubwolke durch die Schlaglöcher auf dem Feldweg. »Und wir finden morgen irgendwas, um den Staatsanwalt zu überzeugen, dass er auch gleich noch einen Haftbefehl ...«

Das Funkgerät am Armaturenbrett meldete sich. Hubers Stimme wurde von ständigem Rauschen und Knacken unterbrochen. »Die Kollegen ... jetzt da ... Wirt will Anwalt, sonst will er nicht ...«

»Verstanden«, meldete sich Toni zurück. »Wir sind gleich da. Fünf Minuten!«

»Ich hab kein gutes Gefühl«, murmelte Hannah. »Es kommt mir vor, als wäre alles umsonst, was wir tun. Weil es längst zu spät ist ... Halt an!«, rief sie gleich darauf und zeigte auf den Fußweg, der über die Brücke führte. »Da! Die Frau da, siehst du? Das ist sie!«

Mittsommer, 17.25 Uhr

Sie weiß, dass es vorbei ist. Sie hat den Kontakt zu ihm im gleichen Moment verloren, in dem sie die falsche Frage gestellt hat. Sie hat einen Fehler gemacht

»Deine Schwester glaubt dir nicht. Sie ist hier, um Mizzie zu rächen. Mizzie. Und die Mutter, die Großmutter. So, wie sie sich schon an deinem Onkel gerächt hat. Johann. Und sie denkt, dass du ...«

»Ich habe meine Töchter nie angerührt«, hat er wiederholt. »Und ich würde alles tun, dass ihnen kein Leid geschieht.«

Es klang wie auswendig gelernt. Vielleicht war das der Grund, dass sie zu schnell reagiert hat. Weil sie wieder wütend wurde. Er war nicht frei von Schuld. Er war ein Vergewaltiger. Und ein Mörder. Das hatte er ja selbst zugegeben.

»Du hast Angst vor deiner Schwester, richtig? Sie ist hier. Und du weißt, dass du ihr nicht entkommen kannst. Aber ... wir können einen Deal machen. Mach mich los, und ich helfe dir.«

Sie merkt selbst, wie falsch ihre letzten Worte klingen. Aber sie darf jetzt nicht aufgeben! Sie muss hier raus. Sie muss eine Lösung finden, damit er sie laufen lässt. Damit sie nicht als nächstes Opfer im Feuer landet. Damit sie Rio wiedersieht. Ihren Mann, ihren Vater, ihre Insel. Aber vor allem Rio!

8. Kapitel

Toni hielt mit quietschenden Reifen neben der Frau auf der Brücke.

»Was willst du von ihr? Wer soll das sein?«

»Die angebliche Hexe! Die Frau, die die halb verblutete Lina Neumetzler zum Dorfarzt gebracht hat.«

»Okay. Und du glaubst ...«

»Werden wir gleich sehen.«

Hannah hatte sich nicht geirrt. Die alte Frau mit den Gummistiefeln, der über den Knien abgeschnittenen Jeans und den langen grauen Haaren war Gertrud Kriener. Die »Gustl«, die Kräuterfrau.

Tatsächlich war es die geflochtene Kiepe auf ihrem Rücken gewesen, die Hannah überhaupt auf die Frau aufmerksam gemacht hatte.

»Frau Kriener?«, fragte sie, als sie aus dem Streifenwagen stieg.

Die Frau nickte. »Und was will die Polizei von mir?«, fragte sie eindeutig irritiert. Ihre Haltung war nicht unbedingt ablehnend, eher skeptisch, als wollte sie erst mal abwarten, was Hannah zu sagen hatte. Nicht die schlechteste Haltung, Hannah konnte genug Zusammenhänge benennen, in denen es ganz sicher sinnvoller war, nicht sofort mit Ablehnung zu reagieren.

»Ich habe nur ein paar kurze Fragen an Sie ...«

»Na, dann setz ich mal so lange die Kiepe ab. Ist doch ganz schön schwer, hab Glück gehabt heute.«

»Neun Kräuter, die eine besondere Wirkung haben, wenn man sie zur Mittsommernacht pflückt?«, fragte Hannah.

»Sie wissen das? Sie kennen sich mit solchen Dingen aus?«

»Nicht wirklich«, gestand Hannah, »Ihre Nachbarin hat es mir erzählt. Ich war vorhin da, weil ich mit Ihnen sprechen wollte.«

Ihre Ehrlichkeit ließ auch die letzten Bedenken der Kräuterfrau hinfällig werden. Als sie lächelte, schien ihr ganzes Gesicht von innen heraus zu strahlen, vor allem die graublauen Augen mit den goldenen Flecken um die Iris herum ließen Hannah ein unerwartetes Zutrauen fassen.

»Gut. Worum geht's? Wie kann ich helfen?«

»Ihre Nachbarin hat auch erzählt, dass Sie ... Besuch von sonst woher haben. Leute, die zu Ihnen kommen, weil ...«

»Weil sie meine Hilfe brauchen, ja. Ich habe ... eine Gabe, wenn Sie so wollen. Ich kann tatsächlich manche Krankheiten heilen. Meine Mutter konnte es auch. Von ihr habe ich es. Sie war es auch, die es bei mir erkannt hat. Als ich noch fast ein Kind war und einer Freundin geholfen habe, die von einem Auto angefahren worden war.«

Gustl warf einen Blick auf den Streifenwagen, Toni hatte ihr Handy am Ohr und telefonierte.

»Was heißt das, wenn Sie sagen, Sie könnten manche Krankheiten heilen?«, wollte Hannah jetzt wissen. »Was genau tun Sie?«

»Da helfen, wo die Schulmedizin nicht weiterkommt.«

»Das war aber keine Antwort auf meine Frage!«

»Sie wollen ein Beispiel?«

Wieder fielen Hannah ihre Augen auf. Die Augen und dieser wache Blick. Als könnte die Frau einem direkt in die Seele blicken, dachte sie. Ohne die Lachfältchen in den Augenwinkeln und wenn das ganze Gesicht nicht so runzlig wie ein Apfel vom vorigen Jahr gewesen wäre, hätte ihr Blick etwas Unheimliches gehabt. Und ganz sicher gab es einige Leute, die sich vor der Alten fürchteten. Vor ihrem Wissen, vor ihrer Gabe. Nicht umsonst wurde sie »die Hexe« genannt.

»Ich kann es nicht erklären. Ich mache es mit meinen Händen und ... der Kraft meiner Gedanken. Sie wissen, was eine Gürtelrose ist? Natürlich wissen Sie das«, redete sie gleich weiter, ohne auf eine Antwort zu warten. »Sehen Sie hier ...«

Sie schob die langen Ärmel ihrer Jacke zurück. Ihre Unterarme waren dicht an dicht mit roten Pusteln besetzt.

»Es nervt«, erklärte sie. »Und die Dinger jucken wie verrückt. Aber die Frau, die bei mir war, ist sie los. Ich hab drei Sitzungen mit ihr gebraucht, so schlimm war es. Jetzt hab ich's. Aber das kenne ich schon, das geht schnell wieder weg.«

»Sie wollen wirklich sagen, dass Sie ... das jetzt haben?«, fragte Hannah ungläubig.

»Manchmal passiert das, ja«, erwiderte die Alte mit einer Selbstverständlichkeit, die Hannah nur noch mehr irritierte.

Hannah hatte von solchen »Besprechungen« gehört. Ihr

war allerdings nicht klar gewesen, dass der »Heiler« oder die »Heilerin« die Krankheit übernahm, zumindest die Symptome für eine kurze Zeit. Sie konnte nicht umhin, die Frau vor ihr auf eine gewisse Weise zu bewundern. Da nahm jemand ein … Leiden auf sich, um einem anderen Menschen zu helfen. Das war fast zu viel des Guten, dachte sie unwillkürlich.

»Ich verlang kein Geld dafür«, stellte die Frau jetzt klar. »Darf ich nicht. Ist verboten. Ist ja kein Beruf, was ich tue. Aber die meisten, denen ich helfen kann, spenden mir etwas. Das reicht mir. Die Spenden und die Tees und die Kräutersalben, die ich herstelle.« Sie wies auf die Kiepe. »Die Natur kümmert sich um die, die sie achten und wertschätzen.«

Pass auf!, meinte Hannah eine Stimme in ihrem Kopf zu hören. Das klingt alles viel zu schön, um wirklich wahr zu sein. Und du glaubst nicht an solche Sachen, denk daran! Außerdem hast du einen Fall zu lösen. Es darf für dich keine Rolle spielen, wie unerwartet sympathisch dir die alte Frau ist, sie kann durchaus eine Verdächtige sein, die indirekte Anschuldigung des Dorfarztes war deutlich genug …

»Aber deshalb haben Sie mich nicht angehalten«, erklärte Gustl im selben Moment. Als hätte sie Hannahs Gedanken gelesen! »Sie sind von der Polizei, Sie wollen etwas von mir wissen, und das hat ganz sicher nichts mit meinen Kräutern zu tun.«

»Es ist lange her«, bestätigte Hannah, »aber ich hoffe, Sie können sich noch erinnern …«

Eine Hupe ertönte, mehrmals hintereinander. Hinter der

Scheibe des Streifenwagens hielt Toni ihren Arm hoch und tippte auf die Uhr an ihrem Handgelenk.

Hannah machte eine abwehrende Bewegung, »nicht jetzt«, mimte sie tonlos, »ich brauche noch einen Moment«.

»Sie sind wegen der Neumetzler-Frauen hier, stimmt's?«, fragte Gustl mit derselben Gelassenheit, mit der sie zuvor über ihre Gabe gesprochen hatte. Wie jemand, der in sich selbst ruht und der viel zu viel gesehen hat, um noch nervös zu werden, wenn er von zwei Polizistinnen angehalten wird.

»Wie kommen Sie auf die Neumetzler-Frauen?«, fragte Hannah zurück. »Ich habe nichts gesagt, was in diese Richtung ...«

»Kindchen, ich bin weit über achtzig, und ich mag vielleicht aussehen wie ein wunderliches altes Weib, aber deshalb bin ich noch lange nicht dumm im Kopf. Noch nicht! Also, zwei von den Neumetzler-Frauen waren bei mir, weil sie ... gewisse Probleme hatten. Erst die Maria und später noch mal die Mizzie, ihre ältere Tochter. Das Mädchen war schwanger und wollte wissen, ob ich das Kind wegmachen kann, und der Mutter sollte ich helfen, dass sie nie wieder Kinder bekommt, darum ging es. Nur konnte ich da gar nichts für sie tun! Nicht nur, weil solche ... Eingriffe verboten sind und ...«

»Und Sie sich ja bereits schon mal strafbar gemacht hatten«, hakte Hannah ein. Es war ein Schuss ins Blaue, aber jetzt war sie ganz Polizistin, die nur ein Ziel kannte – eine Verdächtige so in die Enge zu treiben, dass sie keinen Ausweg mehr sah. »Die *Lina* Neumetzler war auch bei Ihnen gewesen, und da hatten Sie keine Skrupel. Nur dass es fast schiefgegangen wäre und Sie die Frau in letzter Minute noch zum Dorfarzt gebracht haben.«

»Das glauben Sie wirklich, ja? Dass ich eine Engelmacherin wäre?«

»Sagen Sie es mir!«

»Die Lina war nicht schwanger. Aber sie wollte sich verstümmeln, verstehen Sie?« Die alte Frau war laut geworden bei ihren letzten Worten, sie hatte Hannah an den Händen gepackt, als wollte sie sie beschwören, ihr genau zuzuhören. »Sie wollte ihre ... Sie wissen schon, es sollte alles kaputt sein da unten, damit der Xaver, ihr Mann, sie nie wieder anrühren würde! Und in ihrer Verzweiflung hat die Ärmste selbst versucht, sich ... untauglich für einen Mann zu machen. Aber es hat nicht mehr aufgehört zu bluten, der Xaver hat sie dann mit dem Lieferwagen hergebracht, zu mir, weil er nicht zum Arzt damit wollte. Sie hätte ins Krankenhaus gemusst, aber bis dahin hätte sie es nicht mehr geschafft, deshalb bin ich mit ihr zu dem Arzt hier im Dorf. Ohne ihn hätte sie es gar nicht überlebt.«

Ohne dass Hannah oder die alte Frau es bemerkt hatten, war Toni aus dem Streifenwagen gestiegen und leise näher gekommen. Sie musste die Sätze von Gustl noch gehört haben. Als sie jetzt zu ihnen trat, zuckte Gustl unwillkürlich zurück, auch Hannah schreckte kurz zusammen.

»Was wissen Sie über Xaver Neumetzler?«, fragte sie. »Was hat er denn getan, dass seine eigene Frau ... ihn nicht mehr wollte?«

»Das, was viele Männer immer schon getan haben. Und auch immer noch tun, ohne dass ihnen jemand Einhalt gebietet! Es steht ja auch immer wieder in der Zeitung, oder sie sagen es in den Nachrichten, wenn sie einen haben, der seine Frau, seine Tochter, sogar das Enkelkind im Keller gehalten hat wie ... wie ... ein ... Stück Vieh. Nein, schlimmer, viel schlimmer! Und die Nachbarn wissen es und das halbe Dorf, aber keiner sagt was und keiner tut was. Und wenn die Polizei dann endlich mal reagiert, dann sind sie hinterher alle entsetzt über die Zustände da und wie so was überhaupt hätte geschehen können, so ist es doch!«

Die alte Frau war jetzt wütend geworden, ihre Mimik, ihre Gestik hatten sich deutlich verändert.

Sie ist also doch noch zu erschüttern, dachte Hannah. »Ich hab ihn im Heim besucht«, sagte sie. »Er hat geschrien und getobt. Er war voller Hass. Sie sagen, dass seine Frau Lina keinen Sex mehr mit ihm wollte und sich verstümmelt hat, damit er sich auch mit Gewalt nicht nehmen konnte, was ihm seiner Meinung nach zustand – denken Sie, dass er sie deshalb auch geschlagen hat? Sie misshandelt?«

»Ganz bestimmt hat er das getan. Ich hab ihr mehrmals Salben deshalb gegeben. Ich hab sie auch bekniet, dass sie zur Polizei geht und ihn anzeigt, aber das wollte sie nicht. Sie fühlte sich ja auch noch schuldig wegen dem, was sie getan hatte.«

»Das könnte ein Grund dafür gewesen sein, dass sie gesprungen ist«, überlegte Hannah laut. Um gleich darauf zu fragen: »Aber wäre es auch vorstellbar, dass sie nicht selber gesprungen ist, nicht aus freien Stücken, sondern dass ihr Mann sie ...«

»Gestoßen hat? Sie umgebracht? Selbstverständlich! Ich bin sogar überzeugt davon.«

Eine Frage blieb offen. Aber Hannah zögerte noch, als Toni schon sagte: »Es gab da eine weitere Tochter damals auf dem Hof, als die Mizzie ... im Feuer umgekommen ist. Eine mittlere Tochter, Vevi, die weggelaufen ist, als sie gerade mal zwölf Jahre alt war. Angeblich zu einer Tante nach Frankfurt, von der wir aber keinerlei Spuren finden können. Und Alois Neumetzler soll behauptet haben, dass diese Vevi zurückgekommen ist. Was glauben Sie, könnte das sein? Oder haben Sie etwas gehört, das ...«

Für eine Sekunde ging ein Schatten über Gustls Gesicht, als sie Toni anstarrte. Dann kniff sie die Augen zusammen und schüttelte den Kopf, als wollte sie einen unmöglichen Gedanken verdrängen, bevor sie antwortete: »Kann sein, ja, möglich ist es, dass sie wieder hier ist. Dem Alten in seinem Heim würde es nur recht geschehen, er hätte es verdient, dass sich jemand erinnert und kommt, um ihn zur Rechenschaft zu ziehen.« Sie lachte kurz auf. »Den alten Saukerl. Vielleicht war sie das ja dann auch mit dem Johann. Da räumt jemand auf!«

»Alois«, sagte Hannah jetzt. »Sie wissen, dass er verschwunden ist. Und morgen ist Mittsommernacht. Wir fürchten, dass ...« Sie holte tief Luft. »Wissen Sie etwas über Alois und was da auf dem Hof los ist?«

»Wird schon nichts Gutes sein. Aber die Frau von ihm kenne ich nicht, die beiden Mädchen auch nicht, nur vom Sehen. Sie sind beim Arzt hier, der muss die Antwort wissen, wenn es eine gibt.«

Auf der Polizeiwache begrüßte Huber sie mit den Worten: »Der Klaus tobt, weil er jetzt schon so lange warten muss!«

»Hat den Kaffeebecher, den ich ihm gebracht habe, gegen die Wand geschmissen«, ergänzte Buckmiller.

»Aber verstehen kann man ihn ja«, kam es wieder von Huber. »Der hat ja Besseres zu tun, als hier rumzusitzen.«

»Sie dürfen ihm gern Gesellschaft leisten«, reagierte Toni mit eisiger Miene. »Wir geben Ihnen noch einen Moment, damit Sie sich in Ruhe absprechen können, wie das nun war mit seinem Alibi, das Sie ja angeblich überprüft hatten!«

»Was? Was soll das denn jetzt? Natürlich hab ich das überprüft! Und das ist vollkommen in Ordnung, er *war* im Krankenhaus. Ich hab ja angerufen, und die haben mir das bestätigt. Überprüfen Sie es doch selbst noch mal, wenn Sie mir nicht glauben!«

»Haben wir«, antwortete jetzt Hannah. Allerdings ohne hinzuzusetzen, was sie herausgefunden hatten.

»Und?«, fragte Huber. »Dann wissen Sie's doch!«

»Wir reden später noch mal darüber. Nach der Vernehmung! Und die machen wir ohne Sie. Nur die Kollegin und ich.«

Toni zog Hannah mit sich in den Gang, der zu dem fensterlosen Raum am Ende der Dienststelle führte, gleich neben den beiden Arrestzellen.

»Entweder ist Huber ein verdammt guter Schauspieler«, flüsterte sie Hannah zu. »Oder ...«

»Ein verdammt schlechter Bulle, der nur kurz mal mit dem Krankenhaus telefoniert hat, weil er zu faul war, selbst einen Blick in den Bericht da zu werfen.«

»Zu faul und unfähig, beides!«, erklärte Toni.

Sie öffnete die Tür mit dem Schild »RUHE AUF DEM

GANG« und trat vor Hannah in den normalerweise ungenutzten Raum. Ein ausgemusterter Büroschreibtisch, ein dreibeiniger Drehstuhl dahinter, ein Gartenklappstuhl davor, auf dem der Wirt saß und ihnen entgegenstarrte.

»Wird das doch noch mal was hier, ja? Ist ja super! Also los, ich höre, was wollen Sie? Bin ich verhaftet oder was?«

Toni machte einen Schritt über die Kaffeepfütze hinweg und setzte sich auf den Drehstuhl, ohne eine Antwort zu geben. Hannah lehnte sich gegen den Heizkörper, dessen Rippen in einem hässlichen Olivgrün gestrichen waren. Wobei sie sich fragte, ob Olivgrün eigentlich jemals *nicht* hässlich sein konnte.

Aber offensichtlich sahen andere Leute das anders. Der Wirt trug jedenfalls ein olivgrünes T-Shirt und eine Tarnfleckhose, die Kombination erinnerte Hannah unwillkürlich an eine Wehrsportgruppe. Nur die Haare des Wirts waren zu lang für einen aufrechten Bürger, der seine Werte verteidigen musste, das hatte Hannah schon an dem Abend in der Kneipe gedacht.

Das T-Shirt hatte unter den Achseln dunkle Schweißflecke. So warm war es in dem Raum jedoch gar nicht, Fischbauer schwitzte also aus einem anderen Grund. Anscheinend war er doch nicht so von seiner eigenen Unschuld überzeugt, wie er vorgab.

Die Neonröhre unter der Decke flimmerte leicht. Das unverkleidete Fallrohr in der Ecke des Raumes rauschte, als jemand in der Wohnung über der Dienststelle die Toilettenspülung betätigte.

Toni legte ihr Handy auf den Tisch und drückte die Aufnahmetaste.

»Vernehmung von Klaus-Peter Fischbauer, geboren …« Sie blickte den Wirt fragend an. »Ihr Geburtsdatum!«

»14. 8. 1964.«

»14. 8. 1964«, wiederholte Toni, »Familienstand ledig, wohnhaft in Wildbrunn, Gasthaus zum Braunen Hirschen, Hauptstraße … Wie viel?«

»Nummer 18.«

»Nummer 18. Heute ist der 20. Juni, Uhrzeit 16.12 Uhr. Anwesend sind die Hauptkommissarin Antonia Martin sowie Hannah Meyer, Hauptkommissarin in der Sondereinheit SPOG. Wir vernehmen Herrn Fischbauer in der Sache Jennifer ›Jenny‹ Hoyes, Todesfall vom 21. Juni 2022, Aktenzeichen wird nachgetragen.«

Toni blickte hoch.

»Gut. Oder vielmehr nicht gut. Fangen wir damit an, dass Sie mit Ihrem Wagen vor mir geflüchtet sind. Warum?«

»Bin ich nicht. Hab Sie nicht gesehen, fahre immer so.«

»Ich hatte Blaulicht eingeschaltet. Das haben Sie nicht bemerkt?«

»Nein. Gucke beim Fahren immer nach vorne und nicht nach hinten.«

»Sie sind ja ein echter Spaßvogel«, stellte Toni fest. Sie warf einen kurzen Blick zu Hannah hinüber und nickte. Hannah trat zwei Schritte nach vorn, bis sie genau neben dem Wirt stand.

»Am 21. Juni letzten Jahres waren Sie in der Kreisstadt im Krankenhaus. Angeblich wegen Bauchschmerzen und Übelkeit.«

»Nicht angeblich, war so. Blinddarmentzündung.«

»Netter Versuch«, übernahm Toni wieder. »Stimmt nur leider nicht. Sie hatten laut Arztbericht keine Blinddarmentzündung.« Sie hob die Hand, als der Wirt Anstalten machte, etwas einzuwenden. »Das ist noch nicht alles.« Sie nickte zu Hannah hinüber.

»Sie sind am Nachmittag stationär aufgenommen worden, das stimmt. Sie haben sich jedoch eine Stunde später auf eigene Verantwortung wieder entlassen«, konfrontierte Hannah den Wirt jetzt mit dem Ergebnis ihrer Nachfrage im Krankenhaus. »Und sind dann gegen 23 Uhr erneut aufgenommen worden. Wir würden gerne wissen, wo Sie in der Zwischenzeit gewesen sind.«

»Herr Fischbauer?«, fragte Toni, als der Wirt nicht reagierte. »Möchten Sie die Frage meiner Kollegin bitte beantworten? Wo waren Sie zwischen 17 und 23 Uhr?«

Fischbauer verzog nicht eine Miene, als er erwiderte: »Ich will einen Anwalt. Ohne Anwalt sag ich gar nichts mehr.«

Damit war zu rechnen gewesen. Dennoch hätte sich Hannah gewünscht, dass der Wirt anders reagierte. Obwohl er einen Anwalt wahrscheinlich dringend nötig hatte.

Toni blieb vollkommen gelassen, was ihren nächsten Satz nur umso bedrohlicher wirken ließ.

»Ich darf Sie ohne richterliche Anordnung bis zum Ende des Folgetages nach der Ergreifung in Gewahrsam nehmen, maximal achtundvierzig Stunden nach Artikel 104, Absatz 2, Grundgesetz. Und genau das werde ich auch tun. Das heißt, wir behalten Sie hier, Sie kommen in eine Zelle. Wenn Sie keinen Anwalt haben, der Sie vertreten kann, werden wir uns umgehend um einen Strafverteidiger für Sie bemühen. Das wird aber sicher bis morgen dauern, bevor da jemand kommt. Haben Sie das alles verstanden?«

9. Kapitel

Eine halbe Stunde später war Hannah wieder in ihrem Hotel. Es war merkwürdig, sie fühlte sich, als müsste sie unbedingt etwas unternehmen, weiter ermitteln. Aber sie wusste nicht, wie und wo.

Sie hatte die bisherigen Ergebnisse in ihrer Kladde festgehalten, und für alles Weitere waren ihr die Hände gebunden. Den Durchsuchungsbeschluss für den Neumetzler-Hof würden sie erst am nächsten Morgen bekommen, ebenso musste die weitere Vernehmung des Wirts bis zum nächsten Tag warten. Der Anwalt, den ihnen der Wirt schließlich doch genannt hatte, war im Urlaub und würde erst in der Nacht zurückkehren, einen anderen Anwalt wollte Fischbauer nicht haben.

Hannah hätte ihre Notizen gerne mit Toni abgeglichen, um gemeinsam nach Verbindungen suchen zu können und ihre Rückschlüsse gegenseitig abzusichern. Eine Methode, die jedes Ermittlungsteam immer wieder als Zwischenschritt benutzte – um nicht in einer Sackgasse zu landen, um neue Ansätze zu finden, um sich zu versichern, dass sie es schaffen würden, den Fall zu lösen, egal wie chaotisch oder unbefriedigend der Stand der Ermittlung zurzeit noch war. Und genau diese Art der Zusammenarbeit hätte Hannah gerade dringender denn je gebraucht.

Aber nach der ergebnislosen Vernehmung des Wirts hatte Toni es plötzlich eilig gehabt, aus Wildbrunn wegzukommen.

»Ich muss nach Hause. Ich kann nicht mehr, ich fühl mich wie gerädert. Ich werde eine Tablette einwerfen und bis morgen früh durchschlafen. Ich kenne das von mir, morgen bin ich wieder fit, mach dir keine Gedanken, aber jetzt geht gar nichts mehr.«

Sie hatte Hannah am Hotel abgesetzt, Hannah hatte wieder gedacht, dass sie eigentlich gar nichts über Toni wusste. Weder wo und wie Toni überhaupt wohnte, noch ob sie alleine lebte oder vielleicht in einer WG oder ob sie eine Beziehung hatte, einen festen Freund, eine Freundin, einen gelegentlichen Liebhaber. Ob ihre Eltern noch lebten, ob es Geschwister gab, was für Hobbys Toni hatte, was für Wünsche und Sehnsüchte. Lauter Dinge, die man eigentlich voneinander wusste, wen man sich jemandem so … nah fühlte, wie es Hannah mit Toni ging.

Aber sie kannten sich ja auch erst seit nicht mal zwei Tagen, seit kaum mehr als vierundzwanzig Stunden. Da war einfach keine Zeit gewesen, um viel Privates auszutauschen. Hannah selber hatte sogar mehr von sich erzählt als umgekehrt, von ihrem Vater, dem Inselbullen, von Rio, ihrem Sohn …

Das zumindest war sicher, dachte sie jetzt: Toni hatte keine Kinder. Und wenn sie die Kollegin richtig einschätzte, wollte sie auch keine haben.

Als wäre »Kinder« das Stichwort gewesen, griff Hannah nach ihrem Handy und rief Peters Nummer auf.

Noch bevor sie überhaupt dazu kam, etwas zu sagen,

fragte Peter: »Ist schon klar, warum du anrufst. Du kommst nicht, richtig?«

Es klang fast aggressiv, gleichzeitig hörte Hannah die unausgesprochene Hoffnung, dass es doch anders sein könnte, dass sie sehr wohl käme, dass sie sehr wohl rechtzeitig zur Mittsommernacht wieder auf der Insel wäre.

Aber sie musste Peter enttäuschen.

»Ich komme nicht, stimmt. Lass es mich erklären!«

»Deine Arbeit, natürlich. Wir müssen reden, wenn du wieder hier bist. Falls du überhaupt noch mal zurückkommen willst!«

»Was soll das jetzt, Peter? Du weißt, wie sehr ...«

»Nichts weiß ich, gar nichts. Und ich habe auch keine Lust ...«

»Hör auf, bitte! Wir reden miteinander, versprochen. Und wir finden eine Lösung, damit das nicht immer wieder passiert. – Gibst du mir bitte Rio noch mal? Ich will es ihm selber sagen.«

»Aber er will nicht mit dir reden. Und ich soll dir ausrichten, dass er stinksauer ist und wütend und nach Holland geht, wenn du morgen nicht hier bist.«

»Was? Wieso nach Holland? Das verstehe ich nicht ...«

Im selben Augenblick fiel es ihr wieder ein – Rio war noch ein kleiner Junge gewesen, als ein holländischer Gast in ihrer Pension behauptet hatte, wenn man in Holland mit seinen Eltern nicht zufrieden wäre, könnte man sich einfach neue besorgen. Es gäbe da so eine Vermittlungsstelle, wo man sich als Kind jederzeit melden dürfte.

»*Die* Geschichte!«, sagte Hannah jetzt. »Hat er dir erzählt, worum es geht?«

Das Ganze war vor Peters Zeit gewesen, lange vorher.

Peter lachte. »Hat er. Schöne Geschichte, gefällt mir. Dein Sohn gefällt mir übrigens auch, du ahnst gar nicht, wie sehr. Ach, verdammt, Hannah, ich liebe euch, denk da dran, immer!«

Bevor Hannah noch »Ich liebe dich auch« sagen konnte, hatte er das Gespräch beendet. Und Hannah fand sich heulend auf dem Bett wieder.

Als sie sich die Tränen aus den Augen wischte, fiel ihr Blick auf den nervigen Radiowecker. 19 Uhr, und draußen war es taghell, als wollte die Sonne nie mehr untergehen.

Und plötzlich wusste Hannah, was sie tun würde. Nicht nur, weil sie dringend etwas essen musste, aber keine Lust hatte, in irgendeinem Biergarten mit Weißwurst und Blasmusik zu enden, von der nächsten Pizzeria und Adriano Celentano mal ganz zu schweigen. McDoof verbot sich ohnehin, blieb also nur einer der Food-Trucks auf dem Festivalgelände. Außerdem hatte sie auf dem Plakat gelesen, dass heute Abend eine dänische Rockgruppe auftrat, die die Songs von Savage Rose spielte, von denen ihr Vater immer noch schwärmte, seit er sie irgendwann in seiner Interrail-Zeit mal live in Kopenhagen gesehen hatte.

»Savage Rose mit Annisette Hansen! Da konnte sich aber so manche englische Band verstecken!«, hatte sie sein begeistertes Urteil noch im Kopf. Also würde *sie* sich das jetzt mal anhören. Und sich was zu essen von dem Food-Truck aus Christiania besorgen, den sie neben der Hauptbühne gesehen hatte. Dem berühmten Hippie-»Freistaat« von Kopenhagen. Das passte doch perfekt!

So ganz nebenbei konnte sie auch gleich noch mal ein

paar Sätze mit Sabine reden – das war längst überfällig, die Fahndung nach Heiner Schulz oder seinen verschiedenen Alias hatte bislang nichts ergeben, Hannah ging auch nicht davon aus, dass er sich bei Sabine gemeldet hätte, aber vielleicht fiel Sabine ja noch etwas ein, was die Suche voranbringen konnte.

Vielleicht gab genau das auch den Ausschlag – wenn Hannah jetzt noch mal zum Festival fuhr, würde sie wenigstens keine Zeit mit nutzlosen Grübeleien verschwenden, die sich ohnehin nur im Kreis um immer dieselben offenen Fragen drehten. Stattdessen bestand vielleicht die Möglichkeit, irgendwelche neuen Infos zu bekommen. Zugegeben, die Chance war eher gering, aber besser als nichts.

Diesmal schob ihr die Frau am Empfang den Fahrradschlüssel mit der Code-Nummer schon über den Tresen, bevor Hannah ihre Frage nach einem E-Bike überhaupt zu Ende gebracht hatte. Und diesmal brauchte Hannah keine zwanzig Minuten, um nach Wildbrunn und zum Festivalgelände zu gelangen.

Im Vorbeifahren registrierte sie, dass der Braune Hirsch offensichtlich geschlossen hatte, weder im Gastraum noch in der Küche brannte Licht, in der Wohnung im oberen Stockwerk waren alle Fenster geschlossen, die Geranien auf dem Balkon ließen die Köpfe hängen, waren also auch nicht gegossen worden.

Auch auf den Gassen war kaum jemand zu sehen, was immer die braven Bürger von Wildbrunn an einem heißen Sommerabend wie diesem taten, so taten sie es im Geheimen, hinter verschlossenen Fenstern und Türen.

Nur eine schwarze Katze mit einer zappelnden Maus im Maul strich eilig über das Kopfsteinpflaster der Hauptstraße, und die Kühe auf der Wiese am Marktplatz muhten, als wollten sie der Musik, die vom Festivalgelände herüberdrang, Konkurrenz machen.

Während Hannah das Bike wieder an den Zaun hinter dem Heuschober schloss, wehten Akkordeonklänge von der Bühne herüber, dann kam eine Orgel hinzu, dann die E-Gitarre, schließlich der Gesang, der über der Musik zu schweben schien, fast unwirklich, dachte Hannah, wie aus einer fremden Welt, voller Versprechungen, gleichzeitig lockend und doch unerreichbar. Wenn das auch nur annähernd der Musik von Savage Rose entsprach, musste sie ihrem Vater Abbitte leisten, dann war es dumm von ihr gewesen, die Band schon aus reiner Trotzhaltung zu allem, was ihr Vater gut fand, abzulehnen.

Der Mann vom Einlass erkannte sie sofort wieder.

»Diesmal alleine?«

»Scheint so, ja. Wo finde ich Sabine?«

Er zog sein Walkie-Talkie aus der Gürteltasche. »Sabine, du hast Besuch! Eine von den beiden Polizistinnen, die Blonde. Wo soll ich sie hinschicken?«

Es knackte und knatterte im Funkgerät, dann war Sabines Stimme plötzlich deutlich zu verstehen: »Viertelstunde, vorher kann ich nicht, hab gerade ein Problem hier. Sag ihr, sie soll bitte so lange an der Veggie-Bude warten, die sie schon von gestern kennt.«

»Moment!«, rief Hannah dazwischen. Kemal hielt ihr die Funke hin. »Geht auch der Christiania-Food-Truck neben der Bühne?«

»Am Christiania-Food-Truck. Viertelstunde! Wenn ich ein paar Minuten länger brauche, renn nicht weg, ich will auch mit dir reden!«

Es war dann allerdings deutlich mehr als eine halbe Stunde, Hannah hatte gerade die letzten Bissen eines gigantischen Veggie-Hotdogs mit dem Namen »Red Devil« gegessen, als Sabine endlich auftauchte.

»Sorry, es nervt! Es ist dauernd irgendwas, jetzt gab es ein Problem mit dem Tourmanager von den Dänen …« Sie wies mit dem Kopf zur Bühne. »Sie müssen gleich morgen früh nach Freising, das ist hinter München, da spielen sie morgen, aber ihr Laster ist kaputt. Jetzt versuchen wir, jemanden zu finden, der sie mit ihrem ganzen Kram rechtzeitig dahin bringt.«

»Du stemmst das gerade alles mehr oder weniger alleine?«, rief Hannah gegen die Musik an.

»Geht schon, das Team hier ist okay. Das Problem ist eher, dass Heiner … Viele sind persönliche Kontakte von ihm, ich kenne die Leute gar nicht. Namen, Adressen, wer was liefern kann und so weiter, sein ganzes Netzwerk! Deshalb wollte ich mit dir reden!« Sie beugte sich zu Hannah. »Aber komm mal ein bisschen weg von der Bühne, dann brauche ich nicht so zu schreien …«

Sie schob sich vor Hannah her durch die Zuschauer vor der Bühne, bis sie einen stilleren Platz nicht weit von Heiners Zirkuswagen erreicht hatten. Ein paar Spielgeräte für Kinder, eine Schaukel, ein Klettergerüst, ein Karussell, das aussah, als käme es direkt von einem Spielplatz aus den sechziger Jahren.

Sabine fasste nach Hannahs Arm. »Pass auf, ich war genau hier und habe einen Kaffee getrunken, weil ich mal fünf Minuten für mich brauchte, ohne dass ständig jemand in den Orga-Wagen kommt und was will. Waren ziemlich viele Kinder hier, wahrscheinlich hat er mich deshalb auch nicht gleich bemerkt. Aber ich hab ihn gesehen!«

Sie zeigte auf den Zirkuswagen hinüber.

»Ich könnte schwören, dass er es war! Er hatte irgendwelche Klamotten an, die ich nicht kenne, und ein Hoodie über den Kopf gezogen, aber Größe und Statur stimmten. Und er wollte in den Wagen! Aber den hatte ich abgeschlossen, nachdem er verschwunden war, verstehst du? Ich hab einen Schlüssel, weil wir manchmal ... eine Verabredung hatten. Dann bin ich schon vorher hin und hab auf ihn gewartet. Aber Heiner hat seinen eigenen Schlüssel nicht mitgenommen, als er weg ist! Muss es vergessen haben, so wütend, wie er war. Und jetzt konnte er nicht einfach rein, hat mit einem Stück Draht da rumgefummelt.«

»Was hast du gemacht? Hast du versucht ...«

»Ich wollte sofort hin! Nur hat mich ausgerechnet in dem Moment eine Frau von den Stage-Hands gesehen und quer über den Platz ›Sabine!‹ gebrüllt. ›Sabine! Ich such dich schon überall.‹ Das hat er natürlich auch gehört. Er ist über das Geländer an der Rückseite gesprungen und abgehauen. Als ich am Wagen war, war er spurlos verschwunden. Dahinter ist das volle Chaos mit Zelten und allem, er kann sich sonst wo verkrochen haben, ich weiß es nicht. Aber ich konnte jetzt auch nicht die Stage-Leute holen, um ihn zu suchen. Es weiß ja keiner, was in Wirklichkeit los ist, ich hab behauptet, dass er dringend für einen Tag wegmusste, weil sein Bruder schwer krank geworden ist. Was

Besseres ist mir nicht eingefallen. Und es war so schon schwierig genug, alle zu überzeugen, dass wir das ohne ihn hinkriegen müssen.«

»Aber gibt es dahinten eine Möglichkeit, vom Gelände runterzukommen? Beziehungsweise auch rauf aufs Gelände?«

»Natürlich! Das sind alles nur Baustellenzäune, die sind zwar mit solchen Klammern verbunden, aber die kannst du mit einem einfachen Schraubenschlüssel lösen. Und außerdem gibt es auch noch die Notausgänge, brauchen wir ja als Fluchtwege bei so vielen Leuten, das sind einfach Tore im Zaun, die kriegst du immer auf, zumindest von innen. So könnte er jedenfalls ganz einfach wieder verschwunden sein.«

»Wann war das?«

»Halbe Stunde vor dem Konzertbeginn, so gegen sechs. Guter Zeitpunkt, weil da fast alle noch beim Essen sind, bei den Trucks und den Buden oder an den Feuerstellen. Da achtet keiner auf jemanden, der hier lang läuft.«

»Und du meinst, er wollte zu seinem Wagen, um irgendwas zu holen?«

»Ich weiß es nicht, verdammt, aber wenn, dann vielleicht das hier!«

Sabine zog ein zerfleddertes Notizbuch aus ihrer Jeanstasche. »Ich hätte es euch noch in der Wache vorbeigebracht. Aber ich habe keine freie Minute gehabt. Und jemand anders wollte ich damit nicht losschicken.«

Hannah nahm das Heft und blätterte es kurz auf. Es war ein altes Adressbuch, alles mit der Hand eingetragen, Namen, Adressen, Telefonnummern, viele durchgestrichen oder mit Ergänzungen, neuen Adressen, neuen Nummern.

»Das hast du aus seinem Wagen?«

»War unter der Matratze! Deshalb dachte ich, er wird einen Grund dafür gehabt haben, es zu verstecken. Und ich hab schon reingeguckt, da sind auch Adressen hier aus der Gegend. Wenn er also noch gar nicht versucht hat, über die Grenze zu kommen oder so, weil ihm klar ist, dass ihr wahrscheinlich hinter ihm her seid, und wenn er jetzt irgendwo bei einem seiner alten Kontakte ist, und dann ist ihm eingefallen, dass ja das Adressbuch noch im Zirkuswagen liegt ...«

»Dann wollte er es so schnell wie möglich holen, schon klar«, fasste Hannah Sabines hastig hervorgestoßene Halbsätze zusammen. »Du gibst mir das Heft?«

»Natürlich. Hauptsache, ihr kriegt ihn! Ja, jetzt guck mich nicht so an, ich weiß, dass dir das komisch vorkommen muss. Erst mache ich den ganzen Mist von Heiner jahrelang mit, und dann plötzlich ...« Sabine presste die Lippen aufeinander. »Es ist nicht nur, weil er so ausgeflippt ist und mich sogar geschlagen hat, sondern ... ich hab auch noch was anderes bei ihm gefunden. Sein Tagebuch! Er ist ein Schwein! Und er hat ... alles gefickt, was nicht bei drei auf dem nächsten Baum war! Die ganzen Jahre lang, auf diesen scheiß Selbstfindungsseminaren, wohin ich nie mitkommen sollte, weil er angeblich auch mal was nur für sich ganz alleine brauchte! Haha! Dabei habe ich ...« Wieder brach Sabine mitten im Satz ab.

Auf der Bühne sagte die Sängerin gerade einen neuen Song an: *A Girl I Knew*. Was Hannah nur allzu passend zu Sabines nächsten Sätzen vorkommen wollte.

Heiner hatte sich also jeden Sommer für drei Wochen seine »ganz persönliche Auszeit« genommen, und während sich Sabine um den Club auf Ibiza kümmerte und auch noch stolz darauf war, welches Vertrauen er in sie setzte, verschwand er zu einem »Selbstfindungsseminar«, das ein Freund aus Schulzeiten alljährlich in einer alten Wassermühle in Südfrankreich organisierte. Ein Studienrat, der sich selbst als »Ökotherapie-Coach und Sozialvisionär« bezeichnete, auch Heiner trat dort als Coach auf, was genau das bei Seminaren bedeutete, an denen zu neunzig Prozent Frauen teilnahmen, hatte er anscheinend in seinem Tagebuch akribisch festgehalten ...

»Ich hab's verbrannt«, stieß Sabine wütend hervor, »gleich nachdem ich die ersten Seiten gelesen habe. Aber vielleicht verstehst du jetzt, weshalb ich ...« Sie breitete in einer hilflosen Geste die Arme aus. »Ich glaub ihm kein Wort mehr. Und ich trau ihm alles zu, deshalb will ich, dass ihr ihn schnappt!« Nach einem kurzen Blick in Richtung Bühne setzte sie hinzu: »Ich muss wieder zurück, sorry. Ich hab den anderen versprochen, dass ich nicht lange bleibe.«

Als Sabine aufsprang, hielt Hannah sie am Handgelenk fest.

»Nur eine Frage noch, Sabine, dann lass ich dich wieder arbeiten. Diese verdammte anonyme Drohung, in der es heißt, dass wieder jemand ›brennen‹ wird – habt ihr die geschickt? Heiner oder ihr beide zusammen? Als Werbung für euer Festival, in der Hoffnung, dass irgendwas davon an die Presse durchsickert und noch mehr Leute herlockt?«

Sabine starrte sie mit offenem Mund an. »Du ... du ... du bist doch komplett durchgeballert!«, stammelte sie schließlich. »Wie kommst du auf den Scheiß? Nein, natürlich nicht. Ich hab gestern zum ersten Mal von diesem Brief gehört, als *du* es mir erzählt hast. Und auch wenn Heiner ein Arschloch ist, aber … das war er nicht. Vergiss es!«

»Danke für die Antwort«, sagte Hannah leise. »Es tut mir leid, aber ich musste dich das fragen.«

»Fick dich!«

Sabine rannte quer über den Spielplatz davon. Hannah hätte wetten können, dass sie sich hinter irgendeinem Zelt zusammenkauern würde, um ihren Tränen freien Lauf zu lassen.

Sabine tat ihr leid. Gleichzeitig konnte sie nicht umhin festzustellen, dass sie auch nicht ganz unschuldig daran war, wie Heiner sie behandelt hatte. Eine Gemengelage aus … Gutgläubigkeit und Naivität traf es vielleicht am besten, auch wenn es so gar nicht zu der professionellen Festivalmacherin passen wollte, als die Hannah sie ja kennengelernt hatte.

Die ganze Geschichte jetzt mit Heiner, der zurückgekommen war, um sein Adressbuch zu holen, kam Hannah mehr als merkwürdig vor. Sollte es aber tatsächlich stimmen, sollte sich Sabine nicht geirrt haben, sollte sie richtigliegen mit ihrer Vermutung, weshalb er am Zirkuswagen gewesen war, dann waren die Adressen in seiner Kladde ein unverhoffter Glücksfall.

Es wäre vor allem die Erklärung, warum die Fahndung nach ihm bislang ohne jedes Ergebnis geblieben war – Heiner war noch irgendwo in der Gegend! Und er versteckte sich bei einem seiner Kontakte! Er konnte nicht wissen, dass Sabine die Kladde gefunden hatte. Und schon gar nicht, dass sie sie an die Polizei weitergegeben hatte. Das war ihre Chance! Sie mussten die Adressen eingrenzen und dann jede einzelne entsprechend überprüfen. Fleißarbeit. Huber und Buckmiller würden sich bedanken, aber das war jetzt etwas, womit sie einiges wiedergutmachen konnten, was sie verbockt hatten. Toni würde das sicher genauso sehen.

Am liebsten hätte Hannah die beiden Polizisten jetzt gleich zur Dienststelle beordert. Oder sich selbst an die Arbeit gemacht! Tatsächlich war sie drauf und dran, direkt zur Wache hinüberzufahren, sich in das Büro zu hocken und die Kladde durchzusehen. Wenigstens, um sich einen Überblick zu verschaffen.

Unwillkürlich war sie bereits hinter der Bühne entlang in Richtung Ausgang gelaufen, die Musik war jetzt schneller, ein treibender Beat, dessen Takt den Herzschlag beschleunigte. Hannah sah die Person, die hinter einem der Food-Trucks hervortrat, erst in dem Moment, in dem sie schon direkt vor ihr stand. Jeans, Sneaker, ein schwarzes Hoodie, die Kapuze weit ins Gesicht gezogen.

Heiner!, war ihr erster Gedanke, während ihr Körper schon automatisch reagierte und einen Adrenalinstoß durch ihre Adern schickte. Ohne zu überlegen, packte sie mit einem schnellen Griff zu, drehte dem Mann den Arm nach hinten, trat ihm gleichzeitig die Beine weg und warf ihn zu Boden. Mit ihrem ganzen Gewicht drückte sie ihm die Knie in den Rücken und riss ihm die Kapuze vom Kopf.

Sie brauchte eine Sekunde, bis sie begriff, dass die langen schwarzen Haare nicht zu Heiner gehören konnten. Heiner hatte einen grauen Zopf und eine kahle Stelle auf dem Hinterkopf, jetzt hörte sie auch das leise Wimmern. »Mann, du tust mir weh! Was soll das? Lass mich los!«

Eine Frauenstimme!

Hannah federte zurück. »Scheiße, sorry! Komm hoch! Wer bist du?«

»Mann, du hast sie doch nicht mehr alle, du bist ja voll drauf. Bist du irre?«

»Ich hab dich verwechselt, sorry«, wiederholte Hannah und streckte eine Hand aus, um der Frau aufzuhelfen.

»Nee, du, lass mal! Fass mich bloß nicht noch mal an.«

Die Frau rappelte sich hoch und strich sich die Haare aus dem Gesicht. Die bleiche Haut, dachte Hannah, der viel zu dick aufgetragene Kajal unter den Augen – ich kenne die Frau, aber woher?

»Na, hast du's? Ey, jetzt mal echt, für eine Polizistin dauert das aber ganz schön lange!«

Mit einer fast gelangweilten Geste verschränkte die Frau die Arme vor der Brust und ließ eine Kaugummiblase zerplatzen.

»Du?«, stieß Hannah hervor.

»Ich. Na bitte, geht doch, wer sagt's denn?«

»Aber wieso ... Was machst du hier? Wieso hast du mir eben aufgelauert? Jetzt sag schon!«

Die Bedienung aus dem Gasthaus ließ erst eine neue Kaugummiblase platzen, bevor sie antwortete.

»Ich hab dich gesehen, als du am Hirschen vorbeigekommen bist. Und ich bin dir gefolgt! Aber ich war nicht schnell genug, ich musste ja auch erst den Typen da überzeugen, dass er mich umsonst reinlässt. Und dann habe ich dich nicht mehr gesehen. Erst wieder auf dem Kinderspielplatz, aber ich musste warten, bis du wieder alleine warst. Ich wollte dich eben nicht erschrecken, aber du musst ja wohl auch nicht gleich so total ausflippen. Oder ist das echt so bei euch, bringen sie euch das bei, ja? Erst zuschlagen, dann reden oder was?«

Sie rieb sich die Schulter, die von Hannahs Griff immer noch schmerzte.

»Und was willst du von mir?«, fragte Hannah.

»Eine Aussage machen. Wegen der Frau von dem Festival vor zwei Jahren. Und weil ihr ja jetzt auch den Klaus eingebuchtet habt. Ich kann euch sagen, was er gemacht hat. Und ich weiß auch, wer noch alles dabei war.«

Mittsommer, 18.10 Uhr

»Es wird Zeit. Wir müssen das jetzt zu Ende bringen.«

Er springt auf und dreht sich zu ihr. Zückt plötzlich ein Messer und spielt damit. Ein Jagdmesser, leicht gebogen und mit Hirschhorngriff, wie man es zum Aufbrechen von Wild benutzt. Hält es ihr an die Kehle. Und fängt an zu weinen.

Sie sieht, wie die Tränen unter der Maske hervorquellen und über seinen Hals rinnen. Der Rand seines T-Shirts wird schnell dunkel vor Nässe.

Sie wagt es nicht, sich zu rühren. Ein winziger Druck seiner Finger würde schon reichen, um ihre Haut zu zerschneiden. Ihre Haut. Und dann die Halsschlagader.

Er schluchzt leise auf. Und endlich nimmt er das Messer wieder weg. Schiebt es zurück in die Lederscheide an seinem Gürtel. Hebt die Maske ein Stück an, um Luft zu holen. Aber nimmt sie nicht ab. Zieht nur den Rotz hoch.

»Ich will das nicht!«, stößt er hervor. »Ich will das alles nicht! Entschuldige. Ich würde dich laufen lassen, aber ich kann nicht. Du musst mir glauben, ich bin nicht so. Aber ich … ich muss das tun, sonst …«

Er verpasst dem Stuhl einen Tritt, dass er wieder umstürzt und gegen die Wand fliegt.

Keine Sekunde später ist er zur Tür raus. Sie hört, wie er den Riegel vorschiebt und das Schloss einrasten lässt.

Doch er entfernt sich nicht. Er steht immer noch vor der Tür.

Nach einer Weile riecht sie Zigarettenrauch. Er raucht nicht, denkt sie. Das hätte sie sonst schon früher bemerkt. Und das kann nur bedeuten, dass er da draußen nicht alleine ist …

Nein, sie muss sich irren. Es ist nur ein dummes Gefühl, es gibt nichts, das wirklich darauf hindeuten würde, dass da noch jemand ist.

10. Kapitel

Hannah hatte kaum geschlafen. Die Bilder, die die Bedienung mit ihrer Aussage heraufbeschworen hatte, ließen sie nicht mehr los. Um sieben war sie dann bereits wieder auf dem Revier in Wildbrunn. Buckmiller hing über einem Becher Kaffee, als würde sein Kopf jeden Moment auf die Tischplatte knallen.

Hannah schob ihm das zerfledderte Heft mit Heiners Kontakten über den Tisch.

»Ich brauche alle Namen und Adressen im Umkreis von … sagen wir hundert Kilometern. Je näher an Wildbrunn, umso interessanter. Ich gehe davon aus, dass Heiner Schulz sich da irgendwo versteckt.«

Sie gab kurz wieder, wie sie an das Heft gekommen war. Buckmiller blätterte sich durch die ersten Seiten.

»'ne Menge Leute, die der Typ hier in der Gegend kannte«, lautete sein Kommentar. »Das dauert.«

»Nehmen Sie sich Huber zu Hilfe.«

»Und Sie?«

Es klang, als hätte er ebenso gut fragen können: »Wollen Sie vielleicht auch mal was tun?«

»Sowie meine Kollegin und Huber hier sind, machen wir eine kurze Dienstbesprechung. Gibt es eine Nachricht vom Anwalt des Wirts?«

Buckmiller drückte die Wiedergabetaste des ABs.

»Hier spricht Dr. Schremmer. Ich vertrete Klaus-Peter Fischbauer. Ich werde morgen, am 21. Juni, gegen 12 Uhr auf der Dienststelle in Wildbrunn sein, um meinen Mandanten dann auch gleich mitzunehmen. Unser kleines Gespräch wird nicht lange dauern. 12 Uhr! Vorher schaffe ich es nicht.«

»Hat er gestern Abend noch draufgesprochen«, erklärte Buckmiller, während er ein Gähnen unterdrückte. »12 Uhr, witzig, wie in diesem Film mit Gary Cooper und Grace Kelly. *High Noon!* Mit dem Showdown um 12 Uhr mittags.«

»Herr Dr. Schremmer wird verlieren«, blieb Hannah bei dem Bild des Western-Duells. »Ich erzähle gleich, weshalb.« Sie wies zum Fenster. Gerade fuhr der Streifenwagen vor. Huber und Toni stiegen aus.

»Wir wollten dich abholen, aber du warst schon weg«, war das Erste, was Toni sagte, als sie zur Tür reinkam.

»Ich bin wieder E-Bike gefahren. Ich brauchte frische Luft. Wenn ihr hört, was ich euch zu sagen habe, werdet ihr es verstehen. Können wir gleich anfangen? Hier im Büro am besten.«

Es dauerte dann doch noch einen Moment, bis Huber einen Kaffee für sich und einen Kakao für Toni vom Automaten im Flur geholt hatte und Buckmiller noch mal auf der Toilette gewesen war. Toni musterte Hannah mit einem Blick, der mehr Besorgnis als Neugierde ausdrückte. Es ist klar, dachte Hannah, ich muss auf sie alle hier wirken, als würde ich völlig neben mir stehen. Was auch mehr oder weniger zutraf.

Und trotz der Radtour in der frischen Morgenluft fühlte sich ihr Kopf an wie in einem Schraubstock. Sie hatte deutlich Mühe, sich jetzt auf die Sätze zu konzentrieren, die die Aussage der Bedienung vom Braunen Hirschen zusammenfassten. Vielleicht war es auch ihr Gehirn, das sie schützen wollte und immer noch versuchte, die vollständige Wahrheit zu verdrängen …

»Dani Nowack ist die Bedienung im Braunen Hirschen. Und sie ist bereit, alles, was sie mir gestern Nacht erzählt hat, für ein offizielles Protokoll zu wiederholen und auch vor Gericht zu bezeugen. Manche Dinge, die sie erzählen kann, sind nicht ganz vollständig, das liegt daran, dass die Männer in der Kneipe meistens leiser geredet haben, wenn sie am Tisch vorbeiging, oder für den Moment still waren. Aber was sie aufgeschnappt hat, reicht!«

Hannah holte tief Luft, jetzt kam der schwierige Teil. Sie zog die Stichworte zu Hilfe, die sie sich noch in der Nacht notiert hatte.

»Der Abend vom 20. Juni vor zwei Jahren. Vorausgegangen war dieser Streit zwischen der Festivalbesucherin Jenny und dem Wirt vom Braunen Hirschen. Die Sache mit dem Autoschlüssel. Und der Wirt hatte ihr Rache geschworen, Halsabschneidergeste und so weiter, ihr kennt den Vorfall. Jetzt aber der 20. Juni, einen Tag später. In der Kneipe sind die üblichen Stammtischgäste, der Wirt gibt eine Runde Schnaps aus. Dann fragt er, wer mitmacht.«

»Wobei?«, wollte Huber wissen und runzelte verständnislos die Stirn.

»Kommt gleich. Die Bedienung hat es nicht gehört, aber der Zusammenhang ist deutlich genug. Also, Frage des Wirts: ›Wer macht mit?‹, oder auch: ›Wer ist dabei?‹, genau weiß sie das nicht mehr. Aber es melden sich fünf Leute.

Fünf von sieben, die am Tisch hocken. Der Alois Neumetzler ist auch dabei. Der Wirt sagt wieder irgendwas, die anderen beiden stehen auf, nehmen ihr Bier und stellen sich an den Tresen. Außer Hörweite vom Stammtisch. Und jetzt steht auch der Arzt auf, der Dorfarzt, der mit zur Stammtischrunde gehört …«

»Und stellt sich auch an den Tresen oder was?«, fragte Buckmiller. »Ich kapier nicht, was daran so wichtig sein soll.«

»Hör einfach zu«, wies ihn Toni zurecht. »Fragen kannst du hinterher noch.« Sie nickte Hannah zu. »Mach weiter.«

»Der Arzt steht auf und sagt sinngemäß irgendwas, dass es besser sei, ›wenn sie sich schützen würden‹. O-Ton! ›Bei den Frauen, da weiß man ja nie, was sie vielleicht für Krankheiten haben. Und außerdem ist es besser, keine Spuren zu hinterlassen.‹«

»Hä?«, machte Huber. »Wie jetzt?«

»Lass sie ausreden!«, zischte Toni.

»Der Wirt verteilt Kondome!«, berichtete Hannah weiter. »Er hat eine ganze Packung dabei. Die Bedienung kann es aus der Küche nicht genau sehen, erst als einer so ein Ding nimmt und aufbläst, wird ihr klar, was der Arzt da verteilt hat. Und dann gibt es eine Diskussion, ziemlich lautstark, weil sie unterschiedlicher Meinung sind. Dabei geht es um die ›Hippie-Nutte‹, die mal gezeigt bekommen muss, was mit jemandem passiert, der ›unseren Klaus zum Deppen macht‹. O-Ton von einem der Stammtischbrüder.«

Hannah machte eine kleine Kunstpause, damit keiner den nächsten Satz verpasste.

»Der Klaus schlägt dann auch die Lösung vor: ›Ich kümmer mich drum. Ich weiß, wie wir sie auf den Berg kriegen. Ich hab da jemanden, der mir noch einen Gefallen schuldet. Dann wird auch keiner von uns damit in Verbindung gebracht.‹ Ist jetzt nicht eins zu eins, was er gesagt hat, aber sinngemäß. Danach besprechen sie noch, an welchem Feuer sie sich treffen sollen. Sie einigen sich darauf, ein eigenes Feuer anzuzünden, ein gutes Stück von den anderen entfernt, auf der alten Alm weiter links am Berg über dem Neumetzler-Hof.«

»Passt«, erklärte Toni. »Er hat Heiner Schulz unter Druck gesetzt, dass der die Jenny zu ihnen auf den Berg bringt.«

Hannah sah, wie die Kollegin schluckte, bevor sie weitersprach.

»Und dann haben sie …« Toni blickte zu Hannah. »Können wir uns da sicher sein? Gibt es dafür noch einen anderen … Beweis als die Warnung vom Arzt und die Kondome, die er verteilt hat?«

»Dani Nowack hat auch am Tag nach der Mittsommernacht wieder bedient. Am 21. Juni selber hatte die Kneipe geschlossen, aber wie gesagt, am 22. Juni waren die Stammtischbrüder wieder da …«

Sie waren nur zu dritt gewesen, der Arzt fehlte. Ebenso wie der Wirt, der seit dem Vortag im Krankenhaus in der Stadt war. Zu Anfang hatte noch einer damit geprahlt, dass sie »so was« ruhig öfter tun sollten – und dass er ab jetzt nur noch »belegte Brötchen« zu schätzen wissen würde. Der Neumetzler hatte ihn hastig gestoppt und geraunt: »Das Mädchen ist tot. Vielleicht sind wir zu weit gegangen.«

»Aber es kann uns keiner was!«, war die Antwort gewesen, die Dani Nowack gehört hatte, als sie dachten, dass sie alleine wären. »Wir haben alle ein Alibi! Jeder aus dem Dorf kann bezeugen, dass wir an den anderen Feuern waren und mal hier, mal dort mitgefeiert haben. Aber bei dem Feuer, an dem sie heut früh die verkohlte Leiche gefunden haben, war keiner von uns!«

Als sie bemerkten, dass die Bedienung mit dem Arm voll Weinflaschen aus der offenen Kellerluke hinter dem Tresen trat, hatten sie schnell das Thema gewechselt. Der Wortführer war dann allerdings doch noch zu ihr gekommen und hatte wissen wollen, ob sie etwa gelauscht hätte. Dani Nowack hatte sich betont langsam die In-Ear-Stecker aus den Ohren gezogen und ihm bedeutet, dass sie seine Frage nicht verstanden hätte. Dass sie die Kopfhörer gerade erst eingesetzt hatte und gar keine Musik hörte, hatte sie nicht gesagt.

Huber meldete sich. »Noch mal wegen dem Wirt. Also, ich meine, was war denn nun mit dem Krankenhaus? Die haben mir gesagt, er wäre …«

»Ja«, unterbrach ihn Hannah. »Aber er hat sich eine Stunde später selbst entlassen. Und ist dann erst nachts wieder aufgetaucht, gegen 23 Uhr, und dann nochmals auf Station genommen worden, weil er erneut über Schmerzen klagte. Das Zeitfenster reicht. Er konnte ohne Probleme zurück nach Wildbrunn, mit den anderen auf den Berg und dann wieder in die Stadt. Die Bedienung hat ihn übrigens noch gesehen, als er hoch zu den Feuern ist.«

»Scheiße«, sagte Huber. »Und der Neumetzler Alois auch, das hätte ich nicht von ihm gedacht.«

»Scheiße, ja«, bestätigte Toni. »Das wird noch ein Nachspiel haben.«

Huber schwieg bedrückt und starrte nur noch auf seine Schuhspitzen. Leise sagte er: »Aber ich verstehe nicht, warum die Dani nicht gleich gemeldet hat, was sie weiß. Da war doch auch die Untersuchung durch die Kripo, nachdem sie die verbrannte Leiche gefunden haben. Da hätte sie doch nur hingehen müssen und alles erzählen …«

»Das Gleiche habe ich sie auch gefragt«, stimmte ihm Hannah zu. »Ihre Erklärung ist nicht unbedingt das, was man von einer jungen Frau erwarten würde, aber ich glaube ihr.«

»Sie hat den Wirt erpresst«, folgerte Toni. »Wegen seinem falschen Alibi. Logisch, da ist sicher mehr bei rausgesprungen als das Trinkgeld im Hirschen.«

»Und warum nur den Wirt?«, wollte Buckmiller wissen. »Warum nicht auch die anderen?«

»Mensch, denk nach«, brummte Huber, ohne hochzusehen. »Beim Wirt hat die Sache mit dem Alibi vollkommen gereicht. Dass sie den ganzen anderen Dreck gehört hatte, hat sie besser nicht erzählt. Natürlich weil sie Angst hatte, dass die sich sonst zusammentun und sie genauso aus dem Weg räumen wie … Ihr wisst schon. Die hatten ja gerade erst gezeigt, wozu sie fähig sind.«

»Gut«, kam es von Toni, »hätte ich selber nicht besser erklären können.«

Es war nicht ganz klar, ob der Satz tatsächlich ironisch gemeint war oder ein Kompliment sein sollte. Aber auch Hannah musste sich irritiert eingestehen, dass Huber offensichtlich noch eine ganz andere Seite besaß, die er bislang erfolgreich versteckt hatte.

»Wie jetzt weiter?«, fragte sie laut. »Ich hab hier die Namen der Stammtischbrüder, die beteiligt waren.« Sie trennte eine Seite aus ihrem Notizheft.

»Ich kümmer mich drum«, sagte Toni. »Ich lasse Haftbefehle für alle ausstellen. Sie blickte auf die Uhr an der Stirnseite des Raums. »Damit haben wir auch den Wirt, da kommt er nicht mehr raus, egal was sein Anwalt versucht. Also, der Anwalt kommt um zwölf, jetzt haben wir es kurz vor acht. Den Durchsuchungsbeschluss für den Neumetzler-Hof habe ich bereits, da war der Staatsanwalt ausnahmsweise mal zuverlässig. Frühstück für die Zelle?« Sie sah zu Buckmiller rüber.

»Ist schon erledigt. Hab ihm eine Semmel aus der Bäckerei mitgebracht, mit Käse, Remoulade und Tomaten und so. Und Kaffee aus dem Automaten hier.«

»Hoffentlich ist die Remoulade verdorben, damit es dem Dreckschwein so richtig schlecht geht«, brummte Huber.

Toni überhörte seinen Kommentar. »Wir nutzen die Zeit, bis der Anwalt kommt, und nehmen uns jetzt den Hof vor. Sind alle so weit, dass wir gleich loskönnen?«

»Ich auch?«, fragte Buckmiller. »Und was ist mit den Adressen von dem Oberhippie?«

Hannah informierte Toni, worum es ging. Sie entschieden, dass Buckmiller damit anfangen würde, die Adressen zu sichten. Toni und Hannah würden mit Huber den Neumetzler-Hof durchsuchen.

Das Gespräch mit dem Anwalt um zwölf würde kurz werden, da hatte Herr Dr. Schremmer vollkommen richtiggelegen.

Die Neumetzler-Bäuerin warf kaum einen Blick auf den ausgedruckten und unterschriebenen Untersuchungsbeschluss, den Toni ihr wortlos präsentierte.

»Und was heißt das jetzt? Dass Sie meine Unterwäsche durchwühlen oder ...«

»Es wäre alles einfacher gewesen, wenn Sie uns gestern schon erlaubt hätten, dass wir uns kurz bei Ihnen umsehen«, konnte sich Toni nicht verkneifen.

»Frau Neumetzler«, mischte sich Hannah ein. »Es geht doch gar nicht darum, dass wir Ihnen irgendwelche Scherereien machen wollen. Aber wir sind immer noch auf der Suche nach Ihrem Mann – und wir hoffen, dass wir vielleicht doch noch irgendeinen Hinweis finden, der uns weiterhelfen könnte. Konkret heißt das allerdings, dass wir auch seinen PC mitnehmen müssen. Es gibt doch sicher einen Computer im Haus, oder?«

»Steht auf dem Schreibtisch in der Stube.«

»Und was ist mit Ihrer Tochter, mit der großen, Lea?«

Die Bäuerin zuckte mit den Schultern. »Bei ihr im Zimmer, wird ihr nicht gefallen, wenn Sie da was anrühren.«

»Wir versuchen, möglichst nichts durcheinanderzubringen«, versprach Hannah.

Wieder war ein Schulterzucken die einzige Reaktion. »Ich bin in der Küche, wenn Sie mich suchen. Ich muss einen Kuchen backen für heute Abend.«

Toni bedeutete Huber, dass er die Frau begleiten sollte. »Reden Sie mit ihr«, flüsterte sie ihm im Vorbeigehen zu. »Erzählen Sie was von sich, vielleicht sagt sie dann umgekehrt auch mal was.«

Natürlich waren drei Leute viel zu wenig, um den Hof

gründlich zu durchsuchen. Und es wurde auch schnell klar, dass die Frau zumindest das Haus gründlich aufgeräumt hatte. Wahrscheinlich gestern noch, nach ihrer Ankündigung, dass sie wiederkommen würden. Die einzige Ausnahme waren die beiden Mädchenzimmer, hier herrschte das übliche Chaos, wie es Hannah auch nur zu gut aus Rios Zimmer kannte. Schlafanzüge, Klamotten, Bücher – alles lag verstreut auf dem Boden, wahrscheinlich genau so, wie Mila und Lea die Zimmer am Morgen verlassen hatten, als sie zur Schule mussten. Bei Lea waren noch nicht mal die Vorhänge aufgezogen.

»Vergiss es«, sagte Toni leise, »hier finden wir nichts.«

»Und wenn es im übrigen Haus irgendetwas gab, das uns hätte weiterhelfen können, ist es jetzt weg«, stellte Hannah fest, während sie flüchtig den Wohnraum durchsuchten.

»Okay, Computer nehmen wir trotzdem mit, das soll Huber nachher machen. – Kannst du dich schon mal draußen umsehen? Dann nehme ich mir hier den Rest vor. Schlafzimmer, Bad, Keller. Wird nicht lange dauern, ich komme dann auch raus.«

Systematisch durchsuchte Hannah Schuppen und Scheune, ohne etwas Auffälliges zu bemerken. Im Ziegenstall wurde sie mit lautstarkem Meckern begrüßt, die Ziegen waren wegen der Feuer, die am Abend und in der Nacht brennen würden, offensichtlich jetzt schon in den Stall gebracht worden und standen mit gebeugten Köpfen hoch oben unter der Balkendecke. Hannah brauchte einen Moment, bis sie begriff, dass der festgetrampelte Untergrund eine kompakte Masse aus altem Stroh und Mist war, der Stall war seit Ewigkeiten nicht mehr ausgemistet worden.

Lange würde auch der wenige noch vorhandene Platz unter der Decke für die Tiere nicht mehr reichen.

Hannah war sich nicht ganz klar darüber, ob der erbärmliche Zustand des Stalls irgendeine Bedeutung für ihre Suche hatte. Wohl eher nicht, dachte sie, auf jeden Fall aber sprach es ganz sicher nicht für die Neumetzlers, wer von beiden auch immer die Tiere versorgte.

Sie schrak zusammen, als sie eine Berührung in ihrem Rücken spürte, automatisch zuckte ihre Hand nach dem Schulterhalfter. Als sie herumwirbelte, stand sie vor einem Ziegenbock, der es irgendwie geschafft haben musste, unbemerkt hinter ihr über die Heuraufe zu klettern.

»Puh, hast du mich erschreckt! Und was willst du nun von mir?«

Der Bock blickte sie für einen Moment ganz ruhig mit seinen rechteckigen Pupillen an, als würde er erst überlegen müssen, was er antworten sollte. Dann legte er den Kopf ein wenig schief und fasste mit den Zähnen nach dem Saum von Hannahs T-Shirt. Gleich darauf spürte sie seine raue Zunge auf ihrer nackten Haut.

»Alle Ziegen lieben das!«, kam Tonis Stimme von der Tür her. »Vor allem wenn du geschwitzt hast, sind sie ganz wild darauf, dir die Haut abzulecken.«

Hannah wich langsam vor dem Bock zurück, aber es half nichts, er folgte ihr hartnäckig, mit der Zunge immer noch unter ihrem T-Shirt. Bis sie mit dem Rücken an der Stallwand stand und nicht weiterkonnte.

»Darf ich mal?«, fragte Toni und trat neben sie. Sie packte den Bock mit beiden Händen an den Hörnern, mit einem schnellen Ruck warf sie ihn seitwärts auf den Boden.

Empört rappelte er sich auf und machte sich mit lautem Meckern davon.

»So geht das«, erklärte Toni und wischte sich die Hände an der Jeans ab. Mit einem Blick auf die Ziegen setzte sie hinzu: »Eine Sauerei ist das, die Tiere so zu vernachlässigen. – Bloß raus hier, komm!«

Im Stillen fragte sich Hannah, woher wohl Tonis Sympathie für Ziegen rühren mochte. Und so wie Toni mit dem Bock umgegangen war, wusste sie genau, was sie tat.

Sie wollte gerade etwas sagen, als Toni zu dem alten Mühlengebäude hinüberzeigte. »Da warst du schon, oder?«

»Nein. Nur Stall, Scheune, Schuppen, alles ohne Ergebnis. In die Mühle müssen wir noch.«

Für den Bruchteil einer Sekunde hatte sie den Eindruck, dass Toni verärgert war.

Dann aber nickte sie nur. »Gut. Los geht's.«

Als sie auf die schwere Eichentür zukamen, hielt Hannah Toni am Arm fest. »Warte mal! Beim letzten Mal, als ich mich hier umgesehen habe, war das Vorhängeschloss genauso verrostet wie die Kette. Aber jetzt sieh mal – das Schloss ist doch funkelnagelneu!«

»Und du bist dir sicher, dass …«

»Ganz sicher! Ich habe noch gedacht, dass das hier alles so aussieht, als wäre seit Jahren keiner mehr drin gewesen.«

»Das werden wir gleich genau wissen.« Toni griff nach einer Eisenstange, die auf dem Boden lag, und schob sie als Hebel hinter den Bügel des Vorhängeschlosses.

»Nicht!«, warnte Hannah. »Wir müssen zumindest erst …«

Aber Toni hatte das Schloss schon aufgehebelt, mit lautem Rasseln rutschte die Kette zu Boden.

Die Scharniere quietschten leise, als Toni die Tür aufstieß. Der Raum dahinter lag fast vollständig im Halbdunkel, das mächtige Mühlrad und die Stützbalken wirkten wie ein gespenstisches Spinnennetz, nur durch die Öffnung der Stiege, die nach oben auf den Dachboden führte, fiel ein breiter Lichtstreifen über die Stufen auf den Boden. Staubfusseln tanzten in der von der Sonne des Vortags noch aufgeheizten Luft.

Stufe für Stufe stiegen Hannah und Toni nach oben, die Holztreppe war breit genug, um nebeneinander zu gehen. Hannah zog die Walther aus dem Schulterhalfter, Toni zog ebenfalls ihre Waffe. Hannah sicherte nach rechts, Toni nach links.

Eine Taube flatterte auf. Sie konnten jetzt bereits den Fußboden überblicken, Mörtelbrocken und Vogelscheiße bedeckten die Dielenbretter, dazwischen lag der Staub fingerdick.

»Sicher«, stieß Hannah atemlos hervor, während sie die letzte Stufe hinaufstieg. »Hier war schon lange niemand mehr, ich sehe nur Tierspuren.«

Die Bodenluke an der Stirnseite des Mühlenhauses stand offen, gegen das grelle Sonnenlicht war das Bettgestell in der Mitte des Raums auf den ersten Blick nur ein schwarzer Schattenriss.

Hannah sah, wie die Kollegin vor dem Schritt auf den Dachboden hinauf zögerte. Und die Augen schloss, als könnte sie so das Bild vor sich wieder verdrängen. Als hätte sie das Bett nie gesehen.

Ein eisernes Bettgestell. Alt und rostig. Mit einer fleckigen Matratze, die vor Dreck und Schmutz starrte. Aus der aufgerissenen Seite hingen Büschel von Pferdehaaren heraus.

Die gleichen Haare, die auch an der Maske zu sehen waren. Eine geschnitzte Krampusmaske, die am Deckenbalken hing, mit den langen Hörnern eines Ziegenbocks und gelblichen Raubtierzähnen im weit aufgerissenen Mund. Grässlich bemalt, furchterregend. Selbst am helllichten Tag.

11. Kapitel

»Komm, ich bring dich raus hier«, sagte Hannah leise, als ihre Kollegin nicht aufhörte zu zittern. Behutsam fasste sie Toni am Ellbogen und führte sie die Stiege hinab, raus auf den Hof.

»Setz dich einen Moment!« Sie wies auf eine schiefe Gartenbank, die so gestellt war, dass man direkt auf den Wasserfall blickte. Den Wasserfall, der jetzt allerdings nur noch ein Rinnsal war, das über die Felsen plätscherte. »Atme ganz tief, vier Sekunden einatmen und mit offenem Mund doppelt so lange ausatmen. Okay?«

Toni nickte. Während sie Luft holte, schloss sie wieder die Augen. Hannah sah, dass ein dünner Schweißfilm auf ihrer Stirn lag.

Sie hatte keine Ahnung, was mit Toni los war. Natürlich, dieser Dachboden mit dem eisernen Bettgestell und der fleckigen Matratze ließ furchtbare Phantasien entstehen, das war ihr selbst genauso gegangen. Aber sie wussten ja mittlerweile, welche nur schwer vorstellbaren Dinge sich auf dem Neumetzler-Hof jahrelang zugetragen haben mussten. Jahrzehntelang, seit mindestens drei Generationen. Und anscheinend war ja der Dachboden im alten Mühlenhaus schon länger nicht mehr benutzt worden, das wenigstens war doch eine kleine Beruhigung.

Blieb die schreckliche Maske, die am Dachbalken gehangen und auch Hannah eine Gänsehaut über den Rücken gejagt hatte.

Toni musste solche Masken kennen, sie kam ja aus Bayern oder lebte zumindest schon länger hier. Krampus- und Perchtenmasken gehörten in fast ganz Süddeutschland zum festen Brauchtum, nicht nur in den Dörfern, auch in den Städten gab es die traditionellen Umzüge und Feiern. Was also hatte Toni derartig verstört?

Irgendetwas aus ihrer eigenen Vergangenheit, dachte Hannah, eine Erinnerung, eine Geschichte, die ihr jemand erzählt hatte, vielleicht schon als Kind! Oder ein anderer Fall, den sie bis heute nicht verarbeitet hatte. Hannah wusste, dass solche Flashbacks ohne jede Vorwarnung auftreten und einem buchstäblich den Boden unter den Füßen wegziehen konnten.

Sanft strich sie Toni über den Rücken. Die Kollegin hatte sich eine Zigarette gedreht und nahm schnell hintereinander mehrere Züge, bevor sie die Kippe sorgfältig austrat.

Hannah war überrascht, dass Toni den Tabakrest, den ihr der Typ vom Festival geschenkt hatte, überhaupt noch in der Tasche gehabt hatte. Und dass sie auch tatsächlich rauchte!

»Geht es wieder?«

»Ja. Gib mir noch ein paar Minuten, dann bin ich wieder völlig bei mir. Es war ... alles zu viel irgendwie. Dieser ganze Scheiß hier! Dann sollen sie doch alle miteinander ihre Strafe bekommen, das ist nur gerecht, oder? Und das gilt auch für diesen Alois – dann ist er eben der Nächste, der im Feuer stirbt, mir ist es egal, Hauptsache, seine beiden Töchter müssen nicht länger unter ihm leiden! Ich sag dir jetzt was, das ich keinem anderen erzählen würde, pass gut auf: Bislang wollte ich ... immer nur den Fall lösen und diese Vevi oder wer immer hier den Rächer spielt, erwischen. Aber jetzt bin ich mir nicht mehr so sicher. Ich fange an, ihre Motive zu verstehen. Ich weiß nicht mehr, ob wir sie wirklich zur Rechenschaft ziehen sollten für das, was sie tut oder schon getan hat.«

»Halt, stopp!«, unterbrach Hannah den Wutausbruch ihrer Kollegin. »Wir sind Polizisten, so dürfen wir nicht denken.«

Aber warum eigentlich nicht?, fragte sie sich im Stillen. Hatte Toni nicht recht mit allem, was sie sagte? Und fühlte sie selbst nicht genau die gleiche ohnmächtige Wut, die danach schrie, alle Regeln außer Acht zu lassen? Aber wo würde das enden? Wenn sich jeder anmaßte, selbst zu entscheiden, was richtig und was falsch war, dann bedeutete das Chaos, Anarchie, dann ...

»Wie naiv bist du eigentlich?«, schleuderte Toni ihr entgegen. »Kapierst du es wirklich nicht? Willst auch du immer nur wegsehen und dich hinter ... irgendwelchen Vorschriften und Gesetzen verstecken? Das ist ein einziges Drecksloch hier! Und ich finde auch noch Beweise, dass der Alois genau dasselbe wie die anderen Männer getan hat, die es hier auf dem Hof gab.«

Toni holte tief Luft und stand auf. »Ich nehm mir jetzt das Haus noch mal vor und drehe das Unterste nach oben, darauf kannst du Gift nehmen.«

Hannahs Handy klingelte. Ein Anruf von ihrer Dienststelle.

»Da muss ich rangehen«, sagte sie. »Die Sondereinheit, meine Chefin. Ich beeil mich!«

Natürlich, Eva de Wolf, ihre direkte Vorgesetzte, wollte wissen, wie weit sie mit ihren Ermittlungen waren. Hannah hatte sich seit Beginn ihres Einsatzes noch nicht gemeldet ...

Sie sah, wie Toni unwillig den Mund verzog.

»Gut. Du telefonierst, ich fang schon mal an. Jede Scheißschublade, jeder Schrank, jedes Bild an der Wand. Du kannst ja nachkommen, wenn es dir dann in den Kram passt.«

Damit drehte sie sich abrupt um und lief zum Wohnhaus zurück.

Ihr letzter Satz war vollkommen unnötig gewesen, dachte Hannah. Aber das war es nicht, sie spürte deutlich, wie sehr Tonis Verhalten sie irritierte. Irgendetwas musste da in der Mühle mit Toni passiert sein, das sie völlig aus der Bahn geworfen hatte.

Eva de Wolf merkte ihrer Stimme sofort an, wie aufgebracht sie war.

»Sorry, hat nichts mit deinem Anruf zu tun«, entschuldigte sich Hannah. »Es ist nur ... Pass auf, in Kurzform: Unser Verdacht, dass es hier um irgendwas mit Okkultismus oder Sekten gehen könnte, ist hinfällig. Die Hippies ... sind okay. Sie machen ihr Ding hier, und sie machen das gut, auch wenn ich mit vielem davon Schwierigkeiten habe, vor allem mit dieser Attitüde, alles abzulehnen, was sie für spießig halten, und im Zweifelsfall selber die größten Spießer zu sein, nur eben unter anderem Vorzeichen. Aber der Festivalleiter hat definitiv Dreck am Stecken, du weißt schon, der Wolf im alternativen Schafspelz! Bis gestern stand er unter Mordverdacht, das ist jetzt aller Wahrscheinlichkeit nach vom Tisch, aber Beihilfe zum Mord ist es allemal, er ist zur Fahndung ausgeschrieben, ich glaube allerdings nicht, dass er etwas mit der anonymen Drohung zu tun hat. Aber wir haben hier das halbe Dorf, das in irgendwas verstrickt ist, was immer ... ekelerregender wird, je mehr wir in Erfahrung bringen.«

Hannah fasste die bisherigen Ergebnisse zusammen, die Feuertoten, die Frauen vom Neumetzler-Hof, die Suche nach Alois, der Verdacht, dass die mittlere Schwester zurückgekehrt sein könnte, um die zu bestrafen, die schuldig an dem jahrelangen Missbrauch auf dem »Spukhof« waren.

»Aber euch bleibt so gut wie keine Zeit mehr«, stellte Eva de Wolf fest. »Was für Möglichkeiten habt ihr, um jetzt noch zu verhindern, dass die Drohung in die Tat umgesetzt wird? Könntet ihr die Feuer absagen, wäre das eine Möglichkeit? Oder wenigstens die Strohpuppen kontrollieren, ob da wirklich Stroh unter dem Stoff ist?«

»Unmöglich, das kriegen wir nie durch. Und schon gar nicht so kurzfristig. Überwachen geht auch nicht, das sind alleine auf dem Bergkamm dreißig, vierzig Feuer! Und wir sind zu viert, mehr Leute kriegen wir von der Dienststelle in der Stadt nicht bewilligt. Außerdem ist der anonyme Drohbrief für die Staatsanwaltschaft ...«

»Kein ausreichender Verdacht auf ein tatsächlich geplantes Tötungsdelikt oder eine besondere Gefahrenlage, schon klar«, vervollständigte Hannahs Chefin den Satz in bestem Amtsdeutsch. »Und davon mal ganz abgesehen, Hannah ... Eigentlich hast du da jetzt auch nichts mehr zu suchen, oder? Das ist Sache der Kripo, du gehörst zu einer Sondereinheit, die nur bei ganz bestimmten Themenbereichen zum Einsatz kommt, das muss ich dir doch nicht erst noch erklären!«

»Ich ... Es hat jetzt was damit zu tun, dass ich ... irgendwie persönlich involviert bin. Ich will das zu Ende bringen, verstehst du? Ich ...«

»Dann sag es doch gleich: Es besteht unverändert der hinreichende Verdacht, dass da unter dem Deckmantel traditioneller Bräuche und Feierlichkeiten zur Mittsommernacht auch okkulte Handlungen vollzogen werden, die, wie in diesem speziellen Fall anonym angedroht, in einem Tötungsdelikt enden können, zum Beispiel mit einem Menschenopfer. Sehe ich das richtig? Lasse ich dich deshalb da unten weiter ermitteln?«

Hannah hatte schon öfter erlebt, wie weit Eva de Wolf sich über alles hinwegsetzte, wenn sie den Eindruck hatte, dass den Leuten in ihrem Team eine ganz bestimmte Sache besonders wichtig war.

»Ja«, erwiderte sie jetzt deshalb auch nur. »Genauso ist es, so, wie du es sagst. Ich bringe also den Fall hier zu Ende. Und ich schreibe gleich danach auch einen ordentlichen Bericht, du kannst dich auf mich verlassen.«

»Davon bin ich überzeugt. Pass auf dich auf.«

Hannah war bei ihrem Telefonat bis dicht an die flachen Felsbecken unterhalb des Wasserfalls herangetreten, bevor ihr bewusst wurde, dass sie auf dem Ziehweg stand, der zum Berg hinaufführte. Der Ziehweg, auf dem sie ein Stück weiter oben brutal niedergeschlagen worden war.

Sie wusste nach wie vor nicht, wer das gewesen sein

mochte – vor allem aber hatte sie nicht die leiseste Ahnung, warum, aus welchem Grund. Natürlich hatte sie schon überlegt, ob es sich bei dem Täter womöglich um dieses verschwundene Neumetzler-Mädchen handeln könnte, das ja angeblich wieder aufgetaucht war. Aber erst jetzt führte sie den Gedanken fort, so wie es ihr plötzlich ganz logisch erschien.

Sie hatte kurz vorher, als sie sich auf dem Hof umsah, das Gefühl gehabt, beobachtet zu werden. Dann hatte sie ein Geräusch gehört, wie von einem Fahrrad. Ein klapperndes Schutzblech oder etwas Ähnliches. Und zwar genau hier auf dem Ziehweg. Sie war dem Geräusch gefolgt und wenig später in eine Falle getappt.

Ihr erster Gedanke war gewesen, dass derjenige, der sie vorher beobachtet hatte, nicht von ihr ... gesehen werden wollte. Erwischt werden. Aber wenn noch viel mehr dahintersteckte? Wenn der Täter unter allen Umständen hatte vermeiden wollen, dass sie ihn noch weiter verfolgte und damit herausfand, wohin er wollte, was sein Ziel war ... Sein Ziel oder ihr Ziel.

Irgendetwas da oben auf dem Weg zum Bergkamm! Eine verlassene Hütte vielleicht. Der Ort, an dem Alois Neumetzler versteckt gehalten wurde ...

Sie reagierte jetzt spontan, ohne länger zu überlegen. Nach ihrer Uhr hatte sie noch über eine Stunde, bevor sie zurück zur Wache mussten, um den Anwalt des Wirts zu treffen.

Sie zückte ihr Handy. Plötzlich hatte sie es verdammt eilig. Um unnötige Erklärungen zu vermeiden, schrieb sie nur schnell eine Kurznachricht für Toni.

Mir ist eben etwas eingefallen, das ich überprüfen will. Ich bin so schnell wie möglich zurück, mach dir keine Sorgen.

Das Fahrrad, das an der Seitenwand der Mühle lehnte, kam ihr gerade recht. Und es war nicht angeschlossen, was ihr wie ein Fingerzeig vorkommen wollte, dass ihre Entscheidung richtig war.

Sie brauchte keine zehn Minuten, bis sie oberhalb der Stelle war, an der sie in den Hinterhalt geraten war. Verstreute Felsblöcke und wellige Wiesen zogen sich bis zur Baumgrenze hinauf. Und es gab zwei Hütten dort! Alte Almhütten, wie Hannah annahm, weit genug entfernt von dem Bergkamm mit der langen Kette der aufgeschichteten Johannisfeuer, die später angezündet werden würden.

Die obere Hütte lag ihr zu exponiert, auf einer flachen Felsplatte, ohne jede Deckung. Hannah beschloss, sich zunächst die untere Hütte vorzunehmen. Sie lehnte das Fahrrad gegen einen Baumstumpf und lief quer über die Wiese. Zwischen trockenen Kuhfladen leuchtete es plötzlich blau. Als sie sich bückte, reckten sich ihr kleine Blütenkelche entgegen, die Farbe war so intensiv, dass Hannah für einen Moment voller Bewunderung verharrte. Es war das erste Mal in ihrem Leben, dass sie eine Enzianblüte sah.

Aber dann lenkte etwas anderes ihren Blick ab. In dem Gras zwischen den Kuhfladen zeichnete sich undeutlich eine schmale Spur ab, wie von den Reifen eines Mountainbikes. Ein Stück weiter kreuzte die Spur einen Maulwurfhügel, jetzt konnte Hannah auch die Abdrücke des groben Stollenprofils erkennen – es *war* die Spur eines Mountainbikes. Und sie schien an der Hütte vorbeizuführen, Richtung Wald. Erst als Hannah mit der Hand die Augen gegen die Sonne abschirmte, meinte sie zwischen den Bäumen ein Dach zu erkennen. Ein mit Holzschindeln gedecktes Dach und die dicken Balken einer weiteren Hütte.

Hannah blickte sich um, weit und breit war niemand zu sehen. Nach kurzem Zögern verließ sie die Reifenspur und lief in direkter Linie zum Waldrand hinüber, um sich von dort ihren Weg zu dieser dritten Hütte zu suchen.

Sie hatte gerade die ersten Bäume erreicht, als wieder ihr Telefon klingelte.

Hannah rechnete damit, dass es Toni sein würde. Toni, die wissen wollte, was los war. Aber das Display meldete einen anonymen Anrufer. Noch einmal vergewisserte sich Hannah, dass sie wirklich alleine war, dann nahm sie das Gespräch an.

Wie auch bereits bei den vorherigen Anrufen war die Stimme durch den Voice-Decoder nahezu unkenntlich gemacht, diesmal klang sie eher wie eine schlechte Mickey-Mouse-Aufnahme, ein Party-Gag. Aber es war der Hacker aus Berlin. Natürlich!

»Ich mache es kurz, es gibt da nicht viel über diese Vevi – Genoveva eigentlich. Mit zwölf nach Frankfurt, aber das mit der Tante stimmt auch nicht ganz, es ist nur eine Patentante, wohl eine frühere Freundin der Mutter. Barbara Fischer, alleinstehend, keine Kinder. Lehrerin an der Wöhlerschule, einem Gymnasium im Stadtteil Dornbusch. Da wird auch Vevi aufgenommen und geht am Ende der zehnten Klasse mit der Mittleren Reife ab. Und jetzt wird es schwierig, es scheint, als wären beide im selben Sommer noch weg aus Deutschland, und zwar nach Frankreich! Aber das war's dann auch, ich hab keine Ahnung, wohin in Frankreich. Irgendwie sieht es so aus, als hätte da jemand ganz gezielt alle Spuren verwischt. Sorry, es ärgert mich, das ist selten, dass ich so gegen die Wand renne. Ich bleibe aber dran und melde mich, wenn ich noch was finde.«

Noch bevor Hannah eine Frage stellen konnte, hatte er das Gespräch schon wieder beendet.

Frankreich, dachte Hannah, irgendwas war doch da gerade erst gewesen ... Stimmt! Auf dem Festivalgelände hatte sie eine Wagenburg gesehen, ein paar Bullis, ein Lkw und der alte Reisebus mit dem französischen Kennzeichen und der Fahne auf dem Dach. Die Fahne war ihr aufgefallen, sie konnte sich genau daran erinnern: eine Ziege, deren Euter ein umgedrehtes Herz war, Kopf, Körper und Beine bildeten den Schriftzug »Longo Maï«. Irgendeine Landwirtschafts-Kooperative aus dem Zentralmassiv in Frankreich. Auch bei der Gruppe, die Jenny bei dem Streit vorm Laden unterstützt hatte, waren Longo-Maï-Leute gewesen. Heiner hatte so was erwähnt, dass sie noch versucht hatten, zwischen den beiden Lagern zu vermitteln ...

Aber ergab das alles einen Sinn? Konnte es sein, dass Vevi tatsächlich auf irgendeinem Weg bei dieser Kooperative in den französischen Bergen gelandet und jetzt als Besucherin des Festivals zurückgekehrt war? Womöglich gemeinsam mit dieser Patentante?

Als Tarnung nicht schlecht, dachte Hannah, als Mutter und Tochter würden sie niemandem weiter auffallen, zwei harmlose Hippie-Frauen, die keinem etwas Böses wollten. Und ganz sicher war es damals auch kein Problem gewesen, bei den Longo-Maï-Leuten eine neue Identität anzunehmen, ein neues Leben unter anderem Namen zu beginnen, sie dürften nicht die Einzigen sein, die auf diese Weise vor ihrer Vergangenheit geflohen waren ...

»Verdammt«, murmelte sie, »wir müssen das überprüfen! Ich muss so schnell wie möglich mit Sabine reden, nur mit ihrer Hilfe wird es gehen.«

Aber erst noch die Hütte am Waldrand! Hannah warf einen Blick auf ihre Uhr. Sie musste sich beeilen.

Sie hielt sich im Schatten der Bäume, immer wieder musste sie Gestrüpp und tiefhängenden Ästen ausweichen, einmal peitschte ihr ein Dornenzweig durchs Gesicht und riss ihr die Wange auf, dann war sie keine fünf Meter mehr von der Hütte entfernt.

Ein Tannendickicht reichte bis an die Rückwand der Hütte heran, dunkel und undurchdringlich, trotz der Sonne, die fast senkrecht am Himmel stand und breite Lichtbahnen zwischen die Stämme der übrigen Bäume warf.

Die Fensterläden waren geschlossen und zusätzlich noch mit Brettern vernagelt, an der Tür sicherte ein massives Vorhängeschloss den rostigen Riegel.

Die Hütte wirkte verlassen und seit langem nicht mehr benutzt – wenn da nicht die frische Ölspur am Schloss gewesen wäre, die Reifenabdrücke im Gras vor der Tür, das aufgestapelte Holz an der Feuerstelle.

Vor allem diese Feuerstelle war es, die Hannah unwillkürlich frösteln ließ, ein gewaltiger Haufen trockenes Tannenreisig, dahinter sorgfältig geschichtete, armdicke Kloben Holz. Wie bei einem Scheiterhaufen. Und nichts anderes war diese Feuerstelle, davon war Hannah augenblicklich überzeugt. Sie hatte den Ort für das nächste Feueropfer gefunden!

Nervös blickte sie sich wieder um, dann näherte sie sich erneut der Tür.

Das unerwartete Geräusch aus dem Inneren ließ sie erschrocken zurückfahren. Da war jemand!

»Hallo?«, rief sie leise.

Diesmal war ein Stöhnen die Antwort.

»Alois? Alois Neumetzler? Sind Sie das?«

Wieder war nur das Stöhnen zu hören.

Hannah zog die Waffe aus dem Schulterhalfter, es würde ihr nichts anderes übrigbleiben, als das Schloss aufzuschießen.

»Gehen Sie weg von der Tür, so weit wie möglich zurück. Bitte!«

Sie streckte die Waffe vor und zielte auf den Bügel.

Die plötzliche Bewegung an ihrer Seite nahm sie kaum wahr, ein flüchtiger Schatten nur, dann spürte sie auch schon den Einstich an ihrem Hals. Im Bruchteil einer Sekunde war ihr Nervensystem gelähmt, die Waffe fiel polternd zu Boden. Als sie selber auf den Steinplatten vor der Tür aufschlug, war sie bereits ohne Bewusstsein.

Mittsommer, 20. 30 Uhr

Sie weiß nicht, wo er in der Zwischenzeit war. Sie kann auch nicht einschätzen, wie lange er überhaupt weg war. Sie muss wieder weggedämmert sein, sie fühlt sich immer noch benommen. Vielleicht hat er ihr auch irgendwas in das Wasser getan, das sie getrunken hat. Damit sie keinen Lärm machen kann, falls zufällig jemand in die Nähe der Hütte kommt.

Aber die Hütte liegt viel zu weit abseits, dahin verirrt sich niemand. Jedenfalls nicht heute! Heute sind sie alle bei den Feuern auf dem Berghang.

Sie hat es aufgegeben, darauf zu hoffen, dass Toni sie noch rechtzeitig findet. Irgendetwas muss passiert sein, sonst wäre sie längst da. Toni ist eine gute Polizistin. Und sie weiß genau, was auf dem Spiel steht. Schließlich geht es um das Leben einer Kollegin! Allein deshalb schon würde sie alles getan haben, um zu verhindern, dass die anonyme Drohung Wirklichkeit wird.

Aber sie sind ja viel mehr als Kollegen! Freundinnen. Vertraute. Toni würde sie nicht hängenlassen.

Es muss einen Grund geben, dass sie nicht kommt. Aber der einzige Grund, der ihr einfällt, ist, dass Toni selber in eine Falle geraten ist.

Als sie hört, wie der Riegel an der Tür zurückgeschoben wird, spürt sie für einen Moment, wie sich ihr Herzschlag be-

schleunigt, vielleicht ist sie es, denkt sie, vielleicht kommt sie doch noch ...

Aber sie weiß, dass ihre Hoffnung vergeblich ist. Es ist nicht Toni, es ist wieder der Mann mit der Maske.

Und er hat wieder geraucht, sie kann es riechen. Das ist kein Feuerrauch, das ist Tabak. Schwarzer Drehtabak, wie das Zeug in dem Beutel, den Toni von dem Typen am Eingang zum Festival geschenkt bekommen hat ...

Er muss gerannt sein. Er ist außer Atem. Sie hört, dass er Mühe hat, unter der Maske genug Luft zu bekommen. Die Jacke, die er anhat, ist ihm zu groß. So eine Jacke, wie die Arbeiter beim Straßenbau sie tragen. Neongrün mit reflektierenden Streifen. Genauso wie die Hose. Und er trägt Handschuhe. Das hat er bisher noch nie getan. Es ist auch viel zu heiß für Handschuhe! Genauso wie für die schwere Jacke.

Er setzt sich auf die Matratze dicht neben sie.

»Mach mich los«, bittet sie ihn. »Wenigstens die Stricke um die Füße. Ich kann nichts mehr spüren, meine Beine sind völlig taub.«

Wenn er sie losbindet, kann sie sich vielleicht hochwuchten, denkt sie, ihm die Beine um den Hals legen und zudrücken, so dass er keine Luft mehr bekommt. Sie hat das im Training oft genug geübt – eine Beinschere kann tödlich sein, wenn man sie richtig einsetzt.

Er lacht leise. Und tätschelt ihr das Knie. Dann steht er auf.

Als er zur Tür geht, fällt ihr sein Gang auf. Als würde er plötzlich nicht mehr hinken. Aber vielleicht täuscht sie sich auch, vielleicht hat sie es nur nicht bemerkt.

Er holt etwas von draußen. Einen armdicken Ast, fast ge-

rade gewachsen, wie ein Holzpfahl, gut anderthalb Meter lang.

Wieder hockt er sich auf die Matratze, an genau die gleiche Stelle wie zuvor.

Jetzt zieht er das Messer aus der Tasche an seinem Gürtel. Und fängt an, das eine Ende des Holzpfahls zu bearbeiten.

In rascher Folge fallen die Späne zu Boden. Sie braucht nicht lange, bis sie kapiert, dass er dabei ist, den Pfahl anzuspitzen. Wie man es bei einem Zaunpfahl macht, den man in den Boden rammen will.

»Was wird das?«, fragt sie, während sie merkt, wie ihr das Adrenalin durch die Adern strömt.

Sie hört wieder, wie er unter der Maske lacht. Kurz prüft er die Spitze mit dem Finger. Dann schnitzt er weiter.

»Warst du schon mal in Spanien?«, fragt er wie nebenbei. Ohne sich ihr zuzuwenden, ganz auf die Arbeit mit dem Messer konzentriert.

Die Frage kommt so überraschend, dass sie für einen Moment nicht weiß, wie sie reagieren soll.

Was soll das, denkt sie, was will er? Aber vielleicht kann sie jetzt noch mal den Versuch machen, ihm etwas Persönliches zu erzählen. Das macht es schwieriger für ihn, was immer er vorhat.

»Ein Mal«, erwidert sie. »Nach dem Abi. Mit ein paar Freundinnen. Wir sind in San Sebastián gewesen.«

»Ist das Andalusien?«

»Was?«

»San Sebastián!« Er legt das Messer zur Seite und dreht sich zu ihr. »Gehört das zu Andalusien?«

Er ist nervös. Seine Stimme ist höher als sonst. Wie bei

jemandem, der … unsicher ist. Aufgeregt. Jemand, der Angst hat, eine Prüfung nicht zu bestehen.

»Nein, ich glaube nicht«, antwortet sie. Als würden sie ein Gespräch am Kaffeetisch führen. »Also, ich weiß es, Andalusien ist ganz im Süden, bei Gibraltar.«

»Und da warst du noch nie?«

»Nein. Wieso willst du das wissen?«

Er gibt keine Antwort. Er nimmt wieder nur das Messer und schnitzt weiter. Das obere Ende des Pfahls sieht mittlerweile aus wie ein überdimensionaler Bleistift. Die Spitze ist so dünn wie ein Nagel.

Als er weiterredet, ist sie sich plötzlich sicher, dass sie die Stimme schon mal gehört hat. Aber nicht bei Alois!

»In Andalusien haben sie zur Sonnenwende einen alten Brauch. Sie bauen eine Puppe aus Holz und ziehen ihr irgendwelche Klamotten an, wie bei einer Vogelscheuche. Die Puppe soll den Judas darstellen, Judas Ischariot, den Verräter! Wegen dem Jesus ans Kreuz genagelt wurde. Der Judas wird …«

Für einige Sekunden übertönt eine Stimme in Hannahs Kopf die Worte des Mannes: Der Judas wird auf einen Pfahl gespießt und über das Feuer gehalten, bis die Flammen ihn verzehren …

»Einen Pfahl wie diesen hier«, hört sie dann wieder den Mann vor ihr. »Sorgfältig angespitzt, damit er leicht in die Puppe gesteckt werden kann.«

Er prüft erneut die Spitze. »Das sollte reichen. Fangen wir an, oder?«

Als er aufsteht, zieht er sich mit einer Hand die Maske vom Kopf.

Es ist nicht Alois. Sie hat sich die ganze Zeit geirrt.

»Du hast wirklich nichts bemerkt? Das ist echt erbärmlich! Was ist los? Wo ist die Polizistin in dir?«

3. BUCH

Nur wenn die Macht der Liebe
über die Liebe zur Macht siegt,
wird die Welt Frieden finden.

Jimi Hendrix

1. Kapitel

Es konnte nicht sein. Das war doch vollkommen unmöglich! So sehr durfte sie sich einfach nicht getäuscht haben.

Aber es ist so, Hannah, musste sie sich eingestehen. Du hast dich getäuscht. Du hast es nicht gesehen. Du hast nichts bemerkt. Obwohl es genügend Anzeichen gab. Aber vielleicht hast du es nicht wahrhaben wollen. Vielleicht hast du es ausgeblendet, weil es nicht in das Bild passte, das du dir gemacht hast. Weil nicht sein durfte, was nicht sein sollte.

Jetzt im Nachhinein fiel es Hannah wie Schuppen von den Augen. Es hatte genug Indizien gegeben, immer wieder Hinweise, die ihr hätten auffallen müssen. Kleinigkeiten, die sie ignoriert hatte. Unstimmigkeiten. Vieles, das nicht zu der Person passte, die Toni vorgab zu sein.

Aber Menschen sind nun mal nicht so einfach in irgendwelche Schubladen zu stecken, sind nicht nur entweder so oder so, gut oder böse, folgen in ihren Handlungen keinen klaren Mustern, versuchte sie sich selbst zu rechtfertigen. Menschen entsprechen nicht dem Wunschdenken von Statistikern, IT-Nerds, Amazon-Kritikern, die es gerne einfach und überschaubar haben.

Jeder Profiler bei der Kripo wusste das, jeder, der älter als sechs Jahre alt war und schon mal Ärger mit seinen

Freunden hatte. Jeder, der ein bisschen denken konnte und mit offenen Augen durch die Welt lief.

Aber das änderte alles nichts daran, dass sie sich geirrt hatte. Dass sie wie blind gewesen war, unfähig, die Zusammenhänge zu begreifen.

Und jetzt hatte sie die Rechnung dafür zu zahlen. Toni war Vevi, Toni war das Mädchen vom Neumetzler-Hof, das mit zwölf Jahren verschwunden war. Toni war die Schwester von Alois! Die zurückgekehrt war, um Rache zu nehmen.

Sie hatten Hannahs Fesseln aufgeschnitten, Hannah saß auf dem Bett und massierte ihre Handgelenke, um die Durchblutung wieder in Gang zu bringen.

Alois hockte auf dem Stuhl, zusammengesunken, den Blick auf die leere Bierflasche gerichtet, die gegen eines der Tischbeine gerollt war. In der Hand hielt er Hannahs Walther PPK. Er wirkte durchaus so, als würde er wissen, wie man eine Pistole benutzt. Wahrscheinlich ging er ja auch auf die Jagd. Bestimmt sogar.

Toni hatte ihre Waffe im Halfter stecken. Die unförmige Arbeitsjacke hatte sie ausgezogen, ihr T-Shirt war nass geschwitzt. Die Maske hing an einem Nagel neben dem Fenster.

Sie lehnte mit verschränkten Armen an der Wand und beobachtete Hannah aufmerksam, sagte aber nichts.

»Ihr seht euch ähnlich«, war das Erste, das Hannah einfiel. Die Feststellung war dämlich, aber anscheinend haderte sie noch damit, die Maskerade kurz zuvor nicht durchschaut zu haben.

»Wir sind Geschwister«, kam es von Toni. Mehr nicht. Nur dieser eine Satz.

Alois reagierte noch nicht mal mit einer Bewegung oder einem Blick.

Die Tür nach draußen stand offen. Über der Wiese lag ein milchiger Schimmer, die Berggipfel am Horizont waren in ein blasses Rot getaucht. Alle Konturen waren weich, wie zaghaft mit einem Pinsel hingetuscht.

Die Hitze hatte deutlich nachgelassen. Hannahs Uhr zeigte Viertel nach neun. Es würde nicht mehr lange bis zum Sonnenuntergang dauern. Eine halbe Stunde vielleicht noch, schätzte sie. Ein Windstoß brachte den Geruch nach Feuer mit.

»Geht es jetzt los?«, fragte Hannah leise. »Zünden sie jetzt die Feuer an?«

»So langsam. Aber wir haben noch Zeit. Wir warten, bis es dunkel ist.«

Hannahs Blick fiel auf den Holzpfahl, den Toni angespitzt hatte und der jetzt am Türpfosten lehnte.

»Was sollte das mit den Judas-Puppen in Spanien?«, stellte Hannah die nächste Frage. »Das meinst du nicht ernst, oder? Du willst mich nicht wirklich ...«

Hannah hatte das Gefühl, neben sich zu stehen. Als wäre sie eine vollkommen fremde Person, die nach außen fast unbeteiligt blieb, während in ihrem Kopf die unvorstellbarsten Bilder abliefen. Sie kannte das. Ihr Verstand versuchte, sie zu schützen. Das war nicht sie, die da auf dem Bett hockte, sie war nur eine Beobachterin.

»Ich bin nicht pervers«, erwiderte Toni. »Pervers ist der da!« Sie nickte zu ihrem Bruder hinüber. »Vielleicht stecken wir ihn ja auf die Stange, wir beide. Was denkst du?«

Immer noch zeigte Alois mit keinerlei Reaktion, ob er überhaupt etwas von den Sätzen mitbekam.

»Na los, Hannah!«, insistierte Toni. »Antworte! Du weißt, was er getan hat. Und selbst wenn er seine Töchter nicht angerührt hat, dann hat er es sich vorgestellt! Jedes Detail! Und wie sie dabei vor Angst wimmern und ihn anflehen, es zu beenden. Für immer, verstehst du? Damit endlich Schluss ist, damit er nicht wieder und wieder zu ihnen ins Zimmer kommt, in ihr Bett, unter ihre Decken, die sie nicht länger zu schützen vermögen. Was glaubst du, warum die Mizzie ins Feuer gegangen ist? Die Mizzie, und vorher schon die Maria. Nichts anderes soll er sich wünschen. Dass nur das Feuer ihn erlösen kann. Er hat es verdient, es ist nur gerecht, wenn wir ihn aufspießen, so wie *sie* es sonst tun, mit ihren Frauen, ihren Töchtern, ihren Schwestern …«

Es war offensichtlich, dass Toni nicht mehr sie selbst war, sie redete wirr, sie warf die Fälle wild durcheinander. Oder vielleicht auch nicht, dachte Hannah, vielleicht war das genau die Toni, die nur ein Ziel kannte: Rache! Und die schon lange nicht mehr unterscheiden konnte, wer was wann genau getan hatte. Für Toni gab es keine Unterschiede. Nicht mehr. Für Toni waren alle Männer gleich. Und alle waren schuldig.

»Bitte nicht.« Alois hatte so leise gesprochen, dass sie ihn erst hörten, als er die Waffe hob. »Nicht mit dem Pfahl, bitte. Ich tue alles, was ihr wollt, aber macht das nicht!«

Als er aufstand, zitterte er so stark, dass er kaum die Waffe ruhig halten konnte. Erst als er beide Hände nahm, gelang es ihm, die Walther auf Toni zu richten.

Toni rührte sich nicht. Sie lächelte nur spöttisch.

»Nicht!«, schrie Hannah noch, als sie sah, wie Alois die Waffe jetzt gegen sich selbst richtete.

Im selben Moment, in dem sie aufsprang, drückte er ab. Sie riss ihn noch mit sich zu Boden. Während sie beide schwer gegen den Tisch und die Wand stürzten, registrierte Hannah, dass sich kein Schuss gelöst hatte. Es gab keinen Knall, keinen Geruch nach Kordit, da war nur das leichte Klacken gewesen, als er den Auslöser betätigt hatte. Die Waffe war nicht geladen gewesen!

Sie hörte, wie Toni anfing zu lachen.

»So einfach kommst du nicht davon, Brüderchen. Ich bin doch nicht blöd. Ich will mir auch den Spaß nicht verderben lassen. Nicht so kurz vorm Ziel.«

Sie bückte sich und schob sich Hannahs Waffe in den Hosenbund.

Alois kroch wimmernd in die Ecke hinter dem Tisch. Er legte die Arme über den Kopf. Und wiegte den Oberkörper vor und zurück, in immer der gleichen Bewegung, vor und zurück. Sein Schluchzen klang wie das Greinen eines Babys.

»Ich verstehe es nicht«, sagte Hannah. »Du warst es, die ihn entführt hat. Entführt und hier eingesperrt. Er sollte ›brennen‹, genau wie du es in der anonymen Botschaft geschrieben hattest.«

»Und er hätte gebrannt, aber du bist mir in die Quere gekommen. Ich musste … improvisieren.« Sie zuckte mit den Schultern. »Ich hab einen Deal mit ihm gemacht. Er würde davonkommen, wenn er stattdessen dich ins Feuer stößt. Ich hab ihm klargemacht, was passieren wird, wenn erst mal alle Welt von der Scheiße mit dem Hippie-Mädchen erfährt. Aber dass ich mir was überlege, wie ich ihn da rausholen kann, bevor die Haftbefehle ausgestellt werden. Dass ich ihm eine Adresse im Ausland verschaffe, wo ihn keiner kennt und er neu anfangen kann. Unter anderem Namen, genau so, wie ich es ja auch gemacht habe. Die einzige Bedingung war, dass er sich um dich ... kümmert, bis ich zurück bin und wir die Sache zu Ende bringen. Ich musste erst noch ein paar Dinge erledigen, auch damit Huber nicht auf die Idee kommt, dich hier oben zu suchen. Und noch was sehr Persönliches. – Willst du sonst noch irgendwas wissen? Komm schon, ich bin gerade in guter Stimmung, frag mich einfach!«

»Warum hast du mich überhaupt dazugeholt? Ich meine, du hast mich angefordert ... Vergiss es, dumme Frage.« Hannah verzog unwillig den Mund. »Ich sollte dein Alibi sein, schon klar. Und mit meiner Hilfe wolltest du den Fokus mehr auf das Festival lenken. Opfergaben, Ritualmord, so was. Die ganze Geschichte mit Jenny passte da perfekt. Du hast auch den Wirt anonym informiert, dass sein Alibi aufgeflogen ist und gleich die Polizei bei ihm vor der Tür stehen wird, richtig? Damit er abhaut und sich verdächtig macht ...«

Toni hob die Hände und klatschte demonstrativ Beifall. »Weiter. Das war zu einfach bisher. Jetzt will ich hören, warum ich dich an dem Nachmittag bei den Felsen niedergeschlagen habe.«

»Weil ich kurz davor war, schon da die Hütte zu finden. Die Hütte mit deinem Bruder.«

»Und warum habe ich dich da nicht gleich für immer

aus dem Weg geschafft? Du warst mir doch längst viel zu neugierig geworden, was die Hintergründe auf dem Hof anging. Also, warum?«

»Weil du Huber an der Brücke getroffen hattest, er wusste, wo du hinwolltest. Und außerdem konntest du das Ganze nutzen, um dich selbst von jedem noch so kleinen Misstrauen freizusprechen. Du hast mich gefunden! Du warst besorgt, hast dich um mich gekümmert. Warst ... plötzlich eine Freundin. Meine Freundin.«

Hannah zögerte.

»Und?«, fragte Toni. »Na komm, spuck's aus: Ob auch alles nur gespielt war in der Nacht im Pressewagen?«

»Nicht alles, glaube ich. Aber du konntest es gut gebrauchen, wieder dasselbe Spiel: du als meine Freundin, meine Vertraute. Warum sollte ich dir misstrauen?«

Wieder klatschte Toni Beifall. »Haben wir jetzt alles?«

»Nein. Paris! Ich will wissen, was in Paris passiert ist.«

»Wie kommst du darauf, dass ich in Paris war?«

»Du hast es einmal erwähnt. Und ich habe deine Spur verfolgt, Vevis Spur, zumindest soweit es ging. Vevi ist nach der Mittleren Reife mit ihrer Patentante nach Frankreich gegangen. War das gleich Paris?«

Toni nickte nur. Sie schien überrascht, dass Hannah das herausgefunden hatte.

Alois rappelte sich hoch. Er hatte schon eine Weile nicht mehr geschluchzt, stattdessen schien er mitgekriegt zu haben, worüber sie redeten. »Frankreich geht nicht für mich. Ich kann kein Französisch. Kann ich nicht irgendwohin, wo ...«

»Ich weiß es noch nicht«, erwiderte Toni. »Ich weiß

auch nicht, ob ich dich überhaupt davonkommen lasse. Vielleicht überlege ich es mir noch anders. Es hängt von dir ab!«

»Was meinst du damit? Wie ... Aber wir haben einen Deal! Du hast versprochen ...«

Als Toni nicht antwortete, rutschte er an der Wand wieder nach unten und fing erneut an zu schniefen und zu schluchzen.

»Paris!«, erinnerte Hannah. »Eine gute Wahl, um unterzutauchen. Viele Leute, viele, die nicht aus Frankreich sind, genug Möglichkeiten, um an neue Papiere zu kommen. – Und du hast geheiratet, nehme ich an? Daher dein Nachname, Martin. Klingt allerdings nicht unbedingt französisch.«

»Kommt drauf an, wie man es ausspricht. Hat jedenfalls nicht lange gehalten, die Ehe, aber wir sind Freunde geblieben, er hat mir viel geholfen, auch mit der Sprache und so. Er war Bulle! Und ich hab mich dann da auch beworben, bin auch gleich genommen worden. Hab mich schnell hochgearbeitet, war gar nicht so schwierig«, leierte sie ihren Werdegang herunter, als wollte sie es schnell hinter sich bringen, aber auch nichts auslassen. »Bin dann zur Police National gekommen, zur französischen Kripo. Und zwei Jahre später habe ich vom 8. Arrondissement zum 10. um den Gare du Nord gewechselt, in die Abteilung sexueller Kindesmissbrauch. Dreimal darfst du raten, warum ich da hinwollte. Aber glaub mir, was ich da gesehen habe, hätte ich nicht gebraucht. Hat viel mit mir gemacht ...«

Sie hatte gerade den letzten Satz gesagt, als Alois vor Wut aufschrie, wie ein wildes Tier, das sich in die Enge getrieben fühlt und jeden Augenblick zum Angriff übergehen wird.

»Ich war es nicht!«, brüllte er. »Ich habe meine Töchter nicht angerührt!«

Er stieß den Tisch zur Seite, Hannah konnte nicht schnell genug ausweichen und prallte rückwärts gegen die Wand, immer noch brüllend stürmte Alois quer durch den Raum. Noch bevor Toni die Waffe aus dem Schulterhalfter gezogen hatte, rammte er ihr mit voller Wucht seinen Kopf in den Bauch, so dass sie ohne einen Laut zusammenklappte. Wie eine mechanische Puppe, deren Scharniere gebrochen waren.

2. Kapitel

In einer einzigen Bewegung rollte sich Hannah über das Bett hinweg, kam auf die Füße und griff nach dem Beil neben dem Ofen. Sie benutzte es wie einen Baseballschläger, nicht mit der scharfen Klinge, sondern mit der stumpfen Seite des Eisens.

Der erste Schlag traf Alois am Knie, sie meinte, den Knochen brechen zu hören, er heulte vor Schmerzen auf, jetzt rammte ihm Hannah das Beil mit aller Kraft in die Magengrube.

Aber sie war zu dicht an ihm, und hinter ihr war der eiserne Ofen, sie hatte keinen Bewegungsspielraum.

Alois griff ihr brutal in die Haare, gleich darauf krallte sich seine Hand um ihren Hals und schnürte ihr die Luft ab, noch einmal holte sie mit dem Beil aus, um ihn am Bein zu treffen, an der Hüfte, egal wo, aber ihr Schlag war ohne Kraft, sie bekam kaum noch Luft, jeden Moment würde ihr schwarz vor Augen werden.

Sie sah noch den Schatten in der Tür, und sie hörte die Stimme wie aus weiter Ferne, wie in einem alten Schwarz-Weiß-Film im Fernsehen: »Polizei! Keine Bewegung, oder ich schieße!«

Keine zwei Sekunden später fiel der Schuss. Alois' Hand löste sich von ihrem Hals, er versuchte noch, sich an Hannah festzuhalten, dann sackte er zu Boden.

Wie durch einen Nebel spürte Hannah, dass ihr jemand den Arm auf den Rücken drehte. Gleichzeitig wurde ihr eine Waffe an die Schläfe gedrückt.

»Ganz ruhig. Beweg dich nicht, sonst muss ich dir sehr weh tun«, hörte sie Tonis Stimme dicht an ihrem Ohr. Und gleich darauf lauter: »Waffe runter, Huber! Leg sie auf den Boden und schieb sie zu mir rüber, du weißt, wie das geht. Dann nimmst du die Kabelbinder vom Gürtel und fesselst Hannah damit. Eine dumme Bewegung, und das war's, klar? Wenn du versuchst, irgendeinen Scheiß zu bauen, erschieße ich erst Hannah und dann dich.«

Huber stieß seine Waffe mit dem Fuß zu Toni hinüber.

Aus den Augenwinkeln bemerkte Hannah, dass Alois sich bewegte. Er war noch am Leben! Er atmete, sein Brustkorb hob und senkte sich, aus seinem Mundwinkel lief ein Spuckefaden.

Wenn Hannah es richtig einschätzte, hatte der Schuss ihm auch die zweite Kniescheibe zerschmettert. Der Schmerz hatte ihn ohnmächtig werden lassen. Aber er kam langsam wieder zu sich.

Ein Schuss ins Knie, dachte Hannah, die übliche Strafe für Verräter, wie bei der IRA, damit die »Informer« für immer gekennzeichnet waren ...

Mit erhobenen Händen kam Huber näher.

»Gut so«, sagte Toni und trat einen Schritt zur Seite. Es war klar, dass sie unverändert auf Hannah zielte. Aber sie brauchte den Abstand, um auch Huber kontrollieren zu können.

»Dreh dich zur Seite, Hannah, damit er an deine Hände kommt. – Jetzt mach schon, Huber! Schön hinter ihren

Rücken. Und ruhig fest, macht nichts, wenn es ein bisschen weh tut.«

Hannah spürte, wie der Kabelbinder zusammengezogen wurde. Der dünne Plastikstreifen schnitt tief in ihre Haut.

Huber trat zurück. Auf seiner Stirn standen dicke Schweißperlen, seine Haut war kreidebleich. Er warf Hannah einen hilflosen Blick zu. Sie schloss kurz die Augen, um ihm zu signalisieren, dass es okay so war – er konnte nichts anderes tun, als Tonis Anweisungen zu befolgen.

Ihr war inzwischen klar, was passiert sein musste. Wie auch immer Huber sie gefunden hatte, Toni hatte den Moment, in dem er auf Alois zielte, ausgenutzt, um an ihre Waffe zu kommen. Auf Alois zu schießen. Hannah als Geisel zu nehmen.

Blieb die Frage, wieso Huber überhaupt hier aufgetaucht war. Als hätte Toni gerade denselben Gedanken gehabt, fragte sie jetzt scharf: »Was willst du hier? Wieso bist du nicht auf der Wache? Du hast doch Dienst!«

Hannah sah, wie Huber zögerte. Er überlegt, ob er Toni eine Lüge auftischen kann, dachte Hannah.

Aber Toni durchschaute ihn ebenfalls. »Die Wahrheit!«, sagte sie. »Keinen Quatsch. Nicht so was wie ›Da kommen gleich die Kollegen aus der Stadt‹ oder so was. Glaub ich dir sowieso nicht. Also, ich höre!«

Hannah suchte Hubers Blick und nickte unmerklich mit dem Kopf.

»Ich ... diese Frau vom Festival hat noch mal angerufen«, antwortete er stockend. »Sie hatte noch was gefunden. Im Wagen von diesem Heiner Schulz, in einem seiner

Comic-Hefte, hat sie gesagt. Sie glaubt, er hat den Zettel da reingeschoben, um ihn zu verstecken. Und dann einfach vergessen.«

»Geht es ein bisschen konkreter? Was für einen Zettel?«

»Ich hab ihn dabei. Ist in der Hosentasche. Darf ich?«

Toni setzte Hannah erneut die Waffe an die Schläfe, bevor sie antwortete. »Du weißt, was passiert, wenn du ... Also los. Aber ganz langsam.«

Huber zog einen zerknüllten Notizzettel hervor.

»Das hat dieser Schulz Heiner angeblich immer so gemacht«, beeilte er sich zu erklären. »Wenn er irgendeinen Anruf gekriegt hat, der wichtig war, hat er sich schnell ein paar Notizen gemacht, noch während des Gesprächs, damit er nichts vergisst.«

»Gib Hannah den Zettel, sie soll es vorlesen. Los, Huber!«

Die Schrift war klein, aber in Druckbuchstaben und wider Erwarten gut lesbar.

DAS FEUER GANZ LINKS. NOCH WEITER ALS
DAS LETZTE AUS DER REIHE DER FEUER VOM
DORF. HÜTTE AM WALDRAND.

Sabine hatte folgerichtig überlegt, dass das die Anweisung gewesen sein könnte, die Heiner von dem Wirt bekommen hatte. Die Anweisung, wohin er Jenny bringen sollte.

Und dann hatte sie in der Polizeidienststelle angerufen, um Hannah zu informieren, aber nur Huber erreicht. Was in der Zwischenzeit passiert war, hatte Sabine nicht gewusst. Dass Hannah verschwunden war. Und gleich nach dem Gespräch mit dem Anwalt des Wirts dann auch Toni.

Sabine hatte nur gesagt, dass sie jetzt vielleicht wüsste, wo genau Heiner diese Jenny vor zwei Jahren hingebracht hatte. Und Huber war sofort zum Festivalgelände gefahren, um sich den Zettel zu holen.

»Ich bin kein so schlechter Polizist, wie Sie gerne behaupten«, sagte er jetzt an Toni gewandt. »Und ich hab eins und eins zusammengezählt, und weil wir ja auch den Neumetzler Alois immer noch gesucht haben und …«

»Dumm gelaufen«, war Tonis Kommentar. Es war nicht klar, auf wen sich der Satz beziehen sollte. Dumm gelaufen für Huber oder für sie selbst. »Aber es spielt sowieso keine Rolle mehr. – Du gehst jetzt zurück von der Tür und wartest draußen, bis wir an dir vorbei sind.«

Es war vorhersehbar, was Toni vorhatte. Sowie sie mit Hannah aus der Hütte war, würde sie Huber zwingen reinzugehen und ihn einschließen.

Als Huber rückwärts über die Schwelle ins Freie trat, kam Alois zu sich.

»Schön«, sagte Toni. »Da wirst du dein Ende wenigstens bei vollem Bewusstsein erleben. Und sei mir ruhig dankbar!« Sie deutete auf sein zerschmettertes Knie. »Du wärst für den Rest deines Lebens ein Krüppel. Ich biete dir also einen Ausweg. Ausweg und Buße zugleich für das, was du getan hast.«

»Das ist keine Buße, Toni, das ist Mord!« Hannah drehte den Kopf und versuchte, Tonis Blick zu fixieren. »Das bist du nicht, Toni! So bist du nicht, lass es gut sein, hör auf mit dem Scheiß«, beschwor sie ihre Kollegin. Ihre Freundin?

Nein, das war vorbei. Das war sie vielleicht auch nie gewesen, sie hatte Hannah getäuscht, sie benutzt, mit ihr gespielt wie die Katze mit der Maus.

Da war keine Wärme in ihrem Blick, keine Zuneigung, kein Erbarmen. Ihre Pupillen waren so groß wie zwei Stecknadelköpfe. Wie bei einem Heroin-Junkie. Oder bei jemandem, der kein anderes Gefühl mehr kannte als Hass. Der zerstören wollte, verletzen, töten. Um jeden Preis, egal was es für Konsequenzen haben würde.

Ein erneuter Windstoß trieb Rauch vorüber, Hannah konnte es bis in die Hütte riechen.

Toni trat einen Schritt zurück und winkte Hannah mit der Waffe zur Tür, um ihr in sicherem Abstand nach draußen zu folgen.

»Stopp! Nicht zu weit zu Huber rüber, bleib genau da, wo du jetzt stehst. Und jetzt …«

Sie drehte den Kopf zum Bergrücken hinüber. Auch Hannah hörte die Stimmen und Rufe, wieder wehte der Wind den Geruch nach Feuer über die Wiese. Von weit her kamen Musikfetzen, auf der Festivalbühne spielte eine Band, die Felsen warfen das Hämmern des Schlagzeugs als vielfältiges Echo zurück.

Noch war es hell, aber der Himmel war grau, dunkel über der Silhouette der Berggipfel, als würde ein Gewitter heraufziehen.

Hoch oben über ihnen kreiste ein Raubvogel, sein heiserer Ruf mischte sich mit Alois' Wimmern aus der Hütte, er musste furchtbare Schmerzen haben, Hannah hatte die Wunde gesehen, ein glatter Durchschuss. Die Kugel hatte keine Schlagader getroffen, der Blutverlust war nicht lebensgefährlich, aber aus den Fleischfetzen der Wunde ragten Knochensplitter, die Kniescheibe war vollständig zerstört. Alois *war* ein Krüppel, er würde nie wieder richtig laufen können.

»Mach das Feuer an!«

»Hab kein Feuerzeug«, behauptete Huber.

»Linke Hemdtasche, ich kann es von hier aus sehen.«

Irgendetwas in Tonis Stimme ließ ihn gehorchen. Er bückte sich mit dem Feuerzeug zu dem Reisighaufen. Dann allerdings fummelte er ungeschickt, zweimal rutschte ihm das Feuerzeug aus der Hand, er versuchte, Zeit zu schinden.

»Meine Hände zittern zu sehr. Ich krieg es nicht hin.«

»Doch, kriegst du! Sieh zu mir!« Toni richtete die Waffe für einen kurzen Moment auf Hubers Beine. »Soll ich? Du weißt, dass ich's tue.«

Hannah sah, wie Huber der Schweiß aus den Haaren tropfte und sein Hemd durchnässte. Als er das Feuerzeug diesmal an das Reisigbündel hielt, flammten die trockenen Zweige fast sofort auf, schnell fraß sich das Feuer weiter, schon brannten einige dickere Äste.

»Und jetzt holst du den Neumetzler«, befahl Toni. Wieder winkte sie kurz mit der Waffe. Huber machte den Eindruck, als würde er jeden Moment kollabieren. Als er unsicher zur Hütte tappte, liefen ihm die Tränen übers Gesicht. Und er hatte sich eingenässt, der dunkle Fleck auf seiner Hose war nicht zu übersehen.

Hannah war klar, dass mit dem Hauptmeister nicht mehr zu rechnen war, er hatte aufgegeben, er würde jede Anweisung von Toni befolgen. Er war nur noch eine willenlose Hülle, die sich automatisch vorwärtsbewegte, Alois unter den Achseln fasste, ihn über die Schwelle zog und zur Feuerstelle schleifte.

Alois schien gar nicht zu verstehen, was mit ihm passierte, er starrte wie paralysiert auf die lodernden Flammen, die bereits die aufgeschichteten Holzscheite erreicht hatten. Seine Augen lagen tief in den Höhlen, die Haut wirkte wächsern, wie durchscheinend. Wie bei einem Toten, dachte Hannah. Vielleicht hatte er auch mit seinem Leben schon abgeschlossen. Und wusste ganz genau, was ihn erwartete ...

In der Ferne zuckten Blitze über den bleifarbenen Himmel, aber noch war kein Donner zu hören. Nur wieder die Musik vom Festival. Es war jetzt vollkommen windstill, der Rauch des Feuers stieg senkrecht in die Höhe.

Hannah hatte keine Zeit mehr zu verlieren, es war klar, dass sie etwas tun musste. Und sie musste es jetzt tun. Toni würde nicht eher aufhören, bis sie ihr Ziel erreicht hatte. Bis Alois Neumetzler vor ihren Augen lebendig verbrannte. Was sie mit Huber vorhatte, konnte Hannah nicht einschätzen. Aber er war ein Zeuge, sie durfte ihn nicht entkommen lassen.

Und das Gleiche galt auch für sie. Hannah glaubte nicht, dass Toni sie wirklich hinterrücks erschießen würde, aber vielleicht täuschte sie sich. Sie hatte sich ja auch vorher schon in Toni getäuscht. Und sie wusste nicht, wozu Toni noch fähig war. Toni war getrieben von Hass. Sie handelte wie unter Zwang, jenseits von allem, was ihr Verstand ihr sagen musste.

Für den Bruchteil einer Sekunde hatte Hannah die Vorstellung, dass Toni sie ebenfalls ins Feuer werfen wollte, dass das die einzige Lösung war, die sie noch sah. Aber nein, das ergab keinen Sinn, Tonis Rache war noch nicht erfüllt, auch wenn Alois Neumetzler jetzt brennen würde, war da immer noch der Alte, Xaver, der Schlimmste von allen! Ganz sicher würde sie ihn nicht ungeschoren davonkommen lassen.

Aber dazu musste Toni sie und Huber aus dem Weg räumen. Anders würde es nicht gehen. Entweder sie beide erschießen. Oder in der Hütte einschließen und ... Feuer legen ...

Hannah spürte, wie die Angst ihr den Hals zuschnürte. Ihre Muskeln lähmte. Ihren Herzschlag verlangsamte. Als wollte ihr Verstand sich bereits in das Unvermeidliche fügen.

Aber dann war plötzlich eine Stimme in ihrem Kopf: »Mama! Was ist los mit dir? Hast du vergessen, dass du nicht alleine bist? Du musst zu uns zurückkommen, wir brauchen dich! Du darfst jetzt nicht aufgeben! Streng dich an, lass dir was einfallen, du bist meine Mama, du weißt immer eine Lösung!«

»Diesmal vielleicht nicht, Rio«, murmelte Hannah vor sich hin. Um sich gleich darauf mit den Zähnen auf die Unterlippe zu beißen, bis es schmerzte. Unwillkürlich die Schultern zu bewegen, die Muskeln anzuspannen, Spielbein und Standbein zu wechseln, die Füße fest auf den Boden zu drücken, um bei der ersten Chance, die sich bot, reagieren zu können.

Und es würde diese Chance geben. Es musste sie geben!

»Schön, Huber, du weißt, was jetzt kommt«, drang Tonis Stimme an ihr Ohr. »Stoß ihn rein, so weit du kannst. Je eher du es machst, umso schneller ist es vorbei!«

Huber wuchtete Alois hoch. Alleine stehen konnte er nicht, seine Beine knickten weg, sein Kopf pendelte willenlos hin und her. Huber hatte Mühe, Alois aufrecht zu halten. Als er anfing zu beten, wusste Hannah für einen Augenblick nicht, wer das Vaterunser sprach. Bis sie verstand, dass es beide waren, Alois *und* Huber!

Aber dann brach Huber mitten im Satz ab. Wie in Zeitlupe drehte er sich zu Toni, mit Alois' haltlos zitterndem Körper wie einem Schutzschild vor sich.

»Nein«, sagte er laut und deutlich, »ich tue es nicht.«

Toni nickte. Als hätte sie so was schon erwartet.

Sie bückte sich zum Feuer, die Waffe hielt sie dabei weiter auf Hannah gerichtet.

Mit einem schnellen Griff fasste sie einen Ast, der erst zur Hälfte brannte, und zog ihn aus den Flammen.

Immer noch ohne die Waffe zu senken, mit dem brennenden Ast in der anderen Hand und immer darauf bedacht, in Hannahs Rücken zu bleiben, machte sie zwei oder drei Schritte, bis sie nur noch eine Armlänge von Huber entfernt war.

»Toni!«, brüllte Hannah. »Nicht!«

Aber es war schon zu spät. Bevor Huber überhaupt verstand, was sie vorhatte, rammte Toni ihm die glühende Spitze in die Seite. Sie musste vorausgesehen haben, was passieren würde, Huber reagierte genau so, wie sie es wollte – in einer unwillkürlichen Abwehrbewegung riss er die Arme nach oben und wich zurück. Damit gab es niemanden mehr, der Alois aufrecht hielt, er kippte wie ein nasser Sack nach vorne, direkt ins Feuer.

»Nein!«, schrie Hannah. Sie wirbelte herum, riss noch in der Bewegung das Bein hoch, trat Toni die Waffe aus der Hand und wollte sie an Handgelenk und Trizeps greifen, sie auf sich ziehen, um sie zu Fall zu bringen und fixieren zu können. Aber sie hatte den Stein vor sich übersehen, sie stolperte und geriet aus dem Gleichgewicht.

Toni verpasste ihr einen heimtückischen Schlag in die Nieren, der sie gegen Huber warf, wie in Zeitlupe stürzten sie zusammen in die hell lodernden Flammen, direkt neben Alois Neumetzler.

Epilog

Das Erste, was Hannah sah, als sie wieder zu sich kam, war Sabines Gesicht. Unscharf und verschwommen, aber eindeutig Sabines Gesicht. Und Sabines Stimme!

»Da bist du ja! Hannah, kannst du mich hören?«

Ein Rettungssanitäter schob sich an Sabine vorbei. »Lassen Sie mich mal!«

Er fasste nach Hannahs Puls. »Alles gut. Sie sind in Sicherheit. Wissen Sie, wo Sie sind?«

»In Sicherheit«, wiederholte Hannah automatisch, während sie versuchte, die Umgebung einzuordnen. Die Bergkette im Hintergrund. Den Abendhimmel, über den graue Sturmwolken jagten, obwohl die Wipfel der Bäume vollkommen ruhig blieben und kaum ein Windhauch zu spüren war.

Aber ihr war kalt! Obwohl sie in eine Rettungsdecke gewickelt war. Ihre linke Hand war frisch verbunden. Die rechte war rußverschmiert. Ihre Schulter und ihr Nacken schmerzten.

»Darf ich bitte noch mal Ihren Blutdruck messen?« Der Rettungssanitäter legte ihr die Manschette an.

Sabine streichelte ihr die Hand, ohne sich an dem Ruß zu stören. »Alles in Ordnung, Hannah! Alles wird gut.«

»Neunzig zu sechzig«, las der Sanitäter ab. »Das ist der Schock.« Er zog eine kleine Taschenlampe hervor und bewegte sie vor Hannahs Augen hin und her. »Folgen Sie mal dem Licht. Gut. Alles fein. Beide Pupillen reagieren normal.« Er knipste die Lampe aus. »Wissen Sie denn noch, was mit Ihnen passiert ist?«

Vorsichtig drehte Hannah den Kopf.

Da war die Feuerstelle. Die Flammen waren gelöscht, nur die Glut in der Asche qualmte noch. Hannah konnte jetzt auch das nasse Holz riechen.

Sie brauchte einen Moment, bis sie es wagte, auch zur anderen Seite zu blicken. Da waren noch mehr Rettungssanitäter. Und Buckmiller!

Eine Krankentrage. Nein, zwei Tragen. Auf beiden Tragen lag jemand. Der eine musste Alois Neumetzler sein, er hatte eine Sauerstoffmaske auf dem Gesicht, eine Notärztin beugte sich über ihn. Ein Sanitäter versorgte die Schusswunde am Knie.

Der andere Mann war Huber. Sein rechter Arm hing leblos über den Rand der Trage. Er trug keine Hose. Sein rechtes Bein sah stark gerötet und fleckig aus. Die Reste der Uniformhose, die ihm die Sanitäter vom Bein geschnitten hatten, lagen auf dem Boden. Die Brandlöcher waren deutlich zu erkennen.

Zwei Sanitäter brachten jetzt Alois Neumetzler zu dem Rettungswagen, der auf der Wiese stand.

»Wie sind die mit dem Wagen hier hochgekommen?«, fragte Hannah.

»Was?« Der Rettungssanitäter blickte irritiert zu Sabine.

»Sie ist okay«, erklärte Sabine. »Sie ist Polizistin. Die stellen solche Fragen.« Sie beugte sich ganz dicht zu Hannah. »Du willst noch was wissen, oder?«

Als Hannah nickte, spürte sie wieder, wie ihr Nacken schmerzte.

»Wo ist sie?«, flüsterte sie.

»Weg! Ich hab sie noch …«

Weiter kam Sabine nicht, weil im selben Moment die Notärztin zu ihnen trat.

»Es geht besser, wie ich sehe. Wir bringen die beiden Männer jetzt mit dem Wagen ins Krankenhaus. Ihr Kollege hat stärkere Verbrennungen, die behandelt werden müssen. Der andere Mann ebenfalls, plus die Schusswunde. Auch das zweite Knie ist vollständig zerschmettert, als hätte es jemand mit einem Vorschlaghammer bearbeitet. Und er hat eine Rauchvergiftung, er ist verwirrt und hat Schwierigkeiten zu atmen. Aber das ist alles nicht Ihr Problem. Sie haben Glück gehabt, sehr viel Glück. Ich möchte Sie trotzdem gerne mitnehmen, damit Sie noch mal genauer untersucht werden können.«

»Das geht nicht«, erklärte Hannah. »Ich … Moment.« Sie richtete sich mühsam auf, um zu zeigen, dass alles in Ordnung war. Jede Bewegung schmerzte, als hätte sie einen Triathlon hinter sich. Aber sie stand. Ihr war leicht schwindlig, und ihr Kreislauf kam nur langsam wieder in Gang, doch das spielte keine Rolle. Sie erinnerte sich an den ersten Satz ihres Vaters, als sie ihn im Krankenhaus besucht hatte, nachdem er bei der Überprüfung eines Schmugglerbootes angeschossen worden war: »Ich fühl mich scheiße, aber ich stehe noch.«

Sie versuchte ein möglichst überzeugendes Lächeln, war sich allerdings nicht sicher, ob es ihr wirklich gelang. »Ich muss hier erst noch was klären«, sagte sie, »und dann ... dann muss ich nach Hause. Und ich will vom Berg runter laufen«, setzte sie noch hinzu. »Ich brauche Luft!«

»Ihre Entscheidung.« Die Notärztin zog die Augenbrauen hoch. »Aber ich warne Sie – übertreiben Sie es nicht. Wie ich gehört habe, sind Sie ja so was wie eine Heldin. Und Helden neigen gerne mal dazu, ihre Kräfte zu überschätzen. Heldinnen genauso. Ich wünsche Ihnen alles Gute, lassen Sie Ihre Hand morgen oder übermorgen von einem Arzt untersuchen, es sind aber nur leichte Verbrennungen, das wird von alleine heilen. Wie gesagt, Sie haben Glück gehabt.«

»Ich passe auf sie auf«, versprach Sabine. »Sie kann heute Nacht bei mir bleiben, oder ich bring sie zurück ins Hotel. Wir sind genug Leute, die helfen können, wenn irgendwas ist.«

Die Ärztin nickte noch mal, dann winkte sie den Sanitätern.

Als sie Huber an Hannah vorbeitrugen, hob er den unverletzten Arm und sagte: »Danke! Hätte ich Ihnen nicht zugetraut. Ohne Sie wär's das gewesen mit mir. Und das Drecksstück kriegen wir auch noch, die hat uns alle verarscht, aber die kommt nicht weit! Buckmiller hat schon die Fahndung durchgegeben. Jeder Streifenwagen hat die Beschreibung – und sie schicken einen Helikopter, der die Wege in der Umgebung abfliegt. Wir kriegen sie!«

Wie aufs Stichwort tauchte jetzt auch Buckmiller auf.

»Ich ... ich ...«, fing er an zu stammeln. »Ich hab alles im Griff, machen Sie sich keine Gedanken.«

Entgegen seiner Behauptung war er eindeutig überfordert mit der Situation. Auf seinem Hals zeichneten sich hektische rote Flecken ab, seine Augenlider flatterten.

»Ich ... ich brauche Ihre Aussage für den Bericht, aber das hat Zeit. Jetzt kommen erst mal die Kollegen aus der Stadt, ich hab auch die Spusi angefordert. Damit die hier zumindest alles noch absperren, heute noch, bevor es dunkel wird. Ich fahr jetzt runter zur Brücke und zeig ihnen, wo sie lang müssen. Gibt noch einen Fahrweg von der Rückseite vom Berg, da ist auch der Krankenwagen hochgekommen. Und was ich noch sagen wollte: Sie ... also Sie ... Sie sind eine tolle Polizistin, so möchte ich auch mal werden!«

Beim letzten Satz war sein Kopf hochrot angelaufen, ohne ein weiteres Wort drehte er sich um und rannte über die Wiese davon. Fast als würde er fürchten, sich mit seinem Geständnis ein Disziplinarverfahren eingehandelt zu haben.

Der Passat stand hinter dem Rettungswagen, deshalb hatte Hannah ihn nicht gesehen. Jetzt wartete sie, bis beide Wagen gewendet hatten und im Schritttempo den Berghang hinaufkrochen.

Gleich darauf konnte sie den Motorenlärm eines Hubschraubers hören, der schnell näher kam. Das Flappen der Rotorblätter wurde von den Felswänden zurückgeworfen, die Wipfel der Tannen bogen sich im Luftstrom.

Der Polizeihubschrauber! Die Kollegen, die auf der Suche nach Toni waren ...

»Ging ja schnell«, rief Sabine gegen den Motorenlärm an. »Scheint tatsächlich alles zu klappen bei eurem Verein, hätte ich nicht gedacht.«

»Ist Toni ... in die Richtung dort abgehauen?«

»Als ich gekommen bin, ja. Ich hab dem Polizisten alles erzählt. Mit einem Mountainbike! Das stand da drüben zwischen den Bäumen.« Sabine zeigte auf den Waldrand. »Und dann ist sie die Wiese hoch und auf der anderen Seite runter. Und weg.«

»Hatte sie eine Waffe? Weißt du das?«

»Machst du Witze? Klar hatte sie, sie hat ja noch auf mich geschossen! Oder zumindest in die Luft, keine Ahnung, ich bin ja nicht blöd, ich hab mich sofort lang hingeschmissen. Bis sie weg war! Und dann hab ich dich vom Feuer weggezogen und ... und die 112 angerufen. Und ich hatte Schiss, du warst total weg, und der mit den kaputten Beinen hat nur gekeucht und gehustet, ich dachte, der erstickt. Der dicke Bulle war der Einzige, der reden konnte. Aber eigentlich hat er nur geschrien, vor Schmerzen, weil sein Bein ja halb verbrannt war ...«

Es dauerte, bis Hannah schließlich den ganzen Hergang verstand. Und vor allem auch, wieso ausgerechnet Sabine hier aufgetaucht war!

Huber war also zum Festival gefahren, um sich den Notizzettel von Heiner zeigen zu lassen. Sabine hatte ihm den Zettel gegeben. Aber dann war ihr aufgefallen, dass er nicht wieder über die Brücke zum Dorf und zur Polizeiwache zurückfuhr, sondern geradeaus weiter, in Richtung Neumetzler-Hof. Was ja auch der Wegbeschreibung auf dem Zettel entsprach. Das Feuer ganz links, noch links vom ersten Feuer der Lichterkette.

Und Sabine traute »dem dicken Bullen« nicht. Huber. Sie hatte das Gefühl gehabt, dass da irgendwas nicht stimmen würde. Deshalb war sie hinter ihm her. Hatte sich das erstbeste Rad geschnappt und war los.

Der Streifenwagen stand ein ganzes Stück hinter dem

Neumetzler-Hof, schon oberhalb vom Wasserfall. Sabine hat das Rad stehen lassen und ist zu Fuß weiter. Dann hat sie den Schuss gehört! Als sie auch die Hütte gesehen hat, war Huber schon dabei, das Feuer anzuzünden.

Sabine ist ganz langsam näher, immer am Waldrand lang. Sie hat alles beobachtet, aber erst überhaupt nicht verstanden, was los war. Bis klar wurde, dass Toni die anderen mit ihrer Waffe bedrohte ...

»Dann ist der Mann mit den kaputten Knien ins Feuer gestürzt. Und du hast deine Kollegin angegriffen und ... plötzlich warst du und der dicke Bulle auch im Feuer. Da bin ich losgerannt, den Berg hoch, um irgendwas zu tun, und dann hat sie aber geschossen, und ich hab mich hingeschmissen, und als sie abgehauen ist, warst du schon dabei, die beiden Männer aus dem Feuer zu zerren. Hast du ja auch geschafft, aber ich war nicht schnell genug, ich hab nur noch gesehen, wie du zusammengeklappt bist, einfach umgefallen, und da lagst du dann, als ich kam, zum Glück neben dem Feuer, nur deine Hand war da auf den heißen Steinen von der Umrandung ...«

Wieso hat Toni geschossen, wollte Hannah fragen, ich hatte ihr doch gerade die Waffe aus der Hand getreten? Aber sie ist nicht weit geflogen, sie muss sie gleich gefunden haben, beantwortete sie ihre eigene Frage. Und außerdem ... sie hatte ja auch Hubers Waffe in den Hosenbund geschoben. Und vorher schon meine, nachdem Alois sich damit hatte umbringen wollen!

Sie hat drei Waffen, dachte Hannah. Und sie ist auf der Flucht. Sie weiß, dass alles vorbei ist. Sie wird nicht zögern zu schießen, wenn sie in die Enge getrieben wird. Oder ...

»Scheiße!«, rief sie laut. »Wir müssen in die Stadt! Ich muss in die Stadt. Nein, warte, das ist zu spät, gib mir dein Handy, wir müssen das Kommissariat da anrufen, damit sie zum Altersheim fahren!«

Die Kollegen waren zu spät gekommen. Hannah erfuhr es noch am selben Abend, als sie mit Sabine im Zirkuswagen saß. Bei geschlossenen Fensterläden, damit sie den flackernden Schein der Feuer nicht sehen musste. Weder der Feuer auf dem Platz noch die Lichterkette auf dem Bergkamm.

Sie hatte nicht alleine im Hotel sein wollen und Sabines Angebot, bei ihr zu bleiben, dankbar angenommen. Sabine hatte erklärt, das Festival würde jetzt auch von alleine laufen.

»Und wenn wirklich irgendwas ist, was Kemal und die anderen nicht alleine hinkriegen, sollen sie mich anpiepen. Aber wirklich nur im Notfall, hab ich ihnen gesagt.«

Die Funke lag auf dem Tisch und war eingeschaltet, so dass Sabine mithören konnte, was passierte. Das ewige Rauschen und Knacken sowie die Wortfetzen und die Musik von der Bühne vermengten sich zu einer Geräuschkulisse, die unerklärlicherweise etwas Beruhigendes für Hannah hatte. Vor allem aber vermittelte es ihr das Gefühl, nicht alleine zu sein.

Sabine hatte Tee gekocht, Lavendel und Johanniskraut.

»Habe ich von der alten Frau aus dem Dorf. Sie weiß eine Menge, es ist lächerlich, dass die Leute sie als Hexe bezeichnen.«

Hannah wollte nichts essen. Nur Tee trinken und irgendwie runterkommen. Den Joint, den Sabine ihr wie selbstverständlich hinhielt, lehnte sie aber ab. Das letzte Mal war mit zu vielen Erinnerungen verknüpft, die sie lieber nicht wachrufen wollte.

Gegen 21 Uhr meldeten sich die Kollegen.

Nach Aussage der Pflegekräfte im Heim war schon am frühen Nachmittag ein junger Mann von der Stadtreinigung aufgetaucht, um Xaver Neumetzler zu besuchen. Stadtreinigung oder Straßenbaustelle, jedenfalls jemand in Arbeitsklamotten. Sie hatten sich noch gewundert, weil sie den Mann vorher noch nie gesehen hatten. Aber er behauptete, ein Enkel von Xaver zu sein, der viele Jahre im Ausland gelebt hätte, und er trug sogar eine Corona-Maske, um den Alten nicht zu gefährden, wie er sagte.

Niemand hatte gesehen, wie er das Heim wieder verließ. Als sie Xaver das Abendessen brachten, war er schon tot. Es sah alles so aus, als hätte er einen Herzstillstand gehabt.

Erst der Arzt, der gekommen war, um den Totenschein auszustellen, hatte die Einstichstelle an Xavers Arm bemerkt. Er hatte umgehend eine Untersuchung der Blutprobe im Labor des Krankenhauses veranlasst.

Xaver war ein Cocktail aus einem starken Beruhigungsmittel für Großtiere und Blauem Eisenhut gespritzt worden, einer hochgiftigen Pflanze, die in kürzester Zeit die Organe zerfrisst, wie es der Arzt ausdrückte: »Es muss sich anfühlen, als würde man innerlich verbrennen.«

Sabine brachte Hannah am nächsten Vormittag erst zum Hotel, damit sie ihre Sachen holen konnte, dann für ihre Aussage zum Kommissariat, danach zum Bahnhof. Natürlich würde Hannah noch mal zurückkehren müssen, spätestens zur Gerichtsverhandlung gegen den Wirt und die anderen Männer aus dem Dorf, die an Jennys Vergewaltigung und dem anschließenden Mord beteiligt gewesen waren. Den Wirt würde die Höchststrafe erwarten, Hannah hoffte nur, dass keiner der anderen Anwälte noch einen Verfahrensfehler fand, um seinen Klienten der Strafe zu entziehen oder das Strafmaß zu mildern.

Alois Neumetzler lag im Krankenhaus und wurde rund um die Uhr bewacht. Fliehen konnte er allerdings ohnehin nicht. Auch wenn die OPs ohne Komplikationen verliefen, würde er für immer im Rollstuhl sitzen.

Am Morgen hatte Hannah noch mal mit Huber telefoniert, der ebenfalls im Krankenhaus lag. Es gab immer noch viele offene Fragen, aber im Großen und Ganzen war jetzt klar, auf welche Weise es Toni gelungen war, sowohl Hannah als auch später Huber auszutricksen …

Angefangen hatte es mit der anonymen Morddrohung, die Toni selbst geschrieben hatte. Mit dem Hinweis auf möglicherweise »okkulte Praktiken« bei dem Hippie-Festival hatte sie bei Hannahs Sondereinheit um Unterstützung nachgesucht, Hannah sollte ihr Alibi sein.

Am Abend bevor Hannah angereist war, hatte Toni Alois auf dem Heimweg von der Kneipe entführt und in die Hütte gesperrt, die zum Neumetzler-Hof gehörte, aber schon lange nicht mehr benutzt wurde.

Ihr Plan war, Alois in der Mittsommernacht ins Feuer zu stoßen und damit die anonyme Morddrohung wahr werden zu lassen.

Aber während der Durchsuchung des Neumetzler-Hofes

hatte Hannah ihr dann die Nachricht geschickt, dass sie sich »umsehen« wollte. Toni war in Panik geraten und ihr gefolgt, hatte sie an der Hütte überwältigt und in aller Eile den Deal mit Alois gemacht. Sie würde ihn unter der Bedingung davonkommen lassen, dass er im Gegenzug bereit wäre, Hannah an seiner Stelle zu opfern.

Gegenüber Huber hatte sie behauptet, Hannah sei bereits wieder in der Stadt, um neue Indizien zu überprüfen.

Das war der Moment gewesen, in dem Huber misstrauisch geworden war. Wie er sich jetzt ausdrückte, hatte er da das Gefühl gehabt, dass etwas nicht stimmte: »Wie sollte sie denn da überhaupt hingekommen sein, in die Stadt? Wir waren ja alle drei zusammen im Streifenwagen zum Hof gefahren! Da wäre sie gar nicht so einfach wieder weggekommen, ohne dass wir das mitkriegen. Aber ich habe nichts gesagt, ich habe die Kollegin Martin, also die Vevi Neumetzler in Wirklichkeit, von da an nur beobachtet, ob noch mehr kommt, was nicht passt.«

Toni hatte dann gemeinsam mit Huber den Wirt und seinen Anwalt mit der neuen Beweislage konfrontiert, der Wirt war umgehend in Haft gekommen.

»Und dann ist sie plötzlich auch in die Stadt gefahren, angeblich, um sich mit Ihnen zu treffen, war aber nicht mehr zu erreichen gewesen, ebenso wenig wie Sie. Als sich die Frau vom Festival wegen dem Notizzettel gemeldet hat, wollte ich Rücksprache halten, korrekter Dienstweg und so, aber ging ja nicht, musste ich selbst entscheiden, was zu tun war.«

Huber hatte bei Heiners Telefonnotiz mit der Wegbeschreibung dann folgerichtig auf ein mögliches Versteck von Alois Neumetzler getippt, die Hütte am Bergkamm gesucht – und war prompt in die Falle gelaufen. Eine unbeabsichtigte Falle, die ihn aber fast das Leben gekostet hätte.

Von Heiner Schulz gab es nach wie vor keine Spur. Ebenso wenig von Toni. Wobei Hannah den Gedanken nicht aus dem Kopf bekam, dass Buckmiller ja die Adressen aus Heiners Kladde durchgesehen hatte – und die Wohnorte rausgeschrieben, die sich im weiteren Umkreis von Wildbrunn befanden.

Toni hatte diese Liste gesehen, sie sich ausdrucken lassen und laut Huber auch eingesteckt, um sich »persönlich« darum zu kümmern. Buckmiller hatte die Datei jetzt bereits an die Kollegen vom LKA weitergeleitet.

Der Fall hatte längst eine übergeordnete Bedeutung, unter anderem auch, weil eine Polizistin nicht nur darin verwickelt war, sondern auch unter Mordverdacht sowohl im Fall von Johann als auch von Xaver Neumetzler stand und zusätzlich wegen erwiesener Tötungsabsicht von drei weiteren Personen, darunter zwei Polizisten, gesucht wurde.

»Ich glaube, Heiner hat sie alle irgendwie ausgetrickst«, sagte Sabine gerade, als sie Hannah zum Abschied umarmte. »Aber hey, mir ist es jetzt scheißegal. Und auch wenn er es nach Spanien zurück geschafft hat, ich gehe da nicht wieder hin. Ich bleibe hier. Und ich mache mit dem Festival weiter! Ich such mir ein paar gute Leute und … Wenn du willst, bist du willkommen. Ich würde mich sehr freuen. Ist bestimmt besser, als den Scheiß bei den Bullen machen zu müssen und dabei fast noch verbrannt zu werden.«

»Ich überleg's mir, Sabine!«, erwiderte Hannah. Sie wussten beide, dass das nicht stimmte. Aber Hannah wünschte sich, Sabine irgendwann wiederzusehen. Vielleicht würde sie im nächsten Sommer mit Rio und ihrem Vater zum Festival fahren. Ihr Vater würde die Musik sicher zu schätzen wissen. Und Rio konnte es nicht schaden, ein paar neue Freunde zu finden, zum Beispiel von dieser Kooperative im französischen Zentralmassiv. Leute, die man nicht alle Tage traf, und ganz sicher nicht im Internatsgymnasium der Insulaner in Esens. Vielleicht konnten sie ja im Pressewagen übernachten. Im Gegenzug würde sie Sabine auf ihre Insel einladen.

»Ich danke dir für alles«, sagte Hannah leise. »Pass auf dich auf und fall nicht noch mal auf so einen Schaumschläger wie Heiner rein.«

»Und du nicht auf eine Kollegin, nur weil sie dir schöne Augen macht«, konterte Sabine.

Der Zug lief ein. Hannah suchte sich einen Platz. Und drückte das Gesicht an die Scheibe, bis sie Sabine nicht mehr sehen konnte.

Sie wollte eben eine Nachricht an Rio und Peter schicken, dass sie das Spätschiff um 19.30 Uhr nehmen würde, als das Handy eine eingehende Nachricht von der Dienststelle in Wildbrunn meldete. Buckmillers Text schien in großer Eile geschrieben zu sein.

Damit Sie Bescheid wissen: Die Kollegen haben Heiner Schulz gefunden. Bei einer der Adressen, die sie überprüft haben, nicht weit von hier, dicht an der Grenze. War mal eine Ferienhütte, steht aber schon länger zum Verkauf, weil man mit dem Auto nicht hinkommt. Mit einer Geländemaschine schon. Der

Schulz ist aufgespießt worden, keine schöne Sache, sagen die Kollegen. Auf jeden Fall ist er tot.
Und vor fünf Minuten haben sie von der Grenze gemeldet, dass sie da gerade eine Enduro mit spanischem Kennzeichen gesehen haben. Der Fahrer soll mit Vollgas durch die Kontrollstelle gebrettert sein. Sind aber nur 10 km/h erlaubt! War eine Frau, da sind sie sich sicher. Hatte noch nicht mal einen Helm auf, sagen die Kollegen. Sie sind gleich hinter ihr her.

Hannah starrte so lange auf die Nachricht, bis das Handy sich von alleine ausschaltete. Sie hat Heiner getötet, dachte sie. Warum auch ihn, bleibt vielleicht für immer ein Rätsel.

Und sie will, dass wir sie kriegen, war ihr nächster Gedanke, deshalb ist sie so gerast. Ihre Aufgabe ist erledigt, es gibt nichts mehr für sie zu tun. Aber sie gibt nicht einfach so auf, das passt nicht zu ihr, sie will noch ein letztes Mal Katz und Maus spielen.

»Und sie hätte mich nicht umgebracht«, sagte sie laut in den Waggon hinein. »Vielleicht hätte sie mir eine Alternative geboten, einen Deal, so wie bei Alois. Und ich hätte abgelehnt. Aber das wäre ihr schon vorher klar gewesen. Abgedrückt hätte sie trotzdem nicht.«

ENDE

Nachwort

Um es mal gleich vorweg zu sagen: Das Schwierigste war diesmal, dass wir die Geschichte mitten im Winter geschrieben haben. Während der Regen gegen die Fenster prasselte und die Heizung auf Hochtouren lief. Und fragen Sie besser nicht, wie oft wir uns selber korrigieren mussten, wenn es in unserer Geschichte viel zu früh dunkel wurde (Dunkelheit ist nun mal ein beliebtes Stilmittel, um Spannung aufzubauen) oder die Leute zu warm angezogen waren, der Flusslauf zu viel Wasser führte, der Sturm gar zu sehr um die Hauswände heulte.

Tatsache ist jedenfalls, dass es leichter ist, im Sommer über den Winter zu schreiben, als umgekehrt. Warum das so ist? Wir wissen es nicht.

Einen Thriller über die Mittsommernacht zu schreiben, hatte uns schon lange gereizt. Ein erster Entwurf spielte in Schweden, wo laut Statistik mehr als die Hälfte der alljährlichen Morde und Totschläge in der Mittsommernacht begangen werden. Das schien uns eine gute Grundlage für eine Geschichte zu sein. Wenn die Hüttennachbarn am einsamen See sich nach zu viel Bier, Wodka oder Aquavit gegenseitig sagen, was sie schon immer mal sagen wollten. Nur dass das nicht unbedingt auf Gegenliebe stößt. Und das Beil zum Holzhacken ist in Schweden nicht weit, das Gewehr von der Elchjagd lehnt noch an der Wand, das

Ruderboot mit dem Seil und dem schweren Stein ist am Steg vertäut ...

Aber irgendwas gefiel uns an der Idee noch nicht. Und dann hat uns ein Freund aus Süddeutschland von den Johannisfeuern in den Alpen erzählt. Hat uns Fotos gezeigt und davon geschwärmt, wie er viele Jahre stets als Erster übers Feuer gesprungen ist. Und dass er bis heute glaubt, ohne den Tanz damals im Lichtschein der Flammen wäre es nie was geworden mit ihm und seiner Liebsten.

Johannisfeuer also, und die Bräuche, die Rituale zur Zeit der Sommersonnenwende – daraus konnten wir das Setting für einen ungewöhnlichen Plot machen. Ein einsames Dorf in den Bergen, mit allen Geheimnissen, die dazugehören, und mit den Menschen, die verhindern wollten, dass diese Geheimnisse ans Tageslicht gelangen. Ein Blick in die Abgründe der menschlichen Seele! Abgründe, die natürlich an anderen Orten ganz genauso existieren, und nicht nur da, wo es einsam ist – Einsamkeit in all ihren Facetten gibt es auch in den großen Städten mit ihrem Lärm und Trubel, das ist so, das wissen wir alle.

Aber was uns an unserem Setting überzeugt hat, war gerade das Wechselspiel zwischen der landschaftlichen Idylle, den Lüftlmalereien und den althergebrachten Bräuchen zur Mittsommernacht auf der einen Seite – und der Bestie Mensch auf der anderen.

Beim Stichwort »Mittsommernacht« mussten wir natürlich sofort auch an Shakespeares *Sommernachtstraum* denken. An Druiden und Sternbilder, an das Wissen unserer Vorfahren – und an die Hippies, von denen sich alljährlich mehrere tausend um den Steinkreis von Stonehenge in

England versammeln. So sind wir dann auch darauf gekommen, ein Hippie-Festival zu erfinden, das Burning Valley Festival …

Apropos Festival: Die Geschichte über das Fehmarn-Festival von 1972 ist verbürgt, auch dass sich zumindest einer der Veranstalter damals nach Ibiza abgesetzt hat. Und unsere Figur des Heiner Schulz zeigt genau das – den skrupellosen Geschäftemacher, den Wolf im alternativen Schafspelz. So wie Hannahs Vater im Roman sagt: »Nicht jeder Hippie ist ein guter Mensch, nur weil er lange Haare hat.«

Alles Weitere an Heiner Schulz ist allerdings ebenso erfunden wie seine verschiedenen Alias.

Erfunden sind auch die Coverbands von Gong und Zappa, die wir auftreten lassen. Und die ebenso wenig wie die dänische Band mit den Songs von Savage Rose bei einem Hippie-Festival mit dem Namen »Burning Valley« aufgetreten sind. Was eigentlich klar sein sollte, weil es ja nie ein Burning Valley Festival gegeben hat.

Nicht erfunden ist die Kooperative Longo Maï, die schon in den frühen 1970er Jahren gegründet wurde und bis heute besteht (googeln Sie ruhig mal, es ist spannend).

Und nicht nur dort, sondern ebenso in vielen anderen alternativen Projekten und Lebensformen ging und geht es immer darum, die Welt zu einem besseren Ort zu machen. Liebe und Frieden. Weg von dem fatalen Glauben an Profitwachstum und unbegrenzten Kapitalismus. Keinen Krieg mehr, keine Soldaten, keine Waffen, nie wieder.

Die Zeichnung aus der Zeit des Vietnamkrieges mit dem Gewehr, das mit einem Knoten im Lauf unbrauchbar gemacht worden ist, versinnbildlicht genau das. Oder später dann Songs wie *Der Traum ist aus* von Ton Steine Scherben.

Die gleiche Idee liegt John Lennons *Imagine* zugrunde, das heute noch viel wichtiger und aktueller erscheint als zu seiner Veröffentlichung 1971.

Ein Traum natürlich. Aber ein Traum, den wir alle träumen sollten. Eine andere Welt ist möglich, tun wir also etwas dafür. Wir haben eine Verantwortung gegenüber unseren Kindern und Enkelkindern – und wir dürfen diese Welt schon gar nicht Typen wie Elon Musk überlassen!

In diesem Sinne,
Ulrike Gerold und Wolfram Hänel

PS:

Für diejenigen Leser, die unseren letzten Thriller *Wallfahrt* gelesen haben und die sich jetzt vielleicht fragen, ob es sein kann, dass wir unsere eigenen Geschichten nicht kennen – weil wir doch am Ende von *Wallfahrt* einen Hinweis geben, wie die Geschichte weitergeht, aber das nun in *Sonnenwende* gar nicht mehr erwähnt wird.

Stimmt alles. Wir haben erzählt, was Hannah und die Investigativjournalistin Marja vorhaben. Und wir haben es auch nicht vergessen. Aber das ist eine ganz andere Geschichte, die wir erst noch schreiben müssen.

Danksagung

Wie immer danken wir den Freunden, die unverändert zu uns stehen, uns unterstützen, uns Mut machen und uns zeigen, dass wir nicht alleine sind.

Die, die wir damit meinen, wissen, dass sie gemeint sind.

Danke.

Und wie immer danken wir auch der Literaturagentur Schlück, Teresa Moser vom Fischer Verlag sowie ganz besonders Carlos Westerkamp, der nach längerer Zeit mal wieder einen Text von uns lektoriert hat, was für uns immer eine große Hilfe und Rückendeckung bedeutet.

Liebe Leser:innen, wir freuen uns, dass dieses Buch den Weg in eure Hände gefunden hat! Wenn ihr mehr wissen möchtet über uns und unsere Krimis und Thriller, findet ihr auf unserer Homepage ein kleines Interview: https://haenel-buecher.weebly.com/uumlber-krimis.html

Wir wünschen viel Spaß bei der Lektüre – und hoffen, dass ihr uns als Leser treu bleibt!

Wolfram Hänel / Ulrike Gerold
Fastenzeit. 40 Tage Rache
Thriller

Auf dem Marktplatz neben der Kirche wird ein Mann aufgefunden – nackt, von Kopf bis Fuß in Asche eingerieben und mit einer Ziffer auf der Stirn. Im Krankenhaus wird bei dem bekannten Restaurantkritiker eine extreme Unterernährung festgestellt. Kriminalkommissarin Hannah Meyer, die gerade erst aus dem hohen Norden in die Alpen versetzt wurde, vermutet einen Zusammenhang zwischen der Tat und den religiösen Praktiken der Fastenzeit. Als weitere Personen aus der Gastronomieszene verschwinden, beginnt ein Wettlauf gegen die Zeit. Denn die Fastenzeit dauert noch drei Wochen – und das ist zu lang, um ohne Nahrung zu überleben …

400 Seiten, Klappenbroschur
978-3-596-70870-3